背德者

L'immoraliste

［法］
安德烈·纪德
著

邓薇
译

北京理工大学出版社

版权专有 侵权必究

图书在版编目（CIP）数据

每一个人的窄门：纪德生命三部曲.背德者 /(法)安德烈·纪德著；邓薇译. —北京：北京理工大学出版社，2021.10
ISBN 978-7-5682-8750-0

Ⅰ.①每… Ⅱ.①安… ②邓… Ⅲ.①长篇小说—法国—现代 Ⅳ.①I565.45

中国版本图书馆CIP数据核字（2021）第138714号

出版发行 /	北京理工大学出版社有限责任公司
社　　址 /	北京市海淀区中关村南大街5号
邮　　编 /	100081
电　　话 /	（010）68914775（总编室）
	（010）82562903（教材售后服务热线）
	（010）68944723（其他图书服务热线）
网　　址 /	http://www.bitpress.com.cn
经　　销 /	全国各地新华书店
印　　刷 /	三河市冠宏印刷装订有限公司
开　　本 /	880毫米×1230毫米　1/32
印　　张 /	6
字　　数 /	105千字
版　　次 /	2021年10月第1版　2021年10月第1次印刷
定　　价 /	99.00元（全3册）

责任编辑 / 申玉琴
文案编辑 / 申玉琴
责任校对 / 刘亚男
责任印制 / 施胜娟

图书出现印装质量问题，请拨打售后服务热线，本社负责调换

译者序

生命如同生长于渣滓地中的果实，
味道苦涩却有着惊心动魄的瑰丽

1902年，《背德者》首次出版问世，那时的安德烈·纪德三十三岁。这位出生在巴黎的作家从二十岁起就开始文学创作，到他三十三岁时，已经发表和出版过数部体裁各异的作品：小说、诗集、散文集。正如同他自小便从父亲那里接受新教教育，从母亲那里接受天主教教育那般，他的作品并不拘泥于形式，而这是他的第一部长篇小说。这部小说主要采用自叙和信件的形式将故事展开，这种写作手法在其之后的《窄门》《田园交响曲》《人间食粮》《纪德日记》等作品中均有体现。

有不少文学评论家曾说过，读纪德的作品，你可以纵观他的一生，他将自己的经历写进小说，他说的大部分是"真话"。此话不假，小说的主人公米歇尔的父亲笃信新教，而母亲是个严守戒律的虔诚的天主教徒，这与现实中纪德父母的信仰相吻合。与现实相反的是，纪德童年丧父，在母亲严格的天主教义管教下长大，直至母亲走到生命的尽头；而小说中的米歇尔童年丧母，由父亲抚养长大。

诚然，作家的一生都受到这两种宗教思想的影响：一方面遵守清规戒律，将个人欲望牢牢锁在自己精神世界的牢笼之中，以令人尊敬的姿态生活；另一方面尊重自己作为人的欲望，以及对健康体魄的追求。纪德和他笔下曾经患肺结核几度丧命的米歇尔，长期以来都与这两种思想共同生活。哪种思想占领了高地？对这个问题很难下简单的结论。

长久以来，有一种说法，即纪德的身上总是呈现出两种截然相反、相互对立、相互矛盾的思想：满足自己作为一个自然人的所有欲望，以及用世俗的，甚至近乎清教徒式的严苛道德条例来规范自己的行为。这两种思想是否真的相互对立，我们暂且不谈，先来看看他的这两种思想是如何形成的。也许可以从作家的童年找到些许线索。

于我而言，这两种思想，正是作为一个平凡的人，脑中亦会同时存在的。纪德以一种戏剧化的夸张手法将矛盾激化，迫使主人公和读者思辨起"对"与"不对"、"社会角色"给予你的责任、占有财富的责任与束缚、孑然一身自由的代价。

  人们常常将《背德者》《窄门》以及《田园交响曲》称作纪德的宗教三重奏。在这三部作品中，纪德集中讨论了新教与天主教之间的思想碰撞，以及对于他个人的不同思想的冲击和作用。这三部作品中所表达的思想看似相互矛盾、对立，充满思想冲突所带来的痛苦，而读者如果读完这三部作品，会惊异于纪德精神世界的宽容与广博，他可以允许各种思想在自己独特的大脑中产生对话、辩论，而无论哪一种思想，都无法压制其他思想的势力。而他，作为自己头脑的主人，可以平静地接受所有思想如热闹的海浪一般永无止境澎湃汹涌，带着强烈的生命动力推进。

  看看《背德者》中舍弃天主教而亲近新教的米歇尔（对，只能说是亲近，因为主人公米歇尔开篇便说自己不算一个虔诚的新教徒，而且他的行为可能大多数虔诚教徒也未必有胆量付诸实践）、代表天主教的女主人公米歇尔的妻子马塞利娜，看看《窄门》中将上帝置于爱情信念之上，为了宗教信仰而摒弃自身幸福，最后痛苦离世的女主人公阿丽莎，再看看《田园交响曲》中由新教牧师收养，最后为了真实的爱情而转信天主教的盲女热特律德，作者究竟更倾向于哪种宗教，不言自明。在作者的写作年代，新教象征着一种欣欣向荣的信仰，而天主教，作为恪守教义和严以律己的代表，某种程度上束缚着纪德笔下主人公追寻尘世间的幸福,姑且如此理解。

主人公米歇尔起初是一名儒雅博学的语言史学家及考古学家,丧母后他追随父亲的事业并成为其有力的助手,他与自己从小结识却并无爱情的邻家之女结婚,婚后的他在蜜月旅行中发现自己患上严重的肺结核。他花了很长时间从死神的羽翼下逃离,他这样形容自己死而复生以及获得"新生"的过程:

"就像人们说的,死神曾经用它的翅膀碰了碰我。重点是,我很惊讶自己居然活下来了,那一天,我的希望之光被重新点亮。之前,我想自己从不明白自己正在生活着。我应当把生活过成扣人心弦的冒险旅程。"

"新生"前的他不明白自己为何而活,体会不到生活的意义;而"新生"后的他,最关注的便是躯体的健康,以及感官复苏所带来的全新体验。他乐于与北非健康黝黑的孩子们做伴;他用双眼欣赏着绿洲的美景,赞叹着皎洁灵动的月光;他用自己的双手去触碰一切;他倾听自然的声音、孩子乐活的笛声;他用尽自己的一切热情作为一个"全新之人"去体会生活的本质。

主人公米歇尔在经历了身体与精神的"重生"之后,因妻子流产,失去了期待的孩子,令他痛苦无比。而在那之前,与一位好友的对话已经预示着一切珍视之物的失去。

　　这是纪德擅长的领域，将不同思想之间的碰撞辩论放入人物之间的对话中。也许有的作家会将小说中的各个人物塑造成自己的各个侧面，或是现实世界中不同类型人格的映射，而在纪德的写作世界中，这些次要角色的主要作用则是代表他脑中的不同思想，通过与主角的对话，呈现给读者思辨的过程。

　　除此之外，纪德还刻画了一个个充满生活气息和生命力的次要人物：忠诚直言的管家、奸诈圆滑的农场工人、流淌着市井气的管家之子，以及巴黎那些附庸风雅、流连沙龙的文人墨客。正如他在1927年为《人间食粮》作序时写道的："我写这本书的时候，正值文坛矫揉造作之风盛行，气氛沉闷不堪之际……"这股风气其实早在他于1895年发表的小说《帕吕德》中，就已有体现。在那本书中，他将众文人聚集的客厅描述成是一个憋闷窄小、不透气的房间，正影射了文学界气氛沉闷的状况。

　　他的笔下有最坦诚的痛苦、最痛苦的思索、最艰难的爬行和最真挚的向往，他如同一名普通人，以人的灵性思索人所能达到的神性之境，他并不想凌越于上帝之上，而对于生命力的思索追寻就是他最崇高的信仰。

　　我庆幸自己认识了一位如此真实、真诚、真挚且热爱生活的作家,如果您也寻找这样一位作家,我向您再次推荐这本书,以及作家安德烈·纪德的其他作品。

邓薇

2020年8月14日

目录

引 – 001

作者序 – 005

致内阁总理D. R先生 – 008

第一部分 – 013

第一章 – 015

第二章 – 029

第三章 – 038

第四章 – 046

第五章 – 052

第六章 – 056

第七章 – 066

第八章 – 069

第九章 – 073

第二部分 – 079

第一章 – 081

第二章 – 099

第三章 – 127

第三部分 – 149

主啊，我赞颂你，将我塑造成如此卓越出色之人。

——《诗篇》第139章第14句

致亨利·盖翁

——他真挚的朋友

安·纪德

作者序

我赋予此书其应有的价值。这是一枚生于渣滓地的苦涩的果子,就像是长在沙漠中的药西瓜①。它们生长在焦土之处,吃下去并不能抚慰干渴的喉咙,反而令其感到更加灼热,但这种生长在金色沙漠里的生物也并非没有其美丽之处。

如果要把本书的主人公当作典范,那么得承认我做得很不成功;即使有极少数几个人对米歇尔的经历感兴趣,也是出于自身道德的要求,要大力谴责他。我浓墨重彩地去描绘马塞利娜身上的美德也并非徒劳。人们所不能原谅的是米歇尔爱自己胜过爱她。

如果我将这本书当作对米歇尔的起诉书,那么我同样做得不成功,因为任何人对主人公产生的义愤都不能归功于我;即使这并非我的本意,这种义愤似乎也是存在的,从米歇尔身上甚至蔓延到我

---

① 一种藤本有毒植物,属于苦瓜类果实。

本人,只要有一丝沾边,人们就会把我同他混为一谈。

况且我既不想将此书写成是诉状,也不想写成辩护书,我保留自己的评判。如今公众不能原谅作者在描述完全部情节后,却不表明自己立场的行为。不仅如此,在故事向前进行的过程中,他们希望作者表明态度,明确地说出自己究竟是赞成阿尔切斯特还是菲林特①,赞成哈姆雷特还是奥菲莉亚,赞成浮士德还是玛格丽特,赞成亚当还是耶和华。我毫不掩饰地说,中立性(我本来差点说出"模糊性")是一位巨匠的可靠标志;但我认为很多巨匠都很讨厌……下结论,而且抛出一个问题并不意味着这个问题已经得到解决。

此处我违心地使用了"问题"一词。老实说,在艺术领域,没有问题一说,艺术作品也并不足以解决问题。

如果把"问题"理解为"悲剧",那我要说的是,本书中讲述的主人公全身心体验的故事并非个案,这"问题"也并不只存在于他独特的个人经历中。我并无意宣称自己"发明"了这个问题;它在我写这本书之前就存在;无论米歇尔是战胜了还是屈从于这个"问题","问题"依然存在,作者也不会对胜利或是失败下结论。

---

① 两人是莫里哀的喜剧《厌世者》中的人物。

如果有几个明慧之人肯将这出悲剧视为一场怪异事件的记录，把主人公视作一个病人，如果他们没能看到书中表达出的一些极其恳切并带有普遍意义的思想，那么错的并不是这些思想或是这故事本身，而是要责怪作者的笨拙，纵使他在书中付诸了全部热情、泪水和心血。但一部作品真正的意义和当时公众对它的评价是两件截然不同的事情。我认为，宁愿今日怀抱珍宝而无人问津，也不愿明日取悦为俗物狂欢的大众，这算不得是狂傲自满。

　　当下，我什么也不想证明，只想好好地描绘手中的画幅，为其增色添彩。

致内阁总理 D. R 先生

西迪贝·姆·189×年7月30日

是的,你猜得不错:我亲爱的兄弟米歇尔已经对我说了。这就是他叙述给我们的内容。你说想看一看,我也答应寄给你,但是在要寄出去的那一瞬间,我又变得犹豫不决,重新往下读,我越读越觉得可怕。啊!你会怎样看待我们的朋友呢?而且我自己作何感想?难道我们就简单粗暴地谴责他的行为,而无视他残忍的行径有被纠正的可能性吗?但如今恐怕不止一个人敢于承认在这篇叙述里找到了自己的影子。人们是应该想办法运用好这类人的聪明才智,还是拒绝他们作为公民全部的权利?

米歇尔对国家能有什么作用?我承认自己看不到……他应当有一份工作。你德高望重,身居高位,手握权力,能否给他谋一个差事呢?最好快些。米歇尔忠于职守,他现在依然如此,但过不了多久，他就要只忠于自我了。

我在湛蓝的天空下写出这封信，德尼、丹尼尔和我在这已经待了十二天，当地的天气一直艳阳高照，万里无云。米歇尔说这两个月以来一直碧空如洗。

我既不悲伤也不欣喜，这里的氛围使我们的体内充满巨大的亢奋之感，我们似乎进入了一种远离苦乐的状态，也许这就是幸福。

我们一直待在米歇尔的身边，不愿离去。阅读了这些纸页，你就会了解其中的原委。我们就在他的住所里等待你的回音，请不要拖延。

你知道我们四人，米歇尔、德尼、丹尼尔和我，从中学起就建立起深厚的友谊，后来这种感情经年愈增。我们四人缔结了某种约定：如若一人召唤，其他三人就要响应。所以当我收到来自米歇尔神秘的召唤时，就立即通知了丹尼尔和德尼，我们三人抛下一切事务，马上启程。

我们已经有三年没有见过米歇尔。上次见面是在他的婚礼上，他带着妻子一同旅行，最近一次经过巴黎时，德尼在希腊，丹尼尔在俄罗斯，而我，你知道的，我当时守在生病的父亲身旁。但我们也不是音讯全无。然而，根据西拉和维尔在见过他之后带回来的消息，他的情况令我们震惊。他身上发生了某种变化，那时我们还无法解释。之前他是位学识渊博的清教徒，由于过分笃信教义而显得举止笨拙，他的眼神是如此清澈，面对他的双眼我们往往会停下正在谈论的过于放纵的话题。他曾经是……他在自述中都写了，何必还对你说起呢？

我现在把德尼、丹尼尔和我听到的叙述寄给你。米歇尔在自家的露台上讲述了这一切，我们当时都在他身边，有的在暗影里，有的在星光下。当他讲完所有的故事，我们见到了平原上初升的太阳。米歇尔的家，以及不远处的村庄俯临着这片平原。天气炎热，庄稼也已经收割，这平原变得如同沙漠一般。

米歇尔的家虽然简陋古怪，却富有魅力。冬天他一定会受严寒的折磨，因为窗户上并没有安玻璃，或者说根本就没有窗户，墙上只有几个大洞。气候是如此宜人，我们就在外面的凉席上入睡。

而且我还要告诉你，旅行非常顺利。我们于当天晚上到达目的地，被热气折腾得疲惫不堪，但又沉醉于眼前的新鲜事物。先是在阿尔及利亚作了短暂的停留，之后便去了君士坦丁堡。从君士坦丁堡出发，我们乘坐一列火车到达西迪贝·姆，那里有一辆马车在等着我们。在距离村庄很远的地方，公路断了。村庄斜倚在一座小山丘上，就像奥姆布里①的某些村镇一样。我们徒步走上去，行李由两头骡子驮着。当我们从这条路走上去，映入眼帘的第一座房子便是米歇尔的家。有一座由矮墙围成，或者说是用篱笆围起来的花园，里面种着三棵歪歪扭扭的石榴树和一棵茂密繁盛的夹竹桃。我们进去时那里有一个卡比尔②小孩，看到我们靠近，便跳墙跑走了。

米歇尔迎接我们时，面上并未露出欣喜之色，原因很简单，他似乎害怕流露出柔软的情感。但是一进门，他就用力地拥抱了我们每个人。

直到当天夜里，我们都交谈甚少。晚餐很朴素，但是就餐的客厅却豪华得惊人，这令我们感到诧异，随后米歇尔的自述会告诉你原因。饭后，他端上了亲自冲制的咖啡。之后我们上了露台，眼前是一望无际的风景，我们三人好比是约伯③的朋友，一边等待他开口，一边欣赏着白昼最后一抹火红的色彩消逝在平原上。

当夜幕降临，米歇尔开始讲述：

---

① 意大利的一个中部地区。
② 居住在阿尔及利亚北部的伯尔尼人。
③《圣经》中一个忠信不渝敬畏神的义人。

❖ 第一部分

第一章

　　我亲爱的朋友们,我知道你们一直忠于我们之间的友谊,听到我的呼唤,你们就会赶来,正如我也会应声而去寻你们一样。然而,距离我们上次见面已经有三年时间,你们的友谊经受住了分别的考验,但愿它也能经受得住我接下来要叙述的内容的考验。我之所以贸然请你们长途跋涉地前来,只是为了同你们见见面,能让你们听听我要说的话。除了同你们交谈,我并无其他所求。因为我正遭遇着人生中艰难的时刻,我想我遇到了难以逾越的鸿沟。但我并不是对生活失去了信心,而是有些事情我不明白,我需要……我需要同你们讲讲。一个人知道如何解脱出来不算什么,难的是如何保持精神的自由。请允许我暂且说说自己的事,我就只讲讲自己的生活,既不会一掠而过,也不会过分夸大。请听我说:

　　记得上次见面,还是在昂热乡间的一间小教堂,那时是为了庆祝我的婚礼。当时宾客并不多，正是我亲爱的朋友们让这场平凡的婚礼变得温馨感人。我记得大家当时都很感动，我自己也非常激动。从教堂出来之后，我们去了新娘的家中，吃了一顿简单的便饭。然后我们便乘上一辆出租车出发去旅行。当时我们遵循一种想法，那就是一想到结婚，就必须得旅行，这样典礼才算完整。

我对自己的妻子了解甚少，一想到她也不太了解我，心里便好受了些。我娶她并不是出于爱情，而是服从父命，那时父亲生命垂危，害怕留我一个人孤独于世。我深深地爱着我的父亲，在他弥留之际，我只想着能让他在这个悲伤的时刻走得安详些。我就这样订了婚，却不知道婚后的生活会呈现出怎样的模样。在即将离世者的床头订下婚约自然缺少欢笑，但是父亲看到这一幕也感到很欣慰。虽然我说不爱自己的未婚妻，但至少我也从未爱过其他女子。在我看来，这足以确保日后的幸福。我对自己也算不上优待，但是我自认为把一切都奉献给了她。马塞利娜也是一个孤儿，她之前同两个兄弟相依为命，那时她刚刚满二十岁，我则比她大四岁。

我说过一点也不爱她，至少没有感受到人们所谓的爱意，但如果我们把温柔、怜悯算作爱的话，那我就是爱她的。她是个天主教徒，而我是新教徒……但我真不算个虔诚的教徒！神父接受了我的祷告，我也接受了神父的布道，这件事没什么不妥之处。

正如人们所知,我的父亲是个"无神论者",至少我是这样猜测的。由于我生性过于腼腆,我想他也认为我是如此,我从来都没机会与他谈论过他的信仰。我的母亲曾给予我严格的胡格诺教派①教育,如今连同她美丽的面庞一起,记忆渐渐在我的心头消逝。你们知道我年少时便丧母。我那时还猜想不到孩子最初接受的道德教导会如何掌控他一生的行为,也不知道会对其思想带来怎样的影响。母亲向我灌输克己守身的严格教条,我将这些全部学了来。母亲离去时我十五岁,之后便由父亲在身边照料我,并对我的教育投入了很大热情。那时我已经学习了拉丁语和希腊语,他又教授了我希伯来语、梵文,后来还有波斯语和阿拉伯语。约莫到二十岁时,我的学业是如此精进,以至于他敢于让我协助他的工作。他饶有兴致地把我当作平等的同事,还想证明我有做这份工作的能力。以他的名义出版的《弗里吉亚人的宗教信仰研究》正是由我所作,作品只经他审阅了一遍便通过。这是对他最大的赞扬,他欣喜若狂。对我来说,这样一部趋炎附势的作品居然能取得成功,我深感困惑。然而,从此之后,我的事业便开始起步。连最博学的大学者都把我当作同僚对待。现在我可以微笑着接受所有人给予我的荣誉……就这

---

① 基督教新教加尔文教派在法国的称谓。

样我到了二十五岁，身边只有废墟和书籍，对生活本身一无所知。我对工作投入了罕有的热忱。我也希望有几个朋友陪伴左右（比如你们），但我爱得更多的是友谊本身，而不是那几个人；我会极其忠于朋友，但这是出于保持品德高贵性的需要；我珍视自己身上的每一种美好感情。眼下，我不了解我的朋友们，正如同我也不了解自己。也许我能过另一种生活，或是别人也许能过不一样的生活，我从没有这样思考过。

父亲与我的物质生活很简朴，我们的开销是如此微薄，以至于到了二十五岁，我都不知道家里其实很富有。我通常不会过多考虑这件事，以为我们只能勉强维持生计，而且跟随父亲我已经养成节省的习惯，当得知我们的财富远远不止于此时，我还有些许不适应。之前我对金钱上的事不甚关注，到父亲去世，而且得知我是唯一的继承人时，我才略微意识到自己手中拥有多少财富，但是直到签订婚约时，才真正清楚地了解自己名下财产的情况，同时发现马塞利娜几乎什么也没带过来。

还有一件之前我不知道的事，也许这件事更重要，那就是我的身体弱不禁风。之前我并没有机会证明自己的身体状况，如何能够得知？我时不时就会患感冒，也不会去悉心照料自己。过于平静的生活既削弱又保护了我的身体。相反，马塞利娜看起来身体健壮，从之后的事情就能得知,她比我的身体要好。

婚礼当晚,我们就睡在我巴黎的公寓里,已经有人准备好两个房间。我们在巴黎停留只是为了采购些必需品,然后便取道马赛,在那里,我们乘船向突尼斯出发。

对重病父亲的照料,接二连三突如其来的事情令我头晕目眩,父亲葬礼之后又经历了婚礼,免不了产生激动的心情,这一切让我筋疲力尽。直到登上船,我才感知到自己的疲惫。之前的每一件事都让疲劳更增添了一分,分散我的精力。在船上的空闲时光让我终于有能力来思考。这对我来说是第一次。

这也是我第一次长时间地远离工作。之前我都只进行短暂的休假。有一次是在母亲去世后不久,我同父亲一起去西班牙旅行,那次经历了一个多月时间;另一次是去德国旅行了六周;还有过其他几次旅行,但每次都是为了做调研。父亲一直目标明确,不会为了享受美景而耽误研究,而我,只要不跟随他的时候,便会读书。然而,当我们刚刚离开马赛,关于格拉纳达和塞维利亚①的种种回忆马上就变得鲜活起来,更加纯净的天空,更加凉爽的树荫,节日、欢笑与歌唱。我想我们这次又要体验这些了。我登上甲板,目送马赛

---

① 西班牙的两个城市。

离我越来越远。

之后，猛然间，我突然发现自己之前都忽略了马塞利娜。

她坐在船头，我向她走去，然后，第一次认真端详起我的新娘。

马塞利娜生得很美，这一点你们是知道的，你们见过她。我责备自己没有早些发觉她的美丽。我与她彼此太熟悉了，很难发现更多新意，我们两家长久以来都是世交。我看着她长大，已经习惯了她的秀美……这是第一次我为她的容颜而感到惊讶。

她戴着一顶样式简单的黑色草帽，任由一条大头巾随风飘动。她有着一头金发，但并不会将她衬得柔弱纤细。她身穿的裙子和上衣布料相同，是我们当时一起挑选的苏格兰料子。我不希望她为了同我一道守丧而穿得灰暗。

她察觉到我在看她，便将脸转了过来……直到那时我给她的只是勉强的殷切态度，我用冷淡的客气来代替爱情，我看得出来这一点令她有些烦恼。马塞利娜在那一刻是否察觉出来我看她的眼神第一次有所不同呢？她则定定地回望我，之后目光变得极为温柔，对我报以微笑。我没有说话，在她身旁坐下。在那之前，我都为自己而活，或者至少是顺应自己的意志而活。结婚时，我将妻子仅仅看作是一位同伴，并没有明确地料想到我们的结合会对未来的生活带来改变。此时我才刚刚明白,我的独身生活结束了。

甲板上除了我们二人再无旁人。她将额头伸向我,我轻轻地将她搂在胸前,她抬起双眼,我吻了吻她的眼帘。随着这一吻,我心中猛然间生起一种新的怜悯之情,这情感如此丰沛,我再也承受不住,不禁滚下泪来。

"你怎么啦?"马塞利娜问我。

我们开始交谈了。她美妙的谈吐令我心迷神往。我之前多少认为女人是愚蠢的。但是那天晚上听了她的谈话,倒是察觉自己显得又笨又蠢。

如此看来,这位与我结为夫妇的女子也有真正属于她自己的生活!当天夜里,想到这些,我几次醒来,几次从卧铺上坐起,俯身看着我的妻子马塞利娜的睡容。

第二天,天空晴朗无云,海面平静。轻松的谈话更加冲淡了前几日的忧虑。婚姻生活真正开始了。十月最后一天的早晨,我们抵达突尼斯,下了船。

我的本意是只逗留短短几日。我要向你们坦白我的愚见,在这个我新认识的国家的土地上,除了一些迦太基[①]和其他几座罗马废

---

① 存在于西元前8世纪至西元前146年之间,位于今北非突尼斯北部,是突尼斯的旅游景点。

墟，其他的，我都不感兴趣。我要去看看奥克塔夫对我提起过的提姆戈、苏塞①的马赛克建筑，尤其是杰姆②的古罗马剧场，这是我马上就要动身去参观的，一刻都不能耽搁。我们要先去苏塞，在那儿乘坐驿站的车。我希望这一路上没有什么需要我操心的地方。

然而突尼斯带给我远超预期的惊艳。我身上的一些部位，一些沉睡着的未曾使用过的官能，它们仍然保持着神秘的青春活力，一旦触碰到新事物，产生新的感受，它们便亢奋起来。

比起感觉欣喜，更多感受到的是惊奇，我对自己的发现目瞪口呆。尤其令我高兴的是马塞利娜的喜悦。

然而我的疲累感却与日俱增，但如果就此停下旅程，我又会觉得羞愧。我一直咳嗽，胸口上方还有异样的感觉。我想着我们就要去往南方，温暖的空气会让我恢复体力。

斯法克斯③的驿车晚上八点离开了苏塞，凌晨一点时经过了杰姆。我们预订的是前车厢的座位，我本以为等着我们的是一辆不甚舒适的破车，然而，事情刚好相反，我们坐得很安逸。但是还有严寒！……我们两人哪来的自信，幼稚到认为南方气候温暖，因此两

---

① 突尼斯第三大城市。
② 位于突尼斯马赫迪耶省的一个城市。
③ 突尼斯东部的港口城市。

个人都穿得相当单薄,随身只带了一条披肩。刚一离开苏塞城和那里山丘的屏障,冷风就吹了起来。风在平原上奔跃,它怒吼着,呼啸着,从每一个门缝里钻进来,什么都不能阻挡它钻进来。到达目的地时,我们两人都冻僵了,我更甚,被车厢的颠簸弄得筋疲力尽,而且咳个不停,身体摇摇欲坠。这是怎样一个夜晚!到了杰姆之后,没有可以住宿的旅店,只有一个简陋的堡供我们歇脚,还能怎么样呢?驿车离开了。整个村庄还在沉睡之中,在茫茫夜色中,大片的废墟隐约可见,狗在吠着。我们又回到了堡的厅中,那里放着两张可怜的破床。马塞利娜冷得直发抖,但待在那儿至少可以躲避冷风。

天气阴沉。当我们出门时,看到天空一片灰暗,真是出乎意料。冷风继续吹着,但风势已经没有昨夜那样猛烈。只有到了晚上,驿车才会经过这里……我就这样总结吧,这一天过得很凄惨。我花了些时间去参观古罗马剧场,但是令人非常失望。在晦暗的天空下,这剧场甚至显得有些丑陋。也许疲倦的感觉令我感到更加百无聊赖。本来想找寻一些碑文,但是临近中午的时候,我徒劳而返。马塞利娜在背风处读着一本带来的英文书。我回来之后,在她身旁坐下。

"多么倒霉的一天!你不觉得有点无聊吗?"我问她。

"不会,你看,我在读书呢。"

"我们到这里究竟是来干什么的?至少你不觉得冷吧。"

"不太冷。你呢?你的脸色煞白,真的!"

"没事……"

当天夜里,风又凶猛地刮了起来……驿车总算来了。我们重新启程了。

车子刚颠簸了几下我就感觉身体像是散了架。马塞利娜非常困倦,在我的肩头一会儿便睡着了。但是我不想自己的咳嗽声把她弄醒,我轻轻地将她靠向车的隔板。然而,我不再干咳了,而是开始咳痰,这是新症状。咳起来并不费劲,一会儿咳一小口,之后咳得规律起来。这是一种非常奇特的体验,一开始我几乎感觉开心,但我马上被嘴里说不出来的异味弄得有点恶心。手绢马上就吐满不能用了,而且手上也沾了许多。马塞利娜会不会被我吵醒?幸好我想起她腰间系着条很大的纱巾。我轻轻地解了下来。咳痰越来越多,简直没有尽头。咳完之后,我感觉轻松多了。我心想,感冒这就要好了。突然之间,我感觉身体虚弱得很,头晕目眩,感觉自己就要倒下去了。我应该叫醒马塞利娜吗?……啊!不!……(我想从孩童时代起,我就保留着坚决不能暴露自己脆弱的观念,我憎恨脆弱,把它称之为懦弱。)我重新振作精神,紧紧地抓住一些东西,终于控制住了眩晕的感觉……我感觉自己好像还在海上,车轮的声音变成了海浪声……但是我终于不再咳痰了。

之后,我在摇摇晃晃中慢慢进入了梦乡。

当我醒来的时候,天色已经大亮。马塞利娜还在梦乡之中。我们快要到站了。我手中拿着的纱巾变得颜色晦暗,一开始看不出什么,但是,当我掏出手绢时,上面全是血,我不禁傻了眼。

我的第一个念头是向马塞利娜隐瞒自己吐血的事。但是怎么瞒得住呢?我弄得到处都是血迹,眼前到处都是,尤其是我的手上……如果她问起来,我就说我有可能是流了鼻血,就是这样。我就告诉她是流了鼻血。

马塞利娜还在沉睡,我们到达目的地。她先下了车,什么都没看见。我们订了两个房间。我冲进自己的房间,把血迹都洗掉了。马塞利娜应该什么都没看见。

然而我还是感觉很虚弱,叫人给我们俩端来了茶。她准备茶时非常平静,脸色也有些许苍白。她微笑着,她可能什么都没有看到,这让我不禁有点恼火。我觉得这不公平,确实是这样。我对自己说,如果她什么也没看到,那是因为我隐藏得好。这么想也无济于事,我还是不大高兴。这个念头在我心里变得越来越强烈,就好像一种本能似的,大到将我吞没……最后这个想法变得过于强烈,我再也把持不住了,漫不经心似的对她说:"我昨天夜里咳血了。"

她倒没有发出一声惊叫,只是脸色变得更为苍白,她的身体摇摇晃晃的,想要站起来,却一头倒在地板上。

我发疯似的朝她冲了过去:"马塞利娜!马塞利娜!"这下好了!我倒是做了什么?我,我自己已经病了还不够吗?但是我已经说过自己很虚弱,我自己也感觉很难受。我打开门,呼叫,人们赶了过来。

我记得行李箱里放着一封给本城军官的推荐信,拿着这封信,我派人去请这位军医。

不过马塞利娜苏醒了过来。现在她在我的床头,我自己却在床上发烧并发着抖。军医到了,他给我们两人都做了检查:他确认说马塞利娜什么事也没有,跌了一跤也没有损伤。而我则病得很严重,他甚至不愿意说出是什么病,他答应当天傍晚之前会来看我。

他回到我的床边,对我微笑,同我讲话,并给了几种不同的药物,我觉得他是判了我的死刑。需要我对他讲出来吗?我没有感觉震惊。当时我很疲倦,便自我放弃了。"说到底,生活给了我什么?我工作到死,兢兢业业,充满激情地尽职尽责。其他的一切……唉,又同我有什么相干呢?"我这样想道,认为自己的淡泊也足以称为美德。但是让我难以忍受的是这房间的简陋粗鄙。"酒店的房间真是破烂不堪",我环视着四周。猛然间,我想到在旁边,类似这间的房间里是我的妻子马塞利娜,我听见她在说话。医生并没有离去,二人正在讲话,他们尽量将声音压得很低。过了一小会儿之后,我应该是睡着了。

当我醒来时,马塞利娜就在我身边。我认为她应该是哭过。我并不那么热爱生活,所以不会吝惜自己,但是这房间的粗鄙实在令我恼火。而她的存在,几乎让我感到心满意足。

现在,她就在我身旁写着信。她看起来可真美。我看到她封上了好几封信。然后她起身向我的床边走来,温柔地握着我的手。

"你现在感觉怎么样?"她问道。

我微微一笑,悲伤地对她说:"我还会痊愈吗?"

她马上回答我:"你会好起来的!"她充满热情的话语里带着十足的肯定,几乎也要说服我了。我的脑海中产生了一种幻觉,之后的生活,她对我的爱,我对她的爱恋,以一种宏大壮美的画面呈现出来。想到这些,眼泪填满了我的眼眶。我哭泣了很久,既不能,也不愿控制自己的情绪。

出于多么强烈的爱意,她才能帮我离开苏塞;从苏塞到突尼斯,从突尼斯到君士坦丁堡,马塞利娜对我施以各种细致的照料,她保护着我，救治着我，守护着我，她真令我敬佩。在比斯克拉①，我的病痊愈了。她的信心十足，她的热忱一刻也没有衰减。预定行程，确保住宿，一切都由她操持。唉！她的努力也只能让旅行变得不那么劳顿。有好几次，我觉得自己的生命就要走到尽头，停止呼吸了。我就像一个垂死的病人般汗流浃背，喘不上气，有时还会失去意识。到了第三天，我到达比斯克拉的时候与死人无异。

---

① 阿尔及利亚东北部城市。

第二章

  为什么要说起起初得病的那些日子呢？关于那些日子还剩下什么？只有无声的痛苦回忆。我那时不知道自己是谁，身处何处。我只能回忆起，垂死的病床前，俯身站着我的妻子马塞利娜，她就是我的生命。我知道完全是她热切的照料，是她对我的爱，将我救活了。终于，有一天，我感觉自己就像迷航的水手发现了大陆一般，感觉到一丝生命的微光重新点燃起来。我能对马塞利娜笑了。我为什么要同你们说这些？我想说的重点是，就像人们说的，死神曾经用它的翅膀碰了碰我。重点是，我很惊讶自己居然活下来了，那一天，我的希望之光被重新点亮。之前，我想自己从不明白自己正在生活着。我应当把生活过成扣人心弦的冒险旅程。

  之后的某一天，我可以起身了。我被我们的家完全迷住了。这简直是一个平台。这是怎样的一个平台啊！我的房间和马塞利娜的房间都对着它。平台一直向前延伸过去便是屋顶。我们走到最高处,可以看见一幢幢房子的更远处是棕榈树,棕榈树的更远处是沙漠。平台的另一侧通向城中的花园,被一些伸出的金合欢的树枝遮蔽着。最后它延伸到了一个小庭院的台阶处,在那里止步。这是一个中规中矩的小院子,里面种着六棵中规中矩的棕榈树。我的房间非常宽敞通风,白墙上刷了石灰,没有任何装饰,有一道小门可以通往马塞利娜的房间,另一道大玻璃门对着平台。

时间一天天不分时日地流逝着。多少次,在孤寂中,我一遍遍地过着漫长的一天!……马塞利娜就在我的身旁。她读书、缝纫或是写信。我则什么也不做,只是望着她。哦,马塞利娜!马塞利娜!……我就这么望着她。我看见了太阳,看见了阴影,看见了日影移动,我几乎什么也不想,就盯着日影观察起来。我的身体仍然很虚弱,呼吸困难,一切都让我感到疲倦,甚至是读书。而且我要读什么书呢?光做这些事就已经耗尽了我的精力。

有一天早晨,马塞利娜笑着进来,说道:"我给你带来一位朋友。"我看见她身后跟进来一位褐色皮肤的阿拉伯小孩。孩子名叫贝希尔,用一双大大的沉静的眼睛看着我。我感觉有点烦神,这种烦神本身就已经令我疲累。我一言不发,显得恼怒。孩子面对我冷冰冰的回应显得惊慌失措，做出了一个小动物般可爱亲昵的动作，他转身去找马塞利娜，躲进她的怀里，拉着她的一只手想要拥抱她，这一下露出了他光溜溜的胳膊。我注意到，他轻薄的白色无袖长衫和打了补丁的斗篷下面，全身赤裸。

"来吧！你坐在那儿。"马塞利娜见我面露愠色便对他说，"自己在那乖乖地玩吧。"

小家伙席地而坐，从斗篷的帽子里掏出一把小刀和一块杰里德木头，然后开始削起来。我猜他是想做一枚哨子。

只过了一小会儿，我就不再因为他的存在而感到不自在了。我看着他。他似乎忘记了自己的所在。他打着赤脚，脚踝和手腕都生得很好看。他使着破刀的样子逗人发笑。说真的，我会对眼前的景象感兴趣吗？他的头发剃成阿拉伯样式，戴着一顶破烂的小圆帽，在流苏的位置，只剩下一个洞。无袖长衫有些滑落下来，露出了他可爱的小肩膀。我想去摸摸那肩膀，便俯下身，他回过头来，冲着我微笑。我让他把哨子递给我看看，我放在手中把玩着。现在他该走了。马塞利娜给了他一块蛋糕，我给了他两苏[①]。

平生第一次，我觉得焦躁不安，我在等待，我在等什么？我感

[①] "苏"是法国中世纪货币单位，20苏为一法郎。

觉无所事事，焦虑不安。最后我终于受不了了："贝希尔今天早上不会来了吗？马塞利娜。"

"如果你想让他来，我可以去找他。"

她留我一人，下了楼。过了片刻，她独自回来了。疾病究竟对我做了什么？我没看到贝希尔一起回来，居然难过得哭了起来。

"太晚了，"她说，"孩子们已经放学，四散到各处去了。他们中有一些很可爱，你知道的。我想现在所有孩子都已经认识我了。"

"至少明天想办法让他来。"

次日，贝希尔来了。他就像前一天那样坐在地上，掏出了小刀，这次他想要去削一块很硬的木头，他削得太用力了，结果刀片割进了拇指。我吓得颤抖了一下，他却笑着给我看他亮晶晶的刀口，笑嘻嘻地看着自己流血。他张嘴一笑，露出雪白的牙齿。他津津有味地舔着自己的伤口，舌头像猫的舌头一样粉红。啊！他的身体可真好啊！这就是我迷恋他的地方：健康！这副小躯体流淌出健康之美。

再后一天，他带来了弹珠。他想让我陪他一起玩。马塞利娜不在，如果她在的话，肯定会阻止我。我有些犹豫，看着贝希尔。小家伙拉着我的胳膊，将弹珠放在我的手中，硬要我玩。我一弯下身子就会气喘吁吁，但还是尽力陪他玩。贝希尔的欢乐感染着我。最后我终于体力不支，浑身都被汗浸透了。我扔掉了弹珠，倒在一张沙发里。贝希尔有些困惑地看着我。

"你病了吗？"他亲切地问我，他的音色美妙非凡。马塞利娜在此时进了房间。

"你带他走吧，"我对她说，"我今天早上累了。"

过了一些时日，我咳了一次血。那时我正拖着步子在平台上散步，马塞利娜正在她的房间忙碌着，幸好她什么也没有看到。我当时想喘口气，就深深地呼吸了一下，结果突然就咳血了。什么东西填满了我的嘴……但这次不像之前咳的是鲜血，而是一个令人厌恶的大血块，我恶心地吐在地上。

我跟跟跄跄地勉强走了几步，情绪非常激动。我发着抖，心中很害怕，我也很生气。因为直到今时今日，一步步地，我以为自己痊愈的那天就要到来了，以为剩下的事就是等待着这一天的到来。这个突如其来的意外却又将我又扔回到了之前的日子里。奇怪的是，一开始咳血时我并没有如此恐惧，我记得那时内心几乎是平静的。那么现在我的恐惧从何而来呢？哎呀！是因为我开始热爱生活了。

我重新走回去，弯下腰去找寻咯的血，我找了一根小棍子将血块挑了起来，放在我的手帕上端详着。这个肮脏的血块近乎黑色，黏糊糊的，让人难以忍受。这时我想到了贝希尔鲜红色健康的血液。突然间，我有了一种欲望，一种更强烈的渴望，比之前体会的更为迫切的念头：活着！我要活着！我要活着！我要咬紧牙齿，握紧拳头，发狂地、悲愤地集中一切意志力为了生存而努力！

前一天晚上，我收到了一封来自T的信，信中回答了马塞利娜所忧虑的一些问题，回信中的解答都是治疗方案，T还随信附了几本医学普及的小册子和一本专门的书，这本书在我看来更加严肃些。我粗略地浏览了这封信，压根就没有看那些册子和书。首先是因为这些小册子很像小时候人们灌输给我的道德条例，令我一点好感也不抱。同样是因为这些建议令我心烦意乱，最后我不认为《结核病治疗建议》《结核病治疗实践》能适用于我的病情。我不认为自己得的就是肺结核。我一厢情愿地把最初咯血的症状归结于其他原因，或者换句话说，我不把它归结为任何一种原因，我就是逃避去思考这个问题，我什么也不去想，自己判断觉得就算不是马上就要痊愈了，也差不多快好了……我读了信，又把书和治疗建议全部读了个遍。猛然间，我发现了一个令自己害怕的事实，看起来我之前并没有得到应有的照料。在此刻之前，我都得过且过，对自己抱着不切实际、虚空的希望；现在，我的生命陡然间遭受了打击，我的内心遭到了重创，我的身体里似乎住进了数量众多的、活跃的敌人。我倾听它，窥视它，感受它的存在。如果不反击，我是不能战胜这个敌人的……然后我用低沉的声音补充道，就像是为了让自己更加确信似的说："这是一场意志力的决斗。"

我将自己的内心调整到了全副武装的状态。

夜晚来临了，我开始制定自己的策略。在这段时间，我唯一要研究的就是如何让自己痊愈。我的任务就是恢复健康。所有对我的身体健康有益的事物就能称作是"好的"，而所有不能帮助我痊愈的东西都要摒弃。在吃晚饭前，我就自己的呼吸、身体锻炼、饮食制定了方案。

我们在一个小亭子里就餐，周围平台环绕。只有我们两人，饭吃得安安静静，远离一切喧闹。这种私密性显得非常美妙。一名年老的黑人从旁边的旅馆给我们端来尚且能够将就一顿的餐食。马塞利娜盯着菜单，要这一样，不要那一样……由于平日里我的胃口不大，便不会因为缺什么菜，或是菜品的选择不丰富而烦心。马塞利娜自己本来就吃得不多，并不知晓，也没有留意到我进食的分量不够。多进食是我指定的所有方案中最重要的一项。本来我是预备从今晚就开始执行，怎料却无法实施。我们喝了一些不知道是什么的浓汤，然后还有一份烤得过焦的烤肉，真是荒唐。

我的怒火烧得如此旺盛，直接倾泻在马塞利娜身上，对着她说了很多过分的话。我指责她，在我看来，她就应当为菜品不合心意而负责。我刚刚预备采用的饮食策略就遭遇了小小的拖延，这事现在变得尤为严重。我把前些天的作息抛之脑后，没吃饱的这一餐会把一切都毁了，我固执地这样认为。马塞利娜只能去城中搜寻一瓶罐头，或是随便什么肉酱回来。

不久，她带着一小罐肉罐头回来，我狼吞虎咽地几乎全部吃了下去，仿佛是为了给我们两人证明我是多么需要多进食。

当天晚上，我们讨论了这件事。餐食需要大大改善，也要多加几顿，每三个小时进餐一次，早上六点半就开始吃第一顿，还要预备各式各样丰富的罐头，以弥补旅店提供的餐食质量一般的不足……

这天夜里我难以入睡，新疗法可能带来的效果令我沉醉。我想自己有点发烧，旁边正好有一瓶矿泉水，我喝了一杯、两杯，第三次索性直接拿起瓶子一口气喝完。我重新回顾了自己想要实施的方案，就像复习功课似的；我调动起自己的精神之矛，对准所有东西，我需要同一切事物搏斗——只有我自己才能救自己。

最后，我看到夜空发白，天要亮了。

这是我的武装反抗之夜。

第二天是礼拜日。我承认，自己从没关心过马塞利娜的信仰问题，无论是出于漠不关心还是不好意思，我都认为这事与我无关，因此我对它并不重视……那一天，马塞利娜去做了弥撒。她回来时告诉我，她为我祈祷过了。我定睛看着她，然后带着尽量温和的语气对她说："马塞利娜，你不应当为我祈祷。"

"为什么？"她说，脸上露出一丝困惑的神色。

"我不喜欢被保护。"

"你是要拒绝上帝的帮助吗？"

"如果我祈祷了，那之后，他就有权利要求我感激他。这就产生了义务，我不愿意这么做。"

我们看似是在开玩笑，但我们都清楚这番对话的重要意义。

"只靠自己，你是没法好起来的，我可怜的朋友。"她叹息道。

"那就只能自认倒霉了……"然而看着她忧伤的面庞，我补了一句显得不太突兀的话，"你会帮助我好起来的。"

第三章

　　我会花很长时间来谈论自己的身体。我会讲述很久,以至于在你们看来,我忘记讲述自己的精神状态。在这篇叙述中,对于精神方面的忽略是有意为之,这是在那里时的真实情况。我没有足够的力气去维持两方面的生活;精神和其他方面,我想,当我的身体转好一些之后,再去思虑。

　　我还远远谈不上痊愈。我会无缘无故地出汗和身体发冷;引用卢梭的话,我会"呼吸短促",有时还会发烧;早上开始就有令人厌恶的疲倦,我虚弱地蜷在一张扶手椅里,对一切都保持漠然状态,只顾着自己,全部力气都用在了保持顺畅的呼吸上。我痛苦地、有条理地、小心翼翼地呼吸着,呼气时伴随着两声震颤,即使浑身绷紧也不能完全忍住,很长时间过后,我还是得相当注意才能避免发出震颤。

但是最令我煎熬的，还是病体对温度的变化变得相当敏感。今天看来，这是在疾病基础之上患上的综合性神经紊乱。在我看来，如果仅仅是得了结核病，那么这一系列的症状是解释不通的。

我总是感觉不是太热就是太冷，增添衣服时到了可笑的地步，唯一能让我停止打寒战的就是出虚汗，稍微脱去一些衣物，不再出汗，便马上又打起寒战。我身体的一些部位冻僵了，纵使还出着虚汗，摸上去却像大理石一样冰冷。无论做什么也不能让它们感觉暖和起来。洗脸时如果有一点水溅到了脚上，我就会觉得冷，然后就会感冒；我对热气也很敏感。这种敏感，身体到了现如今还是保留了下来，但是今天我享受到了身体的通畅舒爽。我认为所有强烈的敏感性，取决于肌体的强壮或是虚弱，会导致个体感觉舒适或是难受。之前所有令我煎熬的感受现在变成了美妙的体验。

我不知道自己之前是怎么做到关着窗户睡觉的。根据T的建议，我试着夜里开着窗户；一开始只敞开一点点，不久我就可以让它们大开着了；再过不久，这就变成了一种习惯，只要窗户一关闭，我就感觉憋气。之后，当夜风进入房间向我袭来，清透的月光照在我身上，我感到美好极了！

完成第一阶段护理试验的日子终于迟迟到来了。多亏了颇有成效的不间断护理和改善了的饮食，我觉得好多了。在那之前，因为害怕爬楼梯气喘,我并不敢离开平台;终于,在一月的最后几天,我下了楼,开始在花园里四处走走。

马塞利娜带着一条披肩陪着我。当时是下午三点。这个国度经常吹大风,已经困扰了我三天的风此时消停下来。温软的空气令人舒适惬意。

这是一座公园。一条宽阔的走道将其分开左右,走道两边种着高大的称为金合欢的树木,为走道提供了两排树荫,树荫下放着一些长椅。有一条河渠,河面并不宽但很深,几乎笔直地沿着走道向下。河渠向下分出了一些小支流,将河水引开,贯穿公园,导向植物;河水是浑浊的土黄色,接近土粉色或土灰色。公园里几乎没有外国人,只有寥寥几个阿拉伯人。他们在公园里散步,一离开太阳地,他们的白色长衫便沾上了树荫的颜色。

一走进这奇特的树荫里,我便冷得一抖擞,我裹上披肩,但并不觉得难受;相反觉得很舒适……我们在一条长椅上坐下。马塞利娜缄默不语。几个阿拉伯人从我们身旁走过,随后一群孩子经过。马塞利娜认得他们其中的几个,示意他们过来。孩子们向我们走近。她给我介绍他们的名字,接着我们有问有答地交谈起来,有的欢笑,有的噘嘴,我们做了些小游戏。眼前的这幅景象让我觉得有些不舒服,我感到乏累了,而且汗涔涔的。然而,令我烦恼的,我坦白说，并不是孩子们，而是她。是的，这很罕有，她的存在惹得我心烦意乱。我一站起身，她就会跟上来；我一拿掉披肩，她就想要接过去；如果我又披上，她就会问："你是不是觉得冷了？"而且，我也不敢当着她的面同孩子们说话。我看得出来她对孩子们保护有加，我感兴趣的是孩子们健康漂亮的模样。

"我们回去吧。"我对她说。我暗暗决定之后独自返回这个公园。

第二天，约莫十点的时候，她出了门，我便利用这个空当。小贝希尔几乎天天早上都会来，拿着我的披肩；我感觉头脑清醒，心情轻快。走道上几乎只有我们二人，我缓缓走着，走累了便坐下休息一会儿，之后又起身往前。贝希尔跟在我的身后，他叽叽喳喳地说着话，像一条忠诚灵活的小狗。我走到妇女们洗衣服的渠道那里。河水的中央放了一块平坦的石头，上面趴着一个小女孩，脸朝下冲着河水，一只手伸进水中，时而抓住一些小树枝，时而抛掉它们。她光溜溜的脚也浸在水中，已经留下了水迹，她的皮肤看起来颜色更深。贝希尔向她走去，同她讲话；她回过头来，对着我一笑，然后用阿拉伯语回答贝希尔。

"这是我的妹妹。"贝希尔对我说，然后他说母亲要来洗衣服，他的小妹妹在这里等她。她名叫拉德拉，在阿拉伯语中是绿色的意思。他讲这些话时,声音可人、清脆、充满童真,令我也产生了同样的童真之感。

"她求你给她两苏。"他说。

我给了她十苏,正准备离开时,这位准备洗衣服的母亲来了。这是一名富有魅力的丰满女子,宽阔的额头上有蓝色的刺青,头上顶着一只洗衣篮,很像古代顶着贡品篮的少女,就像她们一样,她身上只围着一大块宽宽的暗蓝色布料,在腰间扎了起来,然后一直垂到脚面。她一看到贝希尔,就大声训斥他,他也激烈地反驳着,小女孩也加入了争吵,三个人吵得不可开交。最后贝希尔好像认输了,告诉我,他的母亲今天上午需要他帮忙。他难过地将披肩递给我,这下我只能一个人走了。

刚走了二十步,披肩就变得难以承受,异常沉重;我浑身出虚汗,找了一条离我最近的长椅坐下。我希望能来个孩子将我身上的负重卸下。不一会儿,便来了一个十四岁的大男孩,皮肤黝黑得像个苏丹人,一点也不害羞,主动上来帮忙。他叫阿舒尔。若不是因为他是独眼,我倒认为他生得模样俊俏。他喜欢主动引起话题,告诉我河水的源头在哪里,这条河渠流过公园,在绿洲处汇聚,流经整个绿洲。我听着他的描述,忘却了自己的疲惫。虽然我觉得贝希尔如此可人,但我现在对他太熟悉了,很高兴能换个人相处。我甚至答应自己，改天要一个人到公园里来，坐在长椅上等待另一次幸福的邂逅。

在我停歇了好几次之后，阿舒尔陪着我走到了我的门口。我很想邀请他上楼，却不敢，因为我不知道马塞利娜会如何说。

我看见她在餐厅里照顾着一名年幼的孩子，那孩子瘦小孱弱，我起初看见他厌恶多于怜悯。马塞利娜有些心虚地对我说："这可怜的小家伙病了。"

"应该不是传染病吧？他得的是什么病？"

"还不太清楚。他说自己浑身都有点疼。他法语说得不怎么好，明天贝希尔来的时候，我可以让他当翻译。我给他喝了一点茶。"

然后，就像是自我辩解似的，她看见我站在那儿一言不发，便说道："我认识他很长时间了，之前我一直没敢让他来，我怕你劳累，或是不喜欢他。"

"你为什么这么说？"我叫嚷着，"如果你乐意，就把你想带来的孩子都带来吧！"我想着，本来我是多么想让阿舒尔上楼来的，一想到自己没这么做就有点气恼。

然而当我去看我的妻子时，发现她充满母性与关怀。她的温柔是如此打动人心。没过多久，身体恢复温暖的小家伙便兀自离去。

我说起自己去散步了，并且语气平和地让她明白，为什么我喜欢独自出去。

平日的夜里我还是会惊醒，要么感觉冰冷，要么热出汗。今夜，我却睡得很安稳，几乎没有惊醒。第二天早晨一过九点，我就预备出门。天气晴好。我感觉自己休息得很好，毫无虚弱之感，心情愉悦，更可以说是兴致盎然。这一天风和日丽，但我拿了我的披肩，就像是预备着结识愿意为我拿的人似的。我说过公园直通平台，因此我不一会儿就到那儿了。我带着欣喜走进树荫地。阳光明媚。金合欢的花很早便先于叶子发了出来，散发着清香；然而，有一种不知名的淡淡的芳香从四面八方飘来，经由几种感官飘进我的身体里，令我精神振奋。这芳香令我感到呼吸更加顺畅，步子也走得更加轻盈，但我还是在眼前的第一个长椅上坐了下来，倒不是因为疲累，而是因为陶醉。我望着周围的一切，轻薄的树荫随着光线移动，它并没有垂到地面，而是刚刚与地面相接。啊！光明！我倾听着，我听到了什么？我什么也没有听到。我听到了一切。我玩味着每一种声音。我记得自己看到了一棵矮树，从远处看，它的树皮生得非常奇怪，以至于我要走近去亲自摸摸。我爱抚似的抚摸着树皮，从中获得了一阵巨大的喜悦。我记得……难道正是那天早晨我获得了重生吗？

忘记说了，那天早晨我是独自一人，无所等待，忘记了时间。直到那一天之前，我仿佛都思考得太多，而感受得太少，因此惊异于那日的发现：我的感受变得如同想法一样强烈。

我说"仿佛"，是因为此刻，成千上万的微光和曾经混沌的感受从幼年的时间隧道中苏醒过来。我重新意识到了感受的存在，这令我生出了不安。是的，我的感受，从此以后它们复活了，将撰写出一段故事，将过往重新编织。它们还活着！它们的存在从未停止过，甚至在我做研究的那些年，也狡黠地潜伏在我的生命中。

那天我没有遇到一个有趣的人，但感觉悠闲自在。我从口袋里拿出一本袖珍的《荷马史诗》，从马赛登船开始，我还没有将它翻看过，这次重读《奥德赛》中的三行诗，将它们记在心里，从诗句的韵律中汲取到了充分的给养，沉浸在阅读的欢欣雀跃中。之后我合上书，待在那里，身心颤动，想到人能够变得如此生机勃勃，思想就深深沉浸在幸福之中。

第四章

马塞利娜见到我正在恢复健康,非常欣喜,这几天都在对我说起绿洲最美妙的果园。她喜爱在户外散步。我患病期间,她得空可以长时间远足,回来时还意犹未尽。但是她一直不怎么说起此事,怕引起我的兴致要同她一起前往,又担心我因为没有享受到这份快乐而伤心。但是,现在眼见我的身体好转,她便能借由这些美丽的风景邀我一同欣赏。我也恢复了散步和欣赏风景的兴致,因此可以一同前去。第二天,我们便一起出发了。

她带我走上了一条奇异的路,这条路是如此奇特,在任何国度我从来没有见过类似的。在两堵高高的土墙之间,小路懒洋洋地向前延伸。花园的形状被土墙所限,随意地发展成歪歪扭扭的状态;这条路弯弯曲曲,或是突然转折。进了入口,我们转了一个弯便迷了路,我们忘了来路,也不知去路在何方。一条忠诚的小溪顺着小路,沿着一堵土墙流淌。土墙就地取材而成,这种土整个绿洲都是,是一种暗红或浅灰色的黏土,水一浸便会颜色变深,太阳一照便会龟裂,高温一烤便会变硬,然而只要来一场大雨又会变软,成为可以塑形的地面,光脚踩上去便会留下印迹。土墙的上面是棕榈树。我们靠近时,惊飞了几只斑鸠。马塞利娜看着我。

我忘却了劳累与拘束,在一种精神出窍的状态下走着,默然地欢喜着,为精神感受以及肉体的欢畅而兴奋不已。此时,微风吹起,所有的棕榈树叶随风摆动,我们看到长得最高的棕榈树微微倾斜;之后一切恢复了平静的状态,我听到墙后面传来了清楚的笛声。那里正好有一处缺口,我们钻了进去。

这是一处光影交错之地,平静得像是一处感受不到时间流逝的世外桃源,这里充满宁静与光影的跃动,有流水淙淙之声,那是水流在棕榈树间窜动,有斑鸠隐秘的鸣叫,还有孩童吹奏的笛声。孩子正在照看一群山羊,他几乎全裸地坐在一棵棕榈树的木墩上,看到我们走近,他并不惊慌,笛声只间断了一下便继续吹奏起来。

在这短暂的沉寂时刻,我听见远处有另一处笛声回应。我们又往前走了一小段,然后马塞利娜说:"没必要再往前走了,这些果园都长得差不多,就算走到绿洲的尽头,果园也只是变宽阔了一点而已……"

她把披肩铺在地上:"你歇息一会儿吧。"

我们在那里待了多久?我记不清了。时间重要吗?马塞利娜就在我的身边,我仰面躺着,头枕着她的腿。笛声依旧,时断时续;流水汩汩……一只山羊时不时地咩咩叫上几声。我闭上双眼,感受着马塞利娜放在我额头上微凉的手;我感受着从棕榈叶的缝隙间洒下的柔和的光线。我脑中静静的一片,什么也不去想。思想有什么要紧?我的感受非同寻常。

片刻过后,传来新的声音,我睁开双眼,那是棕榈树间的清风声;这阵风没有向下吹到我们身上,只在高处的棕榈枝间穿梭……

次日早晨,我同马塞利娜再次来到这座果园;当天晚上,我独自故地重游。吹笛子的牧童还在那里。我向他走去,同他说话。他名叫洛西夫,只有十二岁,生得非常俊美。他告诉我自己放养的山羊的名字,还告诉我,水渠在当地语言中的念法;他告诉我,这些水渠并不是每天流水,水需要精打细算地使用,用来灌溉干渴的植物,用完之后就要立即引走。每棵棕榈树的根部都挖了一个小水坑用来蓄水灌溉。孩子一面操作着一个阀门装置,一面向我解释如何分配水,如何将水引到亟须灌溉的地方。

我见到了洛西夫的哥哥,他的名字叫拉什米,年纪稍长,模样生得没有洛西夫好看。他把几棵被砍过的老棕榈树的树疤当作梯子，一路向高处攀到一棵被削去顶枝的棕榈树，然后又灵敏地爬了下来。他的衣领敞开，随风飘舞，露出了衣服下面金色的身体。他从削掉树顶的那棵棕榈树的高处取下一个小陶罐，它之前挂在那里是为了接新割断树枝流出来的树汁，阿拉伯人很喜欢喝这种汁液制作成的低度酒。拉什米邀请我喝一口，我尝了尝，但并不喜欢，这饮料味道清淡，有点发涩，像糖浆一般。

接下来的几天里，我越走越远，欣赏到了其他的园子、牧童和山羊。虽然就像马塞利娜说的，这些果园都差不多，但是每个果园都有自己的风味。

有时马塞利娜也会陪我一起散步，但通常在果园的入口处，我就会自己走开，找借口让她相信我乏了，想坐下休息，她可以多走走，无须等我。这样她就会留我一人，自己散步去了。我则与孩子们待在一起。不久我便认识了一大群孩子。我长时间地与他们交谈，学习他们的游戏，也会教他们一些其他游戏，我将身上的铜子输得"见底"。有几个孩子会陪我走到更远处（每天我都会走得更远），给我指一条新的归路，有时我同时带着外套和披肩，孩子们也会替我拿；临分手的时候，我会给他们分发一些零钱；有时他们也会跟着我回家，一边玩耍着，直到把我送到门口；有时他们也会进门。

之后马塞利娜也带回家一些孩子。孩子是从学校来的,她鼓励他们学习。放学之后,那些乖巧温顺的孩子可以来玩。我带回来的则是另一种孩子,但是游戏使他们都能玩到一起去。我们总是会留心给孩子们准备一些饮料和糖果。不久之后其他的孩子也会来玩,甚至有些是不请自来。我记得他们中的每一个,还能想起他们的脸庞……

临近一月底时,天气突然变得很糟糕,刮起冷风,我的身体也感到了不适。将绿洲与城市隔开的那一大片空地,现在对我来说变得无法跨越了,我只能重新回到公园散步。之后便是雨天、冰雨,目之所及,北面的山峦都被大雪覆盖着。

我在火炉旁怏怏不乐地过着日子,精神沮丧。我奋力地与病魔作斗争,这些日子因为天气不好,病魔已经占了上风。阴云密布的日子里,我既不能读书,也不能工作;稍微使点力气就会出讨厌的虚汗;精神稍微一集中就会筋疲力尽;只要不仔细留心自己的呼吸,就会感到憋闷。

孩子们是我在这阴郁日子里唯一的解脱。因为一直下雨,只有最熟悉的孩子会来登门;他们的衣服都湿透了,围坐在炉火前。我太累太难受了,什么也不能做,只能看着他们,然而看着他们健康的身体，我的身体也感觉好受了些。马塞利娜喜欢的都是那些羸弱却非常乖顺的孩子，我对她和那些孩子都很恼火，最后把这些孩子都轰了出去。老实说，他们令我感到恐惧。

一天早晨，我对自己有了一个新奇的发现。莫克蒂尔，是我妻子照料的孩子中唯一不令我讨厌的，那天他与我单独待在房间里。我站在炉火旁，双肘撑在壁炉台上，面前摊开着一本书，我假装沉浸于书中，却能从镜子里看到背后莫克蒂尔的行动。一种说不清道不明的好奇心驱使着我监视着他的一举一动。莫克蒂尔对自己被观察的事浑然不知，以为我沉浸在阅读之中。我看见他悄无声息地走到一张桌子旁，那上面放着马塞利娜的一件针线活，旁边有一把小剪刀，他偷偷地拿起那把剪刀，一转眼便塞进自己的斗篷里。我的心脏突突地猛烈跳动着，但是，我的理智并没有驱使我对他产生反感。更重要的是，我发觉自己当时的感受居然是觉得这事有趣、欢乐。当我留给莫克蒂尔充足的时间完成行窃之后，我转身面对他，对他说话，就像什么都没有发生过一样。马塞利娜非常喜爱这个孩子，但并不是因为这个理由，我才没有揭穿莫克蒂尔，我在看见马塞利娜时，为剪刀的丢失编造了一个故事，好让她不要为此烦心。从那天起，莫克蒂尔便成为我偏爱的孩子。

第五章

我们在比斯克拉不会待得太久。二月的雨季一过,炎热便马上席卷而来。在经历了好几日令人难以忍受的倾盆大雨之后,一天早晨,我醒来时发现晴空万里。我立刻起床,跑到平台的最高处。目力所及远方的地平线,从一边到另一边,眼里尽是纯净的蓝色。日头已经高高挂起,下面雾气蒸腾,绿洲上四处都是氤氲之气,远处传来干河涨水的低鸣。空气是如此纯净、如此清透,我感觉身体舒畅多了。马塞利娜也登上了平台,我们想出去走走,但是外面的道路泥泞,将我们困在旅店中。

几日之后,我们又拜访了洛西夫的果园,植物的枝叶吸饱了水分,看上去沉甸甸、软塌塌的。这片我之前并不抱期待的非洲的土地,现在从冬眠的蛰伏中苏醒过来,喝足了水分,迸发出新的活力,在明媚的春光中发出欢笑,我感受到了笑声的回响,就如同是我的化身。起初,阿舒尔和莫克蒂尔会陪着我们散步,我享受着他们轻松的、每天只需要花费我半个法郎的友谊,但是很快,我便厌倦了他们,因为我的身体已经不再那样虚弱,无须以他们健康的身体为榜样,他们的游戏也不再能让我吸收到欢乐的养分,因此我将精神与感官的兴奋点转到马塞利娜身上。从她的欢乐中,我发现也存在着忧伤。我为自己经常冷落她而道歉,如同孩子一般,把自己易怒和古怪的脾气归咎于病体的脆弱,坦诚自己到现在都因为身体疲倦而不能与她同房,但是我已经感觉到健康日益恢复,一同增长的还有我的爱欲。我说的是实话,但是毫无疑问,那时我仍然很虚弱,因为直到一个月后,我才想要得到马塞利娜。

气温逐渐升高。关于比斯克拉,没有什么好留恋的了,虽说它自有一些能令我日后回忆起来的魅力。我们贸然决定离开那里。行李在三小时内便收拾妥当。次日凌晨,我们便乘火车离开。

我还记得离开前的最后一夜。那天几乎有一轮满月,月光透过我敞开着的窗户洒进来,满屋都是皎洁的月光。我想,那时马塞利娜正熟睡着。我躺在床上,却难以入眠。一种幸福的炙热燃遍我的身体,这不是别的,正是生命在燃烧。我起身,把双手与脸庞在水中浸了浸,然后推开玻璃门走了出去。

那时夜已深了,静悄悄的,没有一丝声音,空气都似乎已经沉沉入眠。我只能听到远处几声犬吠，这是一种阿拉伯狗，如同豺狗一样，会整夜嗥叫。我的面前是一座小院子，院墙正面对着我，形成一片斜影；长得整整齐齐的棕榈树，既无色彩又无生命的活力，如同永远静止的物体……一般在睡眠中还能触到生命的脉搏，而这里没有一丝沉睡的迹象，周遭的一切都像死去了一样。这样的死寂令我深深恐惧，此时，生命的悲怆重新将我全部吞噬，它仿佛要宣誓、证明自己的存在，要在沉寂中悲叹。这种感受是如此强烈，如此凶猛，近乎痛苦，我多么想要大声地呼喊，像野兽一样嘶吼。我记得自己抱着双臂，右手抓住左手，想举过头顶，然后就这样做了。为什么？为了证明我还活着，为了感受活着的美妙。我碰了碰自己的额头、眼睑，身体随之一颤。我心想，将来总会有一天，即使渴得要命，我也没有足够的力气将水递到嘴边……

我回到了房间，却仍不能重新入睡。我想要永远记住这一夜，将回忆刻进脑海里，永远地记住。

不知道要做什么好，我拿起一本桌上的书，是《圣经》，随意地翻开某一页，借着皎洁的月光，我能够看清上面的字。我读到基督对彼得[①]说的话，唉！这句话我永生难忘：现在你想做什么便做，

[①] 指的是使徒彼得，又称作西门彼得，"彼得"是耶稣给他取的绰号，意为石头。

或是想去哪里便去；不过当你老去之后，你就要伸手去乞求……你就要伸手去乞求……

第二天清晨，我们动身了。

第六章

旅途中的每一段行程在此就不一一赘述了。有些地点只留下模糊的回忆。我的身体时好时坏,遇到冷风还是会步履艰难,看到乌云遮蔽仍感忧心忡忡,紧绷的神经也常常会令我心绪不宁。但至少,我的肺部逐渐好转。每次病情反复持续的时间更短,咳得也更轻了;病魔的进攻依旧凶猛如初,但是我的抵抗力也日渐强盛。

我们从突尼斯取道马耳他,之后去了锡拉库萨①,最后回到了语言与历史均为我所熟知的古老大地。自从我生病以来,我便生活得不受约束,毫无章法,我只是活着,就像动物或是孩童一样生活着。如今我已不再那样受疾病的牵扯,我的生活也重新回归确定以及拥有自我意识的状态。经过长久的重病,我以为自己已经获得了

---

① 一座位于意大利西西里岛上的城市,位于西西里岛的东岸。

新生，马上就能将过去与现在重新联结起来。然而在陌生新奇的国度，我可以这样想，到达这里之后则不可以了，这里所有的一切都让我感到惊讶：我已经变了。

在到达锡拉库萨以及后面的行程中，我有了重新着手学术研究的欲望，想要如同往日一样沉浸在对历史古迹的研究中。我发现，自己的某些兴趣即使没有消失，至少也发生了一些改变；产生这种变化的源头来自当下的感受。现在在我眼中，过去就像比斯克拉那儿的小院一般静止，带着骇人的凝固气氛，死一般地寂静。从前，我甚至很喜爱这种静止，认为它能令我的思想变得清晰；所有历史事件似乎都像是博物馆里的一件件藏品，或者做个更贴近的比喻，更像是植物标本集里的植物，它们彻彻底底的干枯让我忘记它们曾经也充满汁液，在阳光下生存过。现如今，如果我还能对历史抱有兴趣，那是因为我见古思今。重大政治事件远远不如诗人或一些行动家更能令我心潮澎湃，令我感动于自身的重生。在锡拉库萨，我重读了忒奥克里托斯①的诗句，联想到他笔下名字动听的牧羊人，正是我在比斯克拉所爱慕的那些牧童。

我渊博的学识在逐渐复苏，此时却开始阻碍我自得其乐。每到

---

① 西方牧歌（田园诗）的创始人。

一处希腊古代剧场或是一处庙宇,如果我不能在脑中将其精确地复建,我就没办法好好欣赏。每到一处古代节庆的遗址,我就会惋惜欢乐的逝去,而且死亡令我恐惧。

我甚至想逃离废墟,不再喜爱古代最瑰丽的建筑,而偏爱人们称之为"石牢"的低矮花园,那里生长着的柠檬像橙子一样酸甜可口;库亚纳河流经纸莎草滩,河水就像它为普洛塞庇娜①哭泣之日那样碧蓝。

我竟然轻视起曾经令我骄傲自满的学识。我曾视作是全部生命的研究工作,现在在我看来不过是一种偶然的契约关系。在研究之外,我发现了其他乐趣,而且我还在继续生活,多么欣喜!作为一名学者,我显得愚蠢迂腐。作为一个人,我是否了解自己?我才刚刚重生,还无法了解自己今后会发展成何种模样。这正是我应当花时间去了解的。

对于那些曾经被死神之翼轻拂过的人来说,原先重要的事情变得不再重要;而那些起初看似不重要,甚至并未察觉其存在的事情,变得重要起来。过往所有已经掌握的知识如同覆盖在精神表面的灰尘,现在它像脂粉一样剥落,有的地方露出了里面鲜活的血

---

① 罗马神话中普路托的妻子,也是冥府的女王。

肉，露出隐藏着的真实的自我。

从那时起，我原本想要去探究的人，变成了一个真实的人，一个"原始的人"，一个被《福音书》如弃敝屣的人；他是我周围的一切——书籍、老师、父母，也是我当初想要竭力抹杀的那个人。得益于一层层的灰尘，他的表面似乎变得更加粗糙，难以探究，相对应地，也令探究变得更有必要，赋予更深刻的意义。从那时起我便开始鄙视这个第二位的自我，我已然了解这副模样是由附加上去的东西装点而成。我要动摇这些外在的附着物。

我把这一过程比喻为发觉隐迹纸本，我尝到了学者的快乐。如同在一张纸上，在最近写就的笔迹下面发现了极其古老珍贵的原文。这神秘的段落究竟在诉说着什么内容？要想阅读，不应当先抹掉最近写上的文字吗？

因而，我也不再是那个瘦弱勤勉的人，精神上也不再似从前那般古板克己。这不仅仅是由于身体的康复，也是由于生命力的累加与爆发。热血充满身体，奔流着迸发到我的思想，浸润了我一个又一个想法；血液浸透了一切，激发我身体里最遥远、最敏锐又最隐秘的神经，赋予灵魂生命的色彩。因为无论身体强壮或是羸弱，人们就是这样被塑造出来的，根据自身力量的大小，肌体组织构成了肉身，但是人们会希望力量增加，希望成就更多事情……我在当时并没有产生这些想法，现在的描绘也不尽准确。坦诚说，那时的我什么也不去思考，根本不会去自省，仅仅是听从宿命的指引一步步向前走去。我只怕仓皇地多窥一瞥，便会扰乱自己漫长蜕变的秘密进程。必须要给已经抹去的性格足够多的时间，令其重新显现，不应刻意地将其培养。因此要放任，而不是放弃我的头脑，任其悠闲地自我思考，徜徉于自己的世界，徜徉于周遭的事物，徜徉于一切对我而言无与伦比的事情之中。我们已经离开了锡拉库萨，我跑在连接陶尔米纳①和拉莫尔陡峭的山路上，我呼喊着，为了召唤身上的另一个自我：一个新生之人！一个新生之人！

我唯一不遗余力在做的事，就是诋毁或清除每一桩组成我的过往，以及每一条我最初接受的精神教导。出于心底对自己从事研究的鄙视，出于对自己学术品位的不屑，我拒绝去参观阿格里真托②；几日之后，在通往那不勒斯的路上，面对眼前希腊时期所建的壮丽的帕埃斯图姆神庙③，我片刻也没有停留。也是在此处，两年之后，

---

① 山城，在意大利西西里岛的墨西拿省，位于西西里岛的东岸，曾是古希腊的殖民地，现今是一个度假胜地。
② 西西里大区著名的旅游胜地，世界文化遗产"神殿之谷"就坐落于此地。
③ 帕埃斯图姆是意大利坎帕尼亚大区的城镇，那里有保存完好的三座宏伟的多利安式神殿：赫拉一世教堂（或神殿）、海王星神殿、罗神神殿。

我已经记不清自己曾向哪位神灵祈祷过了。我所指的唯一不遗余力是什么？如果我没有成为一个脱胎换骨的新人，如何能对自己产生兴趣呢？面对眼前这未知的焕然新生，我的思绪一片混沌，内心从来没有付诸过如此强烈的欲望，我将满腔热切的欲望用来强健自己的体魄，把自己晒得黝黑。

到达萨莱诺①附近时，我们离开海岸线，去往拉韦洛②。那里的空气更加清新，山岩千姿百态，山谷深邃旖旎，这令人惊叹的风光有助于我恢复体力，令我精神振奋，倍感松快。

拉韦洛位于帕埃斯图姆的对面，一条海岸线将两地遥遥相隔，帕埃斯图姆那侧的海岸线平和舒缓，而对岸的拉韦洛则坐落在巍峨诡谲的山崖之上，更靠近天空。在诺曼底人统治时期，这是一座相当重要的城池，现如今，它退变为一座形状狭长的村庄。在那里，我想我们是唯一的外国旅客。

我们入住的酒店，原先是一座教会建筑，它倚仗着山崖而建，平台和花园仿佛悬垂在碧空之中。目光越过爬满葡萄藤的围墙，一眼望去，视野中只有大海，当更加走近围墙，目光才能追随到延伸

---

① 意大利中南部坎帕尼亚大区第二大省萨莱诺省首府。
② 意大利南部坎帕尼亚大区萨莱诺省的一个小镇，位于阿马尔菲海岸，是一个旅游胜地。

向下种植着各式作物的田园。一段阶梯而不是小道,将这片田园一直通向海岸线。仰身上望,拉韦洛之上,山势继续蜿蜒攀爬。眼前是橄榄和粗壮的角豆树,树荫处仙客来在盛开;更高处种着大片的栗子树,那里空气清新,生长着一些北方植物;靠近海边的更低处则生长着柠檬树。果园里的植物被栽种在一块块小小的田地里,花园也被整理成梯田的形状,所有的田园都是相似的制式,依坡势而起伏,一块块田地由一条笔直的小路相通,甚至可以像小偷似的悄悄潜入其中。在绿荫下,可以悠然地神游,树叶厚重低垂,没有一丝光线会直直地射下来。柠檬树上的果实犹如一颗颗沉甸甸的蜡丸,香气四散;在树荫下,它们呈现出青白色;若感到口渴,触手便可摘得,味道鲜美微涩,清香扑鼻。

树荫如此厚重,以至于刚刚散完步,气喘吁吁地出汗过后,我不敢在下面停留。

不过,攀登阶梯已经不再令我疲累。我锻炼自己闭紧嘴唇拾级而上,每一次都让气息拉得更长一些,我对自己说:我要一鼓作气走到上面去。完成目标后,自己的好胜心也得到了奖励,内心自喜,便深深地吸了一口气,似乎感受到更多空气进入了我的胸膛。我将这勤勉的态度全部用在照料自己的身体上,眼见已经获得了成效。

有时,我也惊异于自己的健康恢复得如此迅速,以至于开始相信自己起初夸大了疾病的严重性,怀疑自己病得不是那么严重,开始嘲笑起自己咯了血,进而遗憾我恢复的过程并没有更加艰难困苦些。

起初的护理愚蠢极了,我忽略了自己身体的需要。后来我耐心地研究和推测,在谨慎治疗和护理方面采用自创的巧妙方法,并一直坚持下去,就像游戏一般乐在其中。但是到了今日,我仍然头痛的还是对最微小的温度变化极其敏感,这是一种病态的敏感。既然我的肺部已经恢复如初,那么我将这种敏感归结于神经的脆弱,属于疾病的后遗症。我决心要战胜它。几个农民在田间劳作,他们的背心敞开,洒脱地干着活,皮肤黝黑得就像被阳光穿透了一般。我也来了兴致,想要把自己晒黑。一天早晨,我脱光了衣裳,看着自己的身体:我的臂膀与肩头也太过瘦弱,用尽全身的力气也没法扭到身后去,但最让自己厌恶的是我惨白的肤色,或者说我的皮肤毫无血色。我的心中充满羞愧,眼泪夺眶而出。我迅速将衣裳穿了回去,没有像往常习惯地下到阿马尔菲①海岸,而是径直走向一处被矮草和青苔覆盖着的岩石,那里远离村民,远离大路,谁也看不见

---

① 意大利坎帕尼亚大区的一个市镇,位于萨莱诺湾湾畔。

我。到了那处地方，我便缓缓脱下衣服。风有些凉爽，但是太阳很毒辣。我将自己的身体献给太阳的光焰。我坐下，躺下，又翻身。我感受着身下坚硬的土地，随风狂舞的野草轻轻触碰我的身体。即使是在背风处，每次喘气我还是会被风触到而直打寒战。不久，我被阳光照得暖洋洋的，感觉全身的血液都上涌到皮肤。

我们二人在拉韦洛一共停留了十五天，每日早晨我都会去那片岩石，进行我的日光浴。不久，我便觉得每次穿过多的衣物显得多余和碍事。我的皮肤增加了弹性，不会再无休无止地出虚汗，也能够根据体温主动出汗了。

在离开前最后几日的某一天早晨（当时是四月中旬），我变得更为大胆。在我提到的重峦叠嶂的岩石中间，有一条汩汩流淌的清澈泉水。泉水流到那里刚好形成了一条瀑布，虽说不是很宽，但在瀑布的下面，汇聚了一个更深一些的小潭，里面水清至澈。我总共去了那处小潭三次，我俯下身子，在水潭边躺下，心里充满渴望与欲念。我久久地凝望着潭底光滑的石头，水中真是清澈见底，竟无一丝草芥，阳光照射在水面上，波光粼粼，又穿水而入。到了第四天，我下定决心更进一步，一直走到那无比清透的流水处，不假思索地全身钻入水中。全身立刻感觉凉意袭来，我离开水潭，躺在草地上，在阳光下休憩。那里薄荷长得正好，香气拂面，我摘了一些揉碎了擦在我湿漉漉但滚烫的身子上。我久久地凝视自己,再也不为自己的身体而感到羞愧,现在我满心欢喜。现在我的身体还不是很强壮,但它会变得强壮、匀称、性感和近乎健美起来的。

第七章

显而易见,我乐于付诸全部行动和努力来锻炼身体。虽然我的心智已经发生改变,但是强身健体于我而言已经成了一种训练、一种途径,过程本身已经不能再满足我了。

还有一个行为,在你们看来也许是可笑的,但我还是要提起,因为它揭露了我迫切想告知世人自己内在的改变,可以说是到了幼稚的程度:在阿马尔菲,我剃掉了自己的胡子。

在那之前我一直蓄着胡须,而头发修得很短。我从没有过改变发型的念头。然而,在我裸身躺在岩石上的那天,这一把胡须突然显得很碍事,它就像是最后一件我没能脱下的衣服。我觉得它就像是假发一般,之前它被修剪得整整齐齐,不是锥形,而是一种方形,现在感觉极其惹人不快和可笑。回到旅店的客房,我看着镜子里的自己,烦闷极了,我看上去还是以往的模样:一名文献学院的毕业生。所以一吃罢午饭，我便立刻去到阿马尔菲城区，我已经拿定了主意。城区非常之小，我只能将就去广场上一家大众理发店。那天是赶集的日子，店里人满为患，我不得不一直等待下去。然而什么都不能令我退缩，无论是令人心里疑惑的剃刀、发黄的肥皂刷、难闻的气味，还是理发师的言辞，什么都不能。当我的胡须在剪刀下掉落的那一刻，我就像是摘掉了一副面具。无所谓了！当我修整完毕，看到自己重新露出的面目，我极力压制自己内心的震荡，填满胸膛的不是喜悦，而是恐惧。我坦诚自己有这种感受，而不是要责怪它的产生。我认为自己的轮廓相当英俊。不，恐惧并不来自外表，而是来自畏惧他人看穿我内心的想法。想到这里，我陡然心生疑虑。

与剃掉胡须相反的是，我蓄起了头发。

这就是我全新的外形，虽然还并未成为完美的作品，但它会变成那样的。我想这副躯体还会生出惊人之举，但仍须时日，待它愈发成熟之时。在那之前，我不得不在等待中度日，我养精蓄锐，就像笛卡尔[①]一样，这是临时的应对之策。马塞利娜会因为我的改变而误解。我的眼神确实发生了变化，尤其是剃掉胡须以新面目示人的

[①] 译者注：笛卡尔年幼时身体孱弱，此处作者与其类比，可能是为了表明自己先蓄养精神，而后如同笛卡尔一般大有作为，成为一名思想家。

那一天，眼前的新形象可能会令她不安，但是她已然如此爱我，不会再细细将我打量，而我也会尽力让她安心。重要的是，她不会干扰我的新生，面对她的目光，为了分散注意力，我只好将自我掩盖起来。

况且，马塞利娜所爱慕、所嫁之人，并不是"新生的我"。我对自己反复灌输这一想法，就是为了要求自己将新生的状态隐藏好。为了让她所面对的是恒久的、前后始终如一的面孔，我日复一日地隐藏自己，最终变得更加虚伪。

在此期间，我与马塞利娜的关系维持现状，尽管每日的爱欲更加激昂、日益增长。我的伪装（如果我们可以这样说，以防止她判断我的想法）使爱欲变得更盛。我想说，这种爱欲令我一直关怀着马塞利娜。也许，起初伪装会令我觉得有些为难，但是我迅速明白，那些称之为卑劣的事情（在此处，我们只说说撒谎），一开始做起来很困难，是因为从来没有人做过；一旦开始做，每一件都会立马变得得心应手、轻松愉快，产生想要再做一次的甜头，变得自然而然起来。就像起初的厌恶之感被战胜了一样，最终，我甚至在伪装中找到了乐趣，并乐此不疲，如同置身于练习未知能力的游戏之中。我的能力每天都有所进步，过着富足充实的生活，每天都向饶有趣味的幸福更近一步。

第八章

从拉韦洛到索伦托①,一路风光秀丽,这天早晨除了眼前的美景,我别无所求。岩石灼热粗粝,空气舒畅,还有野草、透亮的天光,一切都让我心中充满对生命美丽的感叹,心生满足,就在这一刻,内心只感受到轻松和愉悦。回忆或是遗憾,希望或是失望,未来与过去统统保持缄默,对于生活,我只感受到此刻它带给我的全部。"啊!肉体的快乐!"我发出感叹,"肌肉那铿锵有力跳动的节奏!健康!"

一大早我便出发,因为害怕马塞利娜过于冷静的欢喜会破坏气氛,而且她的脚步会拖慢我的速度。她之后会乘马车来找我,我们预计在波西塔诺②一起共进午餐。

---

① 意大利南部城镇,邻近那不勒斯湾。
② 一个小镇,位于意大利坎帕尼亚大区阿马尔菲海岸沿岸,小镇的主要部分背靠山脉,面朝大海,是不少社会名流喜爱去的地方。

快要抵达波西塔诺时，伴随着一阵车辙声，我听到有人唱着奇怪的歌，立刻回过头张望。一开始我什么也没看见，因为道路行进到了这里刚好是一处悬崖，之后一辆马车猛然间冲了过来，车子行驶得非常唐突，正是马塞利娜乘坐的那辆。车夫手舞足蹈地扯着嗓子唱歌，从座位上站起来，拼命抽打着受了惊的马儿。这个野蛮人！他从我的身边驶了过去，听见我叫他也不停车……我冲了上去，但是车子开得太快。我既害怕马塞利娜突然跳车，又怕她待在车上有危险，受了惊的马儿随时有可能突然坠海。此时马儿突然间跌倒，马塞利娜顺势跳下了车子，想要逃开，这时我也已经跑到了她身边。车夫一看见我便迎头臭骂。我怒火中烧，刚听到他吐出的粗鄙之言便一步冲上前，猛地将他从座位上拽了下来。我同他一起滚到地上，但我没有丧失优势。他这一摔似乎慌了神，我见他想要咬我，一拳打在他脸上。然而我丝毫没有撒手的打算，用膝盖抵住他的胸口，用力绞住他的双臂。我看着这副丑陋的嘴脸，用拳头将它变得更为肮脏不堪。他口吐唾沫，嘴角流涎，脸上淌血，嘴里咒骂不断。啊！这个混蛋！真的，就算是掐死他也不算过分；也许我真可以这么干……至少我觉得自己有能力做到；想必是想到了警察的存在，最后我才停手。

我费了一番工夫才将这厮牢牢地捆紧，然后像扔口袋一样，把他扔进车厢。

啊！经过这惊险的一幕，马塞利娜与我交换的是怎样的眼神。危险并不大，但我在那种情况下应当展现出力量，表明自己能够去保护她。我立刻意识到自己可以将生命献给她，而且是满心欢喜地献给她……马儿重新站了起来。我们两人将醉鬼留在车厢的后面，我自己登上了车夫的座位，好歹将马车驾驶到了波西塔诺，然后又到了索伦托。

正是那一夜，我占有了马塞利娜。

你们是否已经了解，或者需要我再说一次？在男女之事上，我是一张白纸。也许正是因为此事带来的新鲜感，才让我们的洞房之夜变得美妙无比。因为今日回想起来，我们二人的初夜是绝无仅有的一次：满含期待与交欢的惊喜平添了肉体的欢愉，这一夜就足以宣示更浓厚的爱情，这一夜是如此独一无二，我常常回忆起当时的场景。多么充满欢喜的一刻，我们的灵魂交融在一起。但我想，首先我们享受了肉体的交合，之后才有了灵魂的相交，啊！这深深的水乳交融之后再难超越；任何想要让此等幸福重现而付出的努力，反而会消磨幸福；没有什么能比回忆幸福本身，更能阻碍眼下的幸福。唉！那一夜在我的脑海里时时重现。

我们下榻的旅店在城外，四周花园与果园围绕，房间外伸出一个巨大宽敞的阳台，被树枝轻抚。晨光从敞开的窗户自由地洒进房间。我轻轻支起身子，温柔地俯身去看马塞利娜。她还在睡梦之中，沉睡中的她脸上还带着微笑。我感觉她更柔美了，这感觉变得更为强烈，她的优雅是那样脆弱。我的脑海里翻腾起千丝万缕，感到头晕。我遐想到，她的表情不会撒谎，这一切都是为了她，随即我又联想到："我为了使她欢乐又做过什么事？我几乎整日都弃她于不顾；她一直在等待我，而我却将她抛在一旁！啊！我可怜的，可怜的马塞利娜！"眼泪瞬间盈满眼眶。我想以自己往日的羸弱作为借口，但也是枉然；现在我还是继续自顾自地护理身体，不是吗？我难道不比她强健吗？

她脸上的笑容消失了；尽管曙光染红了一切，我眼前的这张脸庞却突然显得悲伤而又苍白。也许是由于早晨的到来，才令我为她忧心忡忡："总有一天，也会轮到我来照顾你吗？我也会为了你而担忧吗？马塞利娜。"我在内心里呼喊。这令我不寒而栗，随后，一切感情都变为了爱意、怜悯、柔情，我在她闭着的双眼之间，留下了最温柔、最深情和最虔诚的一吻。

第九章

在索伦托度过的数日充满欢笑与宁静。我是否曾经品尝过这种恬淡和幸福？今后我还能体验同样的幸福吗？……我厮守在马塞利娜的身边，花更多时间去照顾他，而较少对自己的身体上心，发现与她交谈甚是有趣，这是前几日缄默的我所未曾发现的。

我满心认为这样游荡的生活令我心满意足，而她只把这当作短暂的状态，起初未免令我感到惊讶，但是不久，这种生活的漫无目的便显现了出来，我也接受了这种生活只是短暂状态的想法。现在，我的身体已经恢复，我第一次有了想重返工作的念头。我同马塞利娜认真地谈论起返程的事，看到她脸上露出的欣喜之色，才发觉她很久之前就想回程了。

然而我对重新着手研究的几个历史项目却不能再提起兴趣。我对你们提过：自从患病之后，抽象枯燥地了解过去对我来说毫无意义。之前我曾经从事语史学研究，譬如，我会探究哥特语①对拉丁语变异的影响，而忽略了狄奥多里克②、卡西奥多鲁斯③和阿玛拉逊莎④的形象，以及他们让人钦佩的激情，仅仅探求他们生活的符号和渣滓；但是现在在我看来，这些符号和全部的语史学意义，无非是一种途径，用以深入探索这个强大民族所呈现出来的野蛮与高贵。我暗暗决定先研究这个时期，专注于哥特帝国的末年，借着下一段行程，我们将赶赴拉文纳⑤——帝国末日的舞台。

但我必须承认，最能引起我兴趣的还是年轻的国王阿塔拉里克⑥的事迹。我想象着这位十五岁的少年暗中受到哥特人的唆使，违抗自己的母亲阿玛拉逊莎，抵制他所接受的拉丁文明的教育，犹如马儿挣脱束缚它的马鞍，他摒弃了智慧和古老的卡西奥多鲁斯社会，转而向哥特文明展开怀抱。他肆意挥霍自己的青春年华，尽情品尝

---

① 是一种哥德人使用的日耳曼语族语言。
② 指狄奥多里克一世（455—526），东哥特国王（493—526），是东哥特王国的创建人，也称为狄奥多里克大帝、狄奥多里克大王。
③ 古罗马政治家、学者、修士，著有《哥特史》。
④ 东哥特国王狄奥多里克的女儿，狄奥多里克去世后她摄政，晚年被堂弟西奥达杀害。
⑤ 意大利北部城市，也是古代罗马的海港。
⑥ 东哥特王国国王（526—534），狄奥多里克的外孙。公元526年狄奥多里克死后阿塔拉里克即位，因为年幼，在卡西奥多鲁斯的协助下，由他的母亲阿玛拉逊莎代为掌管国事。

着堕落、纵情声色和肆意妄为的生活,全然腐化,放荡不羁,终于在十八岁时殒命。这出悲剧从开始到结束进行得如此急切,将这个国家引向更加野蛮与原始的状态。在研究的过程中,我察觉了某些马塞利娜笑着称为"我的危机"的东西。既然现在我已无须再护理自己的身体,那就去找寻能让精神愉悦的事物;而且,读到阿塔拉里克丑陋的死亡,我也说服自己至少应当引以为戒。

在赶赴拉文纳之前,我们花了十五天时间匆匆游览了罗马和佛罗伦萨,然后将去威尼斯和维罗纳①的计划抛之脑后,突然决定结束旅行,回到巴黎。我与马塞利娜谈论到今后的生活时,我感受到一种全新的乐趣,但是如何度过夏天还是悬而未决。

一次又一次的旅行带来的疲劳使我们不愿意再次踏上旅途,我想要足够的安静来着手学术研究。于是,我们想到一处家族的庄园,它位于诺曼底最郁郁葱葱的地区,在利雪②与蓬莱韦克之间,那里曾经是我母亲的财产,童年时期我曾在那儿度过了几个夏天,然而在她去世后我再也没有回去过。父亲将庄园的维护与监管工作委托给了一名管家,现在他年事已高,他打点庄园,并每年定期寄给我们租佃。这是一幢宽敞舒适的大房子,矗立在一座流淌着河水的

---

① 意大利北部的一座城市,是一座有着悠久历史的古城。
② 法国的一座城市,位于卡尔瓦多斯省,知名的旅游胜地。

花园之中，在那里保留着我明媚的记忆，人们称那里为莫里尼埃庄园。在我看来，去那里度假再合适不过。

我曾提到过冬天要去罗马一趟，但这次并不是去旅行，而是为了公务。但这个想法随即便被推翻了。很久以前，那时我们还在那不勒斯，我收到一封非常重要的信，猛然得知法兰西学院有一个空缺的席位，而我的名字被学院数次提及；在我看来，这只是为了填补职位的空缺，但是思忖到我的未来，我不禁想到这个职位能留给我更多自由的空间。告知我这一消息的友人指出，如若我有意接受，只需经过几道简单的手续便可达成所愿，而且极力劝说我接受这一邀请。我则犹豫不决，起初认为这是一种束缚，随后又想到，如果能在课堂上展示对卡西奥多鲁斯的研究成果，也不失为一项有意义的活动。而且想到马塞利娜也许也会为我高兴，于是我便打定了主意。之后，当决定一旦做下，我便看到了更多这份职业的便益之处。

在罗马与佛罗伦萨的学术界，我的父亲有一些熟人，我也与他们保持着联系。在拉文纳和其他几处地方，他们提供了我所期望的所有的便利，因此我全心全意地埋头工作。马塞利娜为了配合我的工作，对我百般顺从、体贴入微。

在旅行的最后阶段，我们的幸福是如此宁静祥和，我无须再置更多笔墨。人类最动人的作品,无一不是痛苦的产物。而对于幸福能有什么样的总结呢?除了一手经营幸福,之后又将其亲手毁灭,其他都不值一提。而我之前对你们讲述的一切,就是经营幸福的全部内容。

❖ 第二部分

第一章

我们于七月初到达莫里尼埃庄园，在那之前，我们在巴黎短暂地逗留了几日，只是为了采购必需品，以及进行寥寥数次拜访。

就像我说过的，莫里尼埃庄园坐落在利雪与蓬莱韦克之间，那是我所去过的绿荫最为浓密、水汽最为丰沛的地方。那里有许多狭长而平缓蜿蜒着的冈峦，不远处，冈峦的尽头与雄伟的奥格山谷相连，一直延伸到海岸线。天际朦胧不清，眼前是充满神秘感的矮灌木林、数片农田，还有大片的牧草。缓坡上是一片牧场，那里水草丰茂，一年收割两次，还种着大片苹果树，夕阳西下之时，便能看到树影相连，牛羊悠闲地在那里吃草。每一条山谷的沟壑处都有水，形成池塘、水塘或是小溪，潺潺湲湲的流水声不绝于耳。

啊！我对这座房子是多么熟悉！那蓝色的房顶、砖石砌成的墙壁、水沟、沉静的水中的倒影……这座古老的房子可以容纳超过十二人。马塞利娜、三名用人,有时我也会搭把手,即使这样,我们也只能让房子的一部分活跃起来。我们的老管家名叫博卡热,他尽最大努力准备出了几个房间。古老的家具从沉睡中苏醒过来,一切都保持着记忆中的模样,护墙板丝毫没有损坏,房间简单拾掇一番就能住人。为了迎接我们,博卡热将所有他能找到的花瓶中都插满鲜花,并命人将大院子和花园里离我们最近的几条走道上的杂草修剪平整。当我们到达庄园的那一刻,庄园正迎接着当天最后一缕日光,此时,庄园前面的山谷里已经升起了静止不动的雾霭,只见溪流在雾霭中时隐时现。在下车之前,我突然间辨别出了曾经熟悉的青草芳香;当我又听到在房子周围飞旋着的燕子的啾啾啼叫声时,往日的回忆一下涌上心头,仿佛它一直在等待我,它认出了我,在我走近时就会重新拥抱我。

几日之后,房子便整理得相当舒适了。我本来已经可以开始工作,但我依旧拖延着,聆听着过去对我徐徐讲述往日的事情,随后我便被一种全新的感受所占据:在我们到达庄园后的一周,马塞利娜告诉我,她怀孕了。

那时,我觉得自己应当给予她更多关怀,她也理应得到更多怜爱,至少在她告诉我这个好消息的最初几日,我全天候一刻不离地守在她的左右。我们来到靠近树林的一条长凳上坐下,那是我曾经陪母亲坐过的地方，在那里的时光度过得轻松惬意，时间流逝得悄无声息。这一段生命中的时光没有在我脑中留下任何鲜明的记忆，并不是因为那段体验本身不够鲜活，而是因为一切感受都融为一体，统一变成为安逸的生活状态，那时夜晚与清晨交织，时间日复一日地前行着。

我慢慢恢复了工作状态，感觉心态平和、精力充沛，对自己的工作笃定自信，对未来既充满信心又不带有狂热，我熊熊燃烧的意志好像被抚平了，似乎在聆听着这片温和土地的劝告。

我想，毋庸置疑，这片硕果累累的土地正是我的榜样，潜移默化地影响着我。我赞叹着眼前丰饶的牧场上壮硕的耕牛和成群的奶牛，真是一片美好的景象。顺着山坡整齐栽种的苹果树预示着夏天丰收在即；我想象着，不久之后，树枝上就会挂满数不尽的丰硕果子，被压得低垂下来。这井井有条的富饶、欢乐的顺从、令人欣喜的作物，建立起一种并非随意而是经过精心打理的和谐、一种同时具有人文意识又带有自然性的节奏与美感。我们很难说得出值得赞叹的是哪一面，究竟是大自然的富饶多产，还是人类的巧手耕耘，一切都水乳交融，难分彼此。我不禁联想，如果没有这股野蛮生长的力量掌控，人力能发挥多大的效用呢？反之，如果没有人工的智慧去扼制这股过分迸发的野蛮生长之力，并笑着将其引向繁荣，那这股蛮荒之力又会走向何处？我任自己的思绪遐想联翩，在这片土地上，所有的力量都能被合理调节，所有消耗都得到补偿，所有物品交换都恪守规则。之后，我又将遐想用于生活，自我建立起一种伦理学，决定将这套科学方法完美地应用起来。

我先前的冲动沉寂隐藏在何处？我如此冷静，似乎先前的那股冲动从没有存在过。爱如潮水，已将它全部倾盖了。

老博卡热热情高涨，整日围着我们团团转，他事事张罗，督办监管，躬身建议，让人感觉到他需要让自己的存在显得无可替代，做得未免夸张了些。为了不扫他的兴，得好好查查他的账目，听他没完没了地解释，即使这样他也丝毫不满足，还让我陪他去查看田地。他好为人师，滔滔不绝地高谈阔论，溢于言表的自鸣得意、急于表忠心的夸张神情，不一会儿便令我恼羞成怒。他想得到认可的态度变得越来越迫切，而我则认为只要能换回我的安逸生活，他的管理之法桩桩可行——直到一件意想不到的事情发生，改变了我与他之间的关系。一天晚上，博卡热告诉我，第二天他的儿子夏尔会来到这里。

我漠不关心地"啊"了一声。我那时并不关心博卡热有几个孩子。随后，见我漠然的态度令他不快，想必他希望我能回应几句表达自己感兴趣以及惊讶的话，我便问道："他现在在哪儿呢？"

"在阿朗松附近的一座模范农场。"博卡热回答道。

"他现在应该有……"我继续说道,想着自己一开始都不知道他有个儿子,现在却要估摸他儿子的年龄,我说得很慢,好让他有时间来插话。

"十七岁了。"博卡热接了上来,"您的母亲去世时,他只有四岁。啊!他现在已经长成大小伙子了,过不了多久就要比他父亲还高了。"博卡热一打开话匣子,就没人能让他停下来了,我的厌烦都挂在脸上也没起作用。

我没有再想这件事。在傍晚时分,夏尔一来到庄园,马上就恭敬地来问候我和马塞利娜。这是一位俊俏的小伙子,浑身散发着健康的气息,如此灵敏,身材如此匀称,即使为见我们穿着不适合他的衣服,也并不显得可笑;他的脸上带着美丽自然的红晕,并不太害羞。他看上去只有十五岁,眼神里还带着孩童般的纯真色彩。他言谈流利,毫不拘谨,全然不似他的父亲那般,为了谈话而高谈阔论。我记不清那天晚上谈论了些什么内容,我忙着打量他,让马塞利娜替我同他讲话。次日,我第一次没有等老博卡热来接我,而是自己去了山坡上的农场,我知道那里有活计开始了。

人们要修缮一处水塘。这是一个相当大的水塘,堪比池沼,它正在漏水。漏水的位置已经找到,现在需要用水泥将其堵起来。

眼下首先应当做的就是将水塘排空，这是十五年来都没人碰过的事情。水塘里满是鲤鱼和冬穴鱼①，有一些长得身形巨大，一直待在塘底。我极想跳进水里，抓些鱼给工人们，抓鱼能给工人带来更多欢乐，还能给农场带来些非比寻常的活跃气氛。周围村庄的一些孩子也过来了，他们与工人们一起逮起了鱼。马塞利娜一会儿也赶到，加入了我们。

我到那儿的时候，水位已经下降了许多。水塘表面忽而水波涟涟，鱼儿们惊慌地游来游去，露出褐色的脊背。孩子们站在水塘边的淤泥中，捉住一条亮晶晶的小鱼，扔进盛满清水的桶中。水塘里的水被鱼儿的来回游动搅得变成了土黄色，不一会儿就浑浊起来。鱼实在是太多了，到处都是，农场的四个工人随手一抓就能抓到几条。我不想让马塞利娜等待太久，正准备跑过去找她，忽然听到有人尖叫说发现了鳗鱼。鳗鱼的身体滑溜溜的，从指缝间逃脱，人们抓不住。之前一直在河岸上陪着父亲的夏尔再也按捺不住，他突然脱下鞋和袜子，放下外套和背心，之后把裤腿和衬衣的袖子都高高地挽起，决然地跳进水塘。我立刻也学着他的样子跳了下去。

"嘿！夏尔！"我喊道，"您昨天赶回来跟他们一起干活

---

① 一种淡水鱼，欧洲以及俄罗斯称之为冬穴鱼，中国称之为丁鱥（guì），又称欧洲丁鱥、丁桂鱼。

了吗?"

他没有回答,只是笑盈盈地看着我,他的心思已经投入逮鱼的行动里。我随即叫他来帮我逮一条大个儿的鳗鱼,我们拢住双手好围堵它。逮住这条之后,又出现了一条,泥汤溅到我们脸上。有时我们突然陷进水里,水一直漫到大腿处,很快就浑身湿透了。在这场火热的游戏中,我们仅发出了几声尖叫,简短交谈了几句,但在一天结束时,我发现自己对夏尔开始以你相称,记不太清是何时开始的。在这次合作行动里,我们相互了解到的事情,比一次长时间的谈话还要多。马塞利娜还没有过来,应该也不会过来了,但此时我已经不遗憾她的缺席,如果她在场也许还会有点妨碍我们的快乐。

次日清早,我起身去农场寻夏尔。我们朝树林的方向走去。

我对自己的土地知之甚少,也不大想费心思了解更多,令我惊讶的是,夏尔对这一切了如指掌,而且熟知租佃的分摊。有一点是我之前疑惑的,他告诉我,我有六个佃户,本来能收到一万六千至一万八千法郎的佃租,而我现在只能勉强收到一半金额,是因为所有剩下的钱都用作各式各样东西的修理和支付中间商费用。他检查作物时露出的微笑让我深深怀疑土地的经营状况并不似我起初设想的那样完美,没有从博卡热那里听到的那样顺利。我就这个问题继续追问下去，这番实践的真知，从博卡热嘴里说出来就令我厌烦，而在这个孩子的口中就变得生动有趣。接下来的几天我们一直在散步，我的土地宽广无边，当我们把每个角落都探究一遍之后，便开始更有条理地从头开始审视问题。当夏尔说起看到一些农田耕种得很糟糕，一些地方堆满了染料木、蓟草和已经发酸的草垛时，一点也不掩饰心中的怒火，他试图让我也对土地的荒废产生愤怒，同他一起想出更加合理有效的耕种方法。

"但是，"我在谈话的起初带着不置可否的态度对他说，"这么做究竟是谁倒霉呢？只有佃户自己不是吗？农场的收成好坏会变，但佃租的价格不会变呀，不是吗？"

夏尔听到后有点着急："您什么都不明白。"他脱口而出，我则笑着。

"您只考虑收入，却不愿意眼看自己的资产正在贬值。您的土地没有被好好耕种，一再被糟蹋，慢慢地，它的价值就会损失。

"如果能耕种得更好些，产量更大些，我猜佃户也未必不愿意卖力。我太了解他们了，他们肯定想收获更多。

"您这样算没有考虑到人力的成本。这些田地往往都远离农场。几乎没什么产量，或者差不多，但至少耕种能使它们不被荒废。"

我们的谈话继续着。有时,我们在田野里踱步一小时,似乎一直在思考同样的事情,但是我一直在倾听,一点点地,我也慢慢理解了。

"归根到底,这是你父亲的责任。"有一天我这样对他说,有点不耐烦。

夏尔有点脸红,说道:"我的父亲年事已高,他为了监督契约的履行、房屋的修缮和佃户按时交租金已经费了很多心思。他在这儿的职责不是革新。"

"那你呢,你有什么革新的建议?"我继续问他。然而他听到这话便开始闪烁其词,推说自己不懂,在我的一再坚持下,才逼他说出自己的想法。

"从佃户那里收回所有休耕的土地,"他最终这样建议道,"如果农民宁肯让一部分农田休耕,那就说明他们的收获过多,足以支付佃租;或者,如果他们想要保留现有的全部土地,那就提高租金。——这个地方的人都很懒惰。"最后他补充了一句。

在我拥有的六个农场中,我最愿意去的是名叫瓦尔特里的那一座,它在俯临莫里尼埃庄园的那座山丘上,负责那座农场的佃农并不令人生厌,我愿意主动同他谈话。在更加靠近莫里尼埃庄园的地方,有一座被称为"城堡农场"的地方,以半分成制租了出去,由于主人不在，就使得博卡热拥有了一部分牲畜。现在，既然我对他已经产生了不信任，就开始怀疑起他的忠诚，即使他本人没有欺骗我，至少也任由几个人欺瞒我。诚然，他们是给我留了一个马厩和牛棚，但在我看来这更像是为了方便佃农用我的燕麦和饲草去喂自己的牛群和马匹。在那之前我听进了许多博卡热带来的匪夷所思的消息——牲口死了、发育不良、生病等，我通通接受。只要佃农的其中一头牛生病倒下，便算在我的名下；只要我的一头牛变得膘肥体壮，就变成了佃农的牛。我从未想过事情还能这样做。然而经过夏尔不慎提及了几次，还有他讲述的个人观察，我的头脑开始清醒起来，思想立刻变得警觉了。

经我提醒，马塞利娜仔细核实了所有账目，但找不到任何问题，这是博卡热忠诚的避难所。——"怎么办？"——"先听任他这么做。"——但是我心中生着闷气，现在我要看紧牲口，但是不能做得太明显被他看穿。

我拥有四匹马和十头牛，这就已经够伤脑筋了。四匹马中，有一匹仍然被叫作"小马驹"，虽然它已经三岁多了。人们正在驯服它，我对此产生了兴趣，直到有一天驯马师告诉我，它根本驯化不了，最好脱手卖掉。就像看出我的疑虑似的，那人故意让马儿撞到一辆小车，马腿被撞得鲜血淋漓。

那一天，我努力克制自己不要发火，只因看见博卡热面露尴尬之色，我才没有爆发出来。归根结底，我认为他只是性格软弱，而不是道德败坏。全是仆人们的错，他们完全不约束自己。

我出了房子，走进院子，去看那马驹。一名仆人正在打它，一听到我走近，便马上抚摸起来，我假装什么也没看见。我不怎么了解马的品种，但这匹马在我看来生得很英俊。这是一匹半纯种的马，枣红色的毛发亮，身材修长优美，眼睛炯炯有神，它的鬃毛和尾巴近乎金色。我确保它没有伤到筋骨，便要求仆人将伤口包扎起来，转身离开，未置一词。

那天晚上，一见到夏尔，我便急切地想知道他对于驯马驹的看法。

"我认为它非常温驯。"我对他说，"只是他们不会训练，将它变得很暴躁。"

"你呢？你会怎么做？"

"先生是否愿意将它交给我八天时间？"

"你准备怎么做？"

"您拭目以待吧。"

翌日，夏尔将马驹牵到草场的一角，那里有一棵高大的核桃树，在树荫下，马塞利娜陪着我一起看。这件事后来成为我最鲜活的一桩回忆。夏尔用一条几米长的绳子将马驹拴住,另一头捆在一根牢牢钉入土里的木桩上。马驹非常紧张,它似乎之前已经狂躁地挣扎了一会儿,现在显得安分和疲惫,镇定地绕着木桩跑圈。它的步伐富有韧性,令人惊奇,跑起来像跳舞一般迷人,姿态赏心悦目。夏尔站在圆圈的中央,每当马儿跑过时便突然跳起,好躲避绳子,时不时吆喝着让它加速或减速;他手中拿着一条长鞭,但我没看见他用鞭子去抽打马驹。他的神情与动作里透着年轻的欢乐,给这项工作注入了热烈的气氛。我还没明白怎么回事,突然间他就跨到马背上去了。马驹的热情舒缓下来,慢慢停下脚步。他轻轻抚摸着马驹,随后他突然俯身,笑着去抚摸马的鬃毛。马驹尥了几下蹶子,然后就稳稳地站住,潇洒又灵巧。我真羡慕夏尔的身姿,想要亲口告诉他。

"只需再驯几天,它就不会再抗拒马鞍,两周之后,就连夫人都敢骑了,它会像羊羔一样温驯。"

他说的不假,几天后,马儿毫无戒心地任由人抚摸,装马鞍,让人遛。如果马塞利娜的身体允许,她甚至也可以试骑。

"先生应当骑上去试试。"夏尔对我说。

如果独自一人,我绝不会这么做,但夏尔提出要遛农场的另一匹马,我一下来了兴致,想陪他一起。

此刻我多么感激我的母亲，很小的时候，她就带我骑过马！很久之前上过的课现在依然对我有所帮助。骑上马时，我并不觉得十分惊讶，一会儿工夫我便完全无所畏惧，觉得自在起来。夏尔骑的马更笨重一些，并非优良的品种，但看上去并不丑陋，尤其是夏尔骑得很好。我们渐渐养成每天都出去骑马的习惯，我们喜欢早晨出发，在挂满晶莹露水的草地上奔驰，一直跑到树林的边缘。松针上挂着水珠，路过时摇晃起来，将我们的身体都打湿了。视野突然间开阔起来，眼前就是广阔的奥格山谷，极目远眺，视线一直可以触到远处的大海。我们歇息了片刻，并没有下马。旭日染红了山谷，驱散薄雾。随后我们返程，回到农场，在那里流连。工人刚刚开始一天的工作，我们冲在前面，监督工人们的工作，细细品尝着这令人自豪的欢乐。之后我们离开了，我返回了莫里尼埃庄园，这时马塞利娜刚起床。

我醉心于新鲜的空气，骑马飞奔令我头脑晕乎乎的，身体慵懒，心理酥酥麻麻的，很惬意。我感觉自己精力充沛，食欲大开，整个人焕然一新。马塞利娜也赞成我这么做，鼓励我继续。我回来时还没有换下骑马的装束，她为了等我，迟迟没有起床，我径直走到她的床边，身上带着湿漉漉的树叶芬芳，她说很喜欢这种味道。她听我讲着我们一路的所见，田野苏醒、一日劳作重新开始的景象。她看起来感受到了同样的畅快，体验到了我的生活，就像我一样去经历了似的。没过多久我就开始滥用这种快乐，骑马散步的时间越来越长，有时临近中午才会返程。

然而我尽量将傍晚和晚间时光用来备课，所以我的工作进展如常。对于这样的工作方式，我感到很满意，日后将所有课程整理成册也不再变得不可能了。出于自然的反应，一方面，我生活得井井有条，遵循着规律生活，也乐于将周围的人和事物安排得妥妥当当；另一方面，我越来越迷上哥特人粗野的伦理道德。一方面，在课堂上，我将这个课题一直研究下去，遭到周围人的非议和指摘，说我将这种粗鄙的文化发扬光大，要求我道歉；另一方面，我对周围一切事物，甚至是对自己的内心，不说是消除，但至少是费尽心力地想要掌控那些能唤起这种道德主义的因素。这种智慧，或者说这种荒唐的想法，能将哥特式的道德抵抗到何时呢？

有两名佃户的契约圣诞节就要期满，他们想要续约，来找我办理，按照习惯，只需要签署一份名为《土地租赁合同》的文件就可以。因为我天天与夏尔交谈，对他所说的深信不疑，我也态度坚决地等着佃户上门。他们认为要换掉佃户也不是容易的事，所以一开口便要求降低租金。当我念起自己写好的合同之后，他们目瞪口呆，我不仅拒绝了减少佃租的要求，还要收回我看见的他们闲置的几块土地。他们一开始佯装笑嘻嘻的样子，认为我在开玩笑，说那几块地我留在手里又能有什么用处，它们一文不值，它们之前之所以没有耕种，就是因为什么也种不了……之后，看到我满脸严肃，他们便固执地坚持起来，我这边也不松口。他们以离开农场相威胁，企图以此来吓唬我。而我，就正等着他们这句话。

"嘿！你们要走便走！我不会留你们的。"我对他们说。我拿起那纸合同，当着他们的面撕得粉碎。

这下我手里多了一百多公顷的闲置土地。我有这个想法已经有一段时间了，那就是让博卡热来经营，这样夏尔就能间接管理它们。我也打算自己留一大部分，而且我也没有思考太多，单单想到经营土地的风险，就让我跃跃欲试。这两个佃户在圣诞节时才会搬走，在那之前，我们还有回旋的余地。我把这事告诉了夏尔，见他面露喜色，我感到不快。他掩饰不了喜悦，这让我觉得他还太年轻。时间很紧迫，现在正是第一拨收割完成田地空出来要耕作的时候。根据惯例，临走的佃户与新来的要交错劳作，老佃户收拾出来一块地，就要交出一块地，以便后来者开始耕种。我担心这两个被解雇的佃户会蓄意报复，而实际情况正好相反，他们对我露出一副奉承的嘴脸（我之后才得知这样对他们更加有利可图）。我也乐得在这段时间早出晚归地监督这些即将回归自己的土地。秋天到来，需要雇更多人来加快进度犁地播种。我们买了钉耙、压土滚，还有犁，我骑着马监督、指挥人们劳作，也乐得当一个指挥官。

附近的草场上，佃农们正在收苹果，苹果滚落在厚厚的草地上。今年是前所未有的丰收年，人手根本不够，我们叫邻村的人来帮忙，总共雇用了八天，我和夏尔有时也会去凑热闹帮忙。有人用长竿打落枝头晚熟的苹果，自然掉落的被捡在一边。熟透的果子往往有碰伤，在厚厚的草丛里被压烂了，走过去经常踩上。酸甜的气息从草场上升起，与新翻过的泥土气交融。

秋意正浓，最后几个晴朗的日子空气最为清爽，天穹最为清澈。有时，潮湿的气候使远处的天际变成蓝色，仿佛天际线退得更远，让散步也变得如同旅行一般美妙，脚下的土地显得更为辽阔；有时则刚好相反，天空变得异常透明，天际仿佛近在咫尺，好似一鼓翅便能触到，说不清哪种美景更让人惬意缱绻。我的工作基本完成，至少我是这样宣称的，以便有更多时间消遣。我不在农场的时候，就守在马塞利娜身边。我们一起到花园散步，我们慢慢走着，她身子慵懒地倚着我的胳膊。我们走到一条长凳边坐下，那里可以看到整个山谷，傍晚时分，山谷里洒满霞光。她轻柔地靠在我的肩膀上，我们在那里一直待到晚上，不言不语地体味着一天的时光融入身体之中。

如同一阵微风吹皱沉静的水面，她内心最轻微的情感波动也能在额头上显现出来，她聆听着一个新生命神秘的颤动。我俯身望向她，如同望着一潭清泓，无论望得有多深，你看见的只有爱情。啊！想让幸福握在手心里，即使紧紧用双手拢住，也是枉然。然而，我知道幸福就在身旁，它将我的爱情染色，就像秋天般绚烂。

秋意变得更浓了。每天清晨，草叶都会沾上很多露水，那些长在背阴处的再也干不了，在微光中变为白色。水塘里的鸭子拍打着翅膀，充满野性，有时它们喧闹地飞起来，大声叫着在莫里尼埃庄园上空盘旋。有一天早晨，它们不见了，因为博卡热将它们关了起来。夏尔告诉我，每到秋天迁徙的季节，他就会将鸭子们关起来。几天后，天气骤变。一天晚上，突然刮起大风，风中满是大海的气息，强劲有力而集中，带来了北方的冷空气和雨水，也吹走了候鸟。考虑到马塞利娜的状态、搬新家所需耗费的精力，以及临近上课的准备，一切都提醒我们应当回到城市里。这天气糟糕的季节早早到来，驱使我们返程了。

十一月份时，农场的农活确实促使我回来过一次。当得知博卡热对冬季劳作的安排之后，我非常不满意，他告诉我想要将夏尔送回模范农场，说他在那里尚且还有可学之事。我同他争辩了许久，将所有自己能想到的理由统统搬了出来，还是没能让他有丝毫退让，最多是同意将夏尔的学习时间缩短些许，早点回到农场来帮忙。博卡热也开诚布公地告诉我，经营两个农场并非易事，但他已经看上了两个老实可靠的农民，准备雇佣过来，他们既可以做佃户，也可以当分成制的佃农，还可以做仆人。在当地，这种用人之法算是新鲜事，虽然未必会有什么好事发生，但是他说他这么做正是遵从我的想法。——这次对话发生在十月底。十一月初时，我们回到了巴黎。

第二章

我们的新家在帕西附近的S大街。马塞利娜的一位兄弟给我们指了一间公寓，上次路过巴黎时我们曾经参观过，比父亲给我留下的那套要大得多，马塞利娜有些担心，不仅仅是因为租金高得多，还因为一切开销也会随之增加。面对她的种种担心，我表现出对游荡生活的极度厌恶，以此来消除她的担忧。虽然各种各样安置的花销超过了我们今年的收入，但我们的财库已然初具规模，之后还会有更多入账；我将自己的课酬、书的出版费都算了进来，还有农场签约佃户的收入，简直被冲昏了头！因此面对各种开销，我不再束手束脚。每次我都会对自己说，自己又多了一道羁绊，从而试图去消除这种感觉，或是自己身上的游荡癖好。

最初的几日，我们从早到晚地忙于采购，尽管马塞利娜的兄弟热心帮忙，还替我们跑了好几次腿，马塞利娜还是感觉身子疲累。

之后，她本应当在家安心休息，但我们一安顿下来，又有好些访客登门。由于我们之前一直在旅游，现在拜访的人络绎不绝。马塞利娜不善社交，不知如何缩短对方拜访的时间，也不敢闭门谢客。我发现，一到晚上，她便已然精疲力竭。即便我不担心她因为怀有身孕而容易疲累，至少也应当设法减少接待的次数。因此我经常会替她接待访客，这令我感觉毫无兴致。有时我也会回访，这更是让我觉得乏味。

我从来都不善言辞，也无法受用沙龙里的轻浮之风，然而我曾经经常出入某几间沙龙，但那是很久之前的事了！这中间发生了什么？我感觉与他人待在一起无聊、沮丧、烦闷，不仅自己感到拘束，也令别人感到拘束。我已经把你们当作是唯一真正的朋友，可不巧的是，你们那时不在巴黎，短期内也不会回来。当时如果你们在场，我会同你们交谈甚欢吗？你们会比我自己更理解我的想法吗？但如今在我身上产生的，我对你们所讲的一切，在当时，我又知道多少呢？未来在我看来清晰可见，我从来没有像那时一样牢牢把握住未来。

即便我那时更具洞察力，但在于贝尔、迪迪埃、莫里斯和许许多多其他人身上，又能找到什么良方来解救我自己呢？你们也了解这些人，会下与我一样的定论。我立刻就能猜出一二，唉！我没法听他们的。刚刚同他们交谈过几次，我就觉得自己是在对牛弹琴，我得按照他们安在我头上的模样去扮演自己，费力地去伪装自己；为了同他们相处起来更方便，我得去迎合他们预设给我的想法和品位。人不可能在坦诚做人的同时显得坦诚。

我愿意重新见见我的同类人——考古学家和语史学家，但同他们交谈几句便立刻失了兴致，那热情远比不上翻阅一本上好的历史字典。起初我还希冀通过与几位小说家和诗人的对话，找到些他们对于生活直观的领悟，但不得不说，他们即便对生活有一星半点的领悟，也丝毫没有表现出来。在我看来，他们中的大部分人根本不知何为生活，只是做出正在生活的姿态，有一小部分人甚至几乎认为生活会妨碍写作，令人恼火。我也不能责备他们，我也不能确定是不是我的想法错了……再说，当我听到"生活"一词时作何理解呢？这正是我希望他人能指点迷津的。人们习惯性地谈论着生活中发生的事情，但从未谈论过生活的动因。

至于那些哲学家，他们的职责是教授我，很久之前我便知道能从他们口中听到些什么。数学家和新评论家，他们也都远远地避开纷乱的现实、忽视现实，就像代数学家忽视他所测量的真实存在的物品一样。

回到马塞利娜身边之后，我毫不掩饰这几次谈话所带来的困扰。

"他们看起来都一样。"我对她说,"每个人都像有两个职业。当我同他们当中的其中一人说话时,就好像同时对着好几个人说话。"

"但是,我的朋友,"马塞利娜回答道,"您不能要求每个人都与其他人完全不相同呀。"

"他们彼此越相似,我就越与他们格格不入。"

之后,我更加忧伤地说:"谁也不知道自己生病了。他们生活着,看起来像是在生活,却不知道自己在生活。我也一样,自从与他们为伍,我就不再认真生活了。这些日子,比如今天,我都干什么了?九点我就离开了您,走之前,我只能看一会儿书,这是一天之中唯一的惬意时光。您的兄弟在公证人那里等我,从公证人那里出来,他没有放我走,而是拉着我去了地毯商那儿。在高级木器店里,他已经惹得我不悦,一直到了加斯东家,他才放我走。我在同一个区与菲利普共进午餐,那之后又去咖啡馆,同在那等我的路易碰面,并同他一起听了泰奥多尔所讲的那荒谬的课,出教室的时候我还恭维了一番。为了拒绝他周日的邀请,不得已我陪他去了亚瑟家,我又同亚瑟一起去看了水彩画展,随后又到阿尔贝蒂娜和朱莉家递了名片。回到家时已然筋疲力尽,但我看到您也同我一样疲惫,您见了阿德琳娜、玛尔特、让娜和索菲娅。晚上,回顾起一天所做之事,只觉得空虚和蹉跎,我真想重新来过,把逝去的时光都抓回来,一小时一小时地重新过一遍,现在我难过得想哭。"

然而,我对于生活究竟是什么,也说不出所以然,即使我说自己喜欢宽广而通透的生活,也无法作为解释,我说喜欢生活得少些限制,少点为周围人担忧,也不能阐述我内心隐秘的困扰;心中的这一秘密变得更为神秘莫测,我想它关于死而复生,因为我在其他人中间仍然是一个另类者,就像一个刚刚从冥府回到阳间的人。起初,我只感觉内心升起一种苦痛的混乱之感,但一种全新的感受随即产生。坦诚地说,在我广受赞誉的研究成果发表之时,我没有体验到丝毫自傲。现在,我是否为自己的成就而得意扬扬呢?也许吧,但至少这其中不掺杂丝毫的虚荣心。这是我第一次意识到自我的价值:能令我区别于其他人,让我从人群中脱颖而出的事,即为重要之事;除了我之外,其他任何人都说不出,或者不能说出口的话,即为我要说的话。

不久我就开始授课。受到选题的指引,我在第一堂课中注入了全部新生的热情。在讲到拉丁民族的高度文明时,我将其艺术文明梳理一遍,称誉其为民族之精髓,将这文明比作一种分泌物,起初它分泌过剩,超出了健康所需,之后它渐渐凝固、变硬,阻隔了所有与自然界进行完美沟通的神经，在看似永固的生命外壳下，是已经衰减的生命本体，这个形成的外壳下面是被禁锢着的精神，它马上就要枯萎，死亡。最后，为了将我的想法彻底阐明，我说，文明生于生活，又扼杀生活。

历史学家们指责我的概括太过草率。其他人则指责我的理论，而那些奉承我的人恰恰是因为没能理解我的话而赞誉有加。

从教室里出来时，我第一次重新见到了梅纳尔克。我同他的交往不多，而且在我婚礼前不久，他便已经启程去进行一场遥远的探险，这样的旅行有时要持续一年多。从前他丝毫不讨我的欢喜；他看起来非常自傲，对我的生活也不感兴趣。因此在我的第一堂课上看见他的身影，甚是惊讶。他的傲慢起初令我敬而远之，现在倒合我的脾气，他笑起来的样子和蔼可亲，据我所知这十分难得。最近有一出荒唐而又可耻的丑闻让他在所有报纸上都露了面，他的恃才傲物、目中无人伤害了一些人的心，他们用报复予以回击，而更让他们恼火的是，他面对攻击似乎毫发未伤。

"就让他们有道理吧，既然除此之外他们一无所有，那让他们占上风吧，这样至少能当作安慰。"他如此回应别人的谩骂。

但是"上流社会"却义愤填膺，那些自诩"相互尊重"的人将矛头都指向他，对他报以蔑视。还有一个原因：受到一种神秘力量的影响,我在大庭广众之下向他走去并同他友好地拥抱。

看到我在同他交谈,最后几个不知趣的家伙也都退下了,现在只剩我们二人。

在经历了激烈刺耳的批评和无关痛痒的恭维之后,听到他对我讲课内容的几句评论,我的心情妥帖许多。

"您已将珍爱之物付之一炬,这很好。"他说,"您这一步走得晚了些,但这火焰也因此烧得更旺了。我还不知道自己是否全然了解您,您真让我好奇。我并不会主动与人攀谈,但我想同您聊聊。今天晚上请您同我共进晚餐。"

"亲爱的梅纳尔克,"我回答道,"您似乎忘了我已经结婚了。"

"是的,您结婚了,"他接着说,"看到您坦率真诚,敢于同我讲话,我还以为您自由得多呢。"

我害怕伤他的心,更不愿意让自己显得懦弱,所以回复他晚饭之后便去找他。

梅纳尔克在巴黎时会住旅店,他一直扮演过客。他会将好几个房间都租下来,收拾成一套公寓的样子。他有属于自己的几名仆人,他独自吃饭,独自生活,他嫌家具丑陋庸俗,便将自己从尼泊尔带回的几块布当作装饰品挂在墙上,他说,等它变脏了就可以送到博物馆去。我太急于见他,登门拜访的时候,他还在吃饭,见到我到来吃了一惊,我为自己叨扰他就餐而道歉。

"但是,"他说,"我还没有吃完,请允许我吃完这顿饭。如果您能来早些,我本可以请您品尝设拉子①酒,这是哈菲兹②歌颂过的佳酿,但是现在喝它已经太迟了,这种酒需要空腹饮用。至少可以请您品尝些餐后酒吧?"

我同意了,想着他也会同我一起喝一杯,但我看见他只倒了一杯出来,颇感惊讶。

"抱歉,"他说,"我几乎从不饮酒。"

"您是怕喝醉吗?"

"不!正好相反!"他回答道,"在我看来,保持清醒才是酩酊大醉,我在沉醉中保持清醒。"

"您却对别人斟酒劝杯。"

他笑了。

"我不能苛求所有人都具备我的品德。"他说,"如果能在别人身上发现我的恶习,那就已经不错了。"

---

① 一个葡萄品种的名称,又称为西拉,一般指澳大利亚的西拉红葡萄酒。
② 沙姆斯·丁·穆罕默德·哈菲兹(1320—1389):波斯伟大的抒情诗人。

"至少您抽烟吧？"

"也不。这是一种消极的、缺乏新意的醉意，太容易获得满足。我在沉醉中寻求的是生命的盛放，而不是消减。这个话题我们就说到这里吧。您知道我从哪里来吗？比斯克拉。得知您不久前刚刚去过那里，我便想追随您的足迹。这个盲目的学者，这个书呆子，他去比斯克拉做什么？我有个习惯，别人告诉我的事情，我听完便止；但是对于自己想要了解的事情，老实说我的好奇心是无边无际的。因此我四处找寻、搜索，向人打听。我的冒失还真起了作用，正是它给了我再见您一面的欲望，而且我要再见的并不是那个一成不变的学者，我知道自己眼前的是……是一个什么样的人，现在需要您亲口来解释了。"

我感到自己脸红了。

"您知道了些什么，梅纳尔克？"

"您想知道吗？但您可不要害怕！您有很多朋友，也认识我的朋友，自然了解我不会同别人谈论您的事。您也看到自己的课是否能被人理解了！"

"但是，"我带着一丝不耐烦说道，"没有任何迹象表明，我会对您讲述更多。说吧！您到底打听到了什么？"

"首先是您得病了。"

"但这和……"

"哦！这太重要了。别人还告诉我，您一个人出门，没有带书（听到这里我开始对您心生敬佩了），如果不是一个人，您更喜欢由孩子们陪着，而不是您的夫人。您不要脸红，要不然我可没法说下去了。"

"您说吧，不要看着我。"

"如果我没记错的话，孩子们中有一个名叫莫克蒂尔的，生得不那么漂亮，喜欢偷东西，还是个小骗子，在我看来能套出不少话。我成功地引起了他的兴趣，收买了他的信任，能做到这一步，您也知道，可真不容易，因为我知道，即使是他说自己再也不撒谎了的时候，还是在撒谎……他讲了您的事情，您来告诉我他说的是不是真话。"

梅纳尔克这时站起身来，拉出一个抽屉，从里面拿出一个小盒子，他将盒子打开来。

"这把剪刀是您的吗？"他说着递给我一样形状奇怪、满是锈迹、又尖又弯的东西。然而我没花多长时间便辨认出这正是莫克蒂尔窃走的那一把小剪刀。

"是的，这是我妻子的剪刀。"

"他说，那天您独自同他待在一个房间里，他是在您回过头时偷走的。但这不是有趣的地方,他说当他把剪刀往斗篷里放时,他发觉您正从镜子里监视他,意外看到了您窥探他的目光。您目睹了他的盗窃行为,却什么也没有说!莫克蒂尔对您的默许极其惊讶……我也是。"

"听了您讲的,我震惊的程度丝毫不比您少。怎么?这么说他知道我在窥视他!"

"这不是最重要的。您想看看谁玩得更好,在这个游戏里,孩子们总把大人玩得团团转。您以为抓住了他的把柄,岂料是他逮住了您……这不是最重要的。告诉我,您为什么保持沉默。"

"我还想让别人来告诉我为什么呢。"

我们俩沉默地待了片刻。梅纳尔克在房间内大步地踱来踱去,漫不经心地点燃一支烟,然后又马上扔掉。

"这其中涉及'一种意识',"他说,"亲爱的米歇尔,您缺乏人们所说的这种'意识'。"

"也许就是'道德意识'。"我勉强笑着从嘴里挤出这几个字。

"哦!不过是占有意识。"

"在我看来,您似乎也没有多少占有感。"

"我身上的占有感微乎其微,您看,这里所有的一切都不属于我，甚至连我睡觉的床都不是我的。休息令我恐惧，拥有财产则令恐惧滋长，安全感让人们能在其中安睡。我热爱生活，想要清醒地活着，即使手握财富，我也要保持清醒的感受，因为它能刺激我的神经，至少，我能活得尽兴。我不能说自己喜爱危险，但我喜爱充满变数的生活，而且希望这种生活能每时每刻耗尽我全部的勇气、运气和健康去赢得。"

"既然如此，您要责怪我什么呢？"我打断他的陈词。

"哦！您对我误会太深了，亲爱的米歇尔。我想要陈述自己的信念，却不小心做了蠢事！……如果我不大在乎他人对我的观念是赞成还是反对，那并不是为了反过来表明自己的立场；我所说的这些话对我自己来说并没有太大意义。我刚才说了太多自己的想法，忘记了及时止住……我只想对您说，对于一个没有占有感的人来说，您似乎拥有很多东西，这很严重。"

"我拥有很多什么？"

"没什么，如果您继续用这种语气说话……但您不是开课了吗？您在诺曼底不是还有产业吗？您不是刚刚在帕西定居下来，还布置得相当奢华吗？您既然结了婚，不期盼有个孩子？"

"行了！"我不耐烦地说道，"这仅仅说明我让自己过的生活比您的'危险'（按照您的说法）一些罢了。"

"是的，仅此而已。"梅纳尔克讥讽地重复道。然后，他突然转过身，把手伸向我，"那么再会吧。今天晚上就到此为止，多说无益，改日见。"

在那之后，我有一段时间没有再见到过他。

随后我被新的事务和新的忧虑占据。一位意大利的学者告知我他更新了一批文件，之前我为了备课，研究了很长时间这些文件。感觉我的第一堂课没有被人好好理解，我如针刺般地想要采用不一样的、更加有效的方式去讲接下来的课。起初，我随心想出一条假设的理论来引出课题，而现在，我要将其直接立为学说来讲述。有多少论断者，他们的权威正是来源于人们对他们说的话一知半解！我得坦言，对我来说，在自然的论述中，我无法判断出其中混入了多少固执的成分。我要讲述的新东西越是难讲，尤其是越令人费解，我就越认为具备讲述出来的急迫性。

但是相较于行动，语言是多么苍白！生活，以及梅纳尔克最细微的动作，不是比我讲的课令人更信服一千倍吗？啊！我现在明白了，几乎所有古代的大哲学家所教授的理念，都是以身作则，自身的表率甚至比言明更重要！

在我们第一次见面的三周后，我在家中再次见到了梅纳尔克。那时一场人数众多的聚会正临近结尾。为了避免人们天天来登门，我和马塞利娜干脆决定每周四晚上都将大门敞开，这样一来，其他日子便能心安理得地闭门谢客。因此，每逢周四，那些自称是我朋友的人们便会前来拜访。我们的客厅很宽敞，能够容纳足够多的访客。这一天聚会一直持续到后半夜。我想这里吸引他们的主要是马塞利娜的优雅仪态，还有相互交谈的兴致，因为对我而言，自从参加了第二次聚会，我便觉得没有任何有趣之事可听，亦无话可讲，难以掩盖自己的烦闷。我从吸烟室踱到客厅，又从客厅踱到书房，有时停下脚步听只言片语，漫不经心地观察着人们，时不时瞥去一眼。

安托万、艾蒂安和戈德弗鲁瓦讨论着议会最近一次的选举，他们仰卧在我妻子精巧优雅的沙发里。于贝尔和路易大大咧咧地用手摸着我父亲珍藏的蚀刻版画。吸烟室里，马蒂亚斯为了仔细聆听莱昂纳尔讲话，将点燃的香烟放在香木桌上。地毯上泼洒了一杯柑香酒。阿尔贝带着一双泥脚，肆无忌惮地躺在长沙发里，弄脏了上面的罩布。人们呼吸着由于物品严重磨损而产生的粉尘……我怒从心头起，恨不得将所有客人推出门外。家具、罩布、铜版画，一旦沾上污渍，它们于我而言便丧失了价值，弄脏的物品和生病的物品都像是被判了死刑。我想要将一切保护起来,将它们统统锁起来,只供我一人欣赏。我想到,梅纳尔克是多么幸福啊!因为他一无所有!而我,正在由于想要珍藏物品而受苦。这一切物品,说到底对我有什么要紧呢?

在一间光线稍暗、由一面没有镀锡的镜子隔开的小客厅里,马塞利娜正在接待几位密友。她半卧在靠垫上,脸色惨白得可怕,我见她的神态是如此疲惫,心中不禁惶恐不安,暗暗决定这是最后一次接待客人。夜色已深,我想要拿出手表看时间,却在背心的口袋里摸到了莫克蒂尔偷走的那把小剪刀。

"他为什么要偷走呢?难道就是为了弄坏它、毁掉它吗?"

此时有人拍了拍我的肩膀,我转过身,是梅纳尔克。

全场恐怕只有他一人穿着礼服。他刚刚到,便请求我将他引见给我的妻子。我自己是绝不会主动介绍他的。梅纳尔克举止优雅,近乎英俊,已经灰白的浓密胡须垂着,将他的脸刻画成一副海盗模样,他眼中闪烁着冷峻的火苗,折射出更多的是果敢而不是仁慈。他刚站在马塞利娜面前,我就看出他并不讨她的欢心。他们说了几句浮于表面的客套话,我便将他带至吸烟室。

那天早上,我刚刚得知一个消息,殖民部长交给他一项新的任务。好几家报纸在刊登这则消息的同时回顾了他充满冒险意味的职业生涯，简直不知能用什么更生动的溢美之词才好，似乎忘记了前几日的恶意谩骂。它们夸张地歌颂他为国家做出的贡献，说他最近几次探险的发现完全是出于人道主义精神，带来了有益的发现，就好像他什么也不为，只是为了人道主义的目的而出行似的；人们还歌颂他有自我牺牲精神，甘于奉献，品格坚毅，就如同他是专门为了这些称誉而远行。

我一上来便向他道喜，不过，我刚说了几个字便被他打断。

"怎么！您也如此，亲爱的米歇尔，先前您可不在骂我的人之列啊。"他说，"这些蠢话还是留给报纸去讲吧。他们今天似乎很惊讶，一个臭名昭著的人居然还能拥有一些美德。我可没法区别看待他们安在我身上的好与坏，我以一个整体的姿态而存在。我别无所求，只求活得自然，我的每次行动，都是因为乐意之至，这就是当我应当做一件事时，给自己发送的信号。"

"这样您会走得更远。"我对他说。

"我很清楚，"梅纳尔克回答道，"啊！如果我们周围的人都能这样想就好了。但他们其中的绝大部分人却认为仅靠自己的想法并不能有所成就，除非靠外力约束，他们只乐意去模仿。每个人最不像的就是他自己，人人都会挑选一个楷模，然后效仿他，即使他没有选择一位可以效仿的楷模，也会接受所有人选出来的那个楷模。但我认为人身上还有其他可读之处。但人们不敢，不敢翻过这一页：模仿法则——而我称之为畏惧法则。人们害怕被孤立，这样一来，人们根本找不到自我。这种精神上的旷野恐惧症令人憎恶，这是最大的软弱，却不知人们总是独自进行发明创造的。但是现在谁会立志去创造呢？每个人感到自身的不同寻常之处，正是它的稀有之处，这正是每个人的价值所在，然而，这一点却被人们想方设法地消除，还声称自己热爱生活。"

我听着梅纳尔克继续讲下去。他所说的这番话正是一个月前我同马塞利娜说过的，听到他这样说，我本应表示赞同。然而，是出于多么懦弱的心态，我竟模仿了马塞利娜对我说的话，一字不差地将他打断："但是亲爱的梅纳尔克，您不能要求每个人都与其他人完全不相同。"

梅纳尔克的话戛然而止，他神色异样地看着我，就像厄赛布[①]那样大步上前向我告辞，毫不顾忌地转身而去，同埃克托尔交谈。

话一说出口，我便觉得自己愚蠢至极，尤其懊悔的是想到梅纳尔克可能认为我被他的话刺伤了。时间已经很晚了，我的客人们相继离去。当客厅里只剩寥寥数人时，梅纳尔克又向我走来。

---

① 希腊基督教徒作家。

"我不能就这样离开您。"他对我说,"毫无疑问,我误解了您的话。至少给我留存这种希望吧。"

"不,"我回答道,"您并没有理解错。我的那些话没有任何意义,它们愚蠢至极,我倒希望从未将它们说出来,尤其是当我感觉到,您可能会将我划为刚才我们鄙夷的那一类人时,我要向您坦言,我像您一样,厌恶所有循规蹈矩的人。"

"他们,"梅纳尔克笑着说,"是世间最可憎的东西。不要指望在他们身上发掘分毫的真诚,因为他们从不越雷池半步,唯规矩是从,一旦逾越,就会视自己的行为是不正当的。当我稍稍察觉到您也许是他们中的一员时,就会感觉话像在嘴边冻结了一般。当即,我便感觉忧伤,这忧伤令我意识到我对您的喜爱是多么真挚。我倒希望是自己理解错了,而不是对您的感情错了,是我对您的判断失误了。"

"您的判断确实错了。"

"啊!可不是吗?"他说着,突然抓住我的手,"听着,我马上就要出发了,但是我还想见您一面。这次出行时间会更长,而且比任何一次的风险都大,我不知道什么时候才能回来。半个月后我就得启程,现在没有人知道我会在近期动身,我偷偷告诉了您。天一亮我就动身。不过,每次动身前的那个夜晚我都过得充满焦虑与惶恐。请向我证明您不是循规蹈矩之人,我可以指望您在那最后一夜陪在我的身边吗?"

"在那之前我们还会见面的不是吗?"我有点意外地对他说。

"不。在这半个月内,我不会见任何人,甚至不在巴黎。明天我就要动身去布达佩斯,六天后我应该在罗马。这两个地方有我在离开欧洲之前想要话别的朋友。还有一个正在马德里等着我。"

"那么一言为定,我会同您一起度过那个夜晚。"

"那时我们就可以喝设拉子酒了。"梅纳尔克说。

那一夜的几天之后,马塞利娜的身体每况愈下。我前面说过她容易感觉劳累,但她从不抱怨,而我将这种劳累归结于有身孕,认为这是相当正常的,所以并没有为她担忧。一位相当昏庸,或者说没什么本事的老医生起初来看过她,说她并无大碍,让我们放心。但是她又有了新的症状——高烧,我决定请业内的专家特××大夫来诊断。大夫看了她的情况感到很吃惊,问我们为什么没有早些就医,他开具了一份需要严格遵守的处方,说她从前一段时间就应当遵循了。马塞利娜太莽撞逞强,竟然硬撑着拖到了现在。大夫叮嘱到一月底的预产期之前,她都需要一直在长椅里休息。她担心自己的病情比她承认的还要严重,所以她极尽所能地服从医生严苛的处方。之前,一种清教徒式的忍耐一直支撑她忍受着病痛,而如今,情况急转直下，几天之内，她的病情陡然加重了许多。

我则更精心地照料着她，尽量安抚她的情绪，甚至用特××大夫的话，安慰她说病情并不太严重。但她的惊恐是如此有感染力，最后连我也慌乱起来。啊！将幸福寄托于空洞的希望之上，这是多么危险！未来是多么难以把握！当初我将全部热情置于过往之中，如今当下令我幸福沉醉，但是未来却让当下的幸福支离破碎，比当下摧毁过去的力量更甚。经过在索伦托那幸福甜蜜的一夜，我早已将全部爱情、全部生命的希望都投注到未来之中了。

时间到了我答应陪梅纳尔克的那一夜。虽然我不忍心在冬季的夜里留马塞利娜一人度过，但还是尽量劝她相信这场约会非比寻常，我必须一诺千金。那天晚上，马塞利娜情况有些许好转，但我还是很担心。一名女看护接替我，守在她的床边。然而当我走到马路上时，一股强烈的不安占据了我的心头，我抵抗并驱逐着这种情绪，同时又恨自己不能脱身。因此我渐渐进入一种神经高度亢奋的状态，感觉异常兴奋，这种感受既与心中升起的痛苦担忧之感完全不同，又颇为相似，但它更接近于幸福的感受。天色已晚，我大步地走着，大雪纷纷落下。当我呼吸到更加新鲜的空气，与风雪、暗夜对抗时，幸福之感油然而生，我品味着自己勇气的能量。

梅纳尔克听到我的到来，便出现在楼梯口迎接我。他焦急不安地等待着，脸色苍白，肌肉还有些僵硬。他帮我脱下大衣，逼我脱下湿了的靴子，换上柔软的波斯拖鞋。在壁炉旁边的一张独角圆桌上，放着一些糖果。房间里点着两盏灯，但还不如壁炉的火光照得更明亮。梅纳尔克一上来先询问马塞利娜的病情。为了长话短说，我回答说她很好。

"你们的孩子就快出世了吧？"他接着问。

"还有两个月。"

梅纳尔克朝壁炉俯下身去，就像是为了遮住自己的面孔。他沉默着，一直不说话，以至于我也有些心烦意乱，不知该对他说些什么。我站起身，踱了几步，然后向他走近，将手搭在他的肩膀上。他似乎还在继续沉思。

"需要做出选择。"他低声沉吟着，"重要的是了解自己的心。"

"呃！您不想动身吗？"我问道，不知道听到他的话应该回答些什么。

"似乎是这样。"

"您还在犹豫吗？"

"有什么好问的呢？您有妻子和孩子，就留下来吧。人生有千万种活法，但每个人只能经历一种。嫉妒他人的幸福，那是荒唐的，即使得到了也无法享受。幸福是无法一次性得到的，要慢慢获得。我明天就会出发，我知道，我是按照自己的身量去剪裁自己的幸福。您就守护着家庭生活平静的幸福吧。"

"我也是按照自己的身量去剪裁幸福的，"我叫嚷着，"但是我长高了。现在幸福紧紧勒住我的身体，有时我几乎都要窒息了！"

"那么，您会习惯的！"梅纳尔克说。他伫立在我面前，直直地望着我，看到我无言以对，他略带心酸地微微一笑："人们以为自己占有很多东西，殊不知其实是自己被东西占有了。"

"给自己倒上设拉子酒吧，亲爱的米歇尔，您不会经常喝到的。再吃一些波斯人下酒用的粉色糕点。今天晚上，我要同您共饮，忘却自己明天就要离开，与您交谈，好似这夜十分漫长。您知道吗，如今诗歌，尤其是哲学，已经变成了死气沉沉的文字。正是因为这些东西已经脱离了生活。古希腊干脆直接将生活理想化，以至于艺术家的生活本身就变成了现实中的诗篇；哲学家的生活，正是其哲学思想的实践；同样地，哲学与诗歌融入了生活，它们之间没有相互无视，哲学滋养了诗歌，诗歌阐释了哲学，两者相得益彰。现如今，这种美感已不再起作用，人们做出行为时也不再考虑美不美，智慧则绝世而独立。"

"您生活得充满智慧，为何不作一本回忆录？——或者就写写旅行的见闻呢？"我微笑地看着他说。

"因为我不想回忆，"他回答道，"我认为回忆会阻碍未来的到来，让过去有机可乘。我通过完全忘却昨天来为每时每刻创造新鲜感。曾经的幸福从来都不会使我满足。我不会去想已经死去的东西，也不会将已经不再存在与从未存在过的事物混淆。"

我听罢这番话有些被激怒了，它已经大大超越了我的思想。我想将他往后拽，让他停下来，但我竟找不出反驳的话，而且，与其说是生梅纳尔克的气，不如说是我生自己的气。因此我干脆保持沉默。

他就像笼中的野兽般走来走去，忽而弯腰俯向壁炉，忽而又长久地缄默，随后又突然开口说道："即使我们平庸的大脑还能让回忆散发出迷人的芳香，那也是好的！但人们不善于保存记忆。最精美的东西往往都会变质，最明艳的往往会腐败，而最诱人的往往变成最危险的东西。人们后来所追悔的，起初往往是诱人的。"

再一次长时间的缄默后，他接着说："悔意、懊恼、追悔，事后看去，这些都是昔日的欢乐。但我不喜欢事后去看，我会将过去远远地抛诸脑后，就像鸟儿一样，为了飞翔而离开自己的影子。啊！米歇尔，所有快乐一直都等待着我们，但她需要的是空巢的独身之人，要像一位鳏夫一样去寻得她的青睐。啊！米歇尔，一切欢乐都如同这日复一日逐渐腐烂的广袤沙漠，也如同柏拉图口中的阿梅莱丝泉水，无法装在任何罐中。就让每一片刻的时间带走它曾经带来的一切。"

  梅纳尔克还说了很久，现在我无法复述他讲过的每一句话，但是许多言语铭刻在我心上，我越是想要赶快忘记，越是铭刻得更深。这番话在我看来并无太多新意，但它们一下子让我的真实想法暴露了出来，一个我曾用多少层面纱去遮掩的想法，一个我几乎想要抹杀的想法。一夜时光就这样流逝。

  第二天早晨，当我乘车将梅纳尔克送上火车后，我独自步行回到马塞利娜身边，我感觉到了令人糟糕的忧伤，我憎恨梅纳尔克那不知廉耻的快乐，我希望这快乐是装出来的，极力让自己否认这种快乐。我愤懑于自己的无言以对，愤懑于自己所说出的话，竟然令他怀疑起我手中的幸福和爱情。我牢牢抓着我那恬淡的幸福，梅纳尔克口中那"平静的幸福"。唉！我无法排解心中的忧虑，却认为对于幸福的忧虑能够滋养爱情。我将思绪投向未来，已经可以看到我的小宝贝在冲我微笑，孩子的出世足以重塑我的精神道德，并让它变得更为牢固。我步伐坚定地朝家走去。

  唉！这天早晨，当我一迈进前厅，就看到眼前突如其来的混乱场面。女看护见到我，用委婉的言辞说，昨晚我的妻子感到非常难受，随后就是一阵剧痛，尽管她认为还没到预产期，但感觉太痛苦了，就命看护去找来大夫，大夫急匆匆地赶到，到现在为止还没有离开她。之后，女看护可能发觉我脸色煞白，想要安慰我，对我说她已经好多了……然后，我冲进了马塞利娜的房间。

房间内有些昏暗，起初我只能看到大夫用手势命令我安静，之后，在暗影里我看见了一个陌生的轮廓。我焦虑不安、蹑手蹑脚地靠近床。马塞利娜的双眼闭着，她的面庞苍白得可怕，乍看之下我以为她死了，但闭着眼睛的她将头转向了我。在房间阴暗的角落里，那个陌生人正在整理并藏起一些东西。我看到了反光的仪器、医用棉；我还看到……我觉得自己看到了一条满是血污的床单。我感觉自己发起抖来，摇晃着身子，差点儿倒在大夫身边，他将我扶住。我已经明白发生了什么，但我害怕知道真相。

"是孩子吗？"我焦虑地问道。

他悲伤地耸了耸肩。——我大脑一片空白，奔倒在床前，啜泣不已。啊！这突如其来的灾祸！我感觉脚下的地面突然陷落，面前只有一个空洞，我全身踉跄地走在里面。

有关这段时光的全部记忆都变成了阴郁的回忆。幸好最初马塞利娜似乎恢复得很快。年初的假期给了我一些喘息的机会，我几乎整日守在她身边。我就在她身旁读书、写信,或者轻声为她朗读。每次出门,我都会给她带回来鲜花。我忆起自己患病时她对我的温柔照料,这样想着,我也回报以同样多的爱意,有时她会对我微笑,她看上去很幸福。关于那桩毁掉我们希望的悲惨意外,我们只字不提。

之后马塞利娜发现自己得了静脉炎,当炎症刚刚有所缓和,她又突发栓塞,一时间生命垂危。那时已经入夜,我记得自己正俯身望着她,感受着自己的心脏随着她的心脏起起伏伏地跳动。我度过了多少个这样的夜晚!我目光坚定不移地望着她,希望爱情的力量能够将我的一些生命力注入她的身体里。即使那时我已经不再希冀幸福的降临,但在悲伤中唯一的欢乐便是看到马塞利娜偶展笑颜。

我重新开始讲课。我是从何处找到备课讲授的力量呢?我已经记不清了,也不知道自己是如何度过一周又一周的时光。但有一件小事,我想要同你们讲讲。

那是一个早晨,在她患上栓塞不久之后。当时我正在马塞利娜身旁,她似乎有所好转,但是根据医嘱,她还是应当尽量保持静卧,甚至不能抬起胳膊。我俯身喂她喝水,当她喝完水时,对还俯着身的我,用因为患病而变得更为微弱的嗓音,让我打开一枚匣子,并用眼神示意我匣子就在桌子上。我将匣子打开,里面有许多丝带、布片和一些不值钱的小首饰。她想要找什么？我将匣子拿到她的床边，将里面的物件一一取出。

"是这件吗？这个呢？……"不，还不是。我感觉到她有些不安。

"——啊！马塞利娜！你要找的是这串小念珠！"

她勉强地挤出一丝笑容。

"你是担心我不能很好地照料你吗？"

"哦！我的朋友！"她低语道。

我还记得我们在比斯克拉的谈话，想起当我听到她所谓的"来自上帝的帮助"时拒绝她而发出的责备。我语气有些生硬地说："我可全是靠自己的力量好起来的。"

"我为你祈祷了多少次啊。"她轻声地说出这句话，表情哀伤，我在她的眼神中看到了不安的恳求。我拿起那串念珠，放在她搁在床单上那虚弱无力的手中。她噙满眼泪的双眸向我投来充满爱意的目光。这一刻我迟疑着，感觉有些不自在，不知如何是好。最后，我再也熬不住了。

"我先出去一会儿。"我对她说，然后离开了这充满敌意的房间，就像被人赶出去似的。

栓塞带来了很严重的紊乱，心脏掷出的血块堵塞并加重了肺部的负担,她呼吸困难,发出嘶嘶的喘息。病魔已经进入马塞利娜体内,它住了下来,它折磨着她,耗尽了她的心力。她仿佛变成了一件已经损坏的器物。

第三章

气候渐暖。课程一结束，我便打算带马塞利娜回到莫里尼埃庄园，因为大夫说危险时已经过去，如果想要痊愈，最好是去空气清新的地方休养。我也亟须得到休息。那些日子，我几乎每天都在守夜，终日为她担忧，尤其是当她栓塞时，我仿佛感同身受，感受到了她的心跳加速。这些日子的照料让我疲惫不堪，好似自己也大病了一场。

我本意带马塞利娜去山区疗养，但她更想回到诺曼底，认为没有哪里的空气比得上那里的清新，还提醒我应该回去看看那两座农场，正是我一意孤行想要自己管理的那两座。她说服我，说我对此负有责任，所以应当做好。我们刚刚到达庄园，她就催促我去田地里看看……我不清楚她善意的坚持里是否有自我牺牲的成分，她担心我一直守在她身边照料着，感觉不到足够的自由……然而马塞利娜的病情已大有好转，脸颊上恢复了血色，笑容里也没有那么多凄惨的神情了，因此我可以毫无顾忌地出去了。

就这样，我回到了农场。彼时，人们正在收割第一拨牧草。空气中满是花粉与新鲜的芬芳气息，一吸入体内就犹如醇香的酒让我微醺。似乎从去年以来，我就没有呼吸过如此新鲜的空气，或者说我呼吸的全是灰尘，好久没有像现在这样沉浸在美妙的自然氛围中了。我坐在一个斜坡上，仿佛醉倒一般，俯视整个莫里尼埃庄园。我看着那些蓝色的屋顶、池塘沉静的水面，周围有的田地已经收割完毕，有的上面牧草葱葱，远处是蜿蜒曲折的小溪，再远一点便是去年秋天我与夏尔骑马散步的树林。方才已经入耳的歌声越来越近，原来是牧草翻晒工唱的，他们肩上扛着叉和耙。我几乎认识他们所有人，这令我懊恼地想到在这里我不是一个热情的旅客，而是他们的主人。我朝他们走近，对他们微笑着说话，花很长时间询问每一个人的情况。诚然，当天早上博卡热已经告知我田地的耕种情况，过去他会定期写信给我，事无巨细地汇报农场发生的每一件事。农场经营得不错，比先前他给我留下的印象好得多。但是还有好几件重要的事情需要我来下决断。这几日以来，我一直在尽力指挥，这其中毫无乐趣可言，但我可以借此来做出忙碌工作的样子，打发无聊的日常生活。

马塞利娜的身体刚刚有所好转，便有几位朋友前来探访，与我们同住。这群朋友关系亲密，又丝毫不会吵闹，深得马塞利娜的欢心，这样一来更方便我出门。相较于这群朋友，我更喜爱农场里的人，跟他们在一起，我似乎能学到更多东西，不仅仅是因为我经常向他们求教。不，待在他们身边得到的欢乐难以言表：仿佛我可以透过他们的身体去感受。当我这群穷苦的朋友一开始交谈，我便对内容了然于心，光是看到他们心中就腾升起一种美妙之感。

起初我同他们讲话时，他们表现得比我更加傲慢，不久，他们便适应了我的存在。我总是尽量同他们走得近一些。我不仅跟他们到田地里，还愿意看着他们玩乐，我对他们迟钝的思想丝毫不感兴趣，但我喜欢加入他们的聚餐，听他们开玩笑，满怀喜悦地目睹着他们的快乐。这种同理心有些像当马塞利娜心跳加快时我的心跳也会加快一样，这是一种面对他人的感受时所产生的即时共鸣，它不是宽泛的，而是具体敏锐的。我的胳膊感受到割草工同样的酸痛；见到他们疲劳，我也感觉疲劳；见到他们喝苹果酒，我也感觉到解渴，感觉甜酒滑过我的喉咙。有一天，一个人在磨刀时将大拇指深深地割了一道口子，我也感受到了他的疼痛，痛彻骨髓。

在我看来，视觉不是唯一能帮助我观察景物的感官，除此之外，还有触感，借由这种奇异的感同身受，我的触感被无限放大了。

　　博卡热的存在令我感到不自在，只要他一来，我就得扮演起主人的角色，这实在让我提不起兴致。当然，我还是得发号施令，指挥工人们劳作还得按照我的方式。我不再骑马，怕在他们面前显得过于高高在上。为了让他们和我在一起时不用那么拘束和害怕，尽管我很小心，但当着他们的面我还是和从前一样，喜欢打听别人的隐私。每个人对我来说都很有神秘感，他们某一部分的生活似乎是隐藏起来的。我不在那儿的时候他们在做什么？我不相信他们没有其他的娱乐。我在脑海中假想他们每个人都有一个秘密，待我一探究竟。我四处闲逛，跟踪盯梢。我更喜欢跟着那些粗鲁无理的人，我等待着，就好像他们的昏昧能点亮一些秘密的光亮似的。

　　有一个人尤其吸引我的注意。他样貌俊朗，身材高大，一点都不蠢，但是极其容易跟着直觉行事，办事鲁莽，完全凭着一时的冲动。他不是本地人，是偶然间被雇佣的。他卖力地干两天活，第三天便喝得烂醉如泥。一天夜里，我悄悄地去谷仓看他，他正醉倒在草垛里，睡得很沉。我观察了他多久啊！……某一天，他突然离开了，我很想知道他的去向。当天晚上我得知此人是被博卡热辞退的，于是对他心生恼怒，将他叫来。

　　"似乎是您辞退了皮埃尔，"我张口便说，"您想说说原因吗？"

看到我的怒色，他有些吃惊，但是我尽量控制着自己的脾气。

"先生不会想留着一个肮脏的醉鬼吧，他把最能干的工人都带坏了。"

"我比您更清楚自己想留什么人。"

"一个流浪汉！我们甚至不知道他从哪儿来。这种人来这里不会有什么好事发生。要是哪天夜里他放火烧了谷仓，估计先生您就会开心了。"

"说到底这是我的事，农场应该也属于我吧，我想怎么管就怎么管。今后，您要开除什么人，最好先知会我缘由。"

我说过，博卡热是看着我长大的，无论我说话的语气有多么伤人，他也不会过于放在心上从而大动肝火，甚至不会当真。诺曼底地区的农民经常这样，不相信那些他们不理解动机的事情，也就是说，他们不相信那些不能带来直接利益的事情。博卡热把这场争吵单纯当作一出荒诞闹剧。

但我不想因为自己的责难而毁了这场对话，感觉自己刚刚的反应太过激烈，便在脑中搜寻一些可以聊下去的话题。

"您的儿子夏尔是不是马上就要回来了？"在一阵沉默之后，我决定问这个问题。

"我还以为您已经将他忘记了,甚至对他毫不关心呢。"博卡热有些受打击似的说。

"我怎么会忘了他呢,博卡热!何况去年我们在一起相处得多么好啊。我还指望他能回来管理农场呢。"

"先生真是个好人。夏尔八天之后应该就会回来了。"

"这很好,我很高兴,博卡热。"我这才让他退下。

博卡热说得大致不差:我虽没有忘记夏尔,但对他已不再上心,感情有些淡漠了。原先同他那么亲密,如今只觉得索然无味,这该如何解释呢?这是因为我的情趣爱好与去年已经截然不同。需要坦诚的是,我对两座农场的兴趣远远比不上对雇工的兴趣,如果要经常同他们亲近,夏尔的出现可能会变得碍手碍脚。他过于理性,又极其希望得到他人的尊重。因此,纵使思想沉浸在往日的回忆中,激动的情绪苏醒过来,但是一想到他的归期我又心有悻然。

他回来了。啊!我的担心是多么有道理,梅纳尔克否认所有回忆的理论又是多么正确!我眼前这位进门而来的不是原先的夏尔,取而代之的是一位看起来相当荒唐的先生,头上还戴着一顶滑稽的礼帽。老天爷!他的变化是多么大!我感到拘束、窘迫,他见到我万分喜悦,但我总不能用过分的冷漠来回馈他,而他表现出的喜悦也令我不快,他的笑脸看起来既笨拙又不真诚。我在客厅接待了他,由于天色已晚,我看不清他的脸,当仆人拿来台灯,我才失望地发现他蓄起了胡须。

这天晚上的谈话相当无趣。由于知道他会一直待在农场,在这八天时间里我就避免去那儿,我埋头于学术研究和招待家中的朋友。之后我重新出门时,立刻有一项新的任务找上门来。

树林里来了一批伐木工。每年庄园都会出售一部分木材。树林被分成十二等份,每年都有一些高耸的、已经停止生长的树木,还有一批已经长了十二年、可作烧柴的矮树。

这项工作要冬天来做,之后,到了春季来临前,根据合同条款,伐木工需要将全部砍倒的树木运走。然而负责指挥伐木的木头商厄尔特旺老爹却过于马虎,有时到了春天,那些砍好的树木还堆在一起,死去的枯枝上又长出脆弱的新芽,当伐木工将树木移走时,不可避免地会毁掉不少新芽。

今年,买主厄尔特旺老爹的漫不经心已经到了让我们担心的地步。由于没有买家竞争,我只能以非常低的价格将树木出售。他以低价买下木头,笃定自己有得赚,竟一点不着急砍伐的进度了。拖了一个星期又一个星期,有一次他借口自己没有工人,另一次说天气太恶劣,再后来便是马儿生病了,要服劳役①,或是有其他活要做……还有什么花样?结果到了仲夏,没有一棵树被运走。

如果是在去年,我早已大发雷霆,但今年我变得相当冷静,并没有直接痛批厄尔特旺给我带来的损失;但这片已经伐倒的树林倒别具美感,我饶有兴致地去那里散步,窥探监视着猎物,吓走蜂蛇,有时还会在横卧的树干上久久地坐着,它们仿佛还活着,创面上还会发出几枝绿色的枝丫。

时间到了八月中旬,厄尔特旺终于决定派人来运走树木。一次来了六名工人,准备在十天内将活全部干完。伐木的地点临近瓦尔特里,为了方便伐木工干活,我同意让人从农场给他们送饭。负责这项工作的是一个名叫布特的家伙,他才被军队开除,完全是个败类——我指的是他的头脑,因为他的身体棒极了,他是我最经常交谈的雇工之一。这样安排的话,就算不去农场也能见到他了,因为那几天我恰巧就在外面游荡。连着好几天,我都待在树林里,只有用餐的几个小时才回莫里尼埃庄园,时常还误了吃饭的时间。我假意监督工作进展,其实只是为了看看那些工人。

厄尔特旺的两个儿子有时会加入六个工人的行列,大的二十

---

① (法国市镇要求的)养路捐(或出钱或服四天劳役)。

岁，小的十五岁，他们身材颀长，身体壮实，线条硬朗，长相好似外国人。之后我得知，他们的母亲其实是西班牙人。起初我很惊讶她竟愿意来此生活，但厄尔特旺年轻时是个放荡的流浪汉，似乎在西班牙结过婚。也因为如此，他在乡间名声不好。第一次遇见他的小儿子，我记得是一个雨天，他正独自坐在一辆堆满了劈柴的拉货车上，周围全是树枝，他唱着歌，或者说是大声叫嚷，因为他的歌声非常奇怪，我在当地从未听过。拉车的马儿认识路，所以兀自地往前走着，无人驾车。我无法描述这歌声在我耳中听上去如何，因为我只在非洲听到过类似的韵律。这个小儿子唱得情绪高昂，就像喝醉了一样，当我路过时，他甚至没有抬眼瞧我。第二天，我才得知这是厄尔特旺的孩子。正是为了再见他，或者说是为了等候他，我才在砍伐林中流连。人们马上就要把所有树木运完了。厄尔特旺家的两个男孩一共只来过三次。他们似乎很自傲，我从他们口中套不出一句话。

布特则恰好相反，他很喜欢攀谈。很快我便让他明白，跟我在一起可以畅所欲言，从那时起他便完全放下拘束，将当地的秘密揭了个遍。我贪婪地吮吸着听到的秘密。这个秘密既超出了我的意料，又不能令我满足。这就是人们在暗中议论纷纷的事吗？也许这只是一副新的伪装？无所谓了！我向布特询问着，就像是在调查哥特人的编年史一般。他所讲述的事情如同一团雾气，一直氤氲盘旋至我的脑际，我不安地吮吸着。通过他，我首先得知厄尔特旺同他的女儿睡觉。我很惊恐，只要稍微露出些责怪的神情，就会削弱他讲下去的信心，所以我报以微笑，好奇心驱使我继续发问。

"那孩子的母亲呢？她什么也不说吗？"

"母亲！她死了有十二年了……她活着的时候总挨他的打。"

"他家有几口人？"

"他有五个孩子。大儿子和小儿子您已经见过了。他还有一个十三岁的儿子，身体不太健壮，以后想当神父。此外，他的大女儿还和他生了两个孩子……"

我一点点了解了更多的事情，厄尔特旺家真是一个是非之地，腐味强烈。听到他家的故事我不禁开始动用想象力，就像一只见了肉的苍蝇开始嗡嗡盘旋。一天晚上，大儿子想要强奸一位年轻的女仆，因为她一直挣扎反抗，做父亲的便上去帮儿子的忙，用两只大手按住她；与此同时，二儿子在楼上继续轻声祷告，而小儿子目睹了这出悲剧，在一旁看热闹。说起强奸，我感觉并不困难，因为布特还说，不久，那女仆尝到了甜头，便想勾引年轻的小神父了。

"她尝试成功了吗？"我问。

"他还在抵抗，但意志力已经不那么坚强了。"布特回答道。

"你不是说他还有另外一个女儿吗？"

"她呀，逮着谁就跟谁在一起，而且什么也不要。一旦她发了情，还主动贴补呢。只是不能在老子家里跟人睡觉，否则就要挨揍。他说过这样的话，在家里，他们想干什么就干什么，但是不能把外人牵扯进来。皮埃尔，就是您在农场解雇的那个小伙子，他可没吹牛，但是有一天夜里，他从那家出来，脸上带着个窟窿。从那个时候起，他们就到庄园的树林里去做那事了。"

我用眼神鼓励他说下去。

"你试过吗？"我问道。

他先是故作姿态地垂下眼睛，然后嘿嘿一笑。

"有那么几次。"随即马上又抬起眼睛，"博卡热老爹的小儿子也干过。"

"博卡热老爹的哪个儿子？"

"就是阿尔西德呀，就是睡在农场的那个。先生您不认识他吗？"

得知博卡热还有一个儿子，我万分惊愕。

"是真的，"布特接着说，"去年他还待在他叔叔家。但是先生还没有在树林里遇见过他，我很吃惊，他差不多每天晚上都在林子里偷猎。"

布特说最后几句话时，声音低了下来。他默默地望着我，我马上明白了其中的要害，微微一笑。这时布特才心满意足地继续说："先生肯定知道有人在偷猎！林子大得很，您不会有什么损失的。"

我表现出丝毫不恼怒的样子，布特马上变得大胆起来，我想他今天很乐意说点博卡热的坏话，他带我去看了阿尔西德在坑洼处布下的索套，还告诉我在树篱笆的哪个地方十有八九能把他逮个正着。那是一个土坡的高处，那个土坡被树篱笆围住，其中有一处缺口，六点，阿尔西德就会从那儿溜进去。我和布特来了兴致，在那儿牵了一根铜丝，做得极其隐蔽。之后，布特让我发誓不会出卖他，然后他离开了，不想被牵连。我趴在土坡的背阴面等待着。

连着三个傍晚我都一无所获。我已经开始怀疑自己让布特给耍弄了。到了第四天傍晚，我终于听见非常轻微的脚步声靠近。我的心怦怦直跳，突然领略了偷猎者那低俗强烈的快感。套子下得太好了，阿尔西德直直地一脚踩进去。我眼见他突然一个踉跄，脚腕被绊住了。他想逃脱，却马上又摔倒了，像一只猎物一样挣扎着。这时我已经抓住他了。真是个小淘气鬼，绿色的眼珠，亚麻色的头发，看上去很狡猾。他踹了我几脚，然后一动不动，扑上来咬我，眼见咬不着，便冲着我的鼻子骂了一些我从未听过的脏话，真是新奇。最后我终于忍不住了，开始放声大笑。他见状也突然不骂了，看着我，降低声量说："粗鲁的家伙，您把我弄残废了。"

"让我看看。"

他把索套褪到套鞋上，把脚腕亮给我看，那里只有一点轻微泛红。

"没事儿。"他笑了笑，然后狡猾地说，"我要告诉我父亲，说是您下的套子。"

"见鬼！这是你下的。"

"我敢肯定这不是您下的套子。"

"为什么不能是？"

"您下不了这么好。给我看看您怎么下套子。"

"不如你教我吧。"

这天傍晚，我很晚才回家吃晚饭，由于没人知道我去了哪里，马塞利娜很担心。然而我没有告诉她，我下了六个套子，而且我不仅没有斥责阿尔西德，还给了他十苏。

我同他一起去树林里收套子，还欣喜地发现陷阱里有两只兔子，我自然是给了他。狩猎季节还没有开始。如何处理这只猎物才能不被发现呢？这个秘密阿尔西德没有对我明说。最后我还是从布特那里打听到了，是厄尔特旺这个窝主，他最小的儿子在阿尔西德与他之间跑腿。这样一来，我是不是能渐渐深入探究这个野蛮家庭的秘密了呢？我偷窥的热情是多么高涨！

我每晚都去找阿尔西德，我们逮到了很多兔子，甚至有一次捉到了一只小山羊：它还有一丝气息。回想起阿尔西德杀死山羊时喜上眉梢的表情，我不禁一阵胆寒。我们把山羊放在保险的地方，厄尔特旺的儿子当天夜里会过来取走。

当砍倒的树木被全部运走后，这片林子对我的吸引力也不再浓厚，白天我不再怎么外出了。我甚至想工作，自从上一学期课程结束后，我就拒绝了继续教课的邀约，这工作无聊且毫无目的，因此现在田野里只要有一丝歌声，或是一丁点儿声音，我都会走神，所有叫喊声都变成了对我的呼唤。多少次我蓦地放下书，奔到窗前去看发生了什么，却一无所获！多少次我突然出门……现在唯一能让我集中注意力的，就是我的所有感官。

每当夜幕降临，就是我们活动的时间。我至今还没有领略过夜色的美丽，我像盗贼一样溜出家门。我已经练就了一双夜鸟一般的眼睛，欣赏着眼前摇曳生姿丰茂的草木和那繁密的树林。夜晚让所有景物的轮廓变得更加深邃，地面变得更加疏远，最平坦的小路现在也显得危险诡谲，只觉得暗处生活着的一切生物似乎都已苏醒。

"你的父亲以为你现在在哪儿呢？"

"在牲口棚看着牲口呢。"

阿尔西德晚上在那里过夜，这我是知道的，他与鸽子和母鸡为伍。因为晚上牲口棚的门会锁起来，所以他就从棚顶的洞口钻出来，他衣服上还带着家禽热乎乎的气味。

猎物一得手，他便招呼也不打，也不向我告别，一声不吭地钻进夜色中，就像潜入了一扇活门之后的密道里。我知道他会回到农场，那里的狗见到他也不会吠，回去之前，他会去厄尔特旺家的小儿子那里销赃。但是在哪里呢？这是我无论如何也没能打听到的：无论恐吓还是敲诈都无济于事，厄尔特旺家的人不让别人靠近。我也不知道如何做才能让自己疯狂的欲望得到满足：是继续追踪这个在我面前渐行渐远的平淡秘密呢？还是在好奇心的驱使下任想象力继续编织那个秘密？但是阿尔西德离开我之后去干了什么？他晚上真的睡在农场里吗？或者仅仅是让农场主相信他睡在那儿？啊！我白白牵扯进来，非但没能增加他对我的信任，还平白无故削减几分他对我的尊重。一想到这里，我既恼火又后悔。

他突然消失，剩我一人黯然伤神。我穿过田野，在覆着沉甸甸的露水的草地里走着，露水沾湿了我的衣裳，泥水弄脏了我的鞋，身上还挂着树叶，但我依旧陶醉在夜色中，陶醉在生命的野性与无序中。远处是沉睡中的莫里尼埃庄园，书房抑或是马塞利娜房间的灯光犹如一座宁静的灯塔，指引着回家的方向。马塞利娜以为我闭门在房间内，而且我也让她相信，不出去走走就难以成眠。此言不虚：我憎恶自己的床，宁愿待在谷仓里。

今年猎物分外多。穴兔、野兔和野鸡络绎不绝。布特看到偷猎进行得如此顺利，三天之后也加入了我们的队伍。

偷猎的第六天，我们发现布下的十二个套子只剩了两个，一大半被人白天收走了。布特找我要了一百苏重新买铜线，铁丝根本不顶事。

我看见博卡热那里有十个套子，不禁乐了，我可得称赞一番他的热忱。最令人哭笑不得的是，去年我未加思索地许诺每缴获一个套子给他十苏，由此一来便得给他一百苏。然而，布特拿着那一百苏又买了铜丝。四天之后，故技重施，博卡热又收了十个套子。又得给布特一百苏，还要给博卡热一百苏。当我祝贺他的收获时，他说："要谢的不是我呀，应该感谢阿尔西德。"

"什么！"表现得太过惊讶会让我们全员暴露，我努力保持镇静。

"不错，"博卡热继续说，"先生您是知道的，我年纪大了，光是农场的事就已经够我忙了。我的小儿子替我在树林里跑腿，他熟悉树林里的情况，人也机灵，他比我更清楚哪里能找到那些陷阱。"

"这我不难相信,博卡热。"

"而且先生每给我十苏,我都会分他五苏。"

"他当然受之无愧。呵!五天收了二十个套子!他干得可真不错。现在偷猎者只能自认倒霉了。我相信他们准会消停的。"

"啊!先生,恐怕越抓越多呀。今年猎物的价格涨了不少,这几个苏对他们来说不算什么……"

我被狠狠地耍了一番,有些担心博卡热也是同谋。在这件事情上,令我生气的不是阿尔西德的三重小把戏,而是眼睁睁地看着他背叛我。他和布特拿着钱干什么去了呢?我一无所知。其实我永远也摸不透这类人。他们永远在撒谎,对我说骗就骗。这一晚,我没有给布特一百苏,而是十法郎,我告诉他这是最后一次,如果套子再被搜走,那就活该倒霉。

第二天,博卡热来了,他看起来非常窘迫,我脸上的表情立刻变得比他还要窘迫。发生了什么事?博卡热告诉我布特今天清晨才回到农场,喝得烂醉如泥,他刚说了他几句,布特就对着他骂脏话,之后又扑到他身上揍了他。

"所以,"博卡热对我说,"我来征询先生的意见,能否允许我(说到这里他顿了一顿),允许我解雇他。"

"我会想想的,博卡热。我为他对您的失敬表示非常遗憾。这件事我已经清楚了。让我一个人好好想想,请您两个小时之后再过来找我。"——博卡热出去了。

留着布特,博卡热会很为难,赶走布特,又会促使他报复我。罢了,听天由命吧,说到底这都是我一个人的错。因此当博卡热回来时,我说:"您可以告诉布特,这里不需要他了。"

然后,我等待着。博卡热会怎么做?布特会说些什么?直到当天傍晚我才听到一些风声。布特把事情捅了出来。我先是在博卡热家听到了叫喊声,那是小阿尔西德挨打的声音。博卡热马上就要来了,他过来了,我听见他熟悉的脚步声越来越近,心脏开始突突直跳,比逮到猎物时还要快。这一刻真难熬!所有高尚的情感又得复原,我迫不得已又得故作严肃。编出什么话来解释呢?我肯定演不好!唉!我真想把自己的角色拱手相让……博卡热进了门。准确地说,他说的话我一个字都没听懂,简直可笑,我得让他重说一遍。听到最后我终于明白了:他认为错在布特一人;他让匪夷所思的真相从身旁溜走;说我给了布特十法郎,但是为什么呢?他是个十足的诺曼底人,不会相信这样的话。那十法郎肯定是布特偷的,然后再说成是我给他的,偷了钱还说谎,编造故事就是为了掩盖偷钱的事实,他博卡热可不是谁都能糊弄得了的。偷猎是再也不可能的了。而博卡热打了阿尔西德，是因为这小子在外面过夜。

太好了！我得救了，至少在博卡热看来一切正常。这个布特真是个十足的蠢货！今天晚上我肯定是没有偷猎的兴致了。

当我以为一切都结束时，一个小时之后，夏尔却出现了。他看上去挺不快，老远就看出来他比他父亲还要生气。真想不到去年……

"嘿！夏尔，我们好久不见。"

"如果先生想来见我，只需要来农场就行了。看林子和守夜确实不是我的职责。"

"哎呀！你的父亲同你说了……"

"我父亲什么也没有说，因为他什么也不知道。难道在他这个年纪，还需要了解他的主人在嘲弄他吗？"

"当心点，夏尔！你可不要说得太过分……"

"哦！当然了，您是主人！您可以随心所欲。"

"夏尔，你完全清楚，我没有嘲弄任何人，即使我做了什么喜欢做的事，妨害的也只是我自己的利益。"

他微微地耸了耸肩。

"当您自己都损害自己的利益时，让他人如何守卫它呢？您可没办法既当守林人又当偷猎者。"

"为什么不能？"

"因为……啊！您看，先生，这里面牵扯的一切对我来说太复杂了，简单说来就是我没法乐得看见我的主人同窃贼沆瀣一气，还跟他们一起同他立下的规矩对着干。"

夏尔说这番话时，语气越来越坚定。他的神态看上去甚至有些庄严。我注意到他将胡子剃了。他说的话也的确有理。因为我沉默着（我能对他说什么？），他继续说道："人们对自己所拥有的一切都负有责任，这是您去年教我的，但您似乎已经忘了这一点。对待自己的责任要认真严肃，否则，就不配拥有这一切。"

一阵沉默。

"这就是全部你想说的？"

"对于今晚，是的，先生。但是如果先生再逼我，也许某天晚上我会来告诉先生，我和我的父亲要离开莫里尼埃庄园。"

他低声向我道晚安，然后准备离开。就在此刻我几乎不假思索地说："夏尔！——他当然是对的……哦！哦！但拥有财富就是会这样！……夏尔。如果那样，我会连夜把他追回来。"

像是为了确认我已下定的决心似的，我很快说："你去告诉你的父亲，我要出售莫里尼埃庄园。"

夏尔郑重地道了晚安，然后一言不发地离去。

所有这一切都荒唐极了！荒唐极了！

马塞利娜今天傍晚不能下楼来就餐，她命人告诉我自己很难受。我急切地上楼，满怀不安地来到她的房间。她马上让我放心。"只是感冒了。"她带着期盼的神情说，她着了凉。

"你就不能把自己盖好吗？"

"但是我一打寒战，就马上披上了披肩。"

"你不应该在打冷战之后再盖上披肩，而是应该在那之前。"

她看着我，试图笑一笑。啊！也许是因为今天开始得太糟糕了，我将焦虑都发泄在了她身上，哪怕她对我大声嚷嚷："你真的关心我的死活吗？"我也不会像现在这样了解她的心思。我身边的一切都在土崩瓦解，我的手想要抓住一切，却什么也留不住。我冲向马塞利娜，连连亲吻她惨白的脸颊。她再也憋不住了，在我的肩头痛哭。

"哦！马塞利娜！马塞利娜！让我们离开这吧。我会像在索伦托那时一样爱你。你认为我变了，是不是？但是到了别处你就会知道，我们的爱情没有变过。"

然而我这样说还是不能排解她的悲伤，但至少她又能紧紧抓住希望！

夏天还没有过完，天气已经变得潮湿阴冷起来，玫瑰花最后一季的花蕾还没有开放就腐败了。访客们很久前便已离开。马塞利娜身体极度不适，但还是不能闭门谢客，因此五日之后，我们启程了。

❖ 第三部分

我再一次地想要牢牢抓住自己的爱情，但是，我要这平静的幸福有何用呢？马塞利娜给予我、向我展示的爱情，就如同让一个不累的人去休息。然而，因为我感觉到了她的疲倦，以及她需要我的爱，所以我用爱意将她包围，并佯装出这是出于自己的需要。她所遭受的痛苦对我来说无法承受，对她付出的爱也是为了治愈她的病痛。

啊！那些亲热的体贴、柔情似水的夜晚！正如同一些人用夸张的行为来阐释他们的信仰一样，我也尽力宣示着我的爱情。我要告诉你们，马塞利娜也因此立刻重获希望。她的身体里还有许多年轻的活力，她认为我还会坚守爱情的诺言。我们逃离了巴黎，仿佛又是新婚燕尔。然而旅行的第一天，她的身子便开始遭罪。刚到纳沙泰尔[①]，我们便不得不暂且停歇几日。

---

① 瑞士的一座城市，占据纳沙泰尔湖，隶属于阿尔卑斯山脉。

我是多么爱这片青绿色的湖畔啊！这里毫无阿尔卑斯山的特点，湖水犹如湖沼中的水一般，长期与湖底的淤泥相交融，从芦苇间悠悠地流过。我为马塞林娜寻得一间非常舒适的客房，正好可以欣赏到湖景，那天我一刻不离地守在她身旁。

她的病情丝毫没有好转的迹象，第二天我便派人从洛桑请来一位大夫。他为她的病情担忧，向我询问她的家族里是否有其他人患过肺结核。这真是毫无意义。我回答说有，但其实我不甚了解，也不愿意吐露，自己曾经差点儿因为这病被判了死刑，是马塞利娜照料我康复，在那之前，她从未生过病。我把这一切都归结为栓塞，虽然大夫认为这只是偶然引起的，告诉我说这病潜伏已久。他极力建议我们去阿尔卑斯的高山里呼吸新鲜空气，他说在那里，马塞利娜是有可能痊愈的；而我的愿望正好是在恩迦丁过完整个冬天。马塞利娜一有好转，可以承受旅途奔波，我们便重新上路。

旅途中的种种感受，如同一桩桩事件一般记忆犹新。天气明朗而又寒冷，我们穿上了最保暖的皮草。到了库瓦尔，旅店里通宵毫不间断的喧闹声让我们完全无法入睡。我倒还好，即使一夜无眠也不会觉得疲累，但是马塞利娜……面对吵闹声我没有发火，但是她无法在喧闹中睡着令我气恼。她是多么需要好好睡一觉啊！第二天，天一亮我们就出发了，我们预留了库瓦尔驿车的包厢座位，如果中间的转乘都安排妥当，一天之内，我们就能赶到圣莫里茨。

我们途经了蒂芬卡斯滕、勒朱利、萨马丹……驿车一小时又一小时地向前行驶着，那一切我都还记得，我记得空气的清新与冷峻，我记得马儿的铃铛声，我记得自己饥肠辘辘，记得中午时在驿站休憩，记得把生鸡蛋打在汤里，我们吃了黑面包以及冰冷的酸红酒。这些粗糙的食物令马塞利娜难以下咽，她只能吃下几块我带在身边预备路上充饥用的饼干。我的眼前又是白昼落幕的景象，暗影迅速爬上了覆盖着森林的斜坡，之后我们再次歇息。空气变得越来越清新，但是也更加凛冽。当驿车到站时，已经是午夜时分，周围陷入了通透的寂静，通透的……我找不到其他更合适的词来形容。任何微小的声音都能在这奇异的通透空间内完美展示它的音质与声响。我们在夜色中继续赶路。马塞利娜开始咳嗽……哦！她难道无法停止咳嗽吗？我回想起在苏塞驿车里发生的一切。我感觉自己当时咳得比她轻些。她咳起来太费劲了。她看起来是多么虚弱，变化多么大啊！在昏暗的车厢内，我几乎要认不出她了。她的身影多么瘦削！她的鼻孔如同两个黑洞，让人如何忍心看下去？她费力地咳嗽着。这就是她照料我的结果，一目了然。我害怕共情，所有情绪的传染都隐藏在共情心之中，人们应当只同强健的人产生共情。哦！她真的支撑不住了！我们不是马上就要到站了吗？她在做什么呢？她拿出了手帕，把它拿到嘴边，转过头去……太可怕了！她是不是也要咯血了？我猛然将她手中的手帕夺过来。借着半明半暗的灯光看了看……没有血。但我的焦虑太过明显，马塞利娜哀伤地勉强挤出一丝笑容，轻声道："不，还没有咯血。"

我们终于到站了。到得正是时候，她几乎要支撑不住了。我对给我们安排的房间不太满意，今夜我们暂且先住着，明天再换一间。多好的客房在我看来也不够好，多贵的也无所谓。而且由于冬季还没有到来，偌大的旅店几乎是空荡荡的，我可以选择自己想要的房间。我选了两间宽敞明亮、布置简洁的房间，两个房间中间以一间宽敞的客厅相连，从巨大的飘窗可以看到丑陋的蓝色湖面，还有不知名的突兀山峰，山坡上不是树木过密就是岩石太多。我们就在窗前就餐。这房价贵得离谱，但对我来说有什么要紧！虽然我已经不再授课，但我还可以卖掉莫里尼埃庄园。之后的路走一步看一步吧。况且，我要钱有什么用呢？我要这一切有什么用呢？现在我的身体变得强健了。我认为财富的彻底变化同身体变化一样重要。马塞利娜，她需要优渥的生活条件，她很虚弱。啊！为了她，我愿意花很多很多钱……对这种奢侈的生活，我既憎恶又喜欢。我沐浴在奢靡的生活中，肉体的欲望在其中浸淫，而精神却在神游。

马塞利娜的情况日益好转，我不间断的护理有了成效。由于她胃口不佳，为了引起她的食欲，我点了精美诱人的菜肴，我们还喝最上等的红酒。我们每天品尝着国外不同品种的酒，我相信她也会兴致勃勃。我们品尝了莱茵的酸葡萄酒，还有甜丝丝的托凯葡萄酒，那芬芳的香气填满整个胸膛。我还记得有一种味道奇怪的巴尔巴-格里斯卡酒，因为只剩最后一瓶了，所以也无从考证别处的这种酒味道是否同样古怪。

每天我们都会乘马车出去，开始下雪之后，我们便改乘雪橇，全身、一直到脖子都裹着皮草。回到旅店，我的脸上感觉火辣辣的，食欲旺盛，睡眠也很好。然而，我没有将全部学术研究一并放弃，每天都会抽一个小时来思考想要讲述的内容。不过，历史问题不在其中，很早之前，研究历史仅仅成为一种进行心理探究的途径。在前面我说过，当我发现历史中有相似的问题出现时，是如何对过去再次着迷，那时我竟然胆大妄为，企图从亡者身上找到某些生命的神秘启示。如今，年轻的阿塔拉里克甚至为了同我谈话从墓穴里站了起来，我再也不去倾听过去的声音了。一个来自远古的答案如何能够回答我面临的新问题：人类还能够做些什么？这就是我现在期望了解的。人们迄今为止所讲述的一切，是否就是他们口中所能讲述的一切？难道没有忽略些什么？难道只有老调重弹吗？我意识到物质财富掩盖、隐藏、遏制着文化、礼仪和精神的发展，而财富本身完好无损,这种感觉每日剧增。

我感觉到,自己生来就是为了某种未知的发现;而我对这种隐晦的探索格外投入,并知道探索者为了完成使命,需要摒弃去除自身已经获得的文化、礼仪与道德。

后来,我竟只欣赏别人身上最野性的一面,但是这种野性只要稍加约束便会受限。有那么一刻,我在坦诚中只看到拘束、世俗抑或是恐惧。如果能把坦诚当作一种罕见的品质来珍视,那么何乐而不为呢?然而世俗却将它变成一种形式主义的东西,一种无聊的、双向的契约。在瑞士,坦诚是安逸生活的一部分。我知道,马塞利娜需要我对她坦诚相待,但不应当向她隐瞒我想法产生的过程。在纳沙泰尔,我就已经看见她赞颂坦诚,坦诚从那里的墙壁和人们的脸庞里渗透出来。

"我对自己坦诚足矣,"我发出感叹,"我憎恶那些诚实的人。我对他们毫无忌惮,也无任何需要了解的。而且他们身上毫无可以讲述的事情……诚实的瑞士人!即使举止得体也毫无意义。没有罪恶,没有历史,没有文学,没有艺术,不过是一枝强壮的玫瑰,既没有刺,也生不出花朵。"

这个坦诚的国家令我厌恶,这是我一早就知道的,但是在待了两个月之后,这种厌烦变成了某种暴怒,我什么也不想,只想离开。

那时正值一月中旬。马塞利娜的身体有所好转,很大的好转:之前持续折磨她的低烧如今已经消失,体内有了新鲜血液,脸颊上也恢复了生机,她重新愿意四处走走,尽管还走不远,也不似之前一直感觉疲累。我没有费太大的劲儿便说服她相信呼吸清新空气已经起效,现在对她来说最好的选择莫过于南下去意大利,那里温暖的春天气息对她的恢复大有裨益——尤其是我自己也被轻易说服了,我对这些高山实在厌烦透顶了。

然而,在我百无聊赖的当下,令人憎恶的过往卷土重来,所有的回忆萦绕在我的心头:我乘坐飞驰的雪橇,干燥的风刮在脸上,雪花四溅;我的食欲旺盛;我在雾中毫无目的地行走,耳边是各种声音奇怪的响动,一些物体突然间显出轮廓;我在温暖舒适的客厅里读书,透过窗户领略窗外那万里冰封之景;我苦苦地等待大雪的降临;外面的一切都消失在雪中,而我则陷入惬意的沉思……啊!还有同她单独在纯净的小湖上滑冰,周围围绕着落叶松,我们迷失在美景中,傍晚时分同她一起返回旅店……

南下意大利对我来说犹如下降般眩晕。天气晴朗。我们逐渐进入更为湿润的环境,山顶上挺拔矗立的落叶松和冷杉渐渐让位给了秀美轻盈的草木。眼前的美景让我感觉离开了抽象思维回到生活本身，纵使身处冬季，我却想象着四处都是芳香扑鼻。啊！我们对着暗影笑了太久！之前清心寡欲的生活令我迷醉，渴望令我沉醉，正如同杯中酒令他人沉醉。我曾经生活简朴得令人敬佩，一踏上这宽容并令人神往的土地，我所有的欲望便一并迸发。一股巨大的爱的欲望让我血脉偾张，它从我的肉体喷涌到我的脑袋，让我的思想开始放荡不羁起来。

眼前春天的幻象转瞬即逝。海拔突然降低，一时间我有些发蒙，但是我们刚刚离开小憩数日、湖泽庇护的贝拉乔和科莫，便遇上了冬季的寒冷与阴雨。我们在恩迦丁遇到的是高山地区干燥晴朗的天气，尚且能挨得住，而现在气候潮湿晦暗，令我们倍感难挨。马塞利娜又开始咳嗽了。我们需要继续往南方去，以此来逃避严寒。我们从米兰到了佛罗伦萨，从佛罗伦萨到了罗马，从罗马又到了那不勒斯。冬雨中的那不勒斯，是我见过的最凄凉的城市，我心中升起一股无名的郁闷。我们又回到了罗马，没能找到温暖，至少也要寻觅一些像样的舒适。在苹丘山上，我们租了一间极其宽敞的套房，位置很好。而到了佛罗伦萨之后，因为不满旅店的设施，我们在科里大道租了一幢奢华的别墅，一租就是三个月。如果换作他人，肯定愿意一直住下去。而我们只在那里停留了不过二十天。然而每到一处，我还是尽心置办一切，就像我们不再离开似的。一只更强大的魔鬼在驱使着我这样做。除此之外，我们还带了少说有八个行李箱，其中有一只装满了书，然而在整个旅行过程中，我只打开过一次。

我不让马塞利娜操心我们的开支，也不会试图缩减。它们高得惊人，这我当然清楚，而且我们所剩无几，支撑不了多久。莫里尼埃庄园已经指望不上，现在没有一点进账，博卡热写信说他也找不到买主。但是一想到未来，我反而更加想要挥霍。啊！我的生命只有一次，要如此多的钱财又有何用？想到这里，我观察到，马塞利娜那脆弱的生命消减的速度比我的财富还要快，不禁心中充满忧虑。

即便我给了她所有能付出的照料，好让她安心休养，然而这几次匆忙的旅途仍使她劳累不堪。现在我已经敢于承认了，害怕我的思想成为最使她疲惫的事情。

"我非常明白，"有一天她对我说，"我非常理解您的学说——因为它现在真的变成了学说。也许，它很出色，"然后她哀伤地沉吟道，"但它要消灭那些弱者。"

"这是理所当然的。"我满不在乎地回答。

我感觉到，在我粗鲁话语带来的恐惧之下，这个脆弱的小人儿害怕得蜷缩着发起抖来。啊！也许你们要认为我不爱马塞利娜。

我发誓我热烈地爱着她。她从未如此美丽，在我的眼中从未显得如此动人。疾病使她的身型变得更加纤细，身段变得更加曼妙。我几乎寸步不离，永不停歇地照料着她、保护着她，注意她每一刻的变化，夜以继日地守护着。无论她的睡眠有多浅，我都会练习睡得更浅；我望着她直到她睡着，再看着她醒来。有时，我会离开一小时，想要在乡间或是街道上独自走走，但我心底却生出无以名状的召唤，那是爱的担忧，害怕她一个人待着烦闷，想要马上回到她身边；有时我心中又生出一种抵抗的情绪，对自己说："这不就是你唯一的价值吗，虚伪的伟人！"然后命令自己在外面多待一会儿，但是回去时，手里又抱着满捧的花朵，要么是花园里早开的花，要么就是温室里的花……是的，我告诉你们吧，我深深地爱着她。但是如何阐释这种爱呢？……我越是放下自我意识，越是敬重她。谁能说清人身上共存着多少自相矛盾的激情与思想？

这些时日的坏天气终于消散，时间向前推进、杏花突然开了。那天是三月一日，我去了西班牙广场。农民们将田野上的白色杏花剪光，放进卖花的篮子里。我欣喜万分，买了一大捧。三个男人帮我抱了回来。我将整个春天带回了家。花枝划着门，雪白的花瓣掉落在地毯上。我将花枝布置在四下，插在花瓶里，整个客厅都被雪白色照亮，而此时马塞利娜不见了踪影。我预感到她会很开心，已经雀跃起来。我听到她走近,见到了她。只见她将门打开,她怎么了?她摇摇晃晃地啜泣起来。

"你怎么了,我可怜的马塞利娜……"我立刻去她的身边,温柔地安抚她。

这时,她像是为自己落泪抱歉似的说:"花的味道让我难受。"

这是一种极其清淡的蜂蜜的花香。我一言不发地抓起这些无辜的脆弱花枝,将它们全部折断,拿出门外,扔掉,我血脉偾张,眼里冒着火。啊!就这么一点春意她就承受不了了……

我经常会回想起她那天流下的眼泪,现在想想,那是因为她感觉自己大限已到,惋惜自己再也见不到下一个春天。我认为,强壮之人应体会强烈的快乐,而脆弱之人则应体会淡泊的快乐,如果让脆弱之人体验了强烈的快乐,那对她来说是一种伤害。对于她,一点微不足道的快乐就能令她陶醉,如果快乐再强烈一点,她反而承受不住。她称为幸福的东西,对于我来说只是休憩,而我恰恰不愿意,也不能够追求宁静。

四天之后,我们出发前往索伦托。我失望地发现,那里也没有温暖的天气,万物似乎都在打着寒战。冷风吹个不停,让马塞利娜倍感疲倦。我们想要住上次旅行时住宿的旅店,并且住进了上次住的房间。在暗淡的天空下，我们惊讶地发现，眼前所有的景象都失去了往日的魅力，当初爱意缱绻、生机勃勃的花园如今也死气沉沉。

听到别人夸巴勒莫气候宜人，我们下决心走海路前往。我们返回那不勒斯，在那里登船起航，出发前又耽搁了一些时日。但在那不勒斯时，至少我不会烦闷。那是一座充满活力的城市，没有被过去所负累。

白天，我几乎片刻不离地待在马塞利娜身旁；夜晚，因为身子倦怠，她睡得很早。我看着她进入梦乡，有时我自己也会躺下，听到她的呼吸变得均匀宁静，我猜想她已经进入了梦乡，便悄无声息地起身，在黑暗中穿好衣服，然后像窃贼一样溜出房门。

外面的世界！啊！我真想欢快地呼喊。我要做点什么呢？我也不知道。白天阴沉的天空如今已经云开雾散，明月洒下清辉。我漫无目的地走着，无欲无求，亦无拘无束。我以全新的眼光看着眼前的一切，仔细聆听着每一种声音，吸收着夜间的潮气，伸手触摸每一样物体，闲庭信步。

在那不勒斯的最后一夜，我延长了这不羁的游荡。回去时，我发现马塞利娜泪流满面。她对我说，刚才她突然醒来，发现我不在身边，便哭了起来。我让她平静下来，尽量解释我的离开，并承诺自己以后再也不会离开她。但是到达巴勒莫的第一个夜晚,我就按捺不住,还是出去了。头一拨的橙花开了,一丝微风就能送来香气。

我们在巴勒莫仅仅停留了五天,之后绕了一大圈来到陶尔米纳,那是我们都渴望故地重游的地方。我有没有说过,那村子坐落在一座很高的山腰上?车站就在海边。马车把我们载到旅店,又得把我载去车站取行李。我站在车上,好跟车夫聊天。那是一个从卡塔尼亚来的西西里男孩,如同忒奥克里托斯的诗句一般美丽,像一枚果子一般明艳照人、芳香、甘美。

"夫人是多么美丽啊!"他望着马塞利娜远去的背影,用悦耳的嗓音说道。

"你也很美丽啊,孩子。①"我对他说道。当我靠近他时,我再也按捺不住,将他拉过来又亲又抱。他笑着任由我亲吻。

"你们法国人都是情种。②"他说。

"但可不是所有意大利人都这么可爱。③"我也笑着说道。接下

---

① 原文为意大利语。
② 原文为意大利语。
③ 原文为意大利语。

来的几天，我一直在寻找他，但是再也没有看见。

我们离开了陶尔米纳，继续前往锡拉库萨。我们一步一步毁了第一次的旅行，重新向爱情开始的地方回溯。还记得我们第一次旅行时，我的身体一周周地好起来，然而，在我们逐渐往南行走的过程中，马塞利娜的病情却每况愈下。

出于何等的谬误，何等的一意孤行，何等的固执己见，我劝服自己，特别是劝服她相信自己需要更多阳光和温暖的空气，我援引在比斯克拉的康复疗法……天气已经开始转暖，巴勒莫的海湾气候宜人，马塞利娜也很乐意在那里停歇。也许待在那里，她本可以痊愈……但我如何能控制自己的意愿？如何能决定自己的欲望？

到了锡拉库萨，由于海上天气不尽如人意，外加船只不能正常出航，我们被迫要等待八天时间。每天，我不是守在马塞利娜身边，就是在老码头那里打发时间。

啊！美好的锡拉库萨小港！那里有红酒发酸的气味、泥泞的小街道，臭气熏天的小店铺里有喝得醉醺醺的装卸工、流浪汉和水手在打滚。这帮最低等的人成了我的愉快伙伴。既然我的整个肉体都体会到了他们的快乐，又何须懂得他们的语言。他们横冲直撞的火热给我的双眼带来一种虚伪的假象，他们看起来是如此健康，充满活力。我对自己说，他们过着悲惨的生活，不可能与我拥有相同的兴趣爱好,不过,想什么都没用……啊!我是多么想同他们一起在桌子下面打滚,直到凄清的早晨才醒来。因此我更加憎恶起奢华安逸的生活和受到的照料,我憎恶随着自己重获健康而显得毫无用处的保护,憎恶所有人们为了避免生活中遭遇的意外而采取的防范措施。我进一步想象着他们的生存条件,我想要跟随他们,潜进他们酩酊大醉的世界……然而,突然之间,马塞利娜的脸又浮现在眼前。她现在在做什么呢?她也许在痛苦地呻吟,也许在哭泣……我急匆匆地起身跑了回去。我返回旅店,大门上似乎写着:穷人不得入内。

马塞利娜总是带着同样的神情迎接我,没有一句责备或是怀疑的话语,尽可能挤出一丝微笑。我们单独用餐,我命人给她呈上了这家普通旅店所能供应的最好的餐食。吃饭时,我想着:一块面包、一块奶酪和一尾茴香就够他们吃了,也够我吃了。也许就在那里,就在旁边,就有人正在挨饿,甚至连这点东西都吃不上,而放在我桌上的食物足够他们饱餐三日!我真想打穿墙壁,让他们蜂拥而至,宴请他们。因为只要一想到他们正在挨饿,我就惶恐极了。因此我又回到了老码头,将口袋里装满的零钱随意散布出去。

贫穷使人变为奴隶,为了填饱肚子,人需要接受毫无乐趣的工作。我认为,所有毫无乐趣的工作都令人厌恶,因此我付钱让好几个人休息。我说道:"不要工作了,这工作你干得没意思。"我梦想人人都能享有这种闲暇,否则就不能令任何创新、任何罪恶、任何艺术生根发芽。

马塞利娜并没有误解我的想法。当我从老码头返回时,都会毫不掩饰地告诉她,在那里生活的都是多么可怜的人。人的体内蕴藏着一切。马塞利娜也洞悉了我极力想要发现点什么的心思。

由于我责备她常常臆想出每个人身上并不存在的美德,她便对我说:"那么您呢,只有在使人们自己暴露出些许罪恶时,您才会心满意足。难道您不知道,我们会执着于自己眼睛盯着不放的某个缺点,并将其夸大,使对方变成我们以为的样子吗?"

我倒希望她说的不对,但是我也得承认,在我看来,人身上最恶劣的本能才是最坦诚的品质。进而,我又想到,那么我所谓的坦诚又是什么呢?

我们终于离开了锡拉库萨。对于南方的回忆与渴望萦绕在我脑海中。在海上时,马塞利娜有所好转……我重新领略了大海的色彩。海面是如此平静,航行的波纹似乎一直绵延不断。我听见滴水和流水声,是水手在冲刷甲板,他们光着脚踩得甲板咔嚓作响。我又看到了一片雪白的马耳他海滩,我们离突尼斯越来越近……我的改变多么大啊!

天气很热,也很晴朗,眼前的一切美丽夺目。啊!我多么希望每一句话都由肉体的快感凝练而成。到了此时,也无须给我所讲述的故事安加任何条理,正如我的生活本身也没有任何规则可言。很久之前,我就试图告诉你们,我是如何变成自己本来的模样。啊!把我的思想从这无法自洽的逻辑中解放出来吧!……在自己身上,我只感觉到崇高。

突尼斯。阳光充沛,但不强烈。即使是在阴凉地方,还是充满阳光。空气像明亮的流体,浸润着万物,人们在其中穿梭,在其中畅游。这片快乐的土地令人心生满足,但并不能平息欲望之火,所有满足欲望的行为只能使其烧得更旺。

这是一片艺术贫瘠的土地。我蔑视那些只能欣赏已经写就和历经演绎之美的人。阿拉伯人民有一点值得称道,那就是这片土地上的艺术,他们见证了艺术的诞生,歌颂它,日复一日地挥霍它,根本不将它固定下来,也不将其芬芳永驻于任何作品之中。因此这里没有诞生过伟大的艺术家。我始终认为,伟大的艺术家敢于赋予极其自然的事物以美的权利,能使得那些事物令驻足观看的人们赞颂:"为何我之前没有理解到这也是美的呢?"

我留下马塞利娜一人,独自去了凯鲁万①,这是一座我从未游览过的古城,那里的夜晚美极了。在返回旅店的途中,我记得看见一队阿拉伯人睡在一家小咖啡馆的露天凉席上。我也情不自禁地与他们睡在一处。回去时身上招满了虱子。

海滨的空气温热潮湿,大大削弱了马塞利娜的体能,我说服她应当尽快去往比斯科拉。那时正值四月初。

这趟旅途漫长极了。第一日,我们一口气赶到君士坦丁堡;第二日,马塞利娜便极其困顿,我们只到达了坎塔拉。在那儿,我们经过好一番找寻,终于在傍晚寻觅到一处比夜晚的月光还要皎洁清爽的阴凉地。它有如永不干涸的清泉,一直流淌到我们面前。从我们坐着的山坡上,可以望见被夕阳烧得通红的平原。这一夜,马塞利娜难以入睡,古怪的响动和最细微的声音都会扰乱她的睡眠。我担心她有些发烧,听见她在床上辗转反侧。翌日,我发现她的脸色变得更苍白了。我们继续赶路。

比斯克拉。这是我朝思暮想的地方。是的,我看到了那公园、那长椅……我认出了初愈的那几天坐过的长椅。那会儿我读了什么

---

① 突尼斯第四大城市,位于突尼斯中部偏东地区。

书?《荷马史诗》。从那以后,我再也没有翻开过。——这就是我抚摸过树皮的那棵树。那时的我是多么虚弱啊!……看啊!孩子们来了……不,我一个也不认识了。马塞利娜的表情是多么凝重!她也像我一样,发生了改变。天气如此晴好,她为何还会咳嗽?

我们走到了昔日的旅店前,进入了昔日的房间,看到了昔日的露台。马塞利娜在想些什么?她一言不发。一进房间她就躺到床上,她说自己累得紧,想要睡一会儿。我便出门了。

我认不出眼前的这群孩子,但是他们都认得我。得到我要来的消息,他们都聚拢过来。眼前的这些人真的有可能是当年的孩子们吗?多么令人失望!发生了什么?他们都长大了许多……不过两年多的光景——这太不可思议了!是何等的疲惫、何等的罪恶与懒惰将他们的脸塑造成如此丑陋的模样,那些青春色彩都去了哪里?何等劳逸毁掉了他们原本美丽的身体?他们如今的模样如同银行倒闭一般……我一一询问他们的近况。贝希尔在一家咖啡厅里当洗碗工,阿舒尔靠砸路石勉强赚几个铜子,阿玛塔尔瞎了一只眼。谁能够相信:萨代克现在变得循规蹈矩,帮他的哥哥在市场上卖面包,他似乎变蠢了。阿吉布步父亲的后尘变成一位屠夫,他变得又胖又丑又有钱,他不再愿意同比自己地位低等的伙伴来往……令人尊敬的差事将人变得多么愚蠢!在我们身上所憎恶的事情,又要在他们身上重现吗？布巴克呢？他结了婚。他才不过十五岁。这实在荒谬。然而事实并非如此，有一天晚上，我见到了他。他辩解说自己的婚姻只是一场骗局。而我认为，他就是个该死的浪荡子！他酗酒，外表走样……这就是生活的结果吗？这就是命运的造化！我此行很大的目的就是来看他们的，可现在感觉抑制不住地悲哀。梅纳尔克是对的：回忆会创造不幸。

莫克蒂尔呢？啊！他刚从监狱里出来，东躲西藏。其他人断绝了同他的往来。我想再见见他。他曾经是所有孩子里生得最漂亮的。他会不会也令我失望呢？……有人找到了他，把他带来见我。太好了！他没有堕落。即使是回忆中的他也不似眼前如此完美。他有着完美的力量与美貌。一认出我，他便微笑起来。

"你入狱之前在做什么？"

"什么也没做。"

"你偷东西了？"

他摇头为自己辩解。

"你现在在做什么？"

他笑了起来。

"嘿，莫克蒂尔！你要是没什么事好做，可以同我们一起去图尔古特。"我突然产生去图尔古特的想法。

马塞利娜的情况很不乐观，我不知她发生了什么。当天傍晚我回到旅店时，她紧紧地依偎着我，一言不发，双眼紧闭。她抬起胳膊，宽大的袖筒下露出瘦削的胳膊。我爱抚着她，像哄孩子似的摇了她很长时间。是出于爱、焦虑，或是发烧让她如此这般地颤抖呢？啊！也许她还有些时日……为什么我不能停下来呢？我找寻，并发现了我的价值：一个彻彻底底冥顽不化的人。但我如何对马塞利娜开口说明天要出发去图尔古特呢？

现在，她在隔壁的房间沉沉睡去。月亮早早高挂，此刻平台上洒满银辉。这是一种近似悚人的明亮，让人无处遁形。我的房间是白石板地面，在月光的照映下显得更加璀璨。月光从大敞着的窗户流泻进来。我认出了它在房间内投下的光辉，以及在房门处形成的阴影。两年前，它照进了更远的地方。对，正是它现在到达的地方——那时我正难以入睡，想要起身。我将身子靠在这扇门的门柱上。我认得这些纹丝不动的棕榈树……那天晚上我读到了什么话语？啊！对了，是耶稣对彼得说的话："现在你想做什么便做，或是想去哪里便去……"我要去哪里呢？我要做什么呢？我还没有对你们说，上一次我去那不勒斯时，还去了波斯图姆，在那里独自待了一天……啊！我真想在那些石头前痛哭一场！远古的美丽显得质朴、完美、明艳诱人，却被人遗弃。艺术从我身上流逝，我有了这种感觉。它是为了让位于什么呢？取而代之的不再是宁静和谐的某种东西……现在我也想不出来，但我预感这是一位阴险的神。哦，一位新的神明！就请让我能了解新的美，从未预见到的美吧。

第二天清晨，驿车便来接我们。莫克蒂尔与我们一起出发，他开心得像个国王。

谢卡、凯费尔多赫、姆莱耶……一路上路过这些死气沉沉的车站，这永无尽头的路变得更加死气沉沉。我承认，自己原本以为那些绿洲会更诱人。然而眼前所见只有石头和沙砾；有几簇长得奇异的矮树丛，生着怪异的花；有时还能看到几棵被人尝试剪裁过的棕榈树，由暗泉的水源供养着……现在，我更喜欢沙漠而不是绿洲，这是个荣光死去、光彩夺人的地方。人工的干预在此显得丑陋而悲凄。现在我讨厌其他任何地方。

"您喜爱未加人为干预的景色。"马塞利娜说。但是看看她自己的眼神吧！是多么贪婪！

次日，天气有些不好，起风了，天际线变得昏暗起来。马塞利娜呼吸困难，灼热的空气刺激着她的喉咙，过于刺眼的光线使她睁不开眼，这充满敌意的景象正在残害她的生命。然而现在再返程已为时过晚，再过几个小时，我们就要抵达图尔古特了。

旅行的最后一段虽然相隔很近，但我的记忆却模糊不清。现在我根本无法回忆起第二天路上看到的风景和我刚到图尔古特所做的事。但我犹记得当时那急切仓促的心情。

早上尤其冷。傍晚时分，刮起了干热的西洛克风①。马塞利娜被旅途折磨得筋疲力尽，一到目的地便睡下了。我本想找到一间稍微舒适些的旅店，但我们的房间糟糕极了。沙砾、烈日和苍蝇将一切变得幽色晦暗、脏污不堪、陈旧破败。自从清晨以来，我们就滴水未进，我让人尽快送来餐食，但是一切都不合马塞利娜的胃口，我也不能任由她什么也不吃。我们带了一些茶点，因此我负责起喂食的琐事。晚餐我们将就吃了些饼干、喝了点茶，当地的水质污浊，所以茶的味道也不尽如人意。

出于最后仅存的一丝虚有其表的道德，我守在她身边直到傍晚。突然之间，我感觉自己的力气也耗尽了。哦，这是灰烬的味道！哦，疲倦之感！超出常人费尽心力之后的哀伤！我几乎不敢去看她，我深知自己的眼睛不会去找寻她的目光，而是直奔她那一双黑漆漆的骇人的鼻孔，她脸上痛苦的表情令人心碎。她也没有看我。当我触碰到她时，也感受到了同样的恐慌。她咳个不停，之后

---

① 地中海地区的一种风，又名锡罗科风，这种风会导致天气干燥炎热。

睡着了。有时，她会因为突如其来的寒战而惊醒。

夜里可能会变天，趁着还不太迟，我想要知道可以找谁想想办法。我出了门。旅店门口是图尔古特广场，夜里的街道、空气中的氛围都很奇特，让我在某一刻认为眼前的一切都不是亲眼所见。过了些许时间，我返回旅店，马塞利娜正安稳地睡着，我的惊吓是多余的。在这片怪异的土地上，我总在幻想四处都是危险，这太荒谬了。我现在非常安心，于是又出了房门。

广场上是一片奇异的夜景，寂静无声的车流穿梭，穿着白色斗篷的人们暗暗擦肩而过。风撕碎异域音乐的残片，不知将它们带向何方。有一个人朝我走来……是莫克蒂尔。他说他在等我，认为我肯定会再出来。他笑了。他经常来图尔古特，熟谙此地，知道应该领我去何处。我任由他带领我的脚步。

我们在夜色中行走，接着进了一家摩尔人的咖啡馆，音乐声就是从那里传出来的。里面，阿拉伯妇女们正在起舞——如果我们能将眼前这单调的滑动称作舞蹈的话。她们其中一名牵起我的手，她是莫克蒂尔的情人，我跟着她，莫克蒂尔也陪着我们一起往前走。我们三人一同走进一间狭小深邃的房间，里面唯一的家具就是一张床，这是一张非常低矮的床，我们坐在床上。一只白色的兔子被关在房间里，起初它受了惊，之后便顺从了，过来舔莫克蒂尔的手。

有人端来了咖啡。之后,莫克蒂尔在一旁同兔子亲昵,而这位女子则将我拉过去,我任由自己的身体向她靠去,就像迷失于昏昏沉沉的梦乡。

啊!我完全可以对此事说些假话,或是缄口不谈,但若我在自己的叙述中随意编造,那还有何真实性可言呢?这对我来说有何意义?

我独自回到旅店,莫克蒂尔则留在那里过夜。夜色已深,刮起干燥的西洛克风①;这是一种裹满沙粒的风,虽值夜间,仍然酷热难当,这股风刮得人迷了眼睛,抽打着人的双腿。然而,我突然有了强烈的返回欲望,我几乎是跑着回到房间。也许她正熟睡着,也许她正需要我呢?……不,房间的窗户是暗着的,她在睡觉。我想趁着风势暂止的空当开门,我轻手轻脚地走进黑暗中。——这声响是什么?……我辨认不出这是否是她咳嗽的声音……真的是她吗?我开了灯……

马塞利娜半坐在床上,一只瘦骨嶙峋的胳膊攀着床头的栏杆,好能支起身子。床单上、手上、衬衫上全部都浸了血,她的脸上也全是血污,眼睛可怕地大睁着,何种垂死的尖叫都无法比这死寂更

---

① 与上条注释相同的风。

令人恐惧。我在她汗津津的脸庞上找到一小块地方，瑟瑟地吻了上去。她的汗味还留在我的唇上。我为她清洗额头和脸颊，再用凉水降温。床下面有一个硬东西被踩在脚下，我弯腰，拾起了不久前她在巴黎让我为她找寻的小念珠，她却让它掉落了。我将它放进她摊开的手心，但她的手一滑落，又让念珠掉了下去。我不知如何是好，想要找人来抢救……她的手绝望地抓住我，攀在我身上。啊！她是否以为我要离开她？

"哦！你还可以再等等的。"她对我说。

她见我要说话，于是说："什么也不用说，我很好。"

我再一次捡起那串念珠，重新放在她手里，但她又一次丢掉了——我要说些什么？她想要丢掉。我在她身旁跪下，把她的手摁在我的胸口上。

她任凭我按着她的手，一半身子靠在长枕上，另一半则靠在我的肩头，像是在昏昏欲睡，但眼睛还是大睁着。

一小时之后，她又坐了起来，把手从我的手中挣脱出来，她撕扯着自己的衬衣，把绣花边的领子撕裂了。她大口喘着气。拂晓时，又吐了一次血……

我的这段故事到此全部结束，还有什么要补充的呢？图尔古特的法国人墓地惨不忍睹，几乎一半都被沙土掩埋……我凭着仅剩的一点意志力，带她离开了这个伤心地。最后，她安息在了坎塔拉一座她喜爱的私家花园的树荫下。距离今日，只不过三个月时间，但我却感觉像是过了十年。

米歇尔陷入了长久的沉默。我们也没有说话，每个人都感到莫名地难受。唉！听完米歇尔所讲述的故事，我们反倒认为他的行为变得合乎情理了。在他漫长的讲解过程中，我们没有任何反驳，我们似乎成了他的帮凶，就像是亲身参与了一般。

他用波澜不惊的声音讲述完了全部故事，丝毫没有做出任何可以反映悲痛情绪的动作和神情，或许他是出于自尊心，不愿在我们面前表现得情绪激动，或许是出于廉耻心，害怕自己的眼泪会牵引我们的情绪也随之起伏，或许只是因为他情感淡漠。我甚至至今依旧分辨不清自尊、意志力、冷酷无情或是廉耻心在他身上各占多少。

过了一会儿，他又说道："坦诚地说，令我恐慌的是我还太年轻。有时我会觉得自己真正的生活还并未开启。现在请将我带离这里，赋予我生存的意义吧，我已经再也找寻不到。可能我已孑然一身，但这又何妨？这种毫无用处的自由反而让我的日子更加难挨。请相信我，这并不是因为我对自己的罪行感到厌恶，如果你们乐意将我的行为称为罪行的话；但我需要向自己证明，我没有逾越自己的权利。

"当初你们结识我时，我有着坚定的思想，现如今我知道信念才能塑造一个真正的人，而我已经丧失了信念。我想这里的天气才是罪魁祸首，没有什么比这持久的万里晴空更令人精神懈怠的了。在这里，所有研究都无法开展，一旦有了欲望，就要立刻去追逐肉体的快乐。我被生命的绚烂与死亡的恐惧包围，认为应当及时行乐，每个人在享乐面前的表现无一例外。我在天光大亮时睡觉，好躲避漫长无聊的白昼与难以承受的无所事事。你们看，我在树荫里放了一些白色的石子，之后再长时间紧紧握在手心，直到那沁人心脾的凉意消失。然后我再换一些石子，把凉意尽失的石子拿去放凉。时间就这样度过，傍晚来临……帮我离开这里吧，我已经无法靠自己办到了。我的某一部分意志力已经被摧毁，我甚至不知道自己从哪儿来的力气能让我离开坎塔拉。有时，我会害怕已经消失的东西会回来报复我。我希望能够重新开始生活，希望能摆脱自己余下的财富。你们看，这屋子的墙上还有屋顶。在这儿，我几乎一无所有。一个有一半法国血统的旅店老板给我准备少许吃食。你们进门时看到的那个逃走的孩子，早晚帮我把饭食送来，用来换取几个苏和一些亲昵。这孩子在陌生人面前表现得很粗野，但在我面前温顺忠诚得像一条小狗。他的姐姐来自乌莱德-纳伊①地区,每年冬天,她会回君士坦丁堡向过路的旅人出卖肉体。她非常美丽,我刚到这里的头几周会允许她偶尔陪我过夜。但是她的小弟弟阿里,曾经撞见过我们睡在一起。他极为恼怒,之后五天都没有露面。其实,他是知晓自己的姐姐以何为生的。以前谈论这事的时候,他从未露出一丝烦恼,难道这次他是嫉妒了吗?再说,这出闹剧也该落幕了。我不仅烦闷,也害怕失去阿里。所以,从那次之后,我再也没有留那姑娘过夜。她并不生气,每次我见到她时,她都会笑着打趣说,比起她,我更偏爱那孩子。她觉得我留在这里就是为了那孩子。也许她说的也不无道理……"

---

① 比斯克拉的一个山区,以前那里的妇女主要以跳舞及出卖肉体为生。

窄门

La porte étroite

［法］
安德烈·纪德
著
—
顾原
译

版权专有 侵权必究

图书在版编目（CIP）数据

每一个人的窄门：纪德生命三部曲. 窄门 / (法)安德烈·纪德著；顾原译. —北京：北京理工大学出版社，2021.10
ISBN 978-7-5682-8750-0

Ⅰ. ①每… Ⅱ. ①安… ②顾… Ⅲ. ①长篇小说—法国—现代 Ⅳ. ①I565.45

中国版本图书馆CIP数据核字（2021）第138713号

出版发行 /	北京理工大学出版社有限责任公司
社　　址 /	北京市海淀区中关村南大街5号
邮　　编 /	100081
电　　话 /	（010）68914775（总编室）
	（010）82562903（教材售后服务热线）
	（010）68944723（其他图书服务热线）
网　　址 /	http://www.bitpress.com.cn
经　　销 /	全国各地新华书店
印　　刷 /	三河市冠宏印刷装订有限公司
开　　本 /	880毫米×1230毫米　1/32
印　　张 /	6
字　　数 /	105千字
版　　次 /	2021年10月第1版　2021年10月第1次印刷
定　　价 /	99.00元（全3册）

责任编辑 /	申玉琴
文案编辑 /	申玉琴
责任校对 /	刘亚男
责任印制 /	施胜娟

图书出现印装质量问题，请拨打售后服务热线，本社负责调换

译者序

每个人的窄门

  这世上,真的有人能长久地守护一份无望的爱吗?当爱情上升到神性的高度,迎来的是飞升还是坠落?

  《窄门》于1909年问世。书名取自《圣经·新约·马太福音》:"你们要进窄门。因为引到灭亡,那门是宽的,路是大的,进去的人也多;引到永生,那门是窄的,路是小的,找到的人也少。"

  相较于"网红神剧"错综复杂的故事线,《窄门》的情节非常直白。故事的主角杰罗姆和阿丽莎青梅竹马,两小无猜,从孩提时就彼此相爱。但当阿丽莎目睹母亲与陌生人偷情私奔以后,她对人类本能的爱欲产生了强烈的抵触,继而转向宗教狂热。她一生都与杰罗姆保持着柏拉图式的爱情,甚至把彼此的感情视作美德进步的阻碍。为了让爱人到达至高的宗教境界,她选择逃避真实的自己,最终在孤独中走向生命的终点。

《窄门》之窄，也来源于作品本身的晦涩艰深。作为纪德代表作，作品的文字诗意隽永，带有浓重的宗教色彩和自传性质。"翻译即背叛"。如何在保有原作风格的同时兼顾流畅，并将不可翻译的西方文化内涵尽可能完整地传达给读者，是每一位纪德译者永恒的课题。

天主教作为西方人的精神家园，在20世纪初期受到强烈冲击。本书恰好是这种张力的体现。我们少了宗教的思维桎梏，习惯以东方视角理解人物的心理波动，会不由自主地站到杰罗姆的立场上批判阿丽莎。

但如果我们放任文化的惯性思维，将故事归纳为狂热信仰导致的爱情悲剧，恐怕会过分简化故事的核心。至少从原著的意图上，纪德不愿看到读者过分武断。他曾在本书最后一章的开头假借杰罗姆之口，说出了心中对阿丽莎的忍无可忍。但是，他最终还是删去了这段文字。他不愿意误导读者，不愿意在读者阅读到阿丽莎的日记前，在尚未完全理清阿丽莎的心路历程时，就草率地批判她的思想。

因为阿丽莎所体验的情感撕裂情有可原。

阿丽莎不幸的童年给了她过分早熟的内心和悲天悯人的双眼。

当母亲在楼下寻欢作乐时,她在楼上哭泣。此时此刻,她的命运就已经注定:她必须与世俗的幸福划清界线。因为来得太迅猛的幸福与欢愉近乎恶。

父辈的老去也让她对时间有了敏感的认知。当她的父亲提到"年轻时那些惹人喜爱的特质,老来都会变质"时,她看到了世俗之美的速朽与易碎。不朽的只有灵魂的"幸福",唯有这种"幸福"的超验美、彼岸美才是长久永恒。正如柏拉图所说:"爱是一种匮乏。"人性之于神性永远是不完整的。唯有诉诸上帝,爱才能长存常新,幸福才能躲避毁灭的命运。

追求永恒幸福的愿望虽然扎根在阿丽莎的心中,可人类有限的生命与无限的追求之间的矛盾无法消弭。阿丽莎被撕裂了。孤独中的她终于在临终前发现了自己人生的虚妄,她终其一生,追求的却是自相矛盾的结果,她将杰罗姆和朱丽叶都带向窄门,却也留给了他们一份无望的爱。"即使生活日复一日地吹拂,也不能让它熄灭。"

书中阿丽莎、杰罗姆、朱丽叶是我的同龄人,他们的思想在多愁善感的年龄发生了激变。如今,曾经被视作稳定的价值观在不断地被颠覆,我们是否同样在窄门中挣扎?我更愿意从情节中跳脱出来,把人物看成一种象征。如果单看阿丽莎,她的性格显得颇为偏执。但如果把她看成完整人格中的一个侧面，我们或许会发现人人都是阿丽莎。我们曾寄希望于世界，即便前路漫漫而修远，依旧期待有朝一日实现至善至美。可是，这个小小自我随着岁月的推移逐渐衰弱，最终与阿丽莎一样香消玉殒。我们在生活中选择了"朱丽叶"式的平凡幸福，但当我们独自走进那间被夜色吞没的小屋，是否也会想起当年的真挚与热情，也会像杰罗姆一样黯然神伤、潸然泪下？

这也是我喜爱这部作品并再次翻译的原因。我希望能有更多的读者，尤其是年轻读者可以读到这部作品，并与大家一起分享多元的阅读体验和理解。译制的过程给了我恰到好处的空间，允许我将一部分的自己倾注到书中。

除了翻译本身的乐趣以外，在书桌前琢磨文字磨砺了心性与定力。正如纪德在日记中所说，他在完成《窄门》之后刮掉了自己所有的胡子，以此标志人生的全新开始。希望通过这部作品，无论译者，还是读者，都能穿过属于自己的"窄门"，得到洗礼、升华。

顾原

2020年8月16日，巴黎作

目录

第一章 - 001

第二章 - 019

第三章 - 045

第四章 - 059

第五章 - 077

第六章 - 107

第七章 - 119

第八章 - 141

第一章

我要在这里讲述的故事，换作是别人可能会写成一部大作，但是因为这段经历让我精疲力竭、心力交瘁，所以我只能极其简单地写下我的回忆。尽管有几处记忆已经支离破碎，但我也不愿凭空捏造，加以弥补连接。因为胡编乱造所耗费的脑力会让我失去讲述故事时仅存的些许乐趣。

　父亲去世的时候，我还不到十二岁。父亲曾经在勒阿弗尔①行医，他去世后我母亲对这座城市也再无眷恋，决定移居巴黎，以便我能更好地完成学业。她在卢森堡公园附近租了一间小屋子，弗洛拉·阿斯比尔通小姐搬来与我们合住。阿斯比尔通小姐无亲无故，她曾做过我母亲的家教，而后成为母亲的女伴，不久便结为挚友。

---

① 法国北部诺曼底大区的一座城市。

这两位女性有着相似的气质,她们温婉忧郁,天天身着丧服,而我就在这两位女性身边生活。我记得有一天,应该是父亲去世很久以后的某一天清晨,我母亲正在把软帽上的黑丝带换成一条淡紫色的丝带。

"啊!妈妈!"我嚷道,"这种颜色很不适合你!"

第二天,她就把丝带重新换成了黑色。

我小时候身体羸弱,所以母亲和阿斯比尔通小姐对我百般呵护,生怕我受累。幸亏我热爱学习,才没有在如此呵护下沦为一个懒蛋。每逢风和日丽的季节,两位就催我动身出城,离开这个让我病恹恹的地方,她们认为我脸色不好是因为在城里住久了的缘故。所以每年六月中旬,我们就会启程前往勒阿弗尔附近的小镇封格兹马尔①,我舅舅布克兰住在那里,每年夏天都是他接待我们。

布克兰舅舅家的花园不太大,也不太美观,比起诺曼底的其他花园并没有什么特别之处。他的房子是一座白色的三层建筑,很像上世纪的那些乡村农舍。房子面东,前后各开了二十多扇大窗,两侧是墙。窗子上镶着一块块小方玻璃,有些是新换的,看起来特别明亮,相比之下,周围的绿色旧玻璃则逊色很多。有些玻璃上有瑕

---

① 坐落在法国北部诺曼底大区滨海塞纳省的一座小镇。

疵，也就是大人们所谓的"气孔"，透过这些玻璃看外面，树木七扭八歪，邮递员经过时，身子会突然长出个大包。

花园呈长方形，四面砌墙。房子前面有一块相当大的草坪，有绿荫遮蔽，一条沙砾小路环绕着它。从这里的矮墙往外望，能看到由一条山毛榉田间大道所围绕的农家场院。

房子背西，后院更为宽阔舒展。一条喜人的花径依偎着南侧浓密的树墙，在葡萄牙月桂和几棵大树的庇护下免受海风的侵袭；另一条小径则顺着北墙延伸，消失在树丛深处。我的表姐妹们管它叫"黑色小道"，一过黄昏她们就不敢再沿着这条小路冒进。这两条小路都通往菜园，顺着台阶往下，菜园沿着比花园地势低的方向延伸。菜园深处的墙边有一扇暗门，门外是一片矮树林，左右两侧的山毛榉大道正交会于此。从西侧的台阶上远眺，目光能越过小树丛直到远处的高原，遍地的庄稼尽收眼底。往天边望去，就能看到不远处村子的那座教堂，当暮色降临、天朗气清时，还能望见农舍里飘出的袅袅炊烟。

每逢晴朗的夏夜，晚饭后，我们就会来到"下花园"。走出暗门，来到一个能将周围美景尽收眼底的大道上。在那儿附近有一座废弃的泥灰岩矿。我的舅舅、妈妈和阿斯比尔通小姐通常会在矿场的茅草屋顶旁边坐下。在我们眼前，小小的山谷薄雾冥冥，远处的小树林被天空染成金色。暮色降临，我们在花园里流连忘返。回去的时候，总看见舅母待在客厅。她几乎从不和我们一起出门……对我们这些孩子来说，晚上的活动就到此结束了，但我们经常会在卧室里再看会儿书，再过一阵，就能听到大人们上楼休息的声音。

除了去花园，我们几乎一直待在"学习室"。那是我舅舅的书房，里面放了几张课桌。我和表弟罗贝尔并排坐，后面坐着朱丽叶和阿丽莎。阿丽莎比我大两岁，朱丽叶比我小一岁，罗贝尔则是我们四人当中最小的。

我在这里写的并不是对我童年往事的记叙，而是交代一些和正题有关的记忆。可以说，故事真正的开端就是在我父亲去世的那年。我生性敏感，也许是为父亲守丧的记忆以及我的丧父之痛，或者是母亲的悲痛之情让我深受刺激，从此我变得更加多愁善感，少年老成。那年，当我们再去封格兹马尔小城时，朱丽叶和罗贝尔在我眼中显得更加孩子气，而反观阿丽莎，才猛然发现我俩都已不再是孩子了。

对，就是我父亲去世的那年。就在我们刚到小城的时候，母亲和阿斯比尔通小姐的一次谈话证明了这一点。当时，她们在谈论我的舅母，我一不小心闯了进去。我母亲对舅母很生气，说舅母没有守过孝，抑或是褪去了丧服（说实话，我根本无法想象布克兰舅母穿着黑色丧服的样子，就像我无法想象母亲穿浅色的裙子一样）。在我的印象里，我们到达的那天，露西尔·布克兰穿的是一袭纱裙。阿斯比尔通小姐像平时一样打着圆场，努力平息着母亲的怒火，她战战兢兢地提了一句："就算是这样，穿白色也符合丧服的规矩。"

"你居然管这个大红的披肩叫'丧服'？弗洛拉，你还帮她说话！"母亲大吼大叫。

我只有在假期的那几个月才能见到舅母，可能是因为夏日燥热的原因，我见她总是穿着清凉，衣襟大敞，舅母裸露的香肩上那色彩浓烈的披肩固然令人不快，但她袒胸露乳更是让母亲大为光火。

露西尔·布克兰长相极美。我保存着一小张她的画像，足见她当年的美貌。画里的她很显年轻，看起来就像是她女儿的姐姐，她用自己习惯的姿势坐在一旁，左手托着微侧的头，玉指挨着嘴唇，微微弯曲着。粗眼发网绾住她后颈上卷曲的秀发。宽松的大领口间，黑色天鹅绒的颈饰下，挂着一枚意大利式花饰的纪念章。黑丝绒腰带上束着宽大的结，柔软的宽边草帽用帽带系在椅背上，这一切都给她的气质增添了童趣。她的右手垂着，拿着一本合拢的书。

露西尔·布克兰是克里奥尔人[①]。她从未见过父母，或是早年就

[①] 殖民地出生的欧洲后裔。

没了父母。母亲告诉我，舅母沦为弃女或是孤儿以后，沃蒂埃牧师一家因为膝下无子，收留了她。不久，他们举家离开马提尼克①，迁到了勒阿弗尔，也就是布克兰一家所居住的地方。从此，沃蒂埃和布克兰一家日益亲近。我舅舅当时在国外任银行职员。三年以后，当他回到家乡，一见小露西尔便为她倾心，当即求婚，惹得他父母和我母亲非常伤心。露西尔当时十六岁。与此同时，沃蒂埃夫人又添两子，她发现养女性格日渐古怪，开始担心亲生的孩子会受到影响，再加上家庭收入也相当微薄……根据母亲的说法，这一来二去，沃蒂埃一家就欣然接受了我舅舅的求婚。此外，我还推测，碧玉年华的露西尔也给这一家人带来了困扰。我了解勒阿弗尔的风气，可以想到这样迷人的女子会受到怎样的"厚待"。我后来认识了沃蒂埃牧师，他为人温和、审慎，也很单纯，对诡计无计可施，对邪恶无从招架，所以他当时肯定是深陷困境了。至于沃蒂埃夫人，我无法评价，因为她在生第四胎时难产而死，这个孩子与我年纪相仿，后来也成了我的朋友……

露西尔·布克兰很少介入我们的生活，她只有在午饭后才会从房间里下来，随即卧在沙发或者吊床上，直到晚上才懒洋洋地坐

---

① 位于加勒比海，曾为法国殖民地，现成为法国海外大区。

起身来。有时候,她会在脸上盖一块完全不透光的手帕,就是用来擦汗的那种。这块手帕做工精致,如花似果的香气更是迷人。有时候,她又会从腰间表链上挂着的那些小物件里取下一块有着光滑银盖的小镜子。她照着镜子,手指轻抚玉唇,沾点唾液润一下眼角。她经常捧着一本书,但几乎从没打开过。书页里夹着一张玳瑁书签。我们走近她的时候,她也不会看我们一眼,只是沉浸在自己的遐思里。有时,从她时而无心、时而倦怠的手里,从沙发的扶手上,又或是从衣裙的褶皱里,会掉下一块手帕,或者一本书,又或者一朵花、一张书签。有一天,我捡起她落在地上的书——我是说我小的时候——读了书里的诗行,羞红了脸庞。

每天晚上吃过晚餐,露西尔·布克兰并不会走近全家人围坐的桌子旁,而是坐到钢琴前,得意地来一首肖邦的慢速玛祖卡。有时乐曲的行进也会戛然而止,停在某个和弦上……

我和舅母相处时总感到不太自在,对她的情感夹杂着仰慕与惶恐,甚是复杂。也许冥冥中,我的本能在抗拒她。而且,我发现她瞧不起弗洛拉·阿斯比尔通和我的母亲,阿斯比尔通小姐害怕她,而我的母亲讨厌她。

露西尔·布克兰,我不愿再恨你了,我想忘记你曾做过的恶行……至少,我会尽量平静地诉说你的故事。

那年夏天的某一天——也可能是第二年夏天，因为多年如一的装潢有时会让我的记忆重叠交织——我去客厅里找一本书，露西尔也在。我想尽快走人，而她却一反平时对我视而不见的态度，叫住了我："你怎么走得这么急，杰罗姆？难道你怕我吗？"

我心如擂鼓，只好往她那边走去，强装笑意，向她伸出了手。她一只手牵着我，另一只手抚摸着我的脸颊。

"可怜的孩子啊，你妈妈给你打扮得太不像样了！……"说着，舅母就开始揉搓我穿的那件高领水兵服。

"水兵服的领口要敞开！"她边说边扯掉了我衬衫的一颗扣子，"看！这样不是好多了吗？"然后掏出她的小镜子，把我的脸贴到她的脸旁，用裸露的胳膊环住我的脖子，手滑进了我大开的领口，一边笑着问我痒不痒，手一边继续往下走……

我蓦地跳开了，水兵服被撕开了个大口子。我的脸像火一样烫，而她还在叫唤："哼！这个大傻蛋！"

我被吓跑了，一路跑到花园的深处。在那里，有一个菜园用的小蓄水池，我沾湿了自己的手帕，敷在额头上，依次擦洗我的脸颊、脖子，以及所有被这个女人触摸过的地方。

露西尔·布克兰隔三岔五会"犯病"，犯起病来像是中了邪，闹得全家不得安宁。阿斯比尔通小姐会紧张地去照顾孩子们，带他们回避；但露西尔可怕的尖叫声会从卧室一直传到客厅里，传到孩子们的耳中，这谁都奈何不得。我舅舅急得团团转，只听他在过道里奔走，一会儿去找毛巾，一会儿去拿古龙水，一会儿又要乙醚。晚餐时是见不到舅母的，而舅舅则是满面愁容，愁得人都略显苍老了。

当情况稳定以后，露西尔·布克兰会把孩子们叫到身边，至少是叫上罗贝尔和朱丽叶，但从来不叫阿丽莎。每当在这些混乱不堪的日子里，阿丽莎就会把自己关进房间；有时候她父亲会去看看她，因为父女俩平时有话可聊。

舅母犯病的时候，家仆也都个个吓得不轻。有一天夜里，舅母病得特别严重，我和我母亲一起待在卧室里，听不太清客厅里发生了什么，只能听见厨娘在过道里边跑边喊："快去叫先生下来啊，可怜的太太快没命了！"

舅舅当时在阿丽莎的房间里，我母亲出卧室迎他。一刻钟以后，两人经过卧室，卧室窗子敞开着，但他俩没注意到我在里面，母亲的话传到了我的耳朵里："要我说，这是彻头彻尾的一出戏。""一出戏"三个字她重复了好几遍，一字一顿。

舅母的病反反复复，直到假期结束。那时，我父亲去世也有两年了。在后来很长的一段时间里,我都没再见过舅母。这些闹得大家鸡犬不宁的家丑暂且按下不提。我对露西尔·布克兰的情感复杂而模糊,后来又因为一件小事落得对她只剩恨意,但在讲述那些事情的来龙去脉之前,我也该聊一聊我的表姐了。

阿丽莎·布克兰长得太美了,只是当时的我还不懂得欣赏,而且,她身上有一种不同于纯粹美貌的魅力,牵引着我,虏获了我。她长得很像她的母亲,但是她的眼神和她母亲的截然不同,这种鲜明的差异让我忽略了母女二人的相似,直到很久以后才察觉出来。我没法形容她的长相,因为无论是她的容貌还是瞳色,我都已经记不清楚,眼前只能浮现出她微笑时近乎忧伤的神色,高高掠过双眼的眉线远远地在眼上绘出一条圆弧,实属见所未见⋯⋯不,说见也见过:那是在一尊与但丁同时期的佛罗伦萨小雕像上。我也曾想象过贝雅特丽齐,她小时候应该也有这样高耸的眉弓。这种眉眼让她的眼神,或者说整个人,流露出一种将信将疑的探询神情——对,一种热忱的探询。她举手投足间,除了探询就是期待。而我将会告诉你们,这探询是如何占据我的心,成了我的生命。

其实,朱丽叶生得更美,她身上闪耀着美貌与健康的神采。但比起她姐姐的高雅之美,她的美稍显肤浅,只消一眼便能看透。至于我的表弟罗贝尔,就没有什么不同凡响的特点了。他就是个和我差不多大的普通小孩。我跟朱丽叶、罗贝尔在一起时玩耍，但和阿丽莎在一起时则是交谈。她不怎么和我们混在一起玩。无论我怎么回忆，也只能回忆起她严肃的神情、淡雅的微笑和虔诚的冥思。我们谈过些什么？两个孩子又有什么好谈的？我会尽量和你们解释的，但在此之前，我还是想先讲述和我舅母有关的事情，免得后面还得提到她。

我父亲去世两年后，我和母亲二人去勒阿弗尔过复活节。因为布克兰城里的家略显狭小，所以这次我们没有住到他们那里，而是住在了母亲的姐姐家，她家更宽敞一些。我姨母叫普朗提埃，已经守寡多年。我平时没什么机会见她，所以对她的孩子们也不太熟悉。他们比我大得多，性情也大不相同。按照勒阿弗尔的叫法，"普朗提埃公馆"不在城里，而是坐落于俯瞰全城的山坡的半腰上。陡峭的山路把沿途的宅子一个接一个串起来，我每天要上下坡好几次。

一天，我在舅舅家吃午饭，饭后不久他就要出门。我陪他走到办公室，然后上山回到普朗提埃家找我母亲。到了以后，我才知道母亲和姨母出门了，晚餐前才能回来。我立刻又下山进了城。我平时很少能有机会在城里自在地闲逛，所以我趁这个机会去了港口。海上的迷雾为港口蒙上了一层阴郁。我在码头边游荡了一两个小时,突然心血来潮,想出其不意地去见见阿丽莎,尽管我们才分开没多久。我飞奔着穿过城市,按响布克兰家的门铃,一位女仆为我开了门。门一开我就往楼上冲,但她叫住了我:"别上去,杰罗姆先生!别上楼!太太在犯病呢!"

但我毫不理睬:"我又不是来找我舅母的……"阿丽莎的房间在四楼,二楼是客厅和饭厅,三楼是舅母的卧室,里面传出她的声音。要上楼就得先经过她的房间,而她的房门开着,里面射出一道光,将楼梯的平台分割成光影两侧。我怕被她看见,迟疑片刻后决定对她视而不见,但当我见到房间里的情景时惊呆了:窗帘全部拉上,大烛台上的蜡烛摇曳着愉悦的光。我舅母躺在房间中央的一条长椅上,脚边伏着罗贝尔和朱丽叶,身后则是一位穿着尉官制服的陌生男子。这种时候让两个孩子在场,在今天的我看来真是造孽。但当时我还不谙世事,这场面反倒让我松了口气。

他们边笑边注视着那位陌生人,陌生人则抑扬顿挫地重复着:"布克兰!布克兰!……我要是有只小羊,我肯定会叫它布克兰。"

我舅母脆声笑了,只见她向那陌生男子伸出了夹着烟的手,让他把烟点上。她抽了几口,烟就滑落到了地上。男子冲过去捡,又假装被地上的丝巾所绊,顺势跪倒在我舅母面前……我趁着这出滑稽剧上演的时候溜了过去,没有被他们看到。

我来到阿丽莎的门前,等待片刻,敲了敲门却没有听到回应。可能是因为楼下传来的笑声和喧闹声盖住了我的敲门声。我推了一下门,门就悄无声息地开了。房间光线晦暗,一时间我甚至没看见阿丽莎。原来她跪坐在床头,背对窗户,窗外的落日洒下余晖。她转过头来,但没有起身。我朝她走过去,她呢喃道:"哦!杰罗姆,你怎么回来了?"

我俯下身子和她贴面,只见她泪流满面……

从那一刻起,我的命运已被注定,如今想来,仍是惶恐。我也许当时只是窥见了令阿丽莎感到痛苦的一小部分原因,但我已然强烈地感受到,这痛苦让她幼小的心灵颤抖,让她纤弱的身体哽咽,是她不能承受之重。

我站在她身旁,而她依旧跪坐着。我不知该如何表达心中油然而生的情愫,只能把她的头紧紧拥在我的胸口,双唇亲吻她的额头,恨不得把灵魂倾注给她。我沉醉在爱情和怜惜之中,情感肆意交织,既充满激情,又坚贞无私。我倾尽全力呼唤上帝,甘愿献出一生守护这个女孩,使她免受恐惧、邪恶与世俗的侵袭,其他别无所求。最后,我也跪下来,全心全意地祈祷着。我让她躲进我的怀里,隐约听到她说:"杰罗姆!他们应该没看到你,对吧!唉!快走！千万别让他们看见你。"

随后，她把声音压得更低，说道："杰罗姆，别告诉任何人……我可怜的爸爸还被蒙在鼓里呢……"

我对母亲只字不提，但普朗提埃姨母和母亲之间无休止的窃窃私语，她们神秘兮兮、躲躲闪闪、郁郁寡欢的神情，以及她们每次见我靠近，都会说的那句"孩子，去那边玩去"，仿佛都在有意让我远离她们的私语。这一切都证明，她们对布克兰家的阴私并非一无所知。

就在我们刚回巴黎的时候，一封电报催我母亲回勒阿弗尔：舅母跑了。

"是和什么人一起走的吗？"我问阿斯比尔通小姐。我母亲动身后，就由她来照顾我。

"孩子，这你得去问你母亲。我什么也回答不了。"母亲的这位老友说道。这事也让她错愕不已。

两天后，我和阿斯比尔通小姐也出发去找我母亲。那是某个周六，我满脑子都想着第二天能和表姐妹们一同去做礼拜；因为在年少的我的心中，会把我们的重逢赋予神圣的意味。况且我不怎么关心我舅母，也不打算向母亲打听，甚至把不管闲事视作优点，引以为豪。

周日早晨，小教堂里的人不多，或许是因为沃蒂埃牧师有意用行动注解耶稣的那句"你们要进窄门"。

阿丽莎坐在我前面，相隔几个位子。我凝望着她的侧脸，望到出神，仿佛我正在虔诚倾听的布道词是由她在诉说。我的舅舅坐在我母亲身边哭泣着。

牧师先把那一节读了一遍："你们要进窄门。因为引到灭亡，那门是宽的，路是大的，进去的人也多；引到永生，那门是窄的，路是小的，找着的人也少。"然后为了分段解释，他先说了宽路……我失了神，形同梦游，舅母房间的场景又浮现在我眼前，舅母平躺着，嬉笑着；那个英俊的军官也在笑……原本的欢声笑语，变成了伤痛和侮辱，变成了对原罪卑劣的夸大……

"进去的人也多，"沃蒂埃牧师接着说。随后描绘起来，于是我看到一群花枝招展的人欢笑嬉闹着前进，成群结队。但是，我觉得我不能也不想加入，因为我若与他们同行，那么我的每一步都在离阿丽莎远去。——牧师又回到了这一节的开头，于是我又看到了一扇小门，唯有倾尽全力才能进入。在我的梦里，窄门像是一台轧机，我尽全力往里挤，痛苦不堪，但又提前品尝到了天赐之福的滋味。这扇门又变成了阿丽莎的房门，为了进门，我缩小身形，摒弃了我心中长存的自私……"引到永生，那门是窄的，路是小的，"

沃蒂埃牧师继续解释——在我的想象中，我预感到，在一切苦行与伤痛的尽头别有一种纯粹、神秘而高洁的欢愉，让我心生渴望。在我的想象中，这种欢愉犹如小提琴的音色，既高亢又舒缓，犹如猛烈的火焰，将阿丽莎和我的心燃成灰烬。我们俩往前走着，身着《启示录》中所描绘的那种白衣，手拉着手，望着同一处……这种童年的幻想，惹人嗤笑又如何？我把它原原本本地复述出来，如果有模糊不清之处，那主要是因为想把情感描绘得尽可能准确，才造成了措辞不切、形象不全之谬。

"找着的人也少。"沃蒂埃牧师以此作结。他还解释了怎么找到窄门……"人也少。"——我应该会是其中之一。

在布道的最后，我内心的压力已到极限，礼拜刚结束，我就抛下表姐溜走了——我的自尊心驱使着我，让我渴望把决心（刚下的决心）付诸行动，心想着只有远远地离开她，才更能配得上她。

第二章

只有恪守清规戒律，方能练就一颗虔诚的心。我生性本分，又有父母做榜样，他们的清心寡欲在我出生伊始就深入我心，最终内化成为我常听别人说的所谓"美德"。自我约束对我来说就好比别人的自我放纵，都是自然而然的。戒律固然严格，但我却不厌恶，反引以为荣。我对未来的期待，不是幸福本身，而是为达成幸福时付出努力的过程。幸福和美德已经融为一体。也许作为一个十四岁的孩子，我依旧前程未定，未来皆有可能。但我对阿丽莎的爱让我毅然决然地沿着这条轨迹前行。这是一次顿悟。由此，我认清了自我：我内省克己，羽翼未丰，思虑过重，又很少体恤他人，志向平平，甘于自得其乐，不敢向往更大的胜利。我喜欢学习，连喜欢玩的游戏也是那些需要费心费力的类型。我和同龄的小伙伴不常往来，不愿和他们一起玩耍，难得和他们一道，也只是出于友好或是礼貌。然而我和阿贝尔·沃蒂埃的关系不错。他第二年转学到了巴黎，和我同班。他是一个温和、懒散的孩子，在他身上我体会到的主要是亲近而非敬佩。至少，我可以和他聊聊让我魂牵梦萦的勒阿弗尔和封格兹马尔。

我的表弟罗贝尔·布克兰也是我们高中的寄宿生，比我们低两个年级，我只在周日才见他。要不是因为他是我表弟，我真没兴趣见他，再说了，他也完全不像他的姐妹们。

当时，爱情占据了我的全部心思。在爱的光芒之下，这两段友谊才有了些许意义。阿丽莎就好比福音中所说的"贵重的珍珠"①，而我就是那个即使变卖一切也想拥有这颗珍珠的人。虽然我当时只是个孩子，但是谈论爱情，并把我对我表姐的心意称作爱情，这又何罪之有？即便是在我今后的人生阅历中，也再没有什么可以比这段感情更能配得上"爱情"二字。而且，当我年纪稍长，能清晰地体会到肉欲之苦时，我的心意也没有发生本质上的变化。孩提时期的我一心只想配得上她，后来的我也未曾想直接占有她。我所有的努力和善行，全都秘密地献给了阿丽莎。我进而发明出一种更高尚的美德：为她付出又不让她知道。我在这种醉人的谦卑中欲罢不

---

① 源自《马太福音》第十三章第四十六节。

能。唉！我很少考虑自己是否快乐，不付出努力就无法感到满足，最后竟然习以为常了。

我为爱如此争强好胜，这难道只是一厢情愿吗？阿丽莎似乎对此无动于衷，也不曾因为我而做任何事情，而我却全心全意只是为她。她的内心一尘不染，一切都保持着最自然的美。她的德行贤淑从容，仿佛遗世独立。在稚气未脱的笑容里，她庄重的眼神摄人心魄。我眼前又浮现出她抬眼时那温润柔美的目光，满含关切和询问。难怪舅舅会在惶恐不安时寻求他长女的支持、建议和鼓励。第二年夏天，我经常见父女二人交谈。愁绪催着舅舅衰老。他在饭桌上很少开口说话，但有时会突然强颜欢笑，这比沉默更让人揪心。他总是在书房里抽烟，直到傍晚阿丽莎来找他，再三恳求下他才愿意出门。阿丽莎会像带着孩子一样带着他在花园里散步。两人顺着花径向前，菜园的台阶旁放着椅子，他们就在那里坐下。

一天晚上，在一棵黛紫的大山毛榉树下，我在草坪上躺着看书，忘了时间，迟迟未归。我所在的地方与花径之间只有一片月桂花丛相隔，虽能遮挡视线却不能隔绝声音。我听到了阿丽莎和舅舅的声音。他们可能提到了罗贝尔，我也隐约听到阿丽莎提了我的名字，正当我开始仔细分辨他们说的字句时，我舅舅突然大声来了一句："哦，他啊！他就喜欢学习。"

我无意间成了窃听者。我想直接走开，或者至少发出一些动静，好让他们知道我的存在，但是我又该怎么办才好呢？咳嗽？还是大喊："我在这儿！我听到你们说的话了！"……我最终没出声，并不是因为想要多听点儿交谈内容的好奇心，而是因为尴尬羞涩。何况他们只是路过，我能听到的不过是只言片语……但他们走得很慢。阿丽莎可能像往常一样手臂上挎着一个轻巧的篮子，采下凋谢的花朵，拾起被海雾催落的青果。我听见她用清亮的嗓音说道："爸爸，帕利西耶姑父是个了不起的人吗？"

舅舅的声音沙哑低沉，我没能听清他的回答。阿丽莎又追问："那就是说很了不起，对吗？"

这次舅舅的回答更加模糊。

阿丽莎再问："杰罗姆很聪明，对吧？"

我此时不竖起耳朵，更待何时？……但我什么都没听清。阿丽莎继续道："你觉得他会成为了不起的人吗？"

这时舅舅提高了嗓门。

"孩子，我想先听听你对'了不起'这个词的理解！有些人也许看似不起眼，至少在世人眼中很不起眼，但是他也可以很出众……在上帝眼里很出众。"

"这正是我的理解。"阿丽莎说。

"那……这有谁能知道呢?他还很小……对,他的前途肯定一片光明,但是这不足以确保他一定成功。"

"那还需要什么呢?"

"孩子,我该怎么和你说呢?他还需要信心、支持、爱……"

"你说的支持是什么?"阿丽莎打断了舅舅。

"感情与尊重,我这辈子就缺这些。"舅舅忧伤地答道。然后我就再也听不到他们的声音了。

偷听虽然是出于无意,但我深感内疚。在做晚祷①时,我决定要向表姐认错。而这一次掺杂了好奇心,因为我想了解更多内情。

第二天,我刚开口,她就说:"杰罗姆,这样听别人讲话是不对的。你应该提醒一下我们,或者直接走开。"

"我向你保证我不是故意的……我是无意的……而且你们只是路过而已。"

"但我们走得很慢。"

"对,但我没怎么听清。而且我很快就什么都听不见了……告诉我,你问舅舅怎么才能成功的时候,舅舅是怎么回答你的?"

"杰罗姆,"她笑着说,"你肯定听到了!还让我再说一遍,

---

① 入夜后或入睡之前诵念的最后一次日课经。

是在捉弄我吧！"

"我向你保证我只听到了一个开头……他说了信心和爱。"

"他后来还说，需要很多别的东西。"

"那你呢？你是怎么回答的？"

她突然把声音压低了："当他说到你的人生需要有支持的时候，我回答说，你有你的妈妈。"

"哦！阿丽莎，你明明知道妈妈不能永远陪着我……而且这不一样……"

她低下头："他也是这么说的。"

我颤抖着牵起她的手。

"我今后无论变成什么样，都是为了你，都是我心甘情愿。"

"杰罗姆，可是我也会离开你啊。"

我不禁说出肺腑之言："我永远都不会离开你的。"

她耸耸肩："你难道不够坚强，不会自己前进吗？每个人都是自己走到神面前的。"

"但只有你能为我引路。"

"基督在上，为什么你还要另请向导？……难道你不觉得，只有忘却彼此的存在，向神祈祷的时候，我们才最为亲近？"

"对，让我们聚首，"我打断了她，"这正是我日日夜夜向神乞求的。"

"你难道不明白什么是与神重逢共享圣餐①吗？"

"我一清二楚：就是狂热地投身到与崇拜偶像的重逢当中。正是为了与你重逢，所以我才信你所信，爱你所爱。"

"你的信仰动机不纯。"

"别太苛求于我。如果在天堂里没法和你相会，那这天堂不去也罢！"

她用一根手指贴着嘴唇，面色庄严。

"先找到天国和天理再说吧！"

这就是我们的原话。有人可能不相信这是孩子能说出的话，他们也不知道有的孩子说话就是这么严肃。我该怎么办？和他们解释吗？我甚至不会为了让他们感到自然而修改一个字。

我们弄到了拉丁语版本的福音书②，将大段的内容倒背如流。阿丽莎以辅导弟弟为由和我一起学拉丁语。但就我猜想，她学拉丁语是为了继续听我诵经。而且，我也确实不敢对其他学科感兴趣，因为我知道她不会和我一起学。

---

① 基督教的主要仪式之一。
② 原文为les Évangiles dans le texte de la Vulgate，意为"圣经的武加大译本"，是5世纪的《圣经》拉丁语译本。

虽然有时我会因她而感到束手束脚,但恰恰相反的是,我的精神却从未停滞。她自由自在地走在我的前面,而我的精神选择随她而行。占据我们心智的所谓"思想",只是我们重逢的借口。这比任何一种掩饰情感、包装爱情的方式都更高明。

母亲最初还对这段感情有所顾虑,因为她不知道我的感情究竟有多深。但如今她体力日渐衰弱,也乐于将我们一同拥入母爱怀抱。她长期为心脏病所困,近来发病更是频繁。有一次,她病得特别厉害,便把我叫到跟前。

"可怜的孩子,你看看我,是真的老了。"她对我说,"终有一天我会抛下你,撒手人寰。"

她突然停止说话,喘不上气。我再也忍不住了,高声喊道:"妈妈……你知道我想娶阿丽莎。"

我的话好像正中母亲下怀,因为她立刻接口:"是的,我正想和你聊聊这件事,杰罗姆。"

"妈妈!"我哽咽着说道,"你觉得她是爱我的,对吗?"

"是的,孩子。"她温柔地重复了好几次,"是的,孩子。"

她艰难地补充道:"让主来决定吧。"

然后,我向她靠过去。她把手放在我的头上,又说:"愿神保佑你,孩子!愿神保佑你们俩!"随后,就陷入了昏睡,我也没有叫醒她。

谈话就此没了下文。第二天，我母亲感觉好多了，我也去上课了。真心话说到一半，却以沉默收了尾。而我又知道了些什么呢？我对阿丽莎的爱深信不疑了。即便我心中曾有过怀疑，但不久以后发生的一件伤心事让一切疑窦化为了乌有。

一天夜里，母亲在我和阿斯比尔通小姐的陪伴下，平静地走了。病情最后一次发作时看似和之前无异，但在弥留之际，她的身体状况急转直下，其他亲戚还来不及赶到，母亲就与世长辞了。母亲去世后的第一夜，我在她的老友阿斯比尔通小姐的陪同下为她守了灵。我固然很爱我的母亲，但让我诧异的是，我的眼泪不是因为丧母之痛而流。我流泪是因为同情阿斯比尔通小姐，她眼睁睁地看着比自己年轻许多的挚友先她一步去了上帝那里。不过，一件隐秘的心事已经取代悲痛占据了我的头脑——表姐就快要来奔丧了。

舅舅来了，还把阿丽莎的信交给了我。他女儿和普朗提埃姨母同行，会晚一天到。她在信中写道：

……杰罗姆，我的朋友、我的兄弟，我是如此后悔，后悔未能在她生前说出那些她所期待的、合她心意的话。

现如今，我只希望她可以原谅我！从今往后，也只有上帝才能指引我们了！别了，我可怜的朋友。你的，从未如此温柔的，阿丽莎。

这封信意味着什么？她后悔没能说出口的话又是什么？不就是我俩定下终身的誓言吗？我还太小，不敢急于求婚。不过我何必得到她的诺言？我俩不是已经像订婚了一样吗？我们之间的爱情旁人皆知，舅舅和我母亲一样，并不阻拦我们之间的感情，相反，他已经把我视如己出了。

几天后，我去勒阿弗尔过复活节。我虽然住在普朗提埃姨母家，但每顿饭都去布克兰舅舅家吃。

我姨母费里希·普朗提埃是世上最和蔼的女士，但无论是我还是我表姐妹们跟她都不太亲近。她总是忙前忙后，气喘吁吁的。她的动作不轻柔，嗓音也不悦耳，一天到晚总想着摸摸碰碰一番，不分时间和场合，热情过火，让我们有点腻烦。我舅舅很爱她，但从他对姨母说话的语气中不难发现，比起姨母，他更喜爱我母亲。

"可怜的孩子，"一天晚上她对我说，"我不知道这个夏天你有什么打算。在我定下自己的安排之前，我想先听听你的打算，要是我能帮得上忙的话……"

"我还没想过,"我回答她,"也许会去旅行吧。"

她接着说道:"你知道的,我家就像封格兹马尔一样,随时欢迎你。你要是去你舅舅家,你舅舅和朱丽叶也会很高兴的……"

"您是说阿丽莎吧。"

"对!不好意思……你知道吗?我本来以为你爱的是朱丽叶!后来你舅舅才告诉我……不到一个月前我才知道……你也知道,我很爱你,但我不太了解你,也没什么机会见到你!……再加上我不太擅长观察,没什么空闲时间关心与我无关的事情。我以前总是看到你和朱丽叶一起玩……所以我就这么猜了……而且她人长得很漂亮,性格也很活泼。"

"对,我一直都很乐意和她一起玩,但我爱的是阿丽莎……"

"很好!很好!由你自己定……你也知道,我对她不太了解。跟她妹妹比起来,她不太爱讲话。我想,你既然选择了她,那肯定有自己的理由。"

"但是,姨母,爱上她并不是我选择的结果,我也从来没有思考过爱上她的理由……"

"你别生气,杰罗姆,我的这些话没有恶意……我想说什么来着,被你弄忘记了……啊!想起来了。我想,你们最后肯定是要结婚的,但你还在守孝,现在订婚不太妥当……而且,你还挺小……

我觉得在你母亲刚去世的这个节骨眼上,去封格兹马尔可能会惹人闲话……"

"是啊,姨母,这恰恰就是我想去旅行的原因。"

"对!是的!孩子,我想,我在你身边是不是能让事情方便一些,而且今年夏天我也能腾出点时间来帮你张罗张罗。"

"只要我开口,阿斯比尔通小姐也肯定愿意陪我同去。"

"我就知道她会去。但是这还不够!我肯定也得去……哦!我没有要取代你妈妈的意思,"她声音有点哽咽,补充道,"但我可以帮忙收拾家务……总之,我不会让你们感觉到拘束的,不管是你、你舅舅,还是阿丽莎。"

普朗提埃姨母夸大了自己在场时的好处。其实说真的,只要有她在,我们就不太自在。

她说到做到,七月伊始就搬去了封格兹马尔,我和阿斯比尔通小姐也马不停蹄地去和她会合。她借口要帮阿丽莎收拾家务,反倒把原本清净的屋子搞得喧闹不断。她为了讨我们开心大献殷勤,为了她所谓的"让事情方便一些"热情过了度,常常让我和阿丽莎在她面前过分拘谨,几近沉默。她怕是会觉得我们很冷淡……可就算我们不再保持缄默,她又能否理解我们爱情的实质?相反,朱丽叶的个性就很快适应了姨母的热情奔放。我见姨母对小侄女明显偏心,心里对她有气。这可能也影响了我对她的感情。

一天早晨,姨母收到一封信,读完就把我叫去:"可怜的杰罗姆,实在很对不起,我女儿身体不舒服,催我回家,我恐怕不得不和你们分别了……"

我满脑子都是没有意义的顾虑:不知道在姨母离开后,我是否应该继续留在封格兹马尔。急忙跑去问我的舅舅。但话一说出口,舅舅就嚷起来:"我可怜的姐姐在做什么,这不是把简单的事情搞复杂了吗?唉!你为什么要和我们分开呢,杰罗姆?你几乎算是我的亲生儿子,不是吗?"

姨母只在封格兹马尔待了两周。她一走,家里又恢复了往日的清静,安宁失而复得,像极了幸福的模样。母亲的去世并没有给我们的爱情蒙上阴影,反倒让它更加厚重。日复一日的单调生活开始了,我们仿佛置身于回声清亮的环境里,就连最微弱的心跳声也能听得一清二楚。

姨母离开几天后的一个晚上,在饭桌上我们提起她,我记得当时我们是这么说的:

"太聒噪了!"我们说道,"人生的波澜起伏难道没有让她的灵魂平和些许吗?爱的美好外表又是如何映射在她身上的呢?"……那时,我们恰好想到了歌德对施泰因夫人所写的评语:

"能看到世界是如何反映在这个灵魂中，实在是一件美事。"我还记得我们又聊到了品格的层次，料想深思必是最高级的品格。我舅舅原本一言不发，忧伤地笑着，后来回答了我们。

"孩子们，"他说，"即使容颜已经破碎，上帝也能认清一个人的面目。请不要轻易用生命中的某一时刻来评判某个人。我那可怜的姐姐不讨你们喜欢的地方，都是情有可原的。我太了解事情的原委，所以不能像你们一样刻薄地指责她。年轻时那些惹人喜爱的特质，老来都会变质。你们所谓的'聒噪'，在年轻时的费里希姨母身上，就是讨人喜欢的活泼好动，随性而为，一时的忘乎所以。我可以很肯定地告诉你们，当年的我们和如今的你们没有什么不同。当时的我和你很像，杰罗姆，可能比我想象中的还要像。费里希就像朱丽叶……对，是从外到内的相像。你说话的某些声调，会让我突然想到她。"舅舅边说边转向他的女儿，"她以前笑起来也和你很像，还有仪态——虽然她现在不常这样了——她也会和你一样，闲坐着，双肘撑在面前，手指交叉，把下巴搭在手上。"

阿斯比尔通小姐转向我，低声说："你母亲，阿丽莎就像你母亲。"

那年夏天是一段灿烂的时光。万物似乎都浸润着蔚蓝的色彩。我们的热恋战胜了邪恶和死亡，阴霾在我们面前退散。每天早晨我都在愉悦中醒来,在晨光中起床,冲出门外沐浴阳光……每当我回想当年,总是会忆起这段露水年华。朱丽叶比她姐姐起得早,因为她姐姐爱熬夜。所以朱丽叶经常和我一起到花园里散步。她成了我和她姐姐之间的信使。我一刻不停地向她倾诉着我们的爱情,她似乎也不厌其烦地听着。我对阿丽莎爱得太深切,让我在她面前变得怯懦又拘谨。但在朱丽叶面前,我就可以讲出一些不敢当面对阿丽莎说的话。阿丽莎也纵容着这场游戏,很乐意看到我和她妹妹愉快地谈天说地,全然不知,抑或是假装不知道我们之间只谈论有关她的事。

哦!爱啊!至深的爱啊!你设下精巧的圈套!你凭借何种隐秘的手段,让我们的笑变成了泪,让我们最稚气的欢愉变成了美德的束缚!

夏天如此纯粹而平静,日子滑过我的心头,几乎没有留下任何回忆。唯一的记忆就是聊天、阅读……

"我做了一个伤心的梦,"假期最后几天的早上,阿丽莎跟我说,"梦到我还活着,但你去世了。不,我没有看到你死。只是知道,你已经不在了。太可怕了,实在是无法想象。我说服自己你只不过是暂时离开,我们虽然分开了,但是我感觉有办法能找到你。我想着该怎么办,拼命想办法,就急醒了。"

"今天早上,我好像身处在云雾间,仿佛还在梦里没有醒来。我好像要和你分开,分开很久,很久很久……"她很低声地补充说,"分开一辈子,而且今生今世都要拼命找寻……"

"为什么?"

"我俩都是,只有拼命努力才能让我们重逢。"

我没把她的话当真,或者说是不敢把她的话当真。我心跳得厉害,仿佛在反对。突然我鼓起勇气对她说:"我今天早上梦到会娶你。我们紧紧相连,除了死亡,什么都不能把我们分开。"

"你觉得死亡能把我们俩分开吗?"她回问。

"我想说的是……"

"相反,我觉得死亡可以让人靠近……对,可以让生前分离的人靠近。"

这些话语深入我们的心中,至今在我耳边余音不绝。但这些话的分量,我却是在之后才真正领悟。

夏天的时光飞逝。大片田野已经变得空旷,视野出人意料地宽广。我动身的前一天夜里,不,是倒数第二天,我和朱丽叶一起走到"下花园"的小树丛边。

"你昨天在给阿丽莎背什么?"她问我。

"什么时候?"

"就在泥灰岩矿边的长椅那里,我们先走了,留下你们在后头的时候。"

"哦!……几句波德莱尔①的诗,我记得……"

"哪几句?你不想说来听听吗?"

"不久我们将陷入幽暗的寒冷……"我不太情愿地开了口。但是她立刻打断了我,声音因为颤抖都破了音,她接着说道:"别了,我们短暂夏日的灿烂!"

"什么?你知道这首诗?"我颇为震惊,大叫起来,"我还以为你不喜欢诗歌……"

"为什么呀?就因为你不背给我听吗?"她边笑边说,但有点不自然,"有时候你是不是觉得我是个十足的傻子。"

"不喜欢诗歌的人也可以是很聪明的人。我从来没听你提起过诗歌,你也从来没让我给你背过。"

"因为阿丽莎代劳了……"她沉吟片刻,又突然说,"你后天走吗?"

"必须得走了。"

"你这个冬天有什么打算?"

---

① 法国诗人,代表作品《恶之花》。

"上巴黎高师①第一学年的课。"

"那你打算什么时候娶阿丽莎？"

"先服完兵役，还要等我弄清楚以后想做什么再说。"

"那你现在还不知道自己想做什么？"

"我还不想知道。我感兴趣的东西太多了，所以想尽可能拖一拖，拖到必须要作出选择时再做决定。"

"你推迟订婚，也是因为害怕敲定下来？"

我耸了耸肩，不置可否。

她追问："那你们在等什么呢？为什么不立刻订婚？"

"我们为什么要订婚呢？我们相知相守，以后也一定会如此，难道这还不够吗？不告诉所有人又何妨？如果我已经决定用一生与她相守，你真的觉得用誓言维系我们的爱更美好吗？至少我不觉得。在我看来，承诺是对爱的侮辱……我不愿订婚，除非我不信任她。"

"我信不过的人又不是她……"

我们走得很慢，一直走到当时我无意中听到阿丽莎和舅舅谈话的地方。一个念头突然浮现在我脑海：我先前看到阿丽莎也来花园

---

① 巴黎高等师范学院，法国名校。

了,说不定她就坐在圆形空地,也能把我们的谈话听得一清二楚。也许就可以听到那些我不敢当面对她说的话。这个念头立刻促使我提高了嗓门,小小的心机也让我心里美滋滋的。

"哦!"我大叫起来,带着超乎我年纪的浮夸。我满脑子都是自己想说的话,竟然没有听出朱丽叶的弦外之音,"哦!要是我们能俯在所爱之人身旁,以对方的灵魂为镜检视我们自己的样子就好了!经由他人看清自己,甚至比自我审视更清晰!这温柔中孕育的平和!这爱慕中滋养的纯洁!……"

蹩脚的辞藻让朱丽叶不知所措。得逞的我还在自鸣得意,她突然把头埋到我的肩膀上:"杰罗姆!杰罗姆!我就是想知道你会让她幸福的,对吧!要是连你都让她受苦,那我肯定会恨你的。"

"但是,朱丽叶,"我惊呼起来,并抬起她的头,亲吻了一下额头,"你可能不知道,我也会恨自己的!……其实我迟迟不愿确定我的生涯轨迹,就是为了更好地跟她在一起。我的未来依她而定!没有她的陪伴,一切都成了不情愿的将就……"

"你跟她说这些话的时候,她是怎么说的?"

"我从来没有和她提过这些!从来没有!这也是我们到现在都还没订婚的原因。原因并不在于我俩结婚这件事本身,也不在于婚后的生活。唉!朱丽叶!是因为,对我来说和她在一起生活太过美好,好到我不敢想象……你明白这种感受吗?好到我不敢开口告诉她我的想法!"

"你想要给她一个甜蜜的惊喜吗?"

"不是!不是这样的。但是我很害怕……我怕会吓到她,你理解吗?……我隐约感到担忧,担心这种无边的幸福会把她吓坏!有一天,我问她愿不愿意和我一起去旅行,她说她什么都不想。对她来说,光是知道那个地方存在于这个世上,那里岁月静好,迎接着四方来客,就已经足够……"

"杰罗姆,你渴望去旅行吗?"

"我哪儿都想去!人生在我看来就像一次漫长的旅行——和她一起,穿阅书卷、穿行人海、穿越各国……'起锚',你想象过'起锚'吗?"

"我想过!我一直都想。"她嘀咕着。

但我对她说的话听而不闻,像是任由一只可怜的受伤小鸟坠落到地上,继续补充道:"在夜里启航,在炫目的晨曦中苏醒,两人相依,在变幻莫测的海流中感受孤独……"

"然后驶入孩提时在地图上看到过的那座港口,一切都是那么陌生……我能想象出你踩着舢板,阿丽莎揽着你的胳膊下船的样子……"

"我们会飞奔到邮局，"我边笑边补充说，"去收朱丽叶写给我们的信。"

"从封格兹马尔寄出来，那时候她还住在那里，住在那个你们眼中又小又可怜又遥远的地方……"

这是她的原话吗？我不确定。因为我告诉过你们，我当时满怀爱意，除了表达爱意的辞藻，别的话语我几乎都不闻不问。

我们来到圆形空地附近，准备沿来路回去，当我们从阴影当中走出来的时候，阿丽莎突然出现了。她一脸苍白，惹得朱丽叶惊呼起来。

"其实我身体不太舒服，"阿丽莎结结巴巴，慌忙解释道，"天气有点凉，我觉得还是回去比较好。"她话音刚落，就立刻跟我们分开，转身快步往家的方向走。

"她听到我们前面说的话了！"阿丽莎刚走远，朱丽叶就大叫起来。

"但我们也没说什么让她难过的话，反而……"

"我先走一步。"她边说边转过身去追她姐姐了。

那天晚上，我难以入睡。阿丽莎只在晚餐时露了个脸，但是一吃完就抱怨说头疼，回房间去了。她听到我们说了些什么？我惴惴不安地回想着我们说过的话。而后我又胡思乱想起来，想到我可能不该在散步的时候和朱丽叶靠得那么近，不应该用胳膊搂着她。但这是小时候就养成的习惯，阿丽莎已经看到我们这样走过无数次了。唉！我好似一个可怜的失明者，在摸索中寻找着自己的错误，却未曾料到，虽然我是既没有认真听朱丽叶的话，也没往心里去，但是阿丽莎可能听得更明了。不管了！担忧让我不知所措。一想到阿丽莎可能会怀疑我，我就忧惧不安。我下定决心，不管我之前跟朱丽叶说了些什么，又或许是被她的话激励了，我决心克服顾虑和恐惧，第二天就向阿丽莎求婚，完全没有考虑其他可能出现的危险。

那是我动身前的最后一天。我觉得是离别导致了她的悲伤，她好像在躲着我。白天就这么过去了，我也没有机会和她独处。我担心在离开之前都没有机会和她说上话，所以就在快吃晚饭的时候来到她的房间。她正背对着房门，抬起胳膊欠着身子，正在给自己戴一串珊瑚项链。两座烛台点着火，烛台之间有一面镜子。她的目光越过肩膀，想从镜子里看看自己。她先是看到了镜子里的我，凝视了一会儿，没有转过身来。

"咦？我的房门没有关上吗？"她说道。

"我敲了门,但你没有应。阿丽莎,你知道我明天就要走了对吧?"

她没有回答,把没能系上的项链放到壁炉上。"订婚"这个词在我看来太过露骨,太过唐突,我忘了当时是如何遣词造句才说明了心意。阿丽莎一听明白我的意思,就一趔趄,倚在了壁炉上……而我自己也颤抖不已,惊慌失措,不敢看着她。

我在她身边没有抬眼,牵起她的手。她没有挣脱,脸微向下侧,抬起我的手,浅吻一下,半依偎在我身上,呢喃道:"不,杰罗姆,不。咱们别订婚,求求你了……"

我的心跳得很快,她肯定也能听见。她更温柔了,继续说道:"不,现在还不行……"

我问她:"为什么?"

"应该是我问你为什么。为什么改主意了?"

我不敢跟她提起昨天谈话的内容,但她有可能猜到了,仿佛在回答我心所想,凝视着我,说:"你误会了,朋友,我不需要这么多的幸福。我们现在这样不幸福吗?"

她想要挤出笑意,但只是徒劳。

"不幸福,我们这不是快要分开了吗?"

"听我说,杰罗姆,今天晚上我还不能告诉你……最后这段时间,咱们就别扫兴了……别吧,别吧!我还是一如既往地爱你,你放心。我会跟你解释的。我保证,从明天开始就会给你写信……你一走就给你写。你走吧,现在就走!看看,我都哭了……让我一个人待会儿。"

她轻柔地把我推开——这就是我们的道别。那天晚上我再也没法和她说些什么。第二天,我出发的时候,她把自己关在房间里。透过她的窗户,我看到她在窗口跟我挥手道别,目送我坐的汽车远去。

❖ 第三章

❖

那一整年，我几乎都没见过阿贝尔·沃蒂埃。他提前应征入伍，而我在复读修辞班①的课程，备考本科学位。我比阿贝尔小两岁，可以毕业后再服兵役，所以我俩同年入学高师。

我们欣喜地重逢了。他退伍以后，又旅行了一个多月。我本来还担心他的性格会大变，但他只是多了几分笃定，魅力丝毫未减。返校前一天下午，我们去了卢森堡公园，我禁不住回忆心事，畅谈了我的爱情故事，尽管他原本就知情。在过去的一年里，他和几位女子交往过，这些经历让他自恃颇高、自命不凡，但我毫不介意。他笑我没有一锤定音的本事。按照他的说法，就是永远不能让一个女人冷静下来做决定。我任由他高谈阔论，心里却明白他的高见于

---

① 高中的最后一个学年，会教授修辞学。

我于她都不适用。能提出这样的观点,只能说明他太不了解我们。

我们到巴黎后的第二天,我就收到了这封信:

我亲爱的杰罗姆:

我仔细考虑了你提议的事情(我也接受你的说法!就把这件事情叫作"我们的婚约"吧!)。我担心我年纪比你大太多。这一点你现在还不以为然,因为你还没有机会遇见其他女子。但我能想到,嫁给你以后,要是我发现你不再爱我,我该有多么痛苦。你可能会很不服气,我好像甚至能听到你的反驳,但是我请你再等待一下,等到你年纪稍长一些再说。

要知道,我这里说的每字每句都是为你,而我对你的爱,此生不渝。

阿丽莎

见异思迁?这怎么可能呢?我的震惊胜过了忧伤,方寸大乱,立刻飞奔着把信拿给阿贝尔看。

"那么,你准备怎么做呢?"阿贝尔说。他摇着头读完了信,双唇紧闭。我抬了抬胳膊,犹豫不决,伤心不已。

"我觉得你至少别给她回信！要是和女人争论起来就没戏了……听着，如果我们周六住在勒阿弗尔，周日早上就可以到封格兹马尔，周一能赶回来上第一节课。我去服役以后就没见过你亲戚，这个理由很充分，又很体面。要是阿丽莎发现这只是个借口，那再好不过！我来应付朱丽叶，你就去和她姐姐谈一谈。你尽量别太孩子气了……说实话，这件事里我总有些东西弄不明白，你肯定有所隐瞒……不管了！我会搞清楚的……我们去拜访的事情，千万别告诉你表姐，要出其不意，攻其不备。"

我推开花园的篱笆门时，心怦怦直跳。朱丽叶立刻跑过来迎接我们。阿丽莎正在整理衣物，没急着下楼。我们和舅舅、阿斯比尔通小姐聊了一会，她才姗姗下楼来到客厅，我们的突然造访可能给她带来了困扰，但她没有表现出丝毫。我想到阿贝尔跟我说过的话，她这是在防备我，所以才许久没有露面。朱丽叶的过分活泼让她的矜持更显冷淡。我能感觉到，我这次归来让她很是反感，至少她试图表现出一种不以为然的神情，我不敢思量在这神情背后是怎样更强烈的情感。她坐得离我们远远的，在靠窗的角落里，好像一门心思忙着手里的刺绣活儿，抿着嘴唇刺上一个个绣点。阿贝尔开口了。幸亏有他在！我已经浑身脱力，要是没有他来讲述今年服役和旅行时候的见闻，这次的重聚简直沉闷至极。舅舅本人看起来也忧心忡忡。

午饭后，朱丽叶把我单独叫到一旁，拉着我去了花园。

"你猜怎么着？有人向我求婚了！"我们一到没人的地方，她就大叫起来，"费里希姑母昨天写信给爸爸，说尼姆①有一位葡萄园主有意提亲。姑母说他人很不错。他在春天的社交会上见过我几面，就爱上了我。"

"那你注意到这位先生了吗？"我问道，言语里夹杂着对追求者不由自主的敌意。

"注意到了，一眼就能看出他是什么样的人。那种堂吉诃德式的好心人，没啥文化，样貌丑陋，既粗俗又滑稽，姑母在他面前笑个不停。"

"他……有机会吗？"我揶揄道。

"你瞧瞧，杰罗姆！你开玩笑呢！他是个生意人！……要是你见过他，你就不会这么问了。"

"那……舅舅是怎么答复的？"

"和我的答复一样，说我年纪太小，还不能结婚……但可惜的是，"她笑着补充道，"姑母早就料到会被拒绝，在附言部分说，

---

① 法国南部城市。

爱德华·泰西埃尔先生——这是那位先生的名字——他愿意等,他尽早示爱只是为了可以'排在前头'……太荒唐了,但你想让我怎么办呢?我总不能让人转告他,说他长得太丑了吧!"

"不行。但你可以让人转告他,说你不想嫁给葡萄园主。"

她耸了耸肩:"照姑母的性子,这些理由都是不成立的……随它便吧。阿丽莎给你写信了吗?"

她滔滔不绝,又似乎焦躁不安。我把阿丽莎的信递给她,她读得涨红了脸。

我听出了她声音里的恼怒,她问我:"那你准备怎么办呢?"

"我没辙了,"我答道,"此时此地,我反倒觉得写信更方便,我已经在怪自己不该过来了。你看懂她想说什么了吗?"

"我觉得她想给你自由。"

"自由,难道我一心想要的就是自由吗?你知道她为什么要这么写吗?"

"不知道。"她回答得分外生硬。虽然我依旧不明实情,但从那一刻起,我至少意识到朱丽叶对此并非一无所知。

我们沿着小路走,然后她在转弯的地方突然转过身来,对我说道:"你现在就跟我分开吧!你不是为了跟我聊天才来的。我们在一块儿的时间太久了。"

她飞奔着溜回了屋子。不一会儿,就传来了她演奏钢琴的乐曲声。

我回到客厅的时候,她正和来找她的阿贝尔聊着,手上的演奏也没停,只是旋律变得很慵懒,仿佛是即兴而奏。我跟他们分开,又在花园里久久地游荡,寻找着阿丽莎。

阿丽莎在果园的深处,采着墙根那些初开的菊花,花香和山毛榉枯叶的味道弥漫在空气中,混合出秋日的气息。斜阳暖照着树墙,而东面的天空一片晴朗。她的脸庞在帽子下半掩着——帽子是阿贝尔旅行中给她捎来的泽兰①女帽,她立刻就戴上了。我走近她,她没有转身,身体却忍不住微微颤了一下,我知道她听出了我的脚步声。我浑身紧绷,鼓起勇气准备承受她的责备和她望向我的严厉目光。但当我离她更近时,又胆怯地放慢了脚步。她一开始还是没有转过来,而是像个赌气的孩子一样低着头,从背后伸出握满花朵的手,好像在邀请我过去。我一看到这个动作,反倒想和她开开玩笑,故意停下脚步。她终于转过身来,朝着我走了几步,抬起头。我一脸笑意地望着她。她双眼的神采把我照亮,仿佛一切又变得如此简单自如。我毫不费劲地开了口,声音也一如往常:"我是因为你的信才来的。"

---

① 荷兰西南部的一个省。

"我早就料到了。"她说道。接着,为了让她的责备听着不那么伤人,她的语气变得婉转了:"这也是我生气的原因。你怎么就误解了我的意思呢?其实很简单……(那时,我已经明白,那些艰难困苦都是我想象出来的,只存在于我的心里。)我早就跟你说过,我们像以前那样就很幸福了。你想改变,我拒绝了,这有什么好奇怪的呢?"

其实,只要在她身边,我就倍感幸福,这种幸福极为完满,让我力求和她的想法统一。只要能见到她的微笑,能像现在这样和她走在温暖的花径上,一起牵着手散步,夫复何求?

我一下子摒弃了所有其他愿望,只想沉醉在此刻的幸福中,于是庄重地对她说:"如果你觉得这样比较好,我们就不订婚了。我收到你的来信时,就已经恍然大悟,发现自己已是幸福之人,幸福却将离我而去。啊!把我曾经拥有的幸福还给我吧!我已经离不开它了。我深爱你,我愿意为你守候一生。但是,阿丽莎,我一想到你会不再爱我,或是你在怀疑我的爱,就不胜烦恼。"

"哎呀!杰罗姆,我再也不会这么做了。"

她语气平和而忧伤,但她的微笑依旧使其焕发出恬静的美感,让我的怯懦和争辩相形见绌。我听出她声音里暗藏的忧伤,这忧伤在我看来恰恰是因我的怯懦和争辩而起。我话锋一转,开始聊起我的计划、学业和对我裨益颇多的全新生活。当时的巴黎高师也不同于近些年。严格的课业会让那些懒散、鲁钝的人苦不堪言,也会激励好学的人不断奋进。我还挺喜欢这样近乎苦行僧的生活,它让我远离社交场合,不只是因为我对社交不感兴趣,而且阿丽莎也害怕这些场合,这就更增加了我的厌恶情绪。阿斯比尔通小姐还保留着在巴黎时和母亲同住过的公寓,阿贝尔和我在那儿除了她以外几乎没有熟人,所以以后每周日都会去她那里待上几个小时。每周日,我都会写信给阿丽莎,让她了解我生活的方方面面。

我们坐在露天的藤架下。那里,粗大的黄瓜藤肆意地向外生长,最后一茬瓜果刚被摘下。阿丽莎听着我说话,问着我问题。我从未感受过她如此专注的温柔和如此坚定的爱意。惶恐、担忧,哪怕是最微弱的骚动,都在她的笑容里烟消云散,在这迷人的亲近中悄然平息,如同雾气消散在碧蓝的晴空中。

在山毛榉树林的长椅那儿,朱丽叶和阿贝尔过来与我们会合。之后的半天里,我们重读了斯温伯恩的诗歌《时间的胜利》,每人轮流读一节,直到夜色降临。

"行了!"在分别的时候,阿丽莎拥抱着我,可能是由于我莽撞的造访,也可能是习惯使然,她摆出一副大姐姐的样子,半开玩笑说道:"你答应我,以后可不能这样胡思乱想了……"

"怎么样!你订婚了吗?"阿贝尔再次跟我独处时,问我。

"亲爱的朋友，咱们不提这件事了。"我答道，又立即用毋庸置疑的语气说，"现在这样更好。我从没有像今晚一样幸福。"

"我也一样！"他大叫起来，又突然蹦起来搂住我的脖子，"我跟你说，这事情太美妙，太不可思议了！杰罗姆，我疯狂地爱上了朱丽叶！去年我就有预感，但后来我的生活就与世隔绝了，加上我也不想草率告诉你，而是想等再见到你表姐妹之后再决定。现在好了，成了，我的终身大事就这么定了！"

我爱她，我真的爱她，我为朱丽叶痴狂！

"难怪这么久以来，我对你一直情同连襟……"

回巴黎的路上，他和我嬉笑打闹，像孩子一样在火车车厢的坐垫上打滚。他诉说爱意时的坦诚让我目瞪口呆，但表达时堆砌的辞藻又让我尴尬。然而，谁又有办法抵挡这样汹涌的激情与欢乐呢……

"那最后，你表白了吗？"我好不容易找到他抒情的间隙，问道。

"还没！还没！"他喊道，"我不想匆匆掠过这故事最迷人的篇章！

爱情最美丽的时刻，

并不是说出"我爱你"的时候……

"瞧瞧！你居然还说我！你才是拖延大师。"

"不过，"我有点恼火，"你觉得她，她那边……"

"你难道没有注意到我们重逢时朱丽叶的慌乱吗？在我们做客的时候，她好激动，脸也很红，话匣子一打开就关不住！……对啊，你自然是什么都没注意到，因为你一门心思只想着阿丽莎……她对我问长问短，还全神贯注地倾听我的故事！这一年里，她的才智成长得太快了。我真搞不懂你是从哪儿看出她不喜欢看书的。在你心里，只有阿丽莎才喜欢书……但是，我亲爱的朋友，她懂的东西多得惊人！你知道我们晚餐前的娱乐活动是什么吗？我们在回想但丁的一首颂歌①，我们俩一人一句，我背错的时候她还会纠正我。这句诗你肯定知道——爱在我心中诉说②。你从来没跟我说过，她还学过意大利语。"

"这事连我也不知道。"我大吃一惊。

"怎么可能？我们开始背颂歌的时候，她告诉我，是你教会了她这首短诗。"

---

① 意大利的一种抒情短诗。
② 此处原文为意大利语。

"有可能是我在给她姐姐念诗的时候,她听到了。有一天,她就和平时一样在我们旁边织绒线还是做刺绣,真是见鬼了,根本看不出来她居然听明白了。"

"真的是,你和阿丽莎,你们俩真是自私到让人瞠目结舌。你们只管沉浸在爱情的甜蜜里,对她那含苞待放的才智和心灵,都不拿正眼瞧上一瞧!我不是自吹自擂,但我来得恰到好处……没有,没有,我不怪你,你懂的。"他拥抱着我说,"但是,你要保证,这事得对阿丽莎守口如瓶。我自己的事情要自己做主。朱丽叶的事情,我有把握,肯定的,甚至可以把这件事先放一放,到下次放假再说。这段时间里我也不打算写信给她。但是元旦假期,你和我,我们一起去勒阿弗尔,到那时……"

"怎样?"

"到那时,阿丽莎就会突然得知我和朱丽叶已经订婚了。我想把事情办得干净利落一点。你知道接下来会发生什么吗?阿丽莎会答应你的求婚。你办不到的事情,就让我们做榜样来帮你办到。我们还会说服她,告诉她,如果你们不结婚,我们也不会举办婚礼……"

他喋喋不休地说着。我淹没在他滔滔的话语中一路坐火车到了巴黎,甚至回到学校以后他还在说个没完。从火车站走回高师时已经是深夜,阿贝尔依然陪我到房间,一直谈到天明。

阿贝尔满腔热情，一口气把现在和未来的事情都安排得明明白白。他已经预见了，向我讲述我们双双举办婚礼时的情境；他想象着，描绘出每个人惊讶而喜悦的反应。他沉醉在我们美妙的故事中，沉醉在我们的友谊中，沉醉在帮我牵线搭桥的幻想中。我不擅长抵御如此让人飘飘然的热情，这虚无缥缈的提议终于还是悄无声息地占据了我的心，让我心甘情愿为之吸引。我们的志向与勇气也借爱情之势膨胀起来。我想象着在高师毕业之际，我们双双步入婚姻殿堂，沃蒂埃牧师为我们祝福；我们四人一同去蜜月旅行，然后我们干一番大事业，我们的妻子则自然而然成了贤内助。阿贝尔对任教职不太感兴趣，他自信生来是当作家的料，很快就会用几篇成功的作品赚到他要用的钱；而我更喜欢科研，不在乎能带来什么好处。我想我会致力于宗教哲学的研究，写一部宗教哲学史……当时的我们空有一番期望，如今再回首往昔，终究不过是一场镜花水月罢了！

第二天，我们就投入学习当中了。

❖ 第四章

❖

新年前的日子过得飞快。上次我与阿丽莎的见面激励着我，让我的信念坚定不移。正如我所承诺的一样，我每周日都会给阿丽莎写一封长信，在别的日子里，除了经常见阿贝尔，我和其他人都保持着相当的距离。我生活在对阿丽莎的思念中，在我喜爱的书上标上记号供她使用，依着她的心思给她找有意思的内容。虽然她回信很勤，但是我还是情不自禁地担忧。她固然很热情地关注我的状况，但这主要是因为担心我学习还不够用功，而不是因为内心渴望了解我。对我来说，赞赏、讨论和评价只是表达想法的方式。但我能感觉到，她在用这些方式尽其所能地掩藏自己的想法。我甚至怀疑她是不是把这一切当成了一场游戏……不管了！我已决心毫无怨言，坚决不在我的信里流露出丝毫担忧。

临近十二月底，阿贝尔和我一起动身前往勒阿弗尔。

我借宿在普朗提埃姨母家里。我到达时，她并不在家，但是当我刚在房间放好行李，就有一位家仆通知我说她已经在客厅等我了。

我身体如何，住得舒适与否，学习情况怎样，这些事情她都只是随口问了几句，然后就开始毫无顾忌地发问，来满足自己强烈的好奇心："你还没跟我说呢，孩子，你住在封格兹马尔的那段时间还满意吗？你的事情有进展了吗？"

姨母笨拙而耿直，表达起情感来心直口快，哪怕最单纯、最温柔的语句经她的口都会变得简单粗暴，这对我来说简直就是折磨。但她的语气是那么朴实真诚，只有傻子才会对此生气。

即便如此，一开始我还是有所抗拒："春天的时候您不是还跟我说，您觉得订婚为时过早吗？"

"是的，我知道。一开始确实是这么说的。"她一边回答，一边用力攥着我的手，一脸悲戚，"但后来我又想到，你学业还没完成，还要服兵役，可能很多年都没法结婚。我很清楚。而且，我个人觉得订婚以后一直拖着也不好，年轻姑娘会感到厌倦的……但有时也挺感人的……此外，订婚也不用办得很正式……只要能让人明白——哦！也不用太引人注目，让人明白别再给姑娘找对象就行了；这样一来，你们就可以相互写信，相互联络；最后，要是有人上门提亲——这种事很可能会发生……"她颇有深意地笑了，"就可以委婉地回复他说：'不，不必了。'你知道有人向朱丽叶示爱了吧！今年冬天，她非常惹人注目。但她的年纪还太小，她也是这样回复人家的。但是那位年轻人愿意等——准确来说，他也不算是个年轻人了……总而言之，他是个很不错的对象，很稳重。至于别的方面，你明天会见到他，他会来瞧瞧我的圣诞树，你可得告诉我，你对他的第一印象啊！"

"姨母，我怕他是在白费功夫，朱丽叶已经有心上人了。"我强忍着没有立刻说出阿贝尔的名字。

"嗯？"我姨母一头雾水，她怀疑地撇了撇嘴，脑袋一歪，说道，"你真让我大吃一惊！她怎么什么都没跟我说？"

我轻咬住嘴唇，决定就此打住。

"呵！到时候我们就知道了……朱丽叶，她最近有点不舒服，"姨母接着说，"……而且我们现在也不该聊她呀……啊！阿丽莎也很讨人喜欢……你最后跟她表白了吗？说了还是没说？"

虽然我内心很抗拒"表白"这个词——因为它实在过分直白。这个问题让我下不来台，我又不太会吹牛，就含糊道："说了！"我脸红得发烫。

"那她是怎么说的？"

我低下头，是真不情愿回答这问题。无可奈何之下，我只能更含糊地回答道："她拒绝了我的求婚。"

"好啊！小丫头做得对！"我姨母大叫起来，"你们还有的是时间。可不是嘛……"

"哦！姨母，别说了。"我想让她别说了，但无济于事。

"她会这么做我也不奇怪。我总是觉得你表姐，她比你懂事……"

不知为何，我突然难以自已，也可能是被问得恼了，心仿佛被撕扯得支离破碎。我把脸伏在姨母的膝上，像个孩子一样泣不成声。

"不，姨母，您不知道，"我喊道，"她也没让我继续等。"

"什么！她把你拒绝啦？"她温柔地用手抬起我的头，语气里满是同情。

"也没有……准确来说，没有。"

我忧伤地摇了摇头。

"你担心她会不爱你吗？"

"哦！不是的。我担心的不是这个。"

"可怜的孩子啊，你要是想让我了解情况，那得跟我解释清楚一点才行。"

我竟然如此不加掩饰地表现出自己的脆弱，实在让人羞愧难当。姨母可能依旧无法理解我含糊其词的原因，但如果阿丽莎拒绝我是另有隐情，或许姨母可以帮我问问究竟，弄清楚原因。果然，她立刻主动提了出来："听着，阿丽莎明天早上会过来和我一起装扮圣诞树，我很快就能弄清楚哪里出了问题。午饭的时候，我会告诉你，你就会明白的。相信我，你不用慌张。"

这一天的晚餐是在布克兰家吃的。朱丽叶身体不适已经有好几天了，看起来模样都有点变了：她的眼神中多了些许凶恶的成分，近乎冷酷，让她和她姐姐之间的差异比以前更大了。那天晚上，我和她们姐妹俩都没怎么说话，我也不想多说，加上舅舅看起来很疲惫，所以饭后不久我就打道回府了。

普朗提埃姨母家的圣诞树下，每年都会聚集很多孩子和亲朋好友。圣诞树就立在前厅里，这里就算是楼梯间了，一间侧厅、一间客厅和一间玻璃花房与此相连。花房里已经摆好了冷餐，圣诞树还没装点完成。圣诞节早晨，也就是我到达的第二天，正如姨母所说，阿丽莎一大早就来帮忙装扮圣诞树，准备在枝丫上挂满装饰品、彩灯、水果、糖果和玩具。本来，我是很乐意留在阿丽莎身边照顾她的，但我必须要留出空间让姨母跟她聊聊，所以还没来得及见到她就出了门。我那一整个早晨都在压抑内心的担忧。

我先去了布克兰家，想去探望一下朱丽叶。但我发现，阿贝尔已经先我一步来到她身边了。我知道他俩这次谈话意义重大，生怕会打断他们，就立刻离开了，随后就在码头和路上来回游荡，一直到中午饭点才回去。

"大傻蛋！"我一回来，姨母就大叫，"这样糟蹋人生真是不应该！你昨天早上跟我说的话，句句都不在理……哦！我非常直截了当。我看到阿斯比尔通小姐忙累了，就请她出去散散步。只剩下我和阿丽莎的时候，我就简单明了地问她为什么今年夏天没有订婚。你是不是觉得她会尴尬？可她丝毫没有慌乱，非常平静地回答说，她不想在她妹妹之前订婚。你要是坦诚地问她，她肯定会如实告诉你的，你烦恼的原因不就找到了吗？你瞧瞧呀，孩子，坦率一点就没事了……可怜的阿丽莎，她还跟我说了她父亲，她不能抛下她父亲不管……哦！我们聊了很多。她真的很懂事，这姑娘。她还说了，她不确定跟你是不是合适，还担心自己的年纪比你大太多，希望你最好能和朱丽叶那个年纪的女孩走到一起。"

姨母继续说着，但我已经没心思听下去了。对我来说，只有一件紧要的事情：阿丽莎不想在她妹妹之前结婚。可惜阿贝尔不在场！他真的说对了，这个自以为是的家伙。这下好了，正如他所说，他会促成两对姻缘，让我们双双结婚。

这真是得来全不费工夫！我已经心潮澎湃，但还是在姨母面前极力掩饰着内心的悸动，只流露出恰到好处的喜悦。她错以为我的喜悦全是她的功劳，很是高兴。一吃完午饭，我就随便编了一个理由和她分别，飞奔着去找阿贝尔。

"嘿！你瞧我怎么跟你说的！"阿贝尔听闻我的喜讯，大叫着拥抱了我，"亲爱的朋友，我可以告诉你，今天早上我和朱丽叶的谈话确实意义重大，虽然我们几乎一直在聊你的事情。但她看起来很疲惫，也很烦躁……我担心话说得太多会刺激她，待得太久会让她情绪激动。既然你都这么说了，那事情就这么定了！亲爱的朋友，我这就赶紧去拿我的手杖和帽子。你得陪我走到布克兰家门口，我要是在路上飘飘然了，你可得抓住我。现在的我可比欧福里翁①还轻盈……朱丽叶一旦知道是因为自己的缘故她姐姐才不肯同意你的求婚，我就立刻向她求婚……啊！我的朋友，我今晚在圣诞树前已经见过我父亲了，他喜极而泣，赞美主，愿意将握满祝福的手放到四位跪坐的新人的头上；阿斯比尔通小姐会化作一声叹息；普朗提埃姨母会泪满衣襟；灯火璀璨的圣诞树将会颂唱神的荣光，像《圣经》中的群山一样为我们鼓掌。"

---

① 希腊神话中阿喀琉斯之子，长着一双翅膀。

天快黑了,圣诞树上的灯才点亮。孩子、亲人和朋友都围聚在圣诞树旁。我满心焦虑,迫切难耐。和阿贝尔分开后,为了消磨等待的时光,我一路走到圣阿德莱思①悬崖,还迷了路。等我回到普朗提埃姨母家的时候,聚会都已经开始好一会儿了。

在玻璃花房那里,我见到了阿丽莎,她看起来像是在等我,一见到我,就向我走来。她脖子上戴着一串小小的旧紫晶十字架,垂在浅色短上衣的领口间。这是我母亲的遗物,我送给阿丽莎留作纪念,但我从没见她戴过。她面容憔悴,神情忧伤,让我看得很是心疼。

"你怎么来得这么晚?"她压着嗓子快速地说道,"我本来想和你谈谈的。"

"我在悬崖那里迷了路……但你看起来不太舒服……哦!阿丽莎,发生了什么?"

她在我面前愣了一下,双唇颤抖着。我六神无主,都不敢开口问她。她把手放在我的脖子上,像是要把我的脸拉近一点,我觉得她有话要说。但就在这时,客人进来了,她的手沮丧地放了下去……

---

① 勒阿弗尔西侧郊区。

"现在不是时候，"她见我眼中满含泪水，喃喃地说，好像这不值一提的解释已经足以平息我的心绪，也足以回答我眼神中的疑问。

"不……你放心，我只是有点头疼。这些孩子太吵了……我就到这儿来躲一躲，现在该回到他们身边了。"

阿丽莎突然就跟我分别了。进门的人流将我和她分隔。我想去客厅找阿丽莎，却看到她在房间的另一头，被一群孩子围着。阿丽莎在和他们一起做游戏。我跟她中间隔了很多熟人，贸然走过去势必会被叫住寒暄聊天，但我已经无心应付这些。或许我可以顺着墙边溜过去。

我决定试试看。

当我走过花房的大玻璃门时，有人抓住了我的胳膊。原来是朱丽叶，她半躲在门洞后面，罩在门帘里。

"我们去花房里说，"她焦急地说道，"我得和你谈谈，你先走，我一会儿就来找你。"然后，她把门微微打开一个缝隙，溜进了花园。

出什么事了？我本来还想见见阿贝尔。他说了什么？他又做了什么？……我去前厅看了一眼，才到花房，朱丽叶就在那里等我。

她的脸红得像火烧，紧皱的眉头给她的眼神添了几分冷漠与痛苦。她的眼中闪着热切的光,她的声音听起来沙哑紧绷,一腔怒气让她咄咄逼人。我虽然忧心忡忡,但还是被她的美貌惊艳,甚至有些窘迫。

花房里只有我们两人,她迫不及待地问我:"阿丽莎跟你说了?"

"没说上几句,我来得太晚了。"

"你知道她想让我比她先结婚吗?"

"知道。"

她定睛看着我:"那你知道她想让我和谁结婚吗?"

我呆呆地站在那里,没有吭声。

"是和你!"她喊了出口。

"这简直是疯了!"

"是吧!"她的声音里夹杂着些许失望,又有一些得胜后的欣喜。她挺直了身子,几乎是向后倒了一下……

"现在,我知道自己要做什么了。"她含糊地说道,随即打开了花房的门,摔门而出。

我思绪汹涌,心潮澎湃,血气上涌冲击着太阳穴。混乱中,我只剩一个想法:去找阿贝尔,他也许可以向我解释这两姐妹说话莫名其妙的原因……但是我不敢再回客厅,因为任谁都能一眼看出我心烦意乱，所以我索性出门了。花园里冰冷的空气让我冷静过来，我在那里待了一小会儿。夜幕降临，城市被蒙上海雾，树木光秃秃的，天地间一片荒芜寂寥……歌声渐起，有可能是圣诞树下已开始童声合唱。我从前厅进了屋子。客厅和侧厅的门都打开了，只见客厅里的人已经寥寥无几，姨母正半靠在钢琴后面和朱丽叶说着话。客人们则簇拥在圣诞树一旁的侧厅。孩子们刚唱完颂歌，四下渐静，沃蒂埃牧师在圣诞树前开始布道，他会抓住一切机会"播下"所谓的"良种"。灯光和热气让我很难受，就又想退出去，正好看到阿贝尔靠在门上。他站在那里可能已经有一会儿了，充满敌意地看着我。我俩目光交会时，他耸了耸肩。我朝他走过去。

"傻瓜！"他压低嗓门，然后突然道，"啊！走吧！咱们出去。这种教条我也是听够了！"我们一来到外面，他就继续说着，而我始终一言不发，惴惴不安地看着他。

"傻瓜！她爱的人是你啊，傻瓜！你就不能早点告诉我吗？"

我大惊失色，不知道他在说些什么。

"你不知道，对吧！光靠你自己，都发现不了她对你的感情！"

他抓住我的胳膊，愤怒地摇晃着。他的每字每句都是从牙缝里挤出来，愤怒且颤抖。

"阿贝尔,我求你,"短暂的沉默后,我对他说道,声音都是颤抖着的,而他还在拽着我漫无目的地大步乱走,"别发这么大火,告诉我都发生了什么吧,我什么都不知道。"

在路灯的灯光下,他突然停住了脚步,凝视着我,然后猛地一把把我拉了过去,头靠在我的肩膀上呜咽道:"对不起!我也是个蠢蛋,我也没能比你看得更明白,我可怜的兄弟。"

哭了一会儿,他好像冷静了一些。他抬起头,开始边走边说:"发生了什么?……现在再提还有什么意义?我早上的时候和朱丽叶聊了,我也告诉过你。她太美、太有活力了。我还以为这一切都是我的缘故,但其实只是因为我们在聊你。"

"你当时没有明白过来吗?"

"没有,不太确定。但现在看来,每个细节都很明白……"

"你确定你没搞错吗?"

"搞错?亲爱的朋友,只有盲人才看不到她对你的爱。"

"那阿丽莎……"

"阿丽莎打算自我牺牲。她无意中发现了她妹妹的秘密,就想给她让位。看啊,老朋友!这也不难理解,但是……我本来还想和朱丽叶再聊一聊,但我还没说几句,或者更准确地说,当她一明白我的意思,她就从我俩坐的沙发上站起来,嘴里念念有词,重复了好几遍'我早就知道',但她的语气分明就像是个什么都不知道的人……"

"啊!别开玩笑了!"

"为什么?我觉得这件事情很滑稽……朱丽叶冲到她姐姐的房间里,然后就听到房间里传出喧闹和争吵声。我感到很不安。那时,我想着再见一下朱丽叶,但过了一会儿,阿丽莎倒从房间里出来了。她戴着帽子,看到我的时候有点尴尬,和我草草打了个招呼就走了……就这些。"

"你后来没再见到朱丽叶吗?"

他迟疑了一下:"见到了。阿丽莎走后,我推开了她的房门。朱丽叶在里面,一动不动地站在壁炉前,双肘撑在大理石台面上,双手托着下巴,双眼盯着台面反光中的自己。她听见我进来,都没有转过身,跺着脚嚷嚷:'啊!让我一个人待着!'语气极其冷漠,我只能仓皇离开了。就是这样了。"

"那现在呢?"

"啊!我跟你说完就好受多了……现在?现在的话,你得想办法让朱丽叶从情伤中恢复过来,否则阿丽莎是不会回到你身边的,除非我不了解阿丽莎。"

我们走了很久,各自沉默着。

"回去吧！"最后他开了口，"客人们现在应该都走了，我父亲怕是在等我了。"

我们回到家。客厅里果然已经空了。圣诞树上的饰品和礼物全被摘走了，彩灯也几乎全熄了。在侧厅里，只剩姨母和她的两个孩子、布克兰舅舅、阿斯比尔通小姐、沃蒂埃牧师、我的表姐妹和一个莫名其妙的人。我曾看见他和姨母有过长谈，但直到那时我才认出来这就是朱丽叶和我说过的那位求婚者。他比我们所有人都更高、更壮、肤色更黑，头发还有点秃了，是属于另一个层次、另一个圈子、另一个种族的人，连他自己都觉得和我们有些格格不入。他焦虑地揪着、拧着他一大簇胡子下的一小撮灰白的胡须。前厅的灯关了，但门还开着。我俩蹑手蹑脚地摸了进来，没人注意到我们。一个可怕的预感将我裹挟。

"别动！"阿贝尔一边叫住我，一边抓着我的胳膊。

只见那陌生人走到朱丽叶面前，牵起她的手。朱丽叶只是任他摆布，没有任何反抗，但目光也没有看向他。我的心忽地坠入了漆黑的长夜里。

"阿贝尔，发生什么事了？"我嗫嚅着，好像没看明白，也不愿明白眼前所发生的一切。

"当然了！年轻女孩都是待价而沽的，"他低声说道，"她不甘心永远屈居她姐姐之后。天使们肯定在天上为她鼓掌！"

舅舅过去亲吻了朱丽叶，阿斯比尔通小姐和姨母站在她身边，沃蒂埃牧师也走了过去……我往前走了一步，被阿丽莎看到了，她朝我跑过来，声音颤抖着。

"杰罗姆，这样可不成啊。朱丽叶不爱他，她早上还亲口告诉我的。得想办法阻止她，杰罗姆！哦！她会变成什么样啊？……"

她靠在我的肩上，绝望地哀求着。只要能让她少一些忧惧不安，我就算是拼上性命又如何。

突然，圣诞树那边传来一声惨叫，随即就是一片混乱……我们赶紧过去，只见朱丽叶早已不省人事，晕倒在姨母的怀里。大家把她团团围住，俯下身子去看她。我看不清她的模样，只能看到她披散着头发，扯着惨白的脸向后倒去。她的身子不住地痉挛，预示着这完全不是一次普通的昏迷。

"没事！没事！"姨母高声安慰着惊慌失措的舅舅，沃蒂埃牧师也在安抚他。姨母食指指天说道："没事！没什么大碍。这是因为情绪激动，神经受到了刺激。泰西埃尔先生，你那么强壮，请帮我一把。我们把她安顿到我的房间里，躺到我的床上……我的床上……"然后她弯下腰，和大儿子耳语了一句，就见他立刻出门，可能是叫医生去了。

姨母和求婚者撑着朱丽叶的肩膀，让她半倒在他们的胳膊上，阿丽莎抬起她的脚，轻柔地抱着，阿贝尔托住她往后下垂的脑袋，只见他蜷着身子，拢起朱丽叶披散的秀发，不住地亲吻。

我站在房间门口。大家让朱丽叶平躺到床上。阿丽莎对泰西埃尔先生和阿贝尔说了几句话，我一点都没听见。她一直把他们送到门口，请求我们让她妹妹好好休息，自己和普朗提埃姨母会留在妹妹身边照顾她。

阿贝尔拽着我的胳膊走到外面，在夜色中，我们漫无目的地走了很久，失魂落魄，脑袋里一片空白。

❖ 第五章

❖

我的生命，除了爱情，再无其他意义，所以我只需牢牢地抓住它。我没有其他任何愿望，除了爱人的消息，再无其他期待。

第二天，我正准备出发去看她，姨母叫住了我，递给我一封信，是刚收到的：

……在医生的药物治疗下，朱丽叶剧烈的躁动终于在今天清晨有所缓解。我恳求杰罗姆这几天都不要来此拜访，因为朱丽叶会听到他的脚步声和说话声，她需要尽可能安静的环境……

鉴于朱丽叶的情况，我恐怕得留在这里了。如果我在杰罗姆回去之前还没法接待他，就请你告诉他，亲爱的姑母，请告诉他，我会给他写信的……

只有我吃了闭门羹。姨母出入自由，布克兰家的其他声音也并无大碍，姨母甚至还想着今天早晨就去一趟。我会弄出声响？多么拙劣的借口……算了！

"行，我不会去的。"

不能立刻见到阿丽莎让我非常难熬，但我又担心要是急于见她，她就把妹妹的病情怪罪于我。与其见面把她惹恼了，不如不见。

至少我还能见阿贝尔。

在他家门口，一位女仆递给我一张字条。

我留下这些话，望你不要担心我。留在勒阿弗尔，离朱丽叶这么近，让我无法忍受。我昨夜上船出发去南安普顿了，几乎是刚跟你分开就启程了。我会在伦敦的S家中度过剩下的假期。我们高师见。

所有人的支持一下子都离我而去，继续停留在这里只会为我徒增痛苦，于是我决定在返校之前就回巴黎。我的目光望向了上帝，唯有他才是一切真正的慰藉和恩典，是完满天赋的源泉。我把痛苦也全部供奉给了他。阿丽莎也在他的身边寻求庇护吧，我心里想着。想到她也在祈祷,我的祷告便备受鼓舞。

漫长的时光在冥想和功课中流逝,除了阿丽莎给我来信、我给她回信以外,别无大事。我把所有的信都收着。如果将来我的记忆出了差池,也能拿着信件按图索骥……

从姨母的口中——一开始只有她帮我传信——我了解到一些关于勒阿弗尔的消息。她告诉我,刚开始的几天,朱丽叶的情况不容乐观,着实惹人担忧。在我离开后的第十二天,我终于收到了阿丽莎的字条:

> 对不起,亲爱的杰罗姆,拖了这么久才给你写信。可怜的朱丽叶病得太重,让我几乎抽不出时间做别的事情。自从你离开以后,我就在她身边寸步不离。我曾请姑母代为转告我们的一些情况,她想必也如约转告了。你应该已经知道,朱丽叶三天后就好多了。感谢上帝,但我还不敢太过乐观。

还有罗贝尔,到现在为止我还没怎么和你们提过他。他比我晚几天到巴黎,也给我带来了他姐姐们的消息。我对他照顾有加,绝非是我性格使然,而是看在他两位姐姐的面子上。他在农学院就读，每次放假，我总会照顾他，想方设法给他找点乐子。

我也是通过他才知道了一些既不敢问阿丽莎也不敢问姨母的事情：爱德华·泰西埃尔近来一直很关心朱丽叶的状况，但是在罗贝尔离开勒阿弗尔的时候，朱丽叶都没跟他再见过面。我还了解到，在我离开以后，朱丽叶在她姐姐面前倔强地保持着沉默，无论做什么都没用。

后来，我还是通过姨母得知，阿丽莎如我所料极力阻止朱丽叶的婚约，但朱丽叶却要求正式的订婚仪式来得越快越好。朱丽叶的决心阻碍了她的思想，蒙蔽了她的双眼，让她在沉默中筑起一堵高墙，一切建议、命令和哀求在她面前都成了徒劳……

时光就这么匆匆飞逝。我只从阿丽莎那里收到一些令人失望的字条，让我都不知该如何下笔回信。冬日的浓雾将我包围，无论学习的台灯、爱情的热忱，还是心头的信念都无法把它驱散。哎！我心中的长夜与寂冷啊！时光就这么匆匆飞逝了。

转眼到了春天的一个早晨，我收到一封阿丽莎的来信，信转交给了姨母，但姨母当时正好不在勒阿弗尔。姨母把这封信寄给了我，信中说明的事情我就抄录在这里：

……请夸奖我的顺从吧。我听从了你的建议，接待了泰西埃尔先生。与他长谈之后，我必须得承认他的表现很完美。而且实话实说，我甚至都要相信这婚事并没有我当初想象中那么糟糕。朱丽叶肯定不爱他。但这一周一周下来，我渐渐觉得他并非一无是处。他很识时务，也没有看错妹妹的性格。他深信自己的爱势在必得，自诩精诚所至，金石为开。不过也说明他爱得很深。

其实，杰罗姆这么照顾我弟弟，我万分感动。我想他之所以会这么做，是出于责任心，因为罗贝尔的性格和他的性格全然不合。当然，也有可能是为了讨我欢心。但他可能也已经发现，承担的责任越艰巨，就越是能教诲灵魂、提升心灵。这样的想法真是崇高！不用担心你的大侄女，正是这些想法支持我、帮助我，让我尽可能把朱丽叶的婚姻看成一件幸福的事情。

姑母，你对我深情的关爱是如此温柔！……不用觉得我不幸。我想说：恰恰相反，此次难关让朱丽叶元气大伤，同时也让我明白了一些事情。我顿悟了《圣经》中曾经翻来覆去读不懂的一句话："认为人可靠，是不幸的。"我最早也不是在《圣经》里读到这句话，而是在杰罗姆寄给我的一张圣诞贺卡上，当时他还不满十二岁，我

也才十四岁。图片上的那束花,当时我们觉得很美,花的旁边有一段高乃依①的诗歌:

是何种战胜世俗的魅力,
让我如今向着上帝飞升?
那些以人为可靠的希冀,
最终落得灾祸饮恨吞声。②

实话实说,相比之下,我更喜欢耶利米③那段短小精悍的经文。或许杰罗姆在选这张贺卡的时候没怎么注意到它,但从他最近的来信看来,他如今的秉性和我很相像,我感谢上帝,让我们俩靠近他左右。

每每想起我们那次谈话,我就再也没给他写过那么长的信了,因为不想打扰他学习。你怕是会觉得我大谈特谈他就是为了自我补偿吧。我恐怕不能继续这样了,信到此为止吧!就这一次,请别太过责怪我。

---

① 法国古典主义悲剧的代表作家。
② 原诗为拉辛所写。
③ 《圣经》中犹大国灭国前,最黑暗时的一位先知。

这封信真让我思绪万千！我埋怨姨母多管闲事（那次谈话都让她想到了些什么？让她寡言少语了），她居然还不解人情地把信转给了我！阿丽莎的沉默已经让我难以忍受，难道她不觉得阿丽莎对我三缄其口，却还在跟别人通信的事情是万万不该让我知道的吗？最可气的是：我和她的小秘密，她轻易地就告诉了姨母，那么自然、平和、认真、主动……

"唉，别啊，我可怜的朋友！信里的内容没什么好生气的，只不过，不是寄给你的。"阿贝尔成了我生活中唯一能说得上话的伙伴。寂寞中，我总是向他倾诉我的脆弱和自我怀疑，向他抱怨以求同情。在不知所措的时候，我也总是相信他的建议能帮我解围。我俩性情固然大不相同，又或许正是存在区别，所以……

"我们来研究研究这封信。"他边说边在桌子上把信摊开。

整整四天三夜，我都在生着闷气！有朋友愿意和我聊聊，我真是求之不得。

"朱丽叶和泰西埃尔那部分，我们就不去理会，把它丢进爱情之火，可以吧？我们都知道这火的厉害。在我看来，泰西埃尔就像是扑火的飞蛾……"

"让它去吧，"我被他开的玩笑弄得不太愉快，对他说道，"看看别的。"

"别的？"他说，"别的部分都在说你。你就抱怨吧！每一句话、每一个字，无一不在表达对你的深情。总之，这封信其实全然是写给你的。费里希姨母把它转寄给你，只是物归原主。阿丽莎是因为别无选择才把信寄到你姨母这里，所以你要反思你的问题！如果真是写给你姨母看，高乃依的诗她写着干什么！——顺便提一句，这首是拉辛的。我的意思是，她完全是写给你的。因为你，她才写下这些！就因为你傻，所以你表姐在这两周里都没法像以前那样详细地、自在地、愉快地给你写信……"

"她怎么可能这么做？"

"这都是拜你所赐！你还想听我的建议吗？那从现在开始就别吭声……越久越好，别提你们的爱情，还有你们结婚的事情。你难道没看出来，从她妹妹出事以后，她还懊恼着吗？你从兄弟感情入手，跟她聊聊罗贝尔，要坚持不懈——毕竟你已经花了很多精力照顾这个呆瓜了。你接着逗他开心就行了！剩下的事情会水到渠成。唉！要是换作我给她写信……"

"你哪有资格爱她？"

从那以后，我就照着阿贝尔的建议做了。不久，阿丽莎回信的内容果然活泼起来，但我不敢期待她是由衷感到快乐，也不敢期待她毫无保留地与我互诉衷肠，即便不用等到朱丽叶的终生幸福有着落，也得等到一切尘埃落定，事情才能有转机。

不过，按照阿丽莎的说法，朱丽叶的情况渐渐好转了。她妹妹的婚礼预计在七月举办。阿丽莎写信说，婚礼当天阿贝尔和我应当都由于学业脱不开身……我明白她的意思，就是让我们用考试做借口，最好别出现在婚礼现场，送上祝福就够了。

婚礼举办大约两周后，阿丽莎在信中写道：

我亲爱的杰罗姆：

昨天，在翻阅你给我的那本漂亮的《拉辛集》时，我竟偶然发现了四句诗，和你当年给我的那张圣诞小贺卡上的诗一模一样。这张贺卡我把它夹在《圣经》里已经快有十年了。你能想象我读到的时候有多惊讶吗？

是何种战胜世俗的魅力，
让我如今向着上帝飞升？
那些以人为可靠的希冀，
最终落得灾祸饮恨吞声。

我原以为这是高乃依某篇作品的节选。实话实说，

087

我当时觉得它写得不算太好。但当我继续读这首《灵歌之四》时，正巧读到几个极为优美的段落，让我情不自禁为你摘录下来，即便我猜你可能已经读过了，因为你在书边的空白处潦草写下了首字母（我的确有这么个习惯，不管是我的书还是阿丽莎的书上，只要我看到了喜欢的段落，就会用她名字的首字母留下记号让她知道）。

无所谓了！我把它们记下来也是为了自娱自乐。一开始我还很生气，自以为发现了好东西，最后竟然还是你推荐的。但后来，一想到你我趣味相投，喜悦就取代了这种糟糕的感觉。我把它们抄下来，就好像是跟你一起重读了一遍：

以永恒不灭的贤明才智，

嗓音振聋发聩指引我们：

凡人们的子嗣啊，

只凭自身又能结什么果？

虚妄的灵魂有何种谬误，

从血管中纯净的鲜血里，

你们无法换取果腹圣饼，

只能换取一片空虚阴影，

辘辘的饥肠反更胜往昔？

而我向你们提供的圣餐，

是天使才能享用的膳食，

它由上帝亲自制作而成，

甄选的是优质的小麦粉。

圣饼圣餐如此美味香甜，

尘世间的餐桌未曾得见。

跟随我的人们我便给予：

过来吧，所有想成活的人，

来拿着，吃下维生的食物。

……

被禁锢的灵魂多么幸运，

在你的枷锁下得到安宁；

渴饮着流动的永生之水，

永远不会枯竭不会穷尽。

任谁都能在涌泉中啜饮，

它不拒绝任何人的光临。

但我们却狂乱地奔走着，

搜寻着污浊不堪的泥潭，

或者是乱人耳目的池沼，

那里的水时刻都在逃逸。

多美啊！杰罗姆！多美啊！你是不是和我一样觉得这首诗很美？我这版书中的一小段注释提到，德·曼特农夫人听到德·奥马勒小姐唱起这首圣歌，心生赞叹，"流下了几滴泪来"，还请她又演唱了其中几段。现在，我已经把这首诗记在心里，一遍遍不厌其烦地背着。唯一的忧伤就是不能在这里听到你为我读出这首诗。

我们那两位旅行中的新人还在不断传来好消息。你应该已经知道了，朱丽叶在巴约讷①和比亚里茨②玩得很开心，虽然那些地方都热得厉害。之后，他们还去了丰特拉维亚③，又在布尔戈斯落脚，穿越了两次比利牛斯山脉……现在，她又在蒙塞拉特山给我写了一封热情洋溢的信。他们考虑在巴塞罗那停留个十天再回尼姆。爱德华九月前得

---

① 法国西南部城市，位于阿杜尔河与尼夫河的交汇处。
② 法国西南部比斯开湾沿岸城市。
③ 西班牙小城，在法国边境附近。

回到那儿，开始为葡萄收获季做准备。

这周，父亲和我待在封格兹马尔，阿斯比尔通小姐明天会过来，四天以后罗贝尔也会回来。你知道吗？这可怜的孩子考试没能通过，倒不是因为考得太难，是因为考官给他出的题太天马行空，让他慌了神。你信里说过，罗贝尔学习很刻苦，不敢相信他是没有准备到位。看来，这位考官就是喜欢为难学生。

至于你优异的成绩，我亲爱的朋友，我也不必再多祝贺你，因为这对你来说是理所当然的。杰罗姆，我相信你！我一想到你，心里就充满希望。你之前和我提过的工作，现在就会着手去做吗？

……这里，花园一切照旧。房子里空空荡荡的！你能明白的，对吗？我请你今年不要回来的理由。因为我觉得这样更好。我每天都在想，因为这么长时间见不到你，让我很难熬……有时候，我会不由自主地找你，会在看书的时候停下来，猛然抬起头……以为你就在那里！

我继续写信。夜深了，所有人都睡了。我朝着打开的窗户写了很久，花园里充满花香，空气很湿润。你还记得我们小时候，一见到一听到美的事物，就会想着：感谢上帝，是您创造了它……这个夜晚就让我全心全意地这么想，想着：感谢上帝，是您创造了如此美丽的夜晚！突然间，我希望你就在这里，也感到你在这里，就在我身边。这种情绪之强烈，你可能都有所察觉。

对，你在你的信里说过：对于生而不凡的灵魂，赞美崇敬亦是心怀感激……我想对你说的话怎么写得完！我想到了朱丽叶和我说起的那个阳光明媚的国度，还想到了其他地方，那里更辽阔、更明媚、人烟更稀少。一种不可名状的自信在我心中住下，虽然不知道该如何到达，但我相信总有一天，我们能一同见到那个不知有多广阔的神秘地方……

你们可能已经想到，在我读到这封信时，已是心花怒放，为爱喜极而泣。后续的信也陆续寄到。当然，阿丽莎很感激我没有去封格兹马尔，也请求我今年也千万别去见她。但她又惋惜我的缺席，希望我在她身边。同样的呼唤一页页接连不绝。我从哪里汲取力量继续忍耐呢？可能是多亏了阿贝尔的建议，可能是担心一夜之间毁掉我所有的欢愉，也可能是天生刚强的个性压抑了内心的冲动。

我把后续的信中有助于叙事的那些，都尽数抄录在这里：

亲爱的杰罗姆：

读着你的信，我仿佛融化在喜悦之中。正当我回你从奥尔维耶托①寄来的那封信时，又同时收到了你从佩鲁贾②和亚西西③寄出的两封。我的思绪也随之遨游起来，仿佛只有我的身体还停留在原处。我仿佛也真的和你同行在翁布里亚的白色大道上，与你一起在清晨出发，满眼新奇地注视着朝霞……在科尔托纳的天台上，你真的呼唤我的名字了吗？我听到你的声音了……在亚西西的山上，我们渴得不行！但方济各会修士给的那杯水我觉得真不错！哦，我的朋友！我借由你看见万事万物。我太喜欢你写的那段关于圣方济各的内容了！是啊，对不对，应该去寻找一种礼赞，而不是思想的解放。思想的解放免不了会产生自负。人不应立志抗争，而是要侍奉……

尼姆那边的消息太让人欣喜，让我觉得是神在容许我享受欢愉。今年夏天唯一的阴霾，就是我父亲的状况。虽然我悉心照料，他依旧郁郁寡欢，或者说是当我让他独处

---

① 意大利翁布里亚大区西南部城市。
② 意大利翁布里亚佩鲁贾省首府。
③ 意大利翁布里亚大区佩鲁贾省的一个城市。

时，他就会陷入忧伤中难以自拔。大自然中所有的愉悦时刻围绕在我们身边。而他却把这些愉悦当成异国的语言，甚至都不再用心聆听。阿斯比尔通小姐身体很好。我把你寄来的信读给他俩听，每封信都能让我们聊上三天，届时一封新的信就会寄来……

……罗贝尔前天和我们分别，去了朋友R的家里了，R的父亲经营着一个模范农场，罗贝尔会在他们家度过假期最后的日子。我们这里的生活对他来说肯定算不上快乐，所以当他跟我说要离开的时候，我也只能支持他的计划……

……我想对你说的太多了，我渴望能和你无穷无尽地畅谈！但有时我会词穷、会找不到新点子。比如今天晚上，我写信的时候就恍然如梦，我怀着一腔迫切的心情，想要给予和汲取的东西无穷无尽。

我们之间曾经有很长一段时间没有说话，是怎么做到的？可能我们是在冬眠。哦！愿它永远过去，这可怕而又沉默的冬季！自从我又一次遇见你，生活、想法和我们的心灵，一切又再次显得如此美好、可爱、富饶而永不枯竭。

9月20日

我收到你从比萨寄出的信了。我们这里也是阳光明媚,诺曼底从未如此美丽。前天,我独自漫步,在田野上随意地走了一大圈。我回去的时候不仅不疲惫,反倒很兴奋,沉醉在阳光和喜悦中。那些草垛,在烈日之下是多么美!我不必想象自己在意大利,就能见到如此美景。

是的,我的朋友,正如你所说,我在这"混乱的赞歌"中,聆听到、领悟到的,正是鼓舞人心的快乐。我在每一次鸟儿的啁啾中聆听着它,在每一朵花的芬芳中呼吸着它。我终于明白崇拜才是祈祷的唯一形式——复述圣方济各的话来说:"我的上帝!我的上帝!'别无他物'[①],心中充满无法言说的爱。"

尽管如此,也不必担心我会成为无知兄弟会的修女。得益于这几天连绵的阴雨,我最近读了许多书,把崇拜倾注到书中……刚读完马勒伯朗士[②]就立刻拿起莱布尼茨[③]的《寄克拉克书信集》。休息的时候,我又读了雪莱的《倩

[①] 原文为意大利语。
[②] 法兰西学院院士,法国天主教奥拉多利修会的神父。
[③] 莱布尼茨:德意志哲学家、数学家。

契》，不太喜欢；还有《含羞草》……说了你可能会生气：我愿用雪莱和拜伦所有的作品，换我们去年夏天一起读过的那四首济慈的颂歌；我也同样愿意用雨果的所有作品，换波德莱尔的那几首十四行诗。"大诗人"这个词，并不能说明什么，重要的是，要做一个纯正的诗人……哦，我的兄弟！谢谢你教我了解诗歌、理解诗歌并爱上这一切。

……不，不必缩短你旅行的行程，以求几日相见的欢愉。我们现在真的还是不见为好。相信我：要是你在我身边，我就不会像现在一样如此想念你。我不想让你难过，但现在的我终究还是不希望你出现。你要我对你实话实说吗？要是我知道你今天晚上会来，我会躲着你的。

哦！我求求你，别让我向你解释这种……情感。我只知道我不停地在思念你（这应该足以让你幸福了），这样我就很幸福。

……

在收到最后这封信不久，我从意大利回来，随即被派往南锡服兵役了。那儿的人我一个都不认识，但我也挺享受独处的，因为有一件事,无论是对于我这个高傲的情人,还是对于阿丽莎,都更加明了:她的信成了我唯一的庇护所;她的思念,正如龙沙所说,成了"我唯一的完满"。

说真的,我愉快地遵守着部队中严格的纪律,顽强地承受一切,在给阿丽莎的信中,除了诉说分离的煎熬,别的我没有抱怨半句。我们甚至觉得这长久的分别是对我们勇气的考验。"你啊你,毫无怨言,"阿丽莎写道,"你啊你,我无法想象会退缩……"看到这些话的我,还有什么是无法忍受的呢?

距我们上次见面已经过去一年的时间。但她似乎没有把这段时间考虑在内,只是从现在开始期待。我责备她,她却回复道:

> 在意大利的时候,我不是和你在一起吗?薄情啊!我一天都没和你分开。但是你知道的,现在这段时间我没有办法跟随你。所以我就把这段时间称作"分别"。我真的努力想象过你穿着军装的样子……但我做不到,最多能想象出你每天夜里,在冈贝塔路的小房间里阅读、写作……甚至能想到,我一年后在封格兹马尔或者勒阿弗尔与你重逢的样子,不是吗?
>
> 一年!我并不考虑那些已经过去的时间。我寄希望于

未来的那个日子,缓缓地、缓缓地来临。你还记得花园深处那面矮墙吗?墙根下的菊花在它的庇护下生长。我们壮着胆子沿着墙头走。朱丽叶和你在上面走得很大胆,义无反顾直奔天堂——轮到我了,刚迈出一步我就头晕目眩,你在下面大喊:"你别看脚下!看前面!一直往前!盯着目标!"后来,你终于爬上墙的另一头等我——这比你说的话有用多了,然后我就不再颤抖,也不觉得晕了。我一直看着你,最后奔向你敞开的怀抱里……

杰罗姆,如果我不信任你,我会变成什么样?我想让你感受到自己的强大,还想要依赖着你。一定别气馁。

好像是在给我们增加难度,有意延长等待的时间;又好像是担心重逢不够完美,我们竟然商量决定,我新年前的那几天假期去巴黎陪阿斯比尔通小姐一起过……

我和你们说过,我没把所有的信抄录在这里。这是我在二月中旬收到的一封:

我太激动了,前天经过巴黎路的时候,看到M店的门面里……赫然摆着阿贝尔的作品。你虽然和我说过,但我还是难以相信他真的出书了。我忍不住走进了店里，在我看来，书名实在是荒唐，我都犹豫要不要和店员讲。有一刻，我甚至想随便抓起一本书就从店里出来。还好，柜台旁边就放着一小堆《放荡》等待惠顾——我捡起一本，丢下一百苏就走了，完全没有说话的想法。

我很感激阿贝尔没把书寄给我！因为我每次翻看它都觉得很羞耻。主要不是因为书本身——书我看了，里面的蠢话比下流话多多了——而是因为想到写这部书的人，是阿贝尔，阿贝尔·沃蒂埃，你的朋友。我一页页地在书中寻找《时代》评论家发现的所谓"了不起的才华"，但只是徒劳。在我们勒阿弗尔这个小地方，大家经常说起阿贝尔，我才知道这本书非常成功。还听说有人把这种无可救药的浅薄才能称作"轻盈"和"优雅"。我天生谨慎内敛，也只跟你谈谈我阅读后的想法。可怜的沃蒂埃牧师，我见他一开始觉得实在痛心，但结果也开始自我怀疑，觉得是不是应该为儿子自豪，他身边的所有人也都鼓动他相信自己儿子的成功。昨天，在普朗提埃姨母家里，V夫人突然说："牧师先生，您应该为您儿子的成功感到很幸福！"他有点疑惑，回答道："我的上帝，我还不知道呢……""您会知道的!您会知道的!"姨母又说。她肯定不带恶意,但语气中充满鼓励,把所有人,甚至包括牧师本人,都逗笑了。

《新阿伯拉尔》演出的时候又会如何呢?我听说阿贝尔在为某条大道的某座剧场准备这场演出,报纸似乎也都纷纷刊登了这则消息!……可怜的阿贝尔!这真的就是他渴望的成功吗?他就这样心满意足了吗?

我昨天在《内在的安慰》中读到这几句话:"真心寻求真正、永恒之荣光者,不以现世之荣光为重;胸中不以现世之荣光为轻者,不喜天赐荣光之心必彰。"①于是我心想:感谢上帝选中杰罗姆,赋予他上天的荣光,让现世的荣光黯然失色。

时间周复一周,月复一月,在单调的差事中流逝。我的心头只牵挂着一些回忆与希望,反倒没有注意岁月过得如此缓慢,时日过得如此悠长。

舅舅和阿丽莎原本在六月得去尼姆那里看望朱丽叶,因为她预

---

① 原文为古法语。

计在那时临产。不过,那里传来的消息不太妙,所以他们急忙踏上行程。阿丽莎在信中写道:

你寄去勒阿弗尔的上一封信,在我们刚出发的时候送到了。这封信怎么会花了一周才来到我这里?整整一周,我的心都是不完整的,甚至麻木、不安。哦!我的兄弟!只有和你在一起,我才能做回真正的我,甚至超越真正的我……

朱丽叶身体恢复了,我们只需一天天地等着她临产,不用太过担心了。她知道我今天早上给你写了信。在我们到达艾格维沃①的第二天,她问我:"杰罗姆,他怎么样了……他一直给你写信吗?"我当然没办法对她撒谎。"那你下次给他写信时,就跟他说……"她迟疑片刻,然后非常温柔地微笑着说,"……就说我没事了。"她的信向来活泼,恐怕也是对我强颜欢笑、自欺欺人……她如今用来创造幸福的东西,与她当年所梦想的、幸福本想要仰赖的东西,依旧相去甚远……啊!所谓的幸福,就是与心灵不相斥的东西,而构成幸福的外部要素似乎无足轻重!我在灌木丛那边独自散步时,想了很多,就不和你赘述

---

① 法国阿列日省的一个市镇。

了，但让我惊讶的是：我没有感到更快乐。朱丽叶很幸福，我应该满心欢喜才对……为何我无缘无故，心里却难以抑制地感到忧伤呢？我感受到，至少看到了这片土地的美，但这无法解释的悲伤却愈加明显……你在意大利时给我写信，我也经由你看到了一切。但现在，你不在我身边，我却好像在向你隐瞒我的所见。最后，我在封格兹马尔和勒阿弗尔的时候养成了忍受雨天的能耐，在这里，这能耐没有半点用处。它派不上用场，我反倒担忧起来。这里的人和这片土地的欢笑让我不快，或许我所说的"忧伤"就是不像他们一样吵闹……可能在以前我的欢乐中透着自豪，因为我在如此古怪的喜悦中，感受到了某些类似耻辱的东西。

在这里，我几乎无法祷告。我有一种幼稚的感觉：上帝不在原处了。再见，我的信就要停笔了。为我亵渎神明感到耻辱，为我的软弱、我的忧伤感到耻辱，为承认这一切感到耻辱，为写下这一切感到耻辱。如果今晚邮递员没有把这封信寄走，我明天就会把它撕碎……

阿丽莎在这封信的后面只提到她外甥女的出生，她应该会做外甥女的教母，朱丽叶很高兴，舅舅也很高兴……至于她自己的心情，却绝口不提。

之后的信就又是从封格兹马尔寄来的了。七月，朱丽叶去那里拜访她……

爱德华和朱丽叶今天早上和我们分别了。我最舍不得的还是我的小外甥女。半年以后再见到她，她举手投足间的样子我就要认不出来了。而现在她所有的一举一动，都是在我注视下发生变化的。成长总是如此神秘、如此惊人！我们因为不太留意，才没有过分频繁地对此感到惊奇。我花了多少时间，满怀期待地俯在那小小的摇篮前。是什么样的自私、自满、自甘平庸，才让成长这么快就停止了，让生灵万物在离神如此遥远时便故步自封？哦！要是我们能够，而且愿意更接近上帝……这样你争我赶，该有多好！

朱丽叶看起来很幸福。我见她放弃了钢琴和阅读，刚开始是很惋惜的。但是爱德华·泰西埃尔不喜欢音乐，对书也没什么兴趣，可能朱丽叶也审慎地做出了改变，不去寻找那些丈夫不能一起欣赏的乐趣。相反，她对丈夫的工作产生了兴趣，她丈夫也会和她分享生意中的种种事情。

他的生意今年做大了不少。他开玩笑说，因为他这门婚事才让他在勒阿弗尔添了很多客户。上次，罗贝尔跟他一起出差。爱德华对他关注有加，坚持说自己了解他的性格，还指望他对这工作能产生实实在在的兴趣。

父亲的身体好多了，他看到女儿很幸福，自己好像也年轻起来。他又开始关心起农场和花园的事情了。之前我们和阿斯比尔通小姐一起读了一本书，但被泰西埃尔一家的来访打断了，刚才他还叫我继续念给他听，内容是德·于博讷公爵的游记。我对这本书也很感兴趣。现在，我自己也有更多阅读时间，但我期待你可以指点我一下。今天早晨，我一本接一本看了好几本书，但没有一本是我感兴趣的……

从那时候起，阿丽莎的信变得越加不安和急迫，夏末的时候她写信给我：

我怕你担心，所以不能由着性子告诉你我有多么盼望你的到来。与你重逢前的每一天都压在我心头，让我透不过气来。还有整整两个月！这似乎比与你分离后加起来的时间还要长！我试着努力排遣等待的痛苦，但所做的一切只能解一时之苦，实在不值一提。我逼着自己做些事情，但终究还是什么都做不了。书本不再有寓意，也失去了魅力；散步也吸引不了我；大自然失去了魔力；花园失去了色彩，也不再芬芳。我甚至羡慕你做的勤务，这些强制的操练不给你留选择的余地，让你自顾不暇、身体疲累，匆匆了结你的白天。而夜里，你浑身疲惫，倒头就睡。你那些关于演练的动人描述萦绕在我心头。这些天，我夜里睡得很浅，好几次在梦中惊醒，都是因为听到了起床号，我听得真真切切。我全然能想象你所说的那种微醺，那种晨间的轻快，那种半梦半醒的眩晕……在清冷的晨雾中，马尔泽维尔高原该有多美！

我最近身体微恙，哦！但也没有大碍。我想是因为等你的心情太迫切，仅此而已。

六周以后，我收到这样一封信：

这是我的最后一封信，朋友。你回来的日期还没确定，但也不会拖迟太多。我没什么东西可以写给你了。我本想在封格兹马尔与你重逢，但天气变得很糟糕，很冷，爸爸一直说着要回城里。现在，朱丽叶和罗贝尔都不和我们在一块儿了，你来我们这里可以住得很宽敞，不过最好还是住到费里希姑母家，她肯定也会很乐意招待你的。

随着我们的重逢一天天地临近，我的等待之心也越发焦虑，到了近乎恐惧的地步。似乎越是期待你的到来，我就越是忧惧。我强迫自己不去想。却又想象着你按响的门铃声，走上楼梯时的脚步声，心就停止了跳动，或者一阵心悸……你尤其不要指望我能对你说些什么……我感到我的过去已经完结，此后，我什么都看不见，人生就此终结……

四天以后，也就是我退伍的前一周，我又收到一封很简短的信：

朋友，我完全支持你的想法，不要在勒阿弗尔太过久留，也别把我们初次重逢的时间延长太多。我们可聊的东西，都已经在信中写到，还剩下些什么呢？所以，如果二十八号以后你在巴黎还有登记手续要办，不用犹豫，也不用遗憾，哪怕这样做只能留给我们两天的时间在一起。我们这不是还有整整一生吗？

第六章

在普朗提埃姨母家，我们第一次见了面。我突然觉得军队的服役让我变得沉重臃肿了。想她可能已经发现我变了，但初次见面时会有一些不合实情的印象又有什么关系呢？对我而言，我一开始都不敢看她，生怕不能完全认出她来……不，最让我们窘迫的是，我们被迫承担了未婚夫妇的角色，每个人都殷勤地撮合我俩独处，回避着我们。

"姑母，你完全不会打扰我们，我们没什么秘密要说。"姨母躲避的意图太过明显，阿丽莎终于嚷了起来。

"肯定有的！肯定有的，孩子们！我了解你们。分别的时间久了，要诉说的小心思可太多了……"

"我求你了，姑母，你要是走了，我们就不高兴了。"阿丽莎的语气听着像是生气了，都快听不出是她的声音了。

"姨母,我跟你保证,你要是走了,我俩就一句话都不说了!"我边笑边说道,但心里却被我俩独处的恐惧所侵占。我们三人继续谈话,假装欢笑,却索然无味。表面上一片热烈,但私下里每个人都隐藏着自己的不安。我们不得不第二天再见,舅舅邀请我去吃午饭,让我们在第一晚离别的时候没那么难舍难分,心满意足地结束了这场闹剧。

我到的时候,离饭点还有很久。但是碰巧阿丽莎在和一位女友聊天,阿丽莎没法撵走她,她也不识趣地赖着不走。当她终于和我们分别了,我还假装惊讶阿丽莎竟然没有请她留下吃午饭。我们都很焦躁不安,一整夜的失眠让我们非常疲惫。舅舅来了,我觉得他老了,阿丽莎应该也看出了我的想法。他的耳朵变得不灵了,听不清我的声音,要想让他听懂,我就得大声嚷嚷,结果就连说出口的话也变蠢了。

午饭后,普朗提埃姨母如约开车来接我们。她把我们带到奥尔彻①,打算把我和阿丽莎在那儿放下来,散散步,享受这段旅程中最惬意的部分再回去找她。

就当时的季节而言,天气依旧很热。我们漫步的这一段海岸

---

① 勒阿弗尔郊区城镇。

线被阳光直射着,也没有迷人的风景。树木光秃秃的,连树荫也没有。我们生怕姨母久等,被迫加快了脚步赶去和她的车会合。我头疼得厉害,根本想不出任何话题。为了强装镇定,又或者是因为想用行动代替言语,我牵起了阿丽莎的手,阿丽莎也默许了。我们的情绪,加上走路时急促的呼吸和沉默不语时的尴尬,直把血气往脸上赶。我听到我的太阳穴怦怦直跳,阿丽莎的脸也不情愿地红着。不一会儿,我俩的手心都沁出了汗,潮潮的,牵在一块儿不舒服,就松开了彼此。两人又都伤心地垂下了手。

车走的是另一条道,为了让我们有说话的时间,姨母开得非常缓慢。我们走得太急,到十字路口的时候,已经远远走到了车的前面。我们坐在斜坡上,浑身是汗,突然刮起一阵凉风,吹得我们打了一个哆嗦。所以我们又站起来去迎姨母的车……但最糟的还在后头:可怜的姨母过分操心我们。她深信我俩已经把想说的话说够了,开始大问特问我们订婚的事。阿丽莎忍不住了,泪水充盈着眼眶,借口说是因为头疼得厉害才这样。回去的路上一片沉默。

第二天,我起床时感觉腰酸背痛,有些伤风感冒,难受得很,所以下午才回到布克兰家去。但真是倒霉,阿丽莎不是独处,玛德琳·普朗提埃——费里希姨母的一个孙女——碰巧来见她。我知道阿丽莎总喜欢和玛德琳聊天。玛德琳要在她祖母家住几天,所以我一进门，她就嚷道："如果你一会儿回'山坡'的话，我们可以一起走。"

我条件反射地答应下来，所以也就失去了和阿丽莎独处的机会。不过，这个可爱的孩子在场对我们也许有利无害，因为我发现昨天那种难忍的尴尬不见了。谈话在我们三个人之间轻松地进行，内容也比我想象中有趣不少。当我和阿丽莎说再见的时候，阿丽莎却笑得很古怪，她好像还不知道我第二天要回去。但是，一想到不久后就会再见面，我道别时也就不再伤感了。

然而，当我吃过晚餐，没来由的担忧却一浪接一浪涌上心头。我回到城里，又游荡了一个小时，才终于按响布克兰家的门铃。是舅舅为我开的门，阿丽莎由于身体不适，已经上楼回房，可能很快就睡了。我和舅舅小叙一会儿就走了……

这一次实在不巧，可再怎么怨天怨地也都是徒劳，因为即使万事顺意，我们自己也会惹出些尴尬事情来，而且阿丽莎肯定也感觉到了，这才是最让我伤心的点。我刚回到巴黎，就收到了这封信：

朋友，多么让人难过的重逢啊！你好像在说，这一切都是别人的错，但你自己都无法信服。现在，我信了。我就知道事情会这样。啊！求求你，我们别再见了！

既然我们有这么多想说的话,那为什么当时会尴尬、会别扭、会麻木、会沉默?你回来的第一天,即使是沉默不语都让我觉得很幸福,因为我心想着你会打破沉默,对我诉说那些美妙的事情,不说完就不分开。

但是,我们在奥尔彻散步,从头到尾只有凄冷的沉默,尤其是当我们松开牵着的手,双双失落地垂下去时,苦恼和伤痛让我心灰意冷。我最难过的事情并不是你松开了我的手,而是发现哪怕你不松手,我自己也要松开了,毕竟我的手被你牵着也不舒服。

第二天,也就是昨天,我等了你一早上,简直快疯了。我实在担心,在家里都坐不住,就留下字条,让你去海堤那里找我。我久久凝望着汹涌的海,但身边没有你,心中痛苦不堪。我回去了,想象你会突然出现在我房间里等着我,毕竟我知道下午我没空。玛德琳前一天告诉我她会来,我本来计划早上会见你,就同意让她来了。不过,也多亏她在,我们俩才能拥有这次重逢中唯一一段美好的时光。有那么几个瞬间,我心生奇异的幻觉:这场自如的谈话会一直一直进行下去……可当你走过来,到我和她一起坐着的沙发旁,俯下身子和我道别的时候,我无法回答你，觉得一切都结束了。突然，我明白过来：你要走了。

　　我觉得一切都是那么不可思议与不堪忍受：你和玛德琳就这么走了。你知道吗？我又出门了！我还想和你说说话，和你讲讲那些我根本没机会告诉你的话，我想往普朗提埃家跑……但天色已晚，我没时间，也没胆量了……我绝望地回去给你写信……写道：我不想再给你写信了……一封道别信……我们的通信就是个巨大的幻境，写的信无非是自言自语……杰罗姆！杰罗姆！唉！我们就一直分开吧！

　　但我撕碎了那封信，真的。然后现在又重写了一封，但几乎一模一样。哦！我对你的爱丝毫未减，朋友！相反，你一靠近我，我就感到局促不安、羞涩窘迫，也比任何时候都更强烈地感受到我对你的爱有多深。但你瞧瞧，我又得无可奈何地承认：分离时，我爱你更深。唉！这事我早就想到了！我们如此期盼这次重逢，最终却让我懂得了这个道理。对你也一样，我的朋友，这件事也应该说服你了。别了，我深爱的兄弟，愿上帝守护你、指引你。唯有他，就算再靠近也不会受他所害。

她仿佛觉得这封信给我的痛苦还不够多，于是第二天又补充一段附言：

> 我不想就这么把信寄走，却不得不提醒你应当好好保守我们两人之间的事情。你曾伤我千万次，把本该你知我知的事告诉朱丽叶和阿贝尔。因此，在你察觉到之前，我甚至就觉得你的爱只存乎头脑之中，这种爱是一种理性的固执，坚守着温柔和忠贞。

毫无疑问，她肯定是在担心我把这封信拿给阿贝尔看，才写下了最后这段话。她到底是怀着多大的戒心，才会敏锐地洞察到这件事？难道她最近在我的字里行间，碰巧发现了我朋友给我建议的影子？

我和他早就疏远许多了！阿丽莎的劝诫实属多余，因为我和阿贝尔早就分道扬镳，我也学会了独自承受伤痛的折磨与负担。

之后的三天我都在自怨自艾中度过，我想给阿丽莎回信，但又担心太过严肃的讨论、过分激烈的反对或是稍有不慎的措辞会撕裂我们之间的伤口，从此再也无法挽回。我在爱中挣扎，信来来回回写了无数次。最后决定寄出的那封信的副本如下，原件早已被泪水浸湿，如今读来仍叫我泪如雨下：

阿丽莎！可怜可怜我，也可怜可怜我们吧！你的信让我痛苦。你的那些担忧，我是多么想一笑而过！是啊，你写的那些我都感觉到了，但我不敢思考太多。而你却怀着臆想出来的东西，赋予了它可怕的事实，在我们中间筑起了厚厚的隔膜！

要是你对我的爱减少了——啊！这残忍的假设不仅与我的想法相去甚远，而且也被你信中内容所推翻！那既然如此，你的忧惧还有什么用呢？阿丽莎！我一旦想和你争辩，就张口结舌，只能听见内心的呻吟。我爱你太深，连人都变笨拙了，爱你越深，在你面前就越是笨嘴拙舌。

"爱只存乎头脑之中"……你要我对此如何作答？我的爱全心全意发自灵魂，叫我怎能分清是发自头脑还是生于内心？但是，既然我们的通信导致了你伤人的指责，既然它让我们期待过高，现实的崩塌又把我们伤得很深，既然现在你觉得给我写信只不过是在写信给自己，既然我已经无力承受和上一封信一样的内容，我恳求你，这段时间请中断我们所有的书信往来。

在信的后文中，我因反对阿丽莎的判决，决定提出上诉，请求她允许重新进行一次会晤。上次见面诸事不顺，从布景、配角，到天气。那些热情洋溢的信件也没能让我们为重逢做好充足的心理准备。所以到下次见面前，我们之间只有沉默。我希望下次是在春天，还在封格兹马尔，在那里，有曾经的往事会为我辩护；在那里，有乐意接待我的舅舅；那时又正好是复活节的假期，只要她乐意，我就可以一直停留。

我的决心不可动摇。信一寄走，我就潜心学习了。

但年底之前，我又见到阿丽莎了。阿斯比尔通小姐的身体在几个月里日渐衰弱，圣诞节前四天去世了。我退伍后就陪在阿斯比尔通小姐身边，基本寸步不离她左右，在她临终时，我也守候在她身边。阿丽莎送我一张明信片，表明她既挂念我的悲痛，更是把我们保持沉默的心愿记在心头，她在来回两班火车的间隙稍作停留，只来参加葬礼，而舅舅这次没能出席。

葬礼上几乎只有我和她，我们两个人跟随灵柩并排走着，没怎么说上话。但在教堂里，她坐在我身旁，我察觉到她好几次向我投来温柔的目光。

"约好了，"在离开的时候，她对我说，"复活节前我们什么都不说。"

"是的,但是复活节的时候……"

"我等你。"

在墓地的门口,我提议开车送她去火车站,但她拦了一辆车,连一句"再见"都没有留下。

❖ 第七章

"阿丽莎在花园等你。"舅舅像父亲那样亲吻了我,对我说道。四月底,我到了封格兹马尔。阿丽莎没有立刻过来迎接我,我一开始还有点失望,后一瞬间就感激起她来,因为她为我俩省去了初见时无趣的寒暄。

她在花园深处,我往圆形空地那里走。空地被灌木窄窄地围住,此时此刻正是一年中开花的季节,丁香、花楸、金雀花、锦带花装点着灌木。我不想就这么远远地望着她,又不想让她发现我走过去,于是我沿着花园另一侧走,那里有树荫,树荫下的小径非常凉爽。我慢慢地向前走。天空就像我的喜悦一样热切、明澈、精巧而纯粹。她有可能在等我从另一条小路过去。我离她很近,在她身后,她没有听到我走过来,我停了下来……仿佛时间也与我一起停留,"这一刻,"我心想,"可能这一刻才最为美妙,它比幸福先到，但幸福却不及它好……"

我想跪在她面前。我迈了一步，她听见了。她突然站起身，手中在做的刺绣也滚落到地上。她向我伸出手臂，手搭在我的肩膀上。我们就这么静静地站了一会儿，她的胳膊一直伸着，微笑着侧着脑袋，温柔地看着我，不说话。她穿着一袭白衣。在她甚是严肃的脸上，孩提时的微笑重现了……

"听我说，阿丽莎，"我突然嚷道，"我整整十二天时间都有空。只要你不乐意，我一天都不多留。我们定个暗号，告诉我：明天，请离开封格兹马尔。然后第二天，我会毫无反驳、毫无怨言地离开，你同意吗？"

我的话没有刻意准备过，因而说得更加自然。她思量片刻，然后道："每天晚上，下楼吃饭的时候，如果我的脖子上没有戴上那串你很喜欢的紫晶十字架……你明白了吗？"

"那就是我停留的最后一夜。"

"但你会就这么走了？"她继续道，"不流泪水，也不留叹息……"

"我会不辞而别。最后一晚和你分开的时候，我会和前一天晚上一样，普普通通，甚至一开始你会心想：他到底明白了没有？但第二天早晨你来找我的时候，我已不在。"

"我第二天不会找你的。"

我握住她伸出的手,贴到唇上,又说:"从现在开始,到最后一夜来临之前,别给我暗示,让我有所预感。"

"你也是,别给我暗示,让我意识到随后的分离。"

重逢时,如果太过严肃可能会让我们彼此尴尬。是时候打破僵局了。我继续道:"我只希望,在你身边的这些日子,能让我们觉得一如往常。我想说的是,不要觉得这些日子很特别,我们俩都是。不过,我们也别没话找话聊……"

她脸上浮现出笑意。我补充道:"难道我们就没有别的事情可以一起做吗?"

我们向来对园艺很感兴趣。最近新换的园丁没有经验,让花园荒废了两个月,现在给我们留下了太多可做的事情。蔷薇藤修剪得很乱:有些长势很好,却被枯枝阻扰;有些向上攀缘,却无处支撑,垮塌下来;还有些耗费过多养分,拖累其他枝丫。大部分都是我们以前嫁接的,我们认得这些苗木。修剪蔷薇花费了我们大把的时间,也让我们在前三天聊了许多无关轻重的事,即使不说话,也丝毫不觉得沉默压抑心头。

我们就是这样习惯了彼此。我相信习惯能胜过一切解释。分离的记忆已然在我们心中抹去。我曾感受到她内心的恐惧,阿丽莎也曾感受到我心灵的矛盾，如今全都得以消减。比起去年秋天那次伤心的来访，现在的阿丽莎更显青春，从未如此美丽。我还没拥吻过她。每天晚上，我总是能看到金链下挂着的紫晶十字架在她上衣前闪亮。我充满信心，心中的希望也重燃起来。我怎么说的？希望？已经十拿九稳了！我想阿丽莎也有同感，因为我几乎不再自我怀疑，更别说怀疑她了。我们的话题也越来越大胆，一天早上，晨间的气息迷人又雀跃，我们心花怒放。我对她说："阿丽莎，现在朱丽叶很幸福，不如你让我们，让我们也……"

我说得很慢，注视着她。她的脸色突然大变，苍白得夸张，让我没法继续说下去了。

"朋友！"她没有将目光转向我，开口道，"只要在你身边，我就很幸福，幸福得让我难以置信……但相信我，我们不是为幸福而生的。"

"人的心灵中，还有什么是比幸福更高的追求？"我激动地大喊。

她嗫嚅道："圣洁……"她声音太低，与其说我是听到的不如说是猜到的。

我全部的幸福都张开双翅离我而去，消逝在天际。

"没有你，我不能达到。"我把额头埋在她的膝盖上，哭得像个孩子,流泪不是因为伤感,而是为了爱,继续道,"不能没有你,不能没有你!"

那天一如平日,但晚上,阿丽莎现身时没有戴那个小小的紫晶首饰。我信守承诺,第二天清晨离去了。

第三天,我收到一封奇怪的信,信的前面用莎士比亚的诗句题了词:

> 弦又起,曲声渐低落,
>
> 入吾耳,似甜美和风,
>
> 吐息中,恰河畔紫兰,
>
> 窃清芳,弦声语复多,
>
> 忆往昔,清甜不如昨。[①]

是啊!但我情不自禁找了你一早晨,兄弟。我无法相信你已离去,还责怪你居然真的说到做到。我心想:这只是在玩闹。我觉得你会从哪一棵灌木后头出现,但是没有!你真的走了。谢谢。

[①] 原文为莎士比亚《第十二夜》中选段。

在一天中剩下的时间里，有几个想法一直萦绕在我的心头，我想把它们告诉你。而且我有一种奇怪而明确的担忧：如果不把这些想法告诉你，之后我会对你有愧，理应被你责备……

你刚到封格兹马尔的那几个小时，我只要在你身边，就会全身心地感到一种奇妙的满足。我大为震惊，尔后又很快开始恐惧，"我是如此满足，"你对我说，"不再期待有任何事物能出其右！"哎呀！让我担忧的就是这个……

朋友，我担心没说清楚自己的意思。我担心你会从我的话中悟出精妙的道理（哦！那道理该会有多笨拙），但这一切只是我发自内心、最为激烈的情绪表达。

"无法让人满足的，必不是幸福。"你说过的，你还记得吗？我当时不知该如何作答。不，杰罗姆，它无法让我们满足。杰罗姆，它不该让我们满足。这充满愉悦的满足，我无法把它当成真正的幸福。这种满足掩盖了什么样的伤悲，经过去年秋天，我们难道还没有明白吗？

真正的幸福！啊！上帝是不会让我们得到的！我们是为了另一种幸福而生……

正如之前的通信毁了我们秋天的重逢一样，想起你昨天就在我身边，今天的这封信也魅力尽失。我以前给你写信时总会欣喜若狂，现在变成了什么？我们用信件、用相见，耗尽了彼此的爱所追求的纯粹快乐。现在，虽不情愿，我还是得像《第十二夜》中的奥西诺一样写下："忆往昔，清甜不如昨。"

再见，朋友。自今日起爱上帝①。啊！你知道我有多爱你吗？……我今生都是你的。

阿丽莎

美德的陷阱，总是让我难以应对。英雄主义令我炫目，让我痴迷，因为我无法把它和爱区别开来……阿丽莎的信让我沉醉于最鲁莽的热情中。上帝知道，我只为了她才竭尽全力提升自己的美德。每条小径，只要能沿着往上攀登，就会引领我与她相聚。啊！地面不会变窄得太快，还能站下我们两个人！哎呀！我不再猜忌她会耍精巧的心机，也无法想象她在巅峰之处又该如何从我身边逃脱。

我回了她一封长信，如今只能清晰地回想起其中一段，我说：

---

① 原文为拉丁语。

我时常觉得,爱情是我保留在心中最美好的东西,其他的美德都挂靠于它。它提升了我,让我高于原本的我。要是没有你,我将重落入天性平凡的平庸境地。正是怀着与你重逢的希望,让我觉得最险峻的道路才最合适。

不知我在信里写了什么,促使她回复了这段话:

但是,我的朋友,圣洁并非是一种选择,而是一种义务(信中,她还在这个词下面加了三条下划线)。如果你是我认定的那个人,你也无法逃避这种义务。

就是这么多。我明白,或者说是预感到我们的通信会到此为止,无论最取巧的提议还是最坚韧的意志,都无力回天。

但我还是给她深情地回了长信。第三封信后,我收到了这张字条:

我的朋友:

千万不要认为我不给你写信是因为下了什么决心。我只是没有兴趣写了。然而收到你的信,还是让我很高兴。

但我也越来越自责,不该在你的想法中占据如此重大的位置。

夏天就快到了。我们暂时停止通信,来封格兹马尔和我一起过九月的最后两周,你同意吗?如果你同意,就请不要回信。我会把你的沉默当成默许,而且衷心希望你不要回复我。

我没有回复。也许这次沉默是她让我经受的最后一次考验。经过几个月的学习,又过了几周的假期,当我再回到封格兹马尔时,这个想法已经变成了平静的确信。

当初完全不明白的事情,我又如何能通过简单的记叙弄懂它呢?在当时的情势下,我完全陷入凄苦悲伤之中,除了原因,难道我还有什么可描绘的吗?至今,我仍无法自我原谅,是因为我并未在她不自然的外表下发现其悸动的爱意。起初,我只看到外表,没有认清我的朋友,还在责备她……不,即使是当时我也没有责怪你,阿丽莎!只是绝望地为没能认清你而哭泣。现在,我衡量了你爱情的力量,它沉默的诡计和残酷的技艺,我是不是应该爱你更多,多过你对我最凶残的折磨?

轻蔑?冷漠?不。无法自已,我也无法抵制。有时我会犹豫,怀疑是我的庸人自扰才招致了悲惨的境地。这种不幸的原因依旧微妙，而阿丽莎却老练地装作不明所以。我有什么可抱怨的呢？她迎接我时笑意更胜往昔，她从未如此热切、体贴。第一天，我几乎都被弄糊涂了……她换了新的发型，头发平平地往后梳，使面容更加消瘦，脸上的表情也变了样；她上衣样式很不妥，颜色暗淡、布料粗劣，毁坏了她原本优雅协调的身段……但话说回来，这些有什么关系呢？只要她愿意，无一不可被弥补。我甚至盲目地设想，从第二天起，她会自我改变，或是顺我心意而改变……她的体贴和热切反而让我倍感痛苦，因为这些在我们之间很不寻常，担心这是出于决心而非冲动，我甚至敢说，是出于礼貌而非爱情。

一天晚上，我惊讶地发现钢琴已经不在那个熟悉的位置，颇为失望。

"钢琴送去调音了，朋友。"阿丽莎以极为平静的声调回答道。

"但我跟你说过很多遍，孩子，"舅舅用责备甚至严厉的语气说，"既然到现在为止你弹着也没问题，原本可以等杰罗姆走后再把琴送走。你这么急，让我们少了一大乐趣……"

"但是，爸爸，"她红着脸转过头去，说道，"我向你保证，前一段时间，琴声变得非常空洞，就连杰罗姆也没法用它弹成曲子了。"

"但你弹的时候,"舅舅又说,"琴声听着也还不赖。"

她停顿了一会儿,将身俯向了影子里,好像在忙着估算扶手椅套的大小,然后她突然出了房间,许久才回来,端来了舅舅每天晚上都得喝的汤药。

第二天,阿丽莎无论发型还是衣着都没有变。她在舅舅身旁,坐在门前的长椅上,继续做着针线活,更准确地说就是她做了一晚上缝缝补补的活儿。她把一大堆破旧的长袜短袜从大筐中掏出来,放在身旁,铺在长椅上、桌子上。几天后,又开始缝补毛巾和床单……这些活儿似乎耗费了她所有的精力,让她的唇丢失所有表情,双眼再无任何神采。

那是第一天晚上,我见她的脸失去了诗意,几乎让我认不出来。我凝视她好一会儿,她似乎没有注意到我的目光,我快被吓坏了,嚷嚷道:"阿丽莎!"

"什么事?"她抬起头。

"我想看看你能不能听到我说话。你的心思似乎离我很远。"

"没有,我一直都在。不过缝补这些需要非常专注。"

"你缝东西的时候,想不想听我给你读点什么?"

"我恐怕不能太用心听。"

"你为什么要干这么耗精神的活儿？"

"这也得有人做啊。"

"有那么多穷苦妇人等着做这个营生。你强迫自己做这种没有意义的活儿，总不会是想省这点小钱吧？"

她立刻对我说，别的活儿她也提不起兴趣，长久以来没做其他事，所以别的事情她也都不熟练了……她说话的时候微笑着，声音从未如此温柔，我却感到如此痛心。她的表情仿佛在说："我所说的一切都是自然而然的事，为什么你要如此伤悲？"我语塞了，所有的反对都由内心涌起，却说不出口。

第三天，我们采了一些蔷薇。她请我把花放到她房间。这一年里，我还没去过她房间。我心中燃起多么大的希望啊！我还在为自己的悲伤感到自责，但她一句话就驱散了我心头的阴霾。

我每次进她的房间，心中总是不太平静。她的房间不知为何，总好像是被谱成了平和的旋律，一眼就能认出是她的风格。窗帘和床边布帘下透着蓝色阴影，桃花心木家具闪闪发亮，整齐、洁净、静谧，无处不在向我的心诉说着它的纯洁与沉思的优雅。

那天早晨，我却惊讶地发现，从意大利带回来的两大幅马萨乔①

---

① 15世纪意大利文艺复兴时期伟大的画家。

的肖像画,原本挂在床边的墙上,现在已经不见了。我正想问她这些肖像画去哪儿了,视线又落到书架上,那里一直放着她的枕边书,这个小书库是日积月累来的,一半由我所赠,一半是我们共同所读。但我突然发现原本的书全被搬走了,清一色换成了毫无意义的小作品和通俗的宗教册子,以前她对这些只会嗤之以鼻。我猛地抬眼,看见阿丽莎一脸笑靥——是的,她看着我笑了。

"请你原谅,"她立刻说,"你的表情惹我笑了。你一看到我的书架就大惊失色……"

我完全没有心情说笑:"不是,真的,阿丽莎,你现在就读这些东西吗?"

"是的。你有什么可惊讶的吗?"

"我觉得,习惯了充沛滋养的心智,品读食之无味的读物时,难免会觉得恶心。"

"我没明白你的话,"她说,"这些只是谦卑的灵魂,他们在与我对话,已经尽力在表达,我也很喜欢和他们在一起。而且,我深知这些灵魂不会落进华美辞藻的陷阱,所以在阅读时,我也不会堕入亵渎上帝的崇拜倾慕中。"

"难道你只读这些作品了?"

"差不多。近几个月来,就只读这些了。而且,我也找不出多少时间阅读了。实话实说,最近,每当我想重读你从前教我欣赏的哪本名家大作,我感到自己仿佛《圣经》中所说的那类'努力使身量多加一肘'之人。"

"是哪位'名家'带给你如此奇怪的自我评价?"

"不是谁带给我的,而是我在阅读时自己领悟的……是在读帕斯卡尔的时候。也许我正巧读到几处不太好的段落……"

我不耐烦地做了个手势。她说话的语气清亮单调,好像在背书,她的视线一直在花上移不开,手上不停地摆弄着。她在我的手势面前停顿了一下,用同样的语气继续道:"如此高谈阔论,让人震惊;如此大费周章,只为证明微小的事情。我有时会扪心自问,他那悲怆的语调是否来自怀疑而非信仰的结果。完美的信仰没有那么多的泪水,话音里也没有那么多的颤抖。"

"正是这种颤抖、这些泪水,才让他的话音如此之美。"我试图反驳,但没有勇气了。因为从这些话语中,我无法认出我曾经珍爱的阿丽莎。这次对话,我把能回忆起来的内容如实转写下来,没有在事后做任何艺术或逻辑加工。

"如果他不将现世的愉悦排除干净,"她继续说,"它就会在天平上重于……"

"重于什么?"我被她奇怪的观点惊呆了,说道。

"重于他所说的'不确定的极乐'。"

"所以你不相信他所说的?"我嚷道。

"有什么关系!"她接着说道,"我希望极乐始终是不确定的,这样契约的成分就会被瓦解。一颗爱上帝的心灵,之所以投身到对美德的追求中,是出于高尚的天性,而非出于对奖赏的希冀。"

"正是在他神秘的怀疑主义中,躲藏着帕斯卡尔的高尚。"

"并非怀疑主义,而是詹森主义[①]。我怎么会接触这些事情呢?这些可怜的灵魂,"她微笑着说,随后转向那些书,"要让它们说出自己是属于詹森派、寂静派又或是别的什么派系,可能会让它们为难。它们如被强风拂过的野草一般向神叩拜,心中没有恶意,思绪毫无慌乱,动作也全无美感。它们承认自己的默默无闻,也自知必须在神的面前不留姓名,才能有些许价值。"

"阿丽莎!"我大喊,"你为什么要自折双翼?"

她的语气依旧平静而自然,让我的疾呼更显夸张可笑。

她又一次满面笑意,摇着头说:"最后一次拜读帕斯卡尔,我全部的收获……"

---

① 又名杨森主义,罗马天主教在十七世纪的运动,是由神学家康涅留斯·杨森创立。

"是什么？"因为她住了口，我追问道。

"是耶稣的箴言：'凡要救自己生命的，必丧失生命。'至于别的部分，"她看着我的脸，笑意更浓了，"我几乎都听不懂了。和小人物相处了一段时间，真没想到伟人的崇高这么快就让我喘不过气来。"

混乱之中，我都不知该如何回答……

"要是今天我和你一起读这些布道词、这些沉思录……"

她打断我："不行，要是看到你读这些书，我会痛心的！我相信你是为更美好的东西而生。"

她如此平实地诉说着，好像完全没有意识到这些话彻底分割了我们的生活，撕裂了我的心。我的脑袋烫得像火烧，本来还想多说些什么然后大哭一场，或许我的泪水能战胜她。但我什么都没说，手肘撑着壁炉，额头抵在手上。她平静地继续摆弄着花朵，完全没看见我的痛苦，又或是选择视而不见……

此时，午餐时分的第一次钟声响起，回荡在空中。

"不管怎么样，我都赶不上午饭了。"她说。

"你快走吧。"她就像是在玩一场游戏，"我们晚点再聊。"

谈话就这样没了下文。阿丽莎总是和我错过。她好像也没有刻意躲着我，但是每件琐事在她看来都十万火急，而我则需要排队：

排在层出不穷的家务后头,排在检查谷仓工作的后头,排在拜访农民后头,排在她越来越关心的那些穷人后头,剩下的时间才归我,实在少得可怜。我从没见她消停过,也可能是这些鸡毛蒜皮的事情让我放弃了对她的追逐,这才最大限度地减轻了我的落寞。短暂的谈话让我听得更加明了。在阿丽莎匀给我的那一点点时间里,她愿意跟我聊的也是些最拙劣的内容,像逗小孩子似的玩闹。她在我身边匆匆走过,心不在焉,笑吟吟的。我感到她离我很远,仿佛从未认识过她。有时,我甚至能从她的笑容里看到几分轻蔑,至少是几分嘲弄,她明知我的渴望,却以躲避我为乐……然后我转而怨起自己,怨自己不该一心只责怪她,怨自己不知道对她该有什么期待,也不知道有什么可责怪她的。

我本来期待这个假期能带给我无穷幸福,但如今日子就这么流走了。我眼睁睁地看着时光的逝去,却既不想延长假期的时日,也不想延缓时间的流速,因为两者都会加剧我的痛苦。然而,在我离开的两天前,阿丽莎陪着我去了废弃泥灰岩矿旁的长椅那儿。秋日的夜晚很清朗,一丝雾气都没有。直到地平线的尽头,每一处细节都染上了蓝色,清晰可辨。过去那些缥缈的回忆也历历在目。我再也无法抑制心中的怨言,凭吊着过去的幸福和今天它所变成的这副不幸的模样。

"但我能做什么呢,我的朋友?"她立刻说,"你爱上了一个幻影。"

"不,根本不是幻影,阿丽莎。"

"一个想象出来的虚像。"

"哎呀!她不是我生造出来的,她曾经是我的朋友。我在呼唤她。阿丽莎!阿丽莎!您曾是我爱的人。您怎么会变成现在这样?您怎么会把自己弄成现在这样?"

她愣住了,沉默片刻,低着头,摘下花儿的花瓣,然后开口道:"杰罗姆,你为什么不肯直接承认你没有那么爱我了?"

"因为不是这样的!因为不是这样的!"我愤愤地大吼,"因为我从未如此爱过你。"

"你爱我……但也为我感到惋惜!"她挤出笑意,微微耸了耸肩膀。

"我无法让我的爱成为过去。"

大地在我脚下塌陷,我却还想拼命抓住一切救命稻草。

"让它像别的事物一样成为过去吧。"

"像这样的爱情,只会与我同生共死。"

"它会慢慢消退的。那个你号称爱着的'阿丽莎',已经只存在于你的记忆中了。总有一天,你只会想起曾经爱过她。"

"你这么说,好像在我的心中任何事物都能取代她,又或者我的心会停止去爱她似的。你难道不记得你也曾爱过我,而现在却以折磨我取乐吗?"

我看到她苍白的嘴唇颤抖着,用几乎难以听清的声音喃喃道:"不,不,阿丽莎心中的爱从未改变。"

"那么什么都没有改变。"我抓住她的胳膊,对她说。

她坚定地继续说道:"只用一句话就可以解释这一切,为什么你就不敢说出来呢?"

"哪句话?"

"我老了。"

"住口……"

我立刻反驳说我和她一样,都老了,而且我们之间相差的年纪依旧没变。但她已经恢复镇定,唯一的时机错过了。我一心想要争辩,却葬送了所有优势,失足成恨……

两天之后,我离开了封格兹马尔。我对她、对自己都有不满,对我自己所谓的"美德"满腔愤懑,也对我日夜所想的心事有所埋怨。我的爱可能过分强烈,在这最后一次重逢中,我耗尽了所有的热情。当初,我极力反驳阿丽莎的每字每句;如今,我已被噤声,无法反驳，但这些话语却依旧鲜活地留在我心中，如同得胜一般扬扬得意。唉！她可能是对的！我珍爱的人，只不过是一个幻影。那个我曾爱过的"阿丽莎"，那个我依旧爱着的"阿丽莎"，已经不复存在……唉！我们可能是老了！曾经诗情画意的美好以如此丑陋的方式消逝，看得我心灰意冷。但事实上，诗意之所以消逝是因为我回归了平常心。我曾慢慢地抬高她，把她塑造成我心中的偶像，再为她装点上我所爱的一切，而如今，我的付出、我的劳苦还剩下些什么……一旦顺其自然，阿丽莎就回归到她原本平庸的层次，我同样处于这个层次，但也失去了对她的渴望。啊！我曾竭尽全力追求美德，只为到达她所在的高度与她相会。如今看来这些努力却是如此荒谬与虚妄。如果少一点自以为是，我们的爱就会容易许多……但是执着于没有缘由的爱还有什么意义。这是顽固不化，而不是忠贞不渝。我还能忠于什么呢？忠于错误吗？最明智的选择，难道不就是承认我错了吗？

　　应雅典学院邀请，我立刻同意入学，既没有怀揣抱负，也不是出于兴趣，欣然前往是因为它与我渴望逃避的想法不谋而合。

❖ 第八章

然而，我又见到了阿丽莎……那是三年之后的夏末。十个月前，我从她那儿得知了舅舅的死讯。当时我在巴勒斯坦旅行，于是立刻写下一封长信给她，此后就再没有收到回信。

忘记是借着哪个由头，我去了勒阿弗尔，又不紧不慢地到了封格兹马尔。我知道在那儿能见到阿丽莎，但又担心她身边还有别人。我没有告诉她我会来，不愿像一个普通客人那样登门拜访。我举步不定：进去吗？还是不去见她，就这么走了，连面都不见一下？也许这样就好。我想去大道上一个人走走，在长椅上坐坐，也许她依旧会去那儿小憩吧……我还想着该留下什么记号，才能让她在我离开以后知道我来过……我这么幻想着，缓步走着。下定决心不去见她以后，压抑在我心头的苦涩哀愁被一种淡淡的伤感所取代。到了大道上，我担心被人撞见，就沿着农场周围的坡，在一条人行道上走着。我知道坡上有一个位置，能一眼望到花园。我爬了上去，只见一位我不认识的园丁正在给小径除草，又立刻消失在我的视野里。新修的篱笆墙围住场院，狗在我经过的时候叫了起来。走到更远处，是大道的尽头，我向右转去，来到了花园的围墙边。山毛榉树墙与大道平行，我走下大道刚想过去，却恰好经过菜园那儿的小门口，突然，很想从小门进去。

小门是闩上的，然而里头的插销只能阻挡微弱的冲击，我正要用肩膀一顶把门撞开……此时，我听见脚步声，就退到围墙下躲起来。

我没看见是谁从花园出来，但是我听见了声音，觉得是阿丽莎。她往前走了三步，轻声唤了一声："是你吗？杰罗姆？……"

我原本剧烈跳动的心，突然就停了一拍，话语哽在紧锁的喉头。阿丽莎提高了嗓门，重复道："杰罗姆！是你吗？"

听到她这样呼唤我，我心中压抑的情绪又鲜活起来，不禁双膝跪地。一直没有听到我的回答，阿丽莎往前走了几步。她突然转向墙边，我觉得她就在我面前——因为我把脸埋在臂弯里，害怕立刻看见她。她停了一会儿，向我俯下身子，而我已经吻遍了她纤弱的手。

"你为什么躲起来？"她对我说道。她的语气如此平实，仿佛我俩三年的离别只在几天之前。

"你怎么知道那是我?"

"我在等你。"

"你在等我?"我被她惊得只能重复她说过的话。

因为我一直跪着,她继续道:"走,我们去长椅那里。是的,我知道我还得见你一面。这三天里,我每天晚上都回到这儿,像今天一样呼唤你……你刚刚为什么不回答我?"

"如果不是你碰巧走过来看到我,我不会去见你,我会直接离开。"我努力控制着起初几近崩溃的情绪,说道,"只是路过勒阿弗尔,就想到大道上散散步,绕着花园转转,在泥灰岩矿旁的长椅上坐坐,想着你可能还会经常过来,然后……"

"看看我这三天夜里都过来读了些什么。"她打断我,递给我一摞信,我认了出来,那些是我从意大利写给她的。此时,我抬眼望她,她的模样变得厉害:消瘦、苍白,看得我心如刀绞。她倚在我的胳膊上紧紧依偎着我,好像是因为害怕或者是受凉了。她仍然戴着重孝,黑色花边的头饰围住脸庞。可能是因为这个头饰,她的面容更显苍白。她微笑着,却像要晕过去似的。我担心她,不知道这段时间她是否在封格兹马尔独居。但她并不是一个人,罗贝尔与她同住,八月的时候,朱丽叶、爱德华和三个孩子也来看望过他俩……来到长椅那里,我们坐了下来,又接着聊了一会儿家长里短。她问起我的学习,我却不愿多谈。我想让她觉得我对学习不再感兴趣。我想要让她失望,以其人之道还治其人之身。但是她不动声色,我也不知道有没有得逞。我满腔愤恨与爱意,硬是挤出最冷漠的语气同她说话,但是又埋怨自己无法抑制真情,有时连声音都是颤抖的。

夕阳斜照,它前一刻还躲在云的后头,再次现身时就已经贴在了地平线上。太阳就在我们的正前方,令人战栗的华光倾泻在辽阔的田野上,顷刻间涌入我们脚下那窄小的山谷,转眼又消失不见。我叹为观止,哑口无言。这鎏金的光彩将我周身包裹,将我穿透,让我心醉神迷。怨恨在此间烟消云散,而后我便只能听见心头的爱意。阿丽莎之前一直欠着身子靠着我,也坐挺了。她从上衣里拿出一个包装精美的小纸包,好像是要把它交给我,但似乎又在犹豫,停住了手。我惊讶地看着她。

"听我说,杰罗姆,这是我的那串紫晶十字架。这三天晚上我都带在身上,因为我早就想把它给你了。"

"你让我拿着它做什么?"我很生硬地说道。

"来纪念我,把它送给你的女儿。"

"什么女儿?"我嚷嚷着,不明所以地看着阿丽莎。

"你心平气和听我说,求你了。别这样看着我,别看着我。和你说话已经让我非常为难了,但是这些话,我无论如何都要告诉你。听我说,杰罗姆,你总有一天会结婚吧?不,别回答我,别打断我,我求求你。我只是想让你记得,我曾经如此爱过你。这个想法由来已久,已经三年了。我一直在考虑,这个你心爱的小十字架,有朝一日可以让你的女儿戴上,就当作是纪念我,哦!而她却不知道是为了谁……也许你给她取名时……可以用我的名字……"

她的声音断了,仿佛被扼住了喉咙。我几乎是恶狠狠地吼道:"那你为什么不亲自给她?"

她还想说什么,嘴唇却像哭泣的孩子一样颤抖,但终究没有落泪,眼神中非比寻常的光彩让她的脸庞充溢着超凡脱俗的美,宛如天使一般。

"阿丽莎,我还能娶谁?你明明知道我爱的只有你……"然后我突然狂热地拥住她,近乎粗鲁地把她搂到怀里,用力在她的唇上印下我的吻。

那一刻,她似乎不再抗拒,任由我抱着她,半倒在我怀里。只见她的双眼暗淡下来,而后索性闭上,用无比精准、如旋律一般的嗓音对我说:"可怜可怜我们吧,我的朋友!啊!别毁了我们的爱。"

她也许又说了句"做事不要怯懦",也可能是我的自言自语,我不记得了。我突然跪倒在她面前,用手臂虔诚地环住她:"你既然这么爱我,为什么又一直把我推开?你看!我先是等朱丽叶结婚,因为我明白你也希望她能幸福。她现在很幸福,这是你亲口告诉我的。一直以来,我以为你想和你父亲住在一起,但现在我们俩都已经孑然一身。"

"哦!别再为往事懊恼了,"她低语道,"现在,我已经翻篇了。"

"现在正是时候,阿丽莎。"

"不,我的朋友,现在不是时候了。自从我们彼此通过爱模糊地预感到比爱更高贵的东西时,从那天起,就再也来不及了。多亏有你,我的朋友,我的梦想才能上升到这么高,所有人世间的幸福都会让它跌落下来。我经常会思考,如果我们在一起人生会是什么样。我们的爱……一旦想到它会变得不再完美,我就不堪承受……"

"那你有没有设想过没有对方的生活?"

"没有,从来没有。"

"现在你看到了!没有你的这三年里,我漂泊得好苦……"

夜幕降临。

"我好冷,"她边说边站起身,紧紧地裹住披肩,让我不能再抓住她的双臂,"你还记得《圣经》中的那节吗?'他们并未得到上帝的应许,因为上帝为我们预备了更美的……'当时我们担心,生怕理解错了。"

"你始终相信这些话吗?"

"是必须得信。"我们并肩走了一会,彼此无言。

"你试想一下,杰罗姆,最美好的事!"她又开口,她的眼泪突然夺眶而出,嘴里还在不断重复着,"最美好的事!"

我们又回到了菜园后的那扇小门,那个我前面见到阿丽莎走出来的地方。

她转向我:"别了!不,不用再送了。别了,我的挚爱。最美好的……现在即将开始。"

她注视我片刻,伸着胳膊,双手搭在我的肩膀,既要留住我,又要推开我,眼里满是难以言喻的爱意……

当门再次被关上,当我听到门后的插销再次闩上,我倚着门跌坐下来,极度的绝望让我苦不堪言。在夜色中,我久久地抽噎着。

那我要是拉住她,要是强行把门打开,要是想方设法进到那间不会将我拒之门外的屋子里呢?不,时至今日,当我回想过去,设身处地再做选择……不,我绝不可能那么做。现在无法理解我的人，也从不曾理解过我。

无法忍受的忧虑折磨着我。几天后，我给朱丽叶写了一封信，告诉她我去过封格兹马尔，阿丽莎苍白消瘦的样子让我有多么不安。我恳求朱丽叶关照一下阿丽莎的状况，告诉我一些她的情况，因为我已等不及阿丽莎亲自回我。

不到一个月以后，我收到了如下这封信：

我亲爱的杰罗姆：

我向你宣布一个很沉痛的消息：我们可怜的阿丽莎已经不在了……哎！你信里的担忧有理有据。这几个月来，虽然没有明确的病灶，但她的身体每况愈下。不过，在我的恳求之下，她同意去看勒阿弗尔的A大夫，A大夫写信告诉我她没有大碍。但是在你去拜访她的三天以后，她却突然离开了封格兹马尔。罗贝尔写信给我，我才知道她已经出发。她很少给我写信，要不是罗贝尔，她出走的事情我肯定是不知情的，因为她的寡言少语我也早就司空见惯。我狠狠地责怪了罗贝尔就这么让她走了，也不陪她一起去巴黎。你知道吗？从那时起，我们就一直不知道她的下落。你试想一下我是多么焦虑没法看望她，甚至没法写信给她。罗贝尔几天后去了巴黎,但什么线索都没有找到。他人太懒散,我们都怀疑他有没有用心。必须要报警,我们不能在这痛苦的迷茫中继续等待。爱德华出发了,他大费周章,终于找到了阿丽莎栖身的小疗养院。唉!可惜太晚了。我收到院长寄来的信,通知我阿丽莎的死讯。与此同时,爱德华也发来电报,说他没能见上阿丽莎最后一面。她去世那天在一个信封上写下了我们的地址,好让人通知我们;在另一个信封里,则放了她寄给勒阿弗尔公证人的信函副本,里面写着她的遗愿。我相信信中有与你有关的部分,在不久以后会告知于你。爱德华和罗贝尔出席了前天的葬礼。跟随灵柩的不只有他们,还有几位疗养院的病人,他们坚持要出席葬礼,并一路陪同遗体到达墓地。而我由于第五个孩子不日就将出生,很不幸无法出行。

亲爱的杰罗姆,我能理解你听闻她死讯后的沉痛心情,因为我给你写信时同样心痛万分。这两天,我本该卧床休息,书写已经相当困难,但我不愿让任何人代笔,即便是爱德华或者罗贝尔也不行,一定要亲自和你聊聊那个或许唯独我俩才了解的人。如今,我也快是个老家庭主妇了，炙烈的往事都蒙上了厚厚的灰尘，我期盼与你重逢。如果有一天，你出于工作原因或是由于兴趣使然来到尼姆，就到艾格维沃来吧。爱德华会很高兴认识你的，我们俩也可以聊聊阿丽莎。再见，我亲爱的杰罗姆。我悲伤地拥抱你。

几天后我得知，阿丽莎把封格兹马尔的住所留给了她的弟弟，但是要求把她房间里的所有物品和指明的几件家具寄给朱丽叶。不久，我也会收到写有我姓名的密封信函，里面装着她留下的文件。我还得知，最后一次见面时我拒收的小紫晶十字架，她要求佩戴在脖子上，这件事爱德华遵照遗嘱已经办妥。

公证人寄给我的密封信函里装着阿丽莎的日记。我在此处抄录数页下来——只做抄录，不做评价。你们完全能想象我在阅读时所泛起的思绪和内心的震动，无论我用何种描述都会太过粗陋。

阿丽莎的日记

艾格维沃

  前天从勒阿弗尔出发，昨日到达尼姆，这是我的第一次旅行！全无家务和做菜的烦恼，随之而来的是略微闲散的感觉，188×年5月23日，我二十五岁生日，开始记下日记——不是为了多大的乐趣，只是为了有点念想。因为可能是人生中第一次我感受到了孤独——在这片截然不同的土地上，我近乎身处他乡，还未与它相识相知。这个地方会讲述的东西可能也和诺曼底的故事别无二致。我在封格兹马尔时，也曾不厌其烦地倾听着同样的内容，因为无论身在何处，上帝都不会变化。只不过这片南法的土地操着一口我从未学过的话语，初听时难免诧异。

5月24日

朱丽叶在我旁边的躺椅上小睡。我们所在的开放式过道，为这座意式住宅增添了魅力。铺着沙石的庭院与过道的高度平齐，庭院一直延伸到花园。朱丽叶，她不用从躺椅上起来，就可以看见草坪的起伏，一路能望到小池塘，一群花鸭子在那里嬉戏，两只天鹅在那里浮游。池塘水源于一条小溪，即便在夏季，小溪也从不干涸。小溪穿过花园，流入更蛮荒的小树林，随着干枯的灌木和葡萄树越来越密，很快就枯竭了。

……爱德华·泰西埃尔昨天带着我父亲参观了花园、农场、储藏室和葡萄园,而我留下来陪着朱丽叶。所以一大清早,我第一次有机会一个人在公园里散散步。有许多不知名的花草树木,要是能知道它们的名字该有多好。我从每种植物上都采下一截枝丫,好在午饭的时候请教它们的名字。其中,我能认出青橡树,因为杰罗姆在博尔盖塞别墅①还是多里亚·潘菲利别墅②的时候曾欣赏过它。这种树和我们北方的树木亲缘关系太疏远,特征也大不相同。在公园的尽头,好几棵青橡树遮蔽住一块窄小隐秘的空地,俯向一片柔软的草地,甚至能引来精灵③歌唱一曲。我在封格兹马尔时,对自然的感知曾深刻地建立在基督教上,如今却情不自禁地染上了神话色彩,这不免让我震惊,让我惶恐。而这种让我透不过气来的恐惧依旧是宗教性的。我沉吟着:此乃森林④。空气晶莹剔透,寂静得有些反常。我遥想俄耳普斯、阿尔米达,突然一声鸟鸣响起,声音离我很近,很哀婉,很纯净,仿佛这一瞬间整个大自

---

① 意大利罗马的一座大型英式庭园。
② 意大利罗马的一座17世纪别墅。
③ 希腊神话中的女神。
④ 原文为拉丁语。

然都在期待这独特的一啼。我心跳得厉害，靠在树上歇了一会儿才返回，到家的时候大家都还没起。

5月26日

始终没有杰罗姆的消息。要是他写信到勒阿弗尔，信应该会被转寄过来……我的忧愁只能向区区一本日记倾诉。三天里，无论是昨天去莱博①的漫步，还是祈祷，都无法让我片刻忘却烦恼。今天我没有别的东西可写。我到艾格维沃之后，一直为不明所以的忧愁所困，它可能也没有别的缘由。然而今天，我感到心中的积郁相当深沉，仿佛由来已久，而我引以为豪的欢乐只不过是掩饰罢了。

5月27日

我为什么要欺骗自己？通过理智的思考，我才能欣然接受朱丽叶的幸福。我曾衷心祝愿她能幸福，甚至甘于牺牲自己的幸福成全她。而现在，我看到她的幸福来得不费吹灰之力，反倒备受折磨。不管是她还是我，这样的幸福

---

① 法国东南部城市，位于普罗旺斯。

与我们想象中的都大相径庭。这实在太复杂了！如果……我的分析没错，我之所以会重拾可怕的私心，是因为朱丽叶在别处找到了幸福，是因为她不需要我作出牺牲就能得到幸福，反而刺痛了我的心。

现在，杰罗姆杳无音信，我感到不可名状的担忧，我思考着：在我心中，这种牺牲真的已经结束了吗？神一旦不再要求我做出牺牲，我就仿佛被羞辱了。难道我从来就没有能力吗？

5月28日

像这样剖析自我的忧愁，实在太危险了！我太依赖这本日记了。我以为自己已经克服了造作谄媚的缺点，难道它又有抬头之势了？不，这本日记绝不能成为我心灵孤芳自赏的写照！最初，我以为自己是因为无所事事才开始写作，现在却发现是因为忧愁。忧愁是一种"有罪的状态"，我曾不了解它，如今我憎恨它，想把它从我的灵魂中"简化"掉。这本日记应当能帮助我重获内在的幸福。

忧愁本身就是一种复杂。我从来不会试图分析自己的幸福。

在封格兹马尔时我也很孤独，甚至比现在更孤独……为什么我从来不觉得忧愁呢？当杰罗姆从意大利写信给我，我承认他没有我也能看见世界，也能经历生活。我的思想跟随着他，把他的快乐作为我的快乐。现在，我不由自主地呼唤他，没有他，我所看到的一切新鲜事物只会让我备受烦扰……

6月10日

日记才刚开始，就间断了这么久。因为小丽丝出生了，每天晚上我都会在朱丽叶身边待很长时间。那些写给杰罗姆的东西，我在日记里完全没兴趣再提。我提防着诸多女性都有的那个让人难以忍受的缺点：喋喋不休。这本日记将被视作我不断完善自我的工具。

之后好几页是她阅读时记下的笔记、摘抄的段落等。然后，日记从封格兹马尔重新开始：

7月16日

朱丽叶很幸福。她是这样说的，也是这样表现的。我没有权力，也没有理由怀疑……可如今在她身边，我那种不满足、不自在的感觉，又是从何而来呢？可能是因为感到她的幸福太实在，来得太轻易，完美得几乎像量身定做的，我总感觉她在刻意束缚内心、压抑自己……

我在想，我希望得到的究竟是幸福本身，还是通往幸福的途径。哦，主啊！请让我远离那些可以快速得到的幸福！请教会我推迟幸福、延后幸福，直到来到您的身边。

后续很多页都被撕去。这部分可能记叙了在勒阿弗尔的那次痛苦的重逢。一年后日记才重新开始，虽然没有记上日期，但肯定是我在封格兹马尔停留期间写下的。

有时候，我听他说话就像看到自己在思考。他向我阐释了我自己，让我发现了我自己。没有他，我还存在吗？唯有在他身边，我才存在……

有时候，我会犹豫：我对他的感情，真的是人们所说的爱吗？因为人们通常描绘出的爱情画卷和我设想出来的不尽相同。我希望一切尽在不言中，希望爱着对方却不自知，尤其希望爱着他而他却不知道。

没有他，无论经历什么，都完全没有乐趣。我所有的美德只不过是为了讨他欢心，但只要在他身边，我就会感到我的品格欠佳。

我喜欢研习钢琴，因为我觉得每天都能有所进步。这可能也是我喜欢读外语书的秘密所在。但肯定不是因为我喜欢某种语言胜过母语，也并非我欣赏的那几位本国作家比外国作家逊色，而是因为在捕捉含义与情感时要费些功夫。一次比一次研究得更透彻，可能会在无意中让我感到自豪，为精神的愉悦增添了难以言喻的满足。这种满足对于我已经不可或缺了。

无论这有多么幸福，只要没有进步的空间，就不是我想要的状态。我所设想的极乐并非混淆神的身份，而是不断地、持续地靠近他……如果可以玩文字游戏的话，我敢说，对于那些不是"累进式"的愉悦，我只会嗤之以鼻。

今天早晨我们两人坐在大道的长椅上，什么都没说，也什么都不想说……突然，他问我相不相信来生。

"可是，杰罗姆，"我立刻大叫起来，"来生对我来说不止是一种愿望，而是一种确信……"

突然间，我感到似乎所有的信仰都倾注在这一声呐喊中了。

"我想知道！"他补充道。沉默了一会儿，他接着说："如果没有信仰，你的言行会改变吗？"

"我如何才能知道呢？"我回答道，接着又说，"而你，我的朋友，你同样不会改变，你会不由自主地恪守原本的言行，仿佛被最热烈的信仰驱使。如果你变了，我也不会爱你了。"

不对，杰罗姆，不对，我们的德行所努力的目标并不是来生的奖赏，我们的爱也不寻求任何回报。受了苦就要得到回报，这种想法对生来高尚的灵魂是一种伤害。美德也不是这些灵魂的装饰品，而是它美丽本质的外在表现。

爸爸身体又不太好了，我希望他没有大碍，但是这三天，他只是靠喝牛奶来维持着。

昨天晚上，杰罗姆上楼回房以后，爸爸和我又聊了很久，中途他离开了一会儿。我一个人待着，坐在沙发上，更确切地说，我是躺在沙发上——我几乎从来没这么做过，我也不知道自己为何会这样。灯罩拢住灯光，我的双眼与上半身在黑暗之中，脚尖微微从长裙下露出来，刚好被灯照亮，我不自觉地看着它们。爸爸回来时，站在门口，用奇异的目光凝视了我好一会儿，悲戚地微笑着。我隐约有点不好意思，坐了起来。他朝我招了招手。

"坐到我身边来。"他对我说。虽然已经很晚了，但他和我说起母亲的事。从他们分开以后，父亲就再也没谈过她。他告诉我当年他是如何娶了我母亲，他有多么爱她，她对他最初的意义是什么。

"爸爸，"我最后问道，"请你告诉我，为什么今天晚上你要和我说这些，究竟是什么让你偏偏在今晚和我说这些话？"

"因为，我刚才回到客厅的时候，看到了你，你像她那样躺在沙发上，有一瞬间我还以为又见到了你母亲。"

要问我为什么刨根问底，那是因为，就在昨天晚上……杰罗姆站在我背后，倚在我的椅背上，俯下身子，越过我的肩膀阅读我手里的书。我看不到他，但能感受到他的气息、他身体的温热和颤抖。我佯装继续读书，但其实已经读不懂内容，甚至看不清一行行的字了。莫名其妙的慌张让我心乱如麻，只能趁自己还能控制住身体的时候急忙从椅子上站起来,出房间转一会儿。幸好他没有发现异样……过了一会儿,当我一个人在客厅里,躺在沙发上时,爸爸看见了,他觉得我像母亲,而那时的我也正在想念着母亲。

夜里,我睡得很糟糕。曾经的回忆如同悔恨的浪一层层涌上来,压迫着我,烦扰着我,让我忧愁、痛苦。主啊,请教会我憎恨一切貌似邪恶的事物。

可怜的杰罗姆!有时候哪怕他只有一个动作可做,我也会期待那个动作……要是他能知道就好了。

小时候,我是为了他,才希望自己能变美。如今的我似乎也只为他"走向完美"。但是要想实现完美,又必然不可以在他身边。哦!我的神!这就是在您的教导中,最让我心灵困惑的地方。

能将美德与爱相交融的心灵该有多么幸福!有时我会怀疑除了爱、尽其所能的爱、更进一步的爱以外,是否还有其他美德?但是在某些日子里,美德倒好像成了爱的阻碍。什么!我心中最自然的天性,我哪敢称之为美德!哦!迷人的诡辩!诱人的劝说!是幸福骗人的幻景!

今天早上我在拉布吕耶尔①的书中读到：

"有时，在生命的过程中，有些快乐极其珍贵，有些誓约极其温馨，但我们无法获得。因此我们渴望至少能保有获得它们的权力，这是自然而然的事情。它们的魅力固然惊人，但唯有另一种魅力能胜过它们，那就是懂得舍弃它们的美德。"

我为什么要在这里写下辩词？是不是因为有比爱的魅力更强大、更香甜的东西在暗中吸引我？哦！只要爱得够深，它就同时能引领我们两人的心灵，超越爱情本身！

哎呀！我现在看得非常明了：在神与他中间，唯一的阻碍就是我自己。要是真如他所言，也许在一开始，他对我的爱便能引导他向神叩拜；而事到如今，我们的爱只能成为他的阻碍。他为我逗留，我成了他的偶像，妨碍了他在美德的道路上不断向前。我们两人中，总得有一个人到达。但凭我懦弱的心，要想克制我的爱已经无望。请允许我，我的神！请赐予我力量，教他明白不要继续爱我，我将用我的功德作为代价，为您献上他无限完满的功德……即便

---

① 法国哲学家、道德家。

今天我的心灵会因为失去他而哭泣，这也是为了日后能在您身上与他重逢……

我的上帝啊！请告诉我什么样的心灵最与您相配？他出生在世，难道没有比爱我更好的归宿吗？如果他为我停留，我还会像今天一样爱他吗？若原本能成就英雄传说，却囿于眼前的幸福，则会变得多么狭隘啊！……

星期日

"因为上帝为我们预备了更美的。"

5月3日　星期一

如果幸福就在眼前，近在咫尺，唾手可得……只需伸出手就能抓住……

今天早上，我和他谈了，我完成了牺牲。

星期一晚上

他明天走……

亲爱的杰罗姆，我满含无限温情地永远爱你，却再也无法向你倾诉。我在双眼、嘴唇和心灵上都施加了极为严苛的束缚，以至于对我来说，与你分离是一种解脱与苦涩的满足。

我逼迫自己用理智行事。可真正到采取行动的时候，行动背后的原因又离我而去，或是变得不可思议，让我无法再相信它……

那些让我逃离他的理由，我无法再相信了……但我还是从他身边逃开了，心里怀着忧伤，却不知道为什么要这么做。

主啊！杰罗姆和我，我们走向您，彼此依赖，彼此成全。我们如同行走在生命之路上的两位朝圣者。有时，其中的一位会对另一位说："如果你疲惫了，兄弟，就依靠在我身上吧！"而另一位会回答："只要感到你在我身旁就已足够……"但其实不然！主啊！您指引我们的道路，是一条窄路——窄到不容许两人并肩同行。

7月4日

整整六个多星期，我都没有翻开这个日记本。上个月，我又读了其中几页，无意中读出了自己荒谬而过错的担忧：想要写得好些……因为我亏欠他……

我开始写这本日记只是为了让我能放下他，而现在却仿佛是继续在写信给他。

我撕下所有我觉得写得很好的那几页（我很明白所谓的好是什么）。我本该把所有与他有关的页全部撕去，本该把整本都撕毁……但我做不到。

撕掉那几页以后，我就有点得意了……要是我的心没有那么苦恼，我本会得意得放声大笑。

我真觉得自己干得漂亮，撕掉的都是至关重要的内容！

7月6日

我把书架清空了……

我躲避这本书中的他，却又在另一本书中遇见他。即便是我自己发现的篇章，也能听见他为我朗读的声音。只有他热衷的东西，才能让我感兴趣。我的思想也呈现出他思想的形状，过去我把它们混在一起时有多欣喜，如今要把它们区别开来就有多困难。

我有时会强迫自己写得糟糕一点，去摆脱他遣词造句的节奏。既然需要奋力摆脱他，就说明我心中还在意他，所以我决心在这段时间只读《圣经》（可能还有《效法基督》），只在本子上记下每天阅读中值得注意的段落。

从七月一日之后的部分，就像"每日面包"一样，日复一日在日期旁边抄录下一段经文。在此，我只抄录那些附上评论的段落。

7月20日

"变卖你的所有，分给穷人。"我明白，我必须要把只属于杰罗姆的心分给穷人们。这难道不也是在教会他这么做吗？……主啊，请赐予我勇气。

7月24日

我不再接着读《内在的安慰》了。我对这种古老的语言兴趣很浓，让我心生杂念，产生了近乎异教徒般的喜悦。这与我虚心求教、寻求启发的初衷全无关系。

又读《效法基督》。读的甚至不是拉丁语的版本，因为我实在无法理解。我阅读的译本甚至没有署名，很讨我喜欢——的确，它是基督教译本，但是正如小标题所言："适用于所有天主教派"。

"假若你能体会到,在不断迈向美德的道路上,你不但能为自己收获诸多平和,而且能为他人给予诸多喜乐,我想你一定会更注意于你灵性的进步。"

8月10日

我的上帝,当我向您呼唤的时候,用的是如孩童般冲动的信仰和如天使般超凡的嗓音……

我明白,这一切,都不是来自杰罗姆,而是您。

但为什么您要将他的身影置于您与我之间?

8月14日

需要两个多月才能圆满完成这个作品……主啊!请助我一臂之力!

8月20日

我清楚地在自己的悲伤中感受到了,我的内心深处还没有将我要做出的牺牲完成。我的上帝,请您赐予我快乐,那种只能归功于您,却在曾经只有他才能让我懂得的快乐。

8月28日

　　我的德行能到达的境界是多么平庸,多么可悲!是我对自己太过苛责?——不要再为此而痛苦了。

　　总是祈求上帝力量的人,是多么懦弱!现在我所有的祈祷都满怀哀怨。

8月29日

　　"看看野地里的百合花……"

　　如此简单的一句话,却在今天早晨让我陷入哀伤,无论如何都无法排遣。我来到郊外,禁不住不断重复这一字一句,泪水充盈着我的心和我的双眼。我注视着广袤空旷的原野,农人弯着腰在犁地劳作……"野地里的百合花……"主啊,它们在哪儿……

9月16日,晚上十点

　　我又见到他了。他就在这里,和我在同一片屋檐下。我看到他窗户里透出的光照射在草坪上。在我写下这些话的时候,他还没睡。也许他在想我吧!他没有变。他是这么说的,我也是这么觉得的。我能不能向他表现出我决心成为的样子，让他收回对我的爱？

9月24日

哦！对话太残忍，我假装漠不关心、冷若冰霜，可我的内心已经痴狂……事到如今，我只能逃离他。今天早上，我相信上帝给了我制胜的力量，不断逃避斗争无非是因为胆怯。我胜利了吗？杰罗姆对我的爱减少了吗？哎！这正是我所渴望同时又忧惧的事情。我从未如此爱他。

主啊！为了让他逃过我这一劫，纵使是要我万劫不复，也请您动手！

"请进入我的心灵和灵魂，将我的苦难带到那里，并继续让我的内心忍受您未遭尽的苦。"

我们聊了帕斯卡尔……我都和他说了些什么？多么耻辱、荒谬的说法！说出这些话让我备受折磨，今晚更是感到追悔莫及，宛如亵渎了神明。我又拿起了沉甸甸的《思想录》，无意中翻开到致罗安奈小姐的信那一段：

"主动跟随牵引者时，是感受不到牵绊的；一旦开始抵抗、开始背离，就会痛苦异常。"

这些话直接触动了我的心，让我失去了继续阅读的力量。但当我翻到另一个地方，反而发现了一段我没有读过的精美段落，就摘抄了下来。

第一本日记到此结束。第二本可能被销毁了。因为在阿丽莎遗留的文件中，日记在三年后才重新开始，还是在封格兹马尔，在九月，也就是在我们最后一次相逢的不久之前。

最后一本日记的开头是这样写的：

9月17日

我的上帝，您很清楚，我得有他才能爱您。

9月20日

我的上帝，请把他交给我，我才能把心交给您。

我的上帝，就请让我再见到他。

我的上帝，我保证会把我的心献给您，也请您把我对爱情所有的祈求赐予我。我的余生都是您的……

我的上帝，请原谅我不值一提的祈求，但我无法将他的名字从我的唇上抹去，也无法将痛苦从我的心头忘记。

我的上帝，我高喊着您，请您不要把我抛弃在伤痛中。

9月21日

"你们以我的名,向天父祈求一切……"

主啊!我哪敢以您的名……

如果我不再诉说我的祈求,难道您就会因此无法了解我心中缥缈的愿望吗?

9月27日

从今天早晨起,我十分平静,几乎一整夜都在冥想、祷告。突然,一片明澈的平静降临在我身上,围绕着我,和我在孩提时想象的圣灵一模一样。我立刻躺下,唯恐我的喜悦只是由于精神亢奋。欢愉没有消散,我也很快入睡了。今天早晨,喜悦依旧。现在我确信他要来了。

9月30日

杰罗姆!我的朋友,我依旧与你以手足相称,但我对你的无限深情早就胜过兄弟情谊。在山毛榉树林里,我多少次呼唤你的名字……每天日落时分,我在夜色里出门,穿过菜园后的小门,下到昏暗的大道上……有时,我会突然听见你的回答,我的视线奋力绕过沙石斜坡,仿佛你会从那后面出现,来到我面前;或者是我远远地望见你,坐在长椅上等待着我,我的心将停止跳动……但是我没有见到你,这反而让我吃了一惊。

10月1日

依旧无事发生。夕阳西下,落入无比纯净的天空。我等待着。我知道不久以后,我将和他一起,坐在这条长椅上……我仿佛已经听到了他的声音,我是多么喜欢听他叫我的名字……他会在那里,我会牵着他的手,额头靠在他的肩膀上,在他身边呼吸。昨天,我随身带上几封他写的信,打算再读一遍。但我没有心思看,心里全是想他的念头。我还带上了他喜欢的那枚紫晶十字架。曾经有一年夏天,每个不愿他离开的夜晚我都会戴上它。

我想把这个十字架托付给他。长久以来,我一直幻想着:他会结婚,我会成为他的长女小阿丽莎的教母,我会把这枚首饰给她……为什么我从来都不敢对他讲?

10月2日

今天,我的心灵轻盈愉悦,仿佛一只在天国筑了巢的鸟儿。今天他应该会来,我感觉到了,我也知道了。我想告诉所有人,也要把它写在这里。我不想再掩藏我的喜悦。甚至连平日心不在焉、对我漠不关心的罗贝尔,今天也注意到了。他的问题让我心烦意乱,不知道该怎样回答。我该如何等待今晚的来临?……

不知怎么,似乎有某种透明的缎带出现在我周围,把他的身影放大,把爱的光芒聚焦到同一点上,烧灼我的心。

哦!我等得好辛苦!……

主啊!幸福的大门,请您稍稍为我打开一下吧!

10月3日

一切都破灭了。哎!他像影子一般从我的怀抱里溜走了。原先,他就在那儿!就在那儿!我能感觉到。我呼唤他。我的双手、嘴唇都在夜色中徒劳地寻找他……

我无法祈祷,也不能入睡。我来到昏暗的院子里,因为无论在屋子里还是在家里,我都感到恐惧。失魂落魄之中,我又来到那扇与他分别的门。我又把门打开,异想天开地希望他会回来。我呼唤他。我在黑暗中摸索。我回去写信给他。我承受不了我的悲痛。

到底发生了什么？我和他说了什么？我做了什么？是什么原因总让我在他面前夸大自己的德行？我的心完全抛弃某种美德，又会付出什么代价？我暗中违背上帝有意让我说出的话……我积郁其中，却什么都不能讲。杰罗姆！杰罗姆，我痛苦的朋友。在你身边我就心痛欲裂，远离你我就生不如死。刚才跟你说了这么多，无非就是想让你倾听我对你的爱慕。

我的信撕了又写……拂晓已至，一片青灰，浸润着晨露与泪水，如同我的思绪一样悲伤。我听见农场传来的第一声响动，沉睡的一切都开始复苏……"现在起来，时候到了……"

我的信没有寄走。

10月5日

忌邪的天主①，您已经把我的一切都夺走了，现在请连同我的心一起占据。从今往后，一切热情都会被我的心摒

---

① 原意为"嫉妒的神"，禁止祭拜其他偶像的唯一真神。

弃,所有兴趣都与我的心无关。就请您帮助我战胜心中残存的伤痛。这所房子、这座花园都难以忍受地助长着我的爱情。我想逃离,逃到一个只能见到您的地方。

请您帮助我将拥有的财富分发给穷苦的人们。请允许我为罗贝尔着想,把我不忍心卖掉的封格兹马尔住所交他处置。我写明了遗嘱,但大部分必要的程序礼节仍然不清楚。昨天,我还没能和公证人详谈,担心他会猜到我的决定,会通知朱丽叶和罗贝尔……到巴黎以后我会把这件事办妥。

10月10日

我到达的时候太过疲惫,前两天不得不卧床休息。他们违背我的意愿请来医生,医生告诉我必须进行手术。反对又有什么用呢?但我轻而易举就让他相信,做手术的事把我吓坏了,我还得休息几天,好恢复元气。

我隐瞒了姓名和地址,还在疗养院办公室存够了钱。只要上帝觉得有必要,我就能一直待在那里,他们也会毫无顾虑地接待我。

我很喜欢这个房间。墙壁上一尘不染,没有别的装饰。我为自己近乎欣喜的心情感到惊讶，因为我对生活再也没有期待，因为从现在起我应当心中只有上帝，他唯有占据我们的全部时，他的爱才会超凡脱俗……

我随身只带了《圣经》。但是今天，帕斯卡尔狂热的恸哭在我心中回荡，比我阅读的《圣经》段落更加响亮：

"所有不是上帝的，都无法满足我的期待。"

我这颗不够审慎的心，过分渴求人世间的喜乐……主啊！您让我悲恸欲绝，是否就是为了获得这声叹息？

10月12日

愿您的支配降临！愿它降临！唯独由您支配我，支配我的全身心。我再也不向您吝啬我的心了。

我精疲力竭，仿佛已经垂老，但我的心灵却稚气未脱。我还是曾经那个小女孩，不把房间整理好，不把脱下的衣服叠好放在床头，就无法入睡。

我死前也希望能像这样准备好。

10月13日

把日记毁掉之前，我又重读了一遍。"伟大的心灵不值得散布自己的惶恐不安。"这句美妙的话，我想是出自克洛蒂尔德·德沃①之口。

正当我要把这本日记丢进火里时，一声训诫让我收了手。似乎这本日记已经不属于我，我没有权力把它从杰罗姆手里夺走，因为我都是为他而写。我所有的担忧、疑窦如今在我看来都如此不值一提，不仅我不需要再重视它们，杰罗姆也不会为此所困。我的上帝，有一颗渴望的心近乎痴狂地把杰罗姆推向美德之巅，而自己却无望抵达。就请您允许他与这颗心笨拙的搏动不期而遇吧！

"神啊，求你领我到那比我更高的磐石。"

10月15日

"喜悦，喜悦，喜悦，喜极而泣……"

超脱人世的所有欢乐，穿越一切痛苦，是的，我预感到了光芒万丈的喜悦。比我更高的磐石，我清楚地知道它的名字：幸福。若我无法收获幸福，那一生皆成枉然……但是主啊！您曾对忘我而纯净的心灵许下承诺："对于

---

① 法国哲学家孔德的情人，孔德在她的启发下创立人道教，两人保持着柏拉图式的爱情。

死在主怀抱中的人，幸福就在眼前！"这是您的圣言。我得等到死去的时候吗？此时我的信念动摇了。主啊！我用尽全力向您呼喊。我在黑夜中，等待着黎明。我至死都会呼唤您。请来止住我内心的干渴。此时此刻，我正渴求幸福……或者我是否应该相信自己注定会拥有幸福？正如焦躁的鸟儿在拂晓前的鸣叫，只是呼唤着白天的名字而非预示着它的到来，我是否也应该在黑夜褪去前就开始歌唱？

10月16日

杰罗姆，我想告诉你什么是完美的喜悦。

今天早晨一阵突然的呕吐让我死去活来，无比虚弱，我甚至都以为自己快要不行了，但是我还活着。一开始，我整个人非常平静，但后来一阵惶恐攥住了我，随之而来的是躯体和心灵的颤动，我仿佛突然"启蒙"了心智，看破了我的一生。我第一次注视我四壁萧然的房间，却开始害怕。事到如今我还在写，只为了让自己安定平静下来。主啊！只愿我一生到头，都不会做出大逆不道的事。

我还能起身。我像孩童一样双膝下跪……

我愿现在就死去，趁我还没有再次发现自己是孤身一人。

去年，我又见到了朱丽叶。距离上次朱丽叶写信通知我阿丽莎的死讯，已经过去了十多年。一次，我碰巧去普罗旺斯旅行，有了在尼姆停留的机会。富歇尔大道就在喧闹的市中心，泰西埃尔家漂亮的别墅也坐落于此。虽然我提前写信说明了我的到来，但真当跨过门槛时，心里还是或多或少有些感慨。

一位女佣领我走进客厅，不一会儿朱丽叶就来迎接我了。我仿佛见到了普朗提埃姨母，同样的步态，同样的体态，同样气喘吁吁的恳切神态。她立刻向我问长问短，但也不等我一一回答。她问起我的事业、我在巴黎的住所、我的工作、我的亲友，问我来南方做什么，为什么不一路去到艾格维沃，爱德华会很高兴见到我的……然后她又把所有的情况一一告诉我，从她的丈夫、孩子、弟弟，到上次的收获季和生意的萧条……我这才知道罗贝尔为了住到艾格维沃来，已经把封格兹马尔的住所卖了。他现在和爱德华合伙，负责在田地上改良品种、扩大种植。而爱德华也能够脱出身来出差，专门管理商务销售的事宜。

然而，我的双眼不安地搜寻着一切能勾起过去回忆的东西。在客厅全新的家具中间,我一眼认出封格兹马尔的几件老物件,往事让我的心战栗。但是现在,朱丽叶却对它们视而不见,也可能在有意回避。

楼梯上有两个男孩在玩耍,他们一个十二岁,一个十三岁。朱丽叶把他们叫来自我介绍。大女儿丽丝跟着他父亲去了艾格维沃。另一个十岁的儿子散步去了,一会儿回来——他就是在我们服丧时,朱丽叶告诉我即将出生的那个孩子。这个孩子出生时有些难产,让朱丽叶受了好长时间的罪。但是一年后,她一高兴,就又生了个女儿。听她说话的口气,所有的孩子里她好像最喜欢这个小女儿。

"她在我房间里睡着,就在旁边。"她说,"去看看她吧。"我跟着朱丽叶的时候,她又开口:"杰罗姆,我没敢写信问你,你同意做我小女儿的教父吗?"

"我非常愿意,只要你乐意就好。"我吃了一惊,俯身看向摇篮里,又说道,"我的教女叫什么名字?"

"阿丽莎……"朱丽叶低声回道,"她们长得有点像,你不觉得吗?"

我抓住了朱丽叶的手,没有回答。妈妈抱起小阿丽莎,小阿丽莎睁开了眼睛。我把她接过来抱在怀里。

"你该会是个多好的父亲啊！"朱丽叶笑得很勉强，"你在等什么？为什么还不结婚？"

"等我忘记许多事情。"我见她红了脸庞。

"你希望很快忘记吗？"

"我愿永不忘记。"

"到这儿来。"她突然边说着，边领我来到一间更狭小且昏暗的房间，一扇门开在卧室，另一扇门朝着客厅。"就是这里，我有时会来躲上一小会儿。这里是整个房子里最安静的屋子。在这里，我几乎找到了逃避现实生活的感觉。"

房子里的窗子都没有打开，这间小房间里的窗同样没有。其他窗子都面朝城市的喧嚣，唯独这扇，向着一座栽着树的庭院而开。

"我们坐坐吧。"她边说边半躺在扶手椅里，"如果我没弄错你的意思，你是因为怀念阿丽莎，所以才坚持要忠于她。"

我沉吟了一会儿，没有回答，过了良久，才说："或许，不如说是忠于她为我塑造的理念……别把这看成一种功德，因为我也别无选择。如果我真的娶了另一个女人，那就只能假装去爱她。"

"啊！"她应了一声，仿佛毫不动情，然后她把脸转向我，又俯下身子，好像在地上寻找着哪个丢失的东西，"所以你觉得，人可以在心中长久地守护一份无望的爱？"

"是的，朱丽叶。"

"即使生活日复一日地吹拂，也不能让它熄灭？……"

夜色如灰色的潮水般涌起，浸湿淹没了每一件物品，在阴影中，它们仿佛活了过来，低声诉说着往昔。我好像又进到了阿丽莎的房间，因为朱丽叶把她所有的家具都搬到了这里。她把脸凑近我，我分辨不出她的轮廓，也不知道她是否闭上了双眼。她看起来很美。我们就这么坐着，沉默不语。

"行了！"她终于开口，"该醒醒了……"

我见她站起身，向前迈了一步，却又像脱力一般跌坐到旁边的椅子上，双手拂过脸庞，好像在哭泣……

女仆进了门，带来一盏灯。

田园交响曲

La symphonie pastorale

[法] 安德烈·纪德 著

王丁丁 译

北京理工大学出版社

版权专有 侵权必究

图书在版编目（CIP）数据

每一个人的窄门：纪德生命三部曲.田园交响曲 /(法) 安德烈·纪德著；王丁丁译. —北京：北京理工大学出版社，2021.10
　ISBN 978-7-5682-8750-0

　Ⅰ.①每… Ⅱ.①安… ②王… Ⅲ.①长篇小说—法国—现代 Ⅳ.①I565.45

中国版本图书馆CIP数据核字（2021）第138712号

出版发行 /	北京理工大学出版社有限责任公司
社　　址 /	北京市海淀区中关村南大街5号
邮　　编 /	100081
电　　话 /	（010）68914775（总编室）
	（010）82562903（教材售后服务热线）
	（010）68944723（其他图书服务热线）
网　　址 /	http://www.bitpress.com.cn
经　　销 /	全国各地新华书店
印　　刷 /	三河市冠宏印刷装订有限公司
开　　本 /	880毫米×1230毫米　1/32
印　　张 /	6
字　　数 /	105千字
版　　次 /	2021年10月第1版　2021年10月第1次印刷
定　　价 /	99.00元（全3册）

责任编辑 / 申玉琴
文案编辑 / 申玉琴
责任校对 / 刘亚男
责任印制 / 施胜娟

图书出现印装质量问题，请拨打售后服务热线，本社负责调换

译者序

徘徊在慈爱与情爱边缘

  安德烈·纪德生于1869年,是20世纪法国最独特、最复杂、最多变、最反叛的作家之一。纪德的一生及其作品建构了一个宏大的世界,一座庞杂的现代迷宫。他本人因其"内容广博和艺术意味深长的作品——这些作品以对真理的大无畏的热爱,以锐敏的心理洞察力表现了人类的问题与处境"而荣获1947年度诺贝尔文学奖。

  中国读者对于纪德应该并不陌生,早在1923年第14卷第1期《小说月报》上,在沈雁冰所写的"法国文坛杂讯"中,纪德就在中国首度登场了。《田园交响曲》发表于1919年,当时正值纪德的文学生涯由失望、沮丧转向成功的过渡阶段,这部作品也是纪德最成功的作品之一;《帕吕德》创作于1894年,是他旅居瑞士时,在孤单寂寞中完成的一部小说,也被称为是纪德第一部重要作品。

  当我得知自己要翻译《田园交响曲》的时候,我感到既激动又惊喜，因为这不仅是我最喜欢的文学作品之一，恰好也是我早些年大学毕业论文的研究主题，我想这可能就是译者与书籍之间一种妙不可言的缘分。

首先，我们来聊一下《田园交响曲》。从书名来看，很多读者可能会猜测这本书的内容与音乐有关，但音乐并未占据小说的舞台，只能算作是背景或催化剂。这是一部构建在宗教与人性背景下的心理小说，抑或探究复杂人性的心理小说，用作者本人的话来说，《田园交响曲》是对某种自我欺骗的批评。

《田园交响曲》的故事叙述简单且直白，并没有太多扣人心弦的情节，但是它背后所承载的关于宗教、道德和人性的内容却十分宏大。小说的主人公是一位新教牧师，他收养了一位双目失明、成为孤儿的十五岁女孩，并给她取名热特律德。尽管他的妻子阿梅丽对此极力反对，尽管他们已经有很多孩子，但他还是出于慈爱之心收养了盲女。热特律德不仅身有残疾，精神世界也处于混沌无知的状态。牧师对她精心照顾、倍加关怀，教她说话写字、弹琴颂诗，一步步对她进行启发和唤醒，引领她去向她看不到的多彩世界。牧师从慈爱之心出发，在与盲女的朝夕相处中，渐渐萌生了情爱，二人一步步坠入爱河，无法自拔。然而，崇高又虚伪的牧师假借道德的庇护蒙蔽自己的心，他将自己藏匿于基督教教义之中，企图得到内心的慰藉，同时他试图遍寻正大高尚的名义来掩饰自己内心卑劣的行为。盲女对牧师充满感激之情，在她看来，这就是她理解的情爱。然而，当热特律德治好眼睛重见光明时，她才明白，自己爱的人不是对她有恩的牧师，而是他的儿子雅克。同时她也看到了这份情爱给牧师妻子带来的痛苦，看到了雅克皈依后的痛心，看到了现实世界中充斥的悲惨与罪孽。最终，她假借采花之时失足投河，结束了自己的生命。

简单直白的叙述形式并不意味着小说内涵浅薄，相反，小说融入了作者对宗教、人性、伦理和道德的深入思考。《田园交响曲》这部故事体小说与中世纪的宗教文学有很大渊源，同时也体现了纪德对于19世纪法国作家古典主义与浪漫主义的问题冲突的态度。纪德不像浪漫主义作家那样抒发个人强烈的情感，突出鲜明的个性；也不像古典主义作家那样在文学中宣扬社会道德和秩序。他提出了自己的主张，既有个人生活的独特性，又将这种独特性赋予普遍的意义。

牧师出于慈爱之心与崇高的道德原则，带回了"迷途的羔羊"热特律德，他一次次尝试对盲女进行启蒙，却一次次失败。终于，在牧师的不懈努力下，热特律德迟钝的心被唤醒。看到她脸上露出天使般的表情，牧师激动地亲吻了她美丽的额头。毫无疑问，此时牧师对盲女的爱是父爱，是慈爱，是出于崇高道德的上帝之爱。此后，热特律德不断进步，她不仅能够表达思想，而且聪颖机敏，与牧师的沟通越来越和谐。然而，当有一天热特律德问牧师是否幸福以及自己是否美丽的时候，当牧师看到儿子雅克紧挨在热特律德身边，亲手在琴键上指导她的指法的时候，当牧师趁着"谷仓"的客厅没人进入她的房间，紧挨着她与她嘴唇相遇的时候，这种情感彻底发生了变化。牧师由起初的慈爱、圣爱转变为现在的情爱、世俗之爱。他一直在徘徊，徘徊在慈爱与情爱的边缘，不知如何选择，最终孤苦无依，走向深渊。从慈爱到情爱，牧师自身那种崇高的虚伪被表现得淋漓尽致，道德与情爱的冲突在牧师身上表现得越强烈，他内心深处矛盾复杂的感情越难以调和。

本书中的另一篇小说《帕吕德》，又名《沼泽地》，同《田园交响曲》一样，也是一部情节简单，但内涵深刻的小说。《帕吕德》采用一种半小说半散文的写作风格，用一种诙谐幽默的语气，以嵌套的手法将当时社会的生活百态和19—20世纪法国文坛的现象娓娓道来。

小说开门见山，以"我"创作《帕吕德》开篇，叙述了"我"在这一创作过程中发生的轶事和感受。小说中，"我"与好友于贝尔代表了两种截然相反的生活状态，于贝尔忙碌又充实，每天的生活非常丰富;而"我"整日无所事事,在渴望自由与解放的状态中绞尽脑汁地思考,享受安静平淡的生活。前者是遵循传统道德的世俗之人,尽管以"完人"自居,实则演绎着最荒诞可笑的悲剧;后者希冀摒弃世俗、单调和重复,努力尝试,想要逃离乏味生活的怪圈,屡试屡败,但仍屡败屡试。

《田园交响曲》中存在两个"我",一个是出于道德良知、被教义约束的超我,一个是出于本能爱欲、无视伦理道德的本我;《帕吕德》中也存在这样两个"我",一个是伪造生活,以为自己在外面实则封闭幽居的"我",一个是内心想改变,但外表不表现的割裂的"我"。纪德笔下经常出现的两个"我",就是他对于人性复杂程度的批判性思考。

犹记得十多年前第一次读《田园交响曲》时的情景。那时的我对小说中的牧师充满鄙夷之情,对牧师妻子阿梅丽深感同情,对热特律德和雅克未能走到一起极度惋惜。当时的我还只是一名法语专业本科生,可以算得上是一个懵懂却清高的道德至上主义者,对牧师在道德与私欲冲突下表现出的虚伪人格极为痛恨。十多年后,再次细读并重译这部作品,我对于牧师与盲女形象的理解更加立体,同时也多了几分"感同身受"。或许,无论是牧师爱上热特律德,还是阿梅丽为了保全丈夫忍辱负重,都是出于人性的本能。正如法国作家安德烈·莫洛亚曾在一本书中对牧师的断言:"这种虚伪完全是无意识的。"

　　这本书的翻译过程一气呵成,让我感受到内心的成功与喜悦。同时我也将一部分自己的情感倾注其中,希望能与读者产生共鸣,也希望有更多读者能够阅读这部作品。

　　对于这个译本的完成,我特别要感谢我永远的挚爱M. Valentin,此外还有很多想要感谢的人,在这里就不一一赘述了。

　　最后,恳请各位读者批评指正。

王丁丁
2020年仲夏于北京

目录

田园交响曲 – 001

第一篇 – 003

第二篇 – 049

帕吕德 – 077

于贝尔 – 079

安日尔 – 089

宴　会 – 110

于贝尔或打野鸭 – 146

安日尔或短途旅行 – 161

结　尾 – 178

另一种可代替的办法 – 180

❖ 田园交响曲

第一篇

189×年2月10日

大雪纷纷扬扬接连下了三天三夜，封住了道路，这让我无法赶到R村。十五年来，我每个月都会去R村主持两次弥撒。今天上午，只有三十名信徒聚集到了拉布雷维纳的小教堂参加活动。

因为封路，我难得拥有这样闲暇静谧的时光，我想好好享受这一刻，仔细回忆并向你讲述我收养热特律德的故事。

我打算在这里写下所有关于这颗虔诚灵魂成长的故事。我只想让她崇敬和热爱上帝，所以将她带出了黑夜。感谢上帝赋予我这份使命。

故事发生在两年半前，我从拉绍德封回来的时候，一个素不相识的女孩跑来找我。她非常匆忙，要带我去一个七公里外的村庄，看一位快要去世的可怜老太太。正好马还没有卸套，我便让女孩上车，一起出发了。我带上了灯笼，因为我预计自己天黑之前赶不回来。

我原本以为自己对这一地区非常熟悉，但是一过拉索德雷农场，女孩就带我走上一条我从未走过的路。又走了两公里，看见了左边一片隐蔽的小湖，我才认出那是我年轻时滑冰的地方。我已经十五年没有来过这里了，因为这里不是我主持弥撒的辖区。我说不清也不想思考小湖到底在哪个方向。这时，我突然看到，黄昏中，一层玫瑰金色的彩霞笼罩着它，恍若之前在梦中见到的景象。

一条小溪自湖中流淌而出，将森林的末端截断，顺着沼泽蜿蜒而下。可以确定的是，我以前从未来过这里。

日落时分，我们在暮色中走了很久。终于，带路的女孩指着右边让我看，只见一缕细细的炊烟从山丘上的一间茅草屋侧面升起。要不是这缕烟雾，我真以为没人住在这里。那缕炊烟在暮色中暗暗发青，升到满是金霞的空中又被镶上了金色。我把马拴在旁边的一棵苹果树上，和女孩一起走进黑暗的茅草屋里。老太太刚咽气。

这里寂静肃穆的景象令我不寒而栗。一个年轻女子跪在床边。我本以为带我过来的女孩是老太太的孙女，实际上她只是用人。她点燃了一支蜡烛，然后一动不动地站在床脚边。

刚才漫长的一路，我总试图跟她聊点什么，但一共也没说超过四句话。

那个跪着的女人站起身来。她并不像我之前认为的是死者的亲戚，而是一个邻居。用人看主人快不行了，跑去将她叫了过来。邻居主动提出帮忙照看、守夜。邻居告诉我，老人走的时候没有什么痛苦。我们一起准备下葬和葬礼的安排，商量如何料理后事。在这种荒凉偏僻的地方，所有的事情都得由我定夺。不过我承认，即便这茅草屋看上去如此破旧不堪，但要交给邻居和用人看管，我还确实有点为难，虽然这间破烂房子里也不太可能藏有什么宝藏。要怎么处理呢？尽管如此，我还是问了一下老太太是否有什么继承人。

于是，邻居拿来一支蜡烛，向壁炉的角落走去，我隐约看到一个人蹲在角落里，似乎睡着了，厚厚的头发几乎完全遮住了那个人的脸。

"这是个盲女，她是死者的侄女，"邻居说道，"这一家似乎只剩下她一个人了。应当把她送到孤儿院，否则，我不知道她以后该如何生活。"

听着邻居这样当面决定她的命运，我并不高兴，有些担心这些残酷的话会伤害到她。

"别吵醒她。"我轻声说，至少让邻居压低声音。

"啊，我觉得她没睡。她是个傻子，不会说话，也听不懂话。

自从早上我进屋以来,她既没说过话也没挪过窝。起初我以为她是聋子,但用人坚持说不是,她说老太太才是聋子,一直以来老太太都不和她说话,也不和其他任何人说话,除了吃饭喝水,从不张嘴。"

"这女孩多大了?"

"我猜十五岁左右。其实,我并不比您了解得多……"

我并没有立刻想要抚养这个可怜女孩的想法,但是在我做完祷告之后,或者确切地说,是在我、邻居和用人跪在床边做祷告的时候,我突然感到上帝好像在我的人生之路上赋予了我一种使命,我如果逃避不管,就显得有些怯弱了。起身的时候,我决定把这个女孩带回家,然而我并不知道之后我要把她托付给谁,又该如何安置。我注视了一会儿老太太安详的面庞,只见她皱巴巴的嘴陷了下去,好像被吝啬鬼钱袋子上的绳儿捆住了一样,什么也漏不出来。然后我转向盲女这边,把我的想法告诉了邻居。

"我们明天抬尸的时候,她最好不要待在这里。"邻居其他的话没有再说。

盲女像一团无意识的肉体,可以随意被人带走。她脸上棱角分明,长相秀美,但没有任何表情。我从她平常休息的草垫上拿来一条毯子,草垫在房间的角落里,它的上面就是通往阁楼的楼梯。

邻居显出乐意帮忙的样子，小心翼翼地帮我把她裹好，因为特别晴朗的夜晚往往有点冷。点燃车灯之后，我再次出发，带着这团蜷缩着的、没有灵魂的肉体。只有通过她的身体不时散发的温度，我才能感受到这是一个活着的生命。回来的路上，我一直想：她睡着了吗？她进入了怎样一种黑暗的梦境呢？对她来说，醒来和睡着又有什么不同呢？毫无疑问，这颗被禁锢在黑暗之躯里的灵魂，在等待主的恩典之光抚摸她。上帝啊！您是否允许我用爱心带她逃离这可怕的黑夜？……

我十分担心回到家时会遭到责备。我的妻子是一个"美德的花园"，甚至在我们经历困难时，我也从不怀疑她内心善良的品格。但是，她虽天性仁慈却不喜欢意外事件。她是一个条理清晰，既不越界多管、也不逃避责任的人，她做善事有节制，好像爱心是一件能耗尽的宝藏。这是我们唯一的分歧所在。

那天晚上，当妻子看见我带着女孩回来时，她的想法随口脱出："你又跑出去找来了什么事？"

像往常一样，每一次我都要解释一番。我让靠在里面张大了嘴、满脸疑问和惊讶的孩子们出去。哎，这个态度和我预想中的相差太远。只有我亲爱的小女儿夏洛特高兴得又唱又跳，因为她看到一个新来的活物从车里下来。但是其他孩子已经和他们的母亲一样,马上告诉夏洛特不要那么热情,也不让她过来。

这一刻混乱极了。无论是我的妻子还是孩子们都不知道我带回的是个盲女,他们对我小心翼翼地领着她走的行为,感到极度疑惑。而我也狼狈极了,因为一路上我都在牵着她的手,现在我将手一松开,她就发出奇怪的呻吟声。她的叫声不像是人声,听上去倒有些像小狗的哀嚎。这是她第一次从自己狭隘的小天地中出来,所以双腿无力行走。当我拿给她一把椅子的时候,她瘫倒在地,就像一个不会入座的人。我只好把她扶到火炉边,她依靠着壁炉才蹲了下来,恢复了一丝平静,就像当初我在老太太家看到她时的样子。在车上时就是如此,她滑落到座位下面,在我脚下缩成一团。我妻子还是来帮助我了,最自然的动作总是最好的。但是她的理智还是在不断地挣扎,反抗着她的内心。

"你到底打算怎么处理这个东西?"把女孩安顿好后她问道。

听到她用这种冷冰冰的字眼称呼女孩,我的灵魂在颤抖,我几乎不能控制愤怒的情绪。然而,在我长时间仔细地思考之后,我克制住了自己的情绪,把手放到盲女的额头上,转向围过来的孩子们,用我最严肃的语气说道:"我带回来一只迷途的羔羊。"

但阿梅丽认为,《福音书》不会教授任何有关无理和超理的内容。我看她要抗议,就向雅克和萨拉做了个手势,示意他俩带着两个小的离开。他俩已经习惯了我们夫妻之间的小分歧,而且对为什么产生分歧也没有什么兴趣(我甚至认为是不够关心)。我的妻子还是不言语,我觉得她是对这个不速之客的到来而恼怒。

"你可以在她面前讲话,"我补充道,"这可怜的孩子听不懂。"

然后,阿梅丽开始抗议,她说的确没什么和我说的——这通常是一连串冗长唠叨的前奏,她说她向来只能任凭我做些不太实际又违背常识的事。前面我已经写过,我并不知道把这个女孩托付给谁。我还没有想过能否收养她,或者说只是有非常模糊的想法,是阿梅丽启发了我,她问我"是不是觉得家里人还不够多"。她说我总是不考虑后果一意孤行,在她看来,五个孩子已经够多了,自从生下克劳德(此刻,克劳德仿佛听到有人叫她名字似的,开始在摇篮里大叫起来),她就已经够受了,甚至有些精疲力竭。

她刚说了几句,我心中便浮想起了一些基督的训诫,但是话到嘴边却没有说出来,因为我觉得将《圣经》当作挡箭牌来遮掩自己的行为,是不合适的。只要她一说累,我就很愧疚,因为我知道,我因为善心而做出的冲动决定往往欠考虑,我不止一次让她承担了这些后果。然而她的这番责备,让我明白了自己的责任。于是,我非常温柔地恳求阿梅丽换位思考一下,如果换作是她,是否会以同样的方式来处理，是否会让一个无依无靠的盲女陷入困境。我还预料到，收养这个残疾的女孩会给妻子带来不少家务方面的新负担，但令人遗憾的是，我没法多分担些，这让我有些过意不去。我尽力安抚她，恳求她不要把这些怨恨发泄到无辜的孩子身上。然后，我告诉她萨拉到了可以帮助她的年纪，雅克也不再需要她的照顾。总而言之，我凭借上帝赋予我的口才，说了一些让她可以接受的话，我想如果不是这件事太出乎她的意料，而且如果能够给她时间考虑的话，我相信她会乐意接受的。

亲爱的阿梅丽友善地接近这个女孩，我觉得这次快要成功了。但是，当她拿着灯查看这个孩子的时候，怒气突然反弹，而且更加强烈，因为她看到了这个孩子浑身上下难以描述的肮脏。

"啊，她简直太脏了！"阿梅丽大叫道，"去洗澡，快去洗澡！不，别在这儿，先去外面把身上抖干净。哦！我的上帝啊！这么多虱子，孩子们会被她传染上的。我最害怕虱子了。"

不可否认的是，这个可怜的女孩身上都是虱子，一想到我在车上长时间紧紧搂着她，我就觉得有点恶心。

我出门尽可能地清理了自己，两分钟后我回到家中，看见妻子颓废地坐在沙发上，双手抱着头痛哭着。

"我没想到这件事给你带来这么大的麻烦。"我温柔地对她说,"今天已经太晚了,我们也看不清。我看着炉火,今夜就在这儿陪她入睡。明天,我们给她理发、洗澡,等你看她顺眼了再开始照顾她。"我还请求她不要对孩子们讲起这件事。

到了晚餐时间。我们的老管家罗丽莎一边为我们服务,一边朝着盲女投去了充满敌意的目光,看着她贪婪地舔舐着我递给她的汤盘。整个用餐期间很安静。我本想给孩子们讲述我这次的意外经历,让他们理解和感受到赤贫生活的艰难,激发他们的恻隐之心和同情心,以此证明是上帝让我们接受她。但我害怕再次激起阿梅丽的怒气,尽管我们每个人肯定都在想这件事,可似乎有一道看不见的命令让我们忘记这件事。

有一件事令我很感动:就在大家都睡着一个多小时,阿梅丽把我一个人留在房间里的时候,我的小女儿夏洛特推开门,穿着睡衣,光着脚,轻轻走过来。她搂住我的脖子,抱着我轻声说:"我还没有跟你说晚安。"

然后她低下身来,用她小小的手指指着躺在地上的盲女,夏洛特对她很好奇,想在睡觉前再看看她。

"为什么我不能抱抱她呢?"

"你明天再拥抱她吧,现在咱们别打扰她了,她睡觉了。"我对夏洛特说,然后把她送到门口。

我回来坐下，读书并准备下一次布道，一直忙到第二天早晨。

我想（现在回想起来），可以确定的是，夏洛特今天对盲女比哥哥姐姐对她的态度要亲切得多；但是，他们中的每一个人到这个年纪，都让我产生过错觉，包括我的大儿子雅克，如今与我十分疏远，做事情也极为谨慎……他们表现得极尽温柔，其实只是希望得到爱抚。

2月27日

夜里又是一场大雪。孩子们特别开心，他们觉得不久之后就可以爬窗户外出了。果不其然，清晨时分，大雪封住了家门，我们只能从水房出去。昨天，我就做了准备，也反复确认过村里已经储备了充足的物资，毫无疑问，接下来的一段时间我们将与世隔绝。这不是第一次村庄被大雪困住，但在我印象里，还从未出现过这么厚的积雪。我正好借此机会讲述昨天未完待续的故事。

我说过，当时把这个孩子带回来，我并没有想太多，更没有想过她在家里会占据什么样的位置。我知道妻子不会过度反应，也知道家里的居住空间和收入都很有限。像往常一样，我还是按照天性和道德准则行事，没有计算我的冲动可能会增加的开销（这对于我来说是违背《福音书》的）。但是，信赖上帝是一回事，将后果推给别人是另外一回事。我很快意识到，是阿梅丽承担了这项繁重艰巨的工作，起初我深感愧疚。

我尽自己最大的努力协助阿梅丽给女孩剪头发，我十分清楚，虽然她这么做了，但是对此十分厌恶。需要给女孩洗澡的时候，我只能让阿梅丽自己来做，我知道自己逃避了最繁重、最令人厌恶的工作。

阿梅丽没有再提出任何抗议，她似乎是在夜里想通了，决定接受这项新任务，她甚至从中找到了乐趣，我看到她照顾完女孩后露出了笑容。我给女孩剃光的头上涂了药膏，戴上一顶小白罩帽；阿梅丽帮助她换上萨拉干净的内衣和旧外衣，并将之前又脏又破的衣服扔进了火炉里。这个孤女不知道自己的真实姓名，我们也不知道，夏洛特建议叫她热特律德，一提出来就得到了大家的赞同。她应该比萨拉小一点，因为她穿萨拉一年前的衣服正合适。

我必须在此承认，刚开始的几天，我感到深深的失望。我教热特律德读一本教育书籍，但现实却给了我沉重的打击。她那张迟钝的脸上露出了漠不关心的表情，或者说是毫无表情，这彻底冻结了我的心。她整天靠着火炉，处于一种戒备状态。热特律德一听到我们的声音，尤其是我们一靠近她，就面露凶相。她要么没有表情，要么就是一脸敌意；只要我们试图和她沟通，她就开始呻吟，像动物一样嗥叫。她这种恼怒情绪直到吃饭时才会有所缓解，她扑向我亲自端过来的饭菜，仿佛贪婪的牲畜，吃相看起来十分难堪。即使再赤诚的情感也需要回应，在盲女顽固的拒绝下，我萌生了一种厌恶的情绪。的确，我承认最开始的十来天我很是失望，对她没有一点好感，甚至后悔当初自己一时冲动将她带回家。我不擅于掩饰情感，有趣的是，自从阿梅丽觉察到热特律德对我的依赖成为对我的一种折磨和难堪以后，便有些许的得意，开始给予这个孩子更多真心的照顾，而这一举动却有些伤及我的颜面。

当我左右为难时，住在特拉维古村的医生朋友马丁，要在巡诊之际前来拜访我。他对于我讲述的热特律德的情况很感兴趣，开始时他很惊讶，虽然是一个盲女，但她却为何如此愚昧。我向他解释，耳聋老太太是唯一照顾她的人，她从不跟盲女说话，因此这个可怜的女孩一直处于一种无人问津的状态。马丁劝我说，这种情况不应该绝望，只是不知道该怎么做罢了。

他跟我说："你还没有确定地基是否牢固，就开始想建造房屋。试想一下，这个灵魂还是一片混沌，连最初的轮廓都还没有形成。开始阶段，你需要将触觉和味觉感受联系起来，用贴标签的方式，将每种感觉配上相应的声音和单词，让她感受。你要反复地给她诵读，设法让她自己说出来。别试图进行得太快，每天定时进行，不要持续太长时间……"

他向我详细地展示了这种方法后又补充道："实际上，这种方法并不难。这不是我发明的，其他人已经在这样做了。你不记得了吗？我们一起学习哲学时，老师在讲到孔狄亚克①和他栩栩如生的雕像时，给我们讲过一个类似的案例……"

他顿了一下又说道："或者是我在一本心理学杂志上读到过。不管怎样，这样的案例令我很吃惊，我甚至记得这个可怜孩子的名字，她比热特律德更不幸，因为她不但失明而且又聋又哑，一位英国的医生在上世纪中叶收养了她，她的名字是劳拉·布里德曼。那位医生记录了这个孩子的进步，或者说至少从开始阶段，他就记录为教育孩子所做的努力，您也应该这样做。连续几个星期，那个医生都在让她轮流触摸两个物品：一个大头针和一根羽毛笔，然后触摸印有这两个英文单词'pin'和'pen'的凸起的盲文。几星期后，没有取得任何进展，那具躯体似乎没有灵魂。但他没有失去信心，他说：'我就像一个倚靠着一口又深又黑的水井围栏的人，绝望地挥动着绳子，希冀有一只希望之手紧紧抓住它。'他不曾怀疑在那深渊之底有人存在，那人迟早会紧紧地抓住绳子。终于有一

---

① 18世纪法国著名哲学家，主要哲学著作有：《论人类知识的起源》《论缺点和优点毕露的诸体系》《感觉论》等。

天，他看到劳拉冷漠的面庞上露出一丝微笑。我相信那一刻，医生的眼中喷涌出了感激和爱的泪光，他跪下来感谢上帝。劳拉突然明白了医生对她的希望：她得救了！从那天开始，她努力学习；她的进步很快，不久便开始自学，后来成为一所盲人学校的负责人——如果不是她，那就是另一个人。近年来还有其他一些类似的事例，杂志和报纸进行了详细的报道，他们对于这些人能收获幸福感到震惊，在我看来，是他们大惊小怪。其实，每一个被封闭的人都是快乐的，他们一旦有了表达能力，就会诉说幸福。所以记者们听得入迷，从而得出了一个结论：那些五官健全的人竟然还在抱怨……"

谈论到这里，我和马丁之间发生了争执，我反对他的悲观主义，不认同他似乎想要表达的"感官只会使我们感到悲伤"的观点。

"我并不是这个意思，"他抗议道，"我只是想说，人的灵魂更容易也更愿意想象美好、轻松与和谐，而不愿想象无序和罪恶到处在损害、贬低、玷污和撕裂这个世界。正是五种感官帮助和告诉我们这些。因此，我更愿意相信维吉尔[①]所说的幸运是建立在生来的痛苦之上的，而不是建立在生来的福气之中的。这就告诫我们，如

---

① 古罗马著名诗人，代表诗作有：《牧歌》《农事诗》和《埃涅阿斯纪》。

果人们能忘掉痛苦,他会感到多么幸福啊!"

然后,马丁和我谈论了狄更斯的一本小说,他认为其灵感直接受到劳拉·布里德曼的启发,并答应立刻寄一本给我。四天后我收到了这本《炉边的蟋蟀》①,并高兴地读了起来。这个故事有点长,不过有些情节很感人,讲述的是一个盲人小女孩和爸爸的故事。她的爸爸是一位贫穷的玩具制造商,一直竭尽所能地让她生活在舒适、富裕和幸福的幻想中。狄更斯的艺术在于能让人们把谎言变得虔诚。啊,感谢上帝!我不必用这样的方式对待热特律德。

自从马丁来看我的第二天起,我便开始实践他的方法,并尽我所能地做到细致。我现在很后悔没有像他建议的那样,把热特律德在这条暮光之路初始阶段的情况记录下来,而只是自己边摸索边指导她。最初的几周,花费的耐心远比想象的多,因为初次接受教育不仅很费时间,而且还给我带来责备。让我难过的是,这些责备来自阿梅丽。不过,我能够在这里谈论此事,自然是因为我没有任何怨恨——我郑重说明这一点,以后她读到这些文字便知。(基督不是在迷途的羔羊的预言②之后,立刻教育我们要原谅别人的冒犯

---

① 英国作家狄更斯圣诞故事系列小说之一,此外,还有《圣诞颂歌》《教堂钟声》《着魔的人》《人生的战斗》等。
② 迷途的羔羊是《圣经》第二十三卷书《以赛亚书》第五十三章第六节的内容:我们都如羊走迷,各人偏行己路,耶和华使我们众人的罪孽都归在他的身上。

吗？)我还要说：在我遭受她的责备最难过的时刻，也没有因为她反对我对热特律德的长期付出而怨恨她。我责怪她主要是因为她对我能取得成功没有信心。是的，这种对我缺乏信心的感觉让我痛苦，但却并没有令我感到气馁。多少次我听到她碎碎念："你至少应该取得一些成绩啊……"她坚信我的努力是徒劳的。因此，她自然地认为我在这项工作中花费这么多时间是不值得的，她觉得我应该用一种更好的方式去实践。每当我照顾热特律德的时候，她总是找机会来扰乱我，不是说有人在等我，就是有事要我去做，说我把本应该花在其他人身上的时间都浪费在热特律德身上了。综上，我认为这是一种母亲与生俱来的嫉妒心，因为我不止一次听到她对我说："你从来没有这样照顾过自己的孩子。"确实如此，我特别爱我的孩子们，但我认为他们不需要我过多的操心。

我经常觉得，迷途羔羊的故事对于一些自认为虔诚的基督教徒来说很难接受。他们始终不能理解，对于牧羊人来说，一只单独离开羊群的羊或许比整个羊群更加珍贵。有这样一句话："一个人若有一百只羊，其中一只迷了路，你们的意思如何？他是要撇下这九十九只，去山里寻找那只迷路的羊吗？[①]"这些话闪烁着仁慈的光

[①] 此话出自《马太福音》第十八章第十二节。

辉,如果基督教徒们敢说真话,他们就说出了最不公正的话。

热特律德脸上最初绽放的笑容彻底宽慰了我,这些笑容百倍地偿还了我对她的照顾。因为"若是找着了,我实话告诉你们:这一只羊带给他的欢喜,要远比那没有迷路的九十九只多!①"是的,我告诉您实话,那天早上我从她雕塑一样的脸上看到了笑容,那是一种浸润我心灵的天使般的笑容,她似乎突然开始能够理解,并对我长时间努力教她的东西感兴趣了。我从没在自己任何一个孩子脸上看到这样的笑容。

那天是3月5日。我记下这个日期并把它作为一个生日。与其说是微笑,不如说是蜕变。突然之间,她脸上的线条动了起来,就像一道骤然的圣光,一道阿尔卑斯山上的紫红色天光,将山峰从黑暗中拉出,使白雪山顶微微颤动,这是一道神秘的色彩;我还想到天使下凡、唤醒死水的贝思达水池。看到热特律德天使般的表情,我特别开心,在我看来,此刻降临到她身上的不是爱,而是智慧。一种感激的冲动刺激了我,我亲吻了她美丽的额头,在我看来,这是献给上帝的一吻。

初期的成绩越难取得,后面的进步就越迅速。现在我努力回

---

① 出自《马太福音》第十八章第十三节。

想我们是通过哪些方法取得进步的。在我看来，有时热特律德进步神速，仿佛在嘲笑这些方法。我记得，起初，我坚持让她学习物体的性质，而不学习物体的种类，如：炎热、寒冷、温和、柔软、苦涩、粗糙、灵活、轻盈……然后是一些动作词，如：分开、接近、抬起、交叉、躺下、系牢、分散、聚集等。很快，我放弃了所有的方法，开始和她聊天，没有太担心她是否能跟上我的思路，只是慢慢地引导让她向我提问。可以肯定的是，在我离开她的时候，她的思想还在运转，因为我每一次再看到她，都是一个新的惊喜，我觉得和她分开的夜晚都变得短暂了。我对自己说：事情就是这样，天气变暖，春天到来，终会一点点战胜寒冬。多少次，我欣赏雪融化的方式：外表面仍然保持不变，里面却从地下开始融化了。每年冬天，阿梅丽都会和我说："雪并没有什么改变。"人们认为它还很厚，但是底下已经化了，而且会突然间崩塌，重现出生命。

我害怕热特律德一直在火炉边待着，会像个老太太一样身子越来越虚弱，于是决定让她出去走走。但是，只有在扶着我的胳膊前提下，她才同意出去散步。她一离开房间脸上就露出惊讶和恐惧，不用说，我就知道她没有去过户外。在我发现她的那间茅草屋里，没有人照顾她，只是给她点食物，维持她的生命而已，在我看来，那甚至谈不上叫活着。她黑暗的世界被围墙和无法逃离的房间所包围；夏天，房门敞开时，她也只是站在大门边缘待一小会儿，不敢去往通向光明的世界。后来，她告诉我，听到鸟儿的歌声，她以为是纯净的光影，就像感到这种温度在抚摸手和脸一样，她没有仔细思考过。在她看来，热空气温暖人，就像火炉能烧沸水一样自然。事实是她没有任何思想，什么也不在意，生活在深度的麻木之中，直到我照顾她才开始有所转变。我记得我告诉她这些声音来自生物的时候，她表现出无尽的狂喜，她认为那些生物唯一的功能似乎是感受并表达出对大自然的热爱。（从那天起，她养成了说"我像鸟儿一样快乐"的习惯。）然而她无法看到鸟儿唱歌的美丽景色，这让她有些忧郁。

她说："世界真的像鸟儿唱的那样美丽吗？为什么人们不多说一些呢？为什么您不告诉我呢？是害怕我看不到这个世界而痛苦吗？您错了。我对于鸟儿的歌声听得很清楚，我认为我能听懂它们唱的内容。"

我对她说："我的热特律德，那些能看得见的人，还不如你听得那样明白。"我希望这些话能安慰她。

她又问："为什么其他动物不唱歌？"有时，她的问题会让我感到意外，我有些难以回答，因为她迫使我思考以前我毫不怀疑就接受的东西。这也是我第一次感觉到，动物越接近自然，就越迟钝，也越悲伤。这就是我尽力想让她理解的东西，我还向她讲述松鼠和它的游戏。

她问我："鸟儿是不是唯一会飞的动物？"

我告诉她："还有蝴蝶。"

"蝴蝶会唱歌吗？"

"蝴蝶有另一种诉说愉悦的方式，"我说，"它们的翅膀上有鲜艳的颜色……"接着，我向她描述五颜六色的蝴蝶。

2月28日

我回来晚了，因为昨天我一直在训练自己学习盲文字母表。

为了教热特律德，我本应该自己先学会盲文字母表；但很快地，她就比我更熟练了。我觉得很难辨认，因为我总是习惯性地用眼睛看，而不是用手摸。

此外，我不是唯一教她的人了。起初，我很开心有人帮忙教她，因为我在市镇有很多事务，镇上的住户又过于分散，因此我去拜访穷苦的病人经常需要走很远的路。在此期间，雅克进入洛桑神学院开始学习。圣诞节他回家同我们过节，在滑冰的时候摔断了胳膊。我立刻请来了马丁，他认为骨折得不是很严重，可以不用再请外科医生来治疗，但是雅克必须在家待一段时间养伤。他突然开始对热特律德这个以前他从没在意过的女孩感兴趣。雅克开始照顾她,并帮助她学习阅读,不过只是在养伤期间,大约三个星期。也是在此期间,热特律德取得了明显的进步。现在,一种特别的热情刺激着她。她的思维昨天还很愚钝,而现在,好像她刚刚学会走,就开始跑起步来。这令我有些惊讶,她能不太费力地表达自己的思想,而且是以一种正确的又不是孩童般的方式来表达;当我们刚教她认识物品或跟她讲解描述事情时,有时会设法让她直接感知,她会以一种令人愉悦又出乎意料的方式帮助自己表达思想。我们总是像测距员一样,使用她能触摸或感知的东西来解释她不能达到的高度。

我认为无须在这里赘述这种教育的初期阶段,毫无疑问,这种教育会出现在每个盲人的教育过程中。我认为,每个教过盲人的老师,即便是大师,也会碰到让他们尴尬的色彩问题。(在这个事情上,我要指出,《福音书》中没有任何涉及颜色的问题。)我不知道其他人是怎么教的,就我而言,我是以彩虹透过棱镜呈现给我们的颜色顺序来教她命名的。但是不久,她便对颜色和亮度的概念产生了混淆。我意识到她的想象力不能区分色调和画家所说的"明暗色度"。她很难理解每一种颜色都可能有深有浅,它们能通过混合调出无限多的颜色。没有什么比这更能激起她的好奇心,她不停地回到这个话题上。

于是,我找机会带她到纳沙泰尔听了一场音乐会。交响曲中每一种乐器都让我回到色彩的问题上。我给热特律德指出铜管乐器、弦乐器和木管乐器的不同音色,告诉她每一种乐器都能以或强或弱的方式,弹奏出从低沉到尖锐的所有声音。我让她以这样的方式联想大自然:红色和橙色就像圆号和长号,黄色和绿色就像小提琴、大提琴和低音提琴;紫色和蓝色就像长笛、单簧管和双簧管。她内心的喜悦随即替代了疑虑。

"那一定很美丽吧!"她说。

突然,她接着说:"那白色呢?我不知道白色像什么……"

我突然意识到我的比喻可能不太恰当。

我尝试跟她解释:"白色是所有音调混合的最高极限,就像黑色是所有音调混合的最低极限一样。"但是这样的回答,就连我自己都不是很满意,更别说是她了。她立刻向我指出木管乐器、铜管乐器和提琴乐器,从低音到高音还是能很清晰地区分出来。很多次,我都这样被她问住,只好先保持沉默,寻找可能解释清楚的说法。

最后,我跟她说:"你把白色想象成特别纯洁的东西,没有一点颜色、只有光芒的东西;相反,黑色就像特别模糊的东西,特别暗淡、没有光的东西。"

这种对话只是我经常遇到困难的一个例子。热特律德不像其他人那样不懂装懂,他们通过无意义的推理,使其灵魂中充斥着错误和模糊的思想。只要她没有一个清晰的想法,她就会感到担心和焦虑。

就像我上面说的,在她心里光芒和温度起初是紧密联系在一起的,因此,我之后想把这两个概念分开就遇到了很大困难。

此外,通过教育热特律德,我还不断体验到视觉世界和声觉世界的区别,试图用一种方式来解释另一种方式,不过无论怎么比较都是有些欠妥的。

2月29日

我光想着比较区别,还没有说到热特律德在纳沙泰尔音乐会上感受到的巨大快乐。我们在那里恰巧听到了《田园交响曲》。我说"恰巧"是因为这并不是我希望她听到的。我们离开音乐厅很久之后,热特律德仍然保持沉默,仿佛沉浸在极大的喜悦之中。

她说:"您所看到的真的和这一样美丽吗?"

"和什么一样美丽,亲爱的热特律德?"

"和《溪畔景色》①一样。"

我没有立刻回答她,因为我考虑到这些无以言表的和谐音乐,不是描绘了真实世界,而是描绘出一个没有痛苦、没有阴暗的理想世界。我从没敢跟热特律德谈论过痛苦、阴暗和死亡。

最后,我说:"那些看得见的人并不懂得他们的幸福。"

她立刻大叫起来:"我看不见,但是我懂得聆听幸福。"

她紧挨着我走路,像小孩子一样挽着我的胳膊。

"牧师,您能感觉到我有多幸福吗?不,不,我这么说不是为了让您高兴。您看着我:当我们说的不是真话的时候,难道不能从脸上看出来吗?我呢,我能很好地从嗓音中分辨出来。您还记得那天阿姨(她这样称呼我的妻子)责备您什么都不为她做,您告诉我说您没哭;我立刻大叫起来:'牧师,您说谎!'我能感觉到您的声音,您没有对我说实话;我不用抚摸您的脸颊就知道您哭了。"接着,她大声重复道,"是的,我不需要摸您的脸。"

这话让我感到脸红,因为我们还在城里,路人都回过头来看

---

① 《溪畔景色》是贝多芬《F大调第六交响曲》第二乐章。贝多芬定居维也纳后,每年夏季都会到维也纳郊外的森林避暑,避暑时居住的海利根镇附近有一条美丽的小溪。山上的泉水奔流而下,水流湍急,岸边是茂密的榆树林。贝多芬无疑在这里得到了主要的灵感,最终写下这篇名为《溪畔景色》的乐章,成为他的《田园交响曲》的第二乐章。

我们。

然而，她继续道："您知道，您不应该欺骗我。首先您企图欺骗一个盲女，这是卑劣的。"

她一边笑一边接着补充道："其次，这也骗不了人。牧师先生，您告诉我，您是幸福的，对吗？"

我把她的手放到我的嘴边，好像不是向她承认，而是让她感受我幸福中的一部分源于她，我回答道："不，热特律德，不，我是幸福的，我怎么会不幸福呢？"

"可是，您有时候会哭？"

"我有时会哭。"

"从我说的那次后再也没哭过吗？"

"是的，自从那次之后，我再也没哭过。"

"您再也不想哭了吗？"

"是的，热特律德。"

"自从那次起，您还有想要说谎的时候吗？"

"没有，亲爱的孩子。"

"您能跟我保证再也不会欺骗我了吗？"

"我向你保证。"

"那好！您马上告诉我：我美吗？"

这个意外的问题使我怔住了，而且直到现在，我不曾注意过热特律德不可否认的美丽。此外，我坚定地认为告知她本人是无用的。

我立刻问她："知道这个对你来说有什么关系吗？"

"这是我担心的事，"她又说道，"我想知道我是不是……怎么跟您说呢？我是不是在这交响曲中显得很不和谐。牧师，这样的问题我又能问谁呢？"

"牧师不关心脸蛋是否长得漂亮。"我辩驳道。

"为什么？"

"因为只要灵魂美丽就足够了。"

"您是想让我相信我很丑。"她说着，然后撅起小嘴。

这时，我不再坚持了，我大声说："热特律德，你明明知道自己很美。"

她沉默不语，脸上露出特别严肃的表情，直到回家还是这样。

我们一回到家，我就感到阿梅丽对我今天所做的事不太乐意，她并不赞成我这样浪费了一天的时间。她原本可以在此之前告诉我她的想法，但她没说任何反对的话，而是放任我和热特律德去了，并且保留了事后责备的权利。她虽没有明确地责备，却用沉默来控诉。不过，既然已经知道我带热特律德去听了音乐会，那么，在我们回来之时,她为什么不能问一下我们听了些什么呢?这不是顺带一提的事吗?为什么要对孩子的快乐漠不关心,难道她就不可以拥有幸福吗?况且阿梅丽并不是真的保持沉默,而是只谈论最无关紧要的事情。到了晚上,孩子们都睡觉之后,我把她拉到一边,严肃地问她:"你是因为我带热特律德去听音乐会而生气吗?"

我得到这样的回答:"你对她做的事,从没有对你自己的任何一个孩子做到过。"

正如寓言描述的,我们对待回心转意的孩子总是不理解,而且充满抱怨,但是对于固执己见的人却无所谓。另外,让我感到难过的是,她没有看到热特律德的残疾,她除了期望得到一些照顾,其他还能有什么呢?我平时很忙,只是凑巧那天有时间而已。阿梅丽的责备很不公平,因为她很清楚我们的孩子要么有自己的工作,要么有其他事情,而她自己对于音乐一窍不通,即使她有时间,即便音乐会就在家门口,她也从来没有想过去音乐会。

更让我伤心的是,阿梅丽竟然在热特律德面前这样说。尽管我将她带到了一边,但她仍然提高嗓音,那声音足以让热特律德听见。我不仅难过,更感到气愤。过了一会儿,阿梅丽走了,我走向热特律德,拿起她纤细瘦弱的小手,放到我的脸上,说道:"你看到了!这一次我没有哭。"

"不，这一次轮到我了。"她勉强微笑着说道。她冲我抬起美丽的脸庞，我突然看到她的脸上浸满了泪水。

3月8日

为了哄阿梅丽，我尽量顺着她，我所能做的就是不做她不喜欢的事情，这些完全消极的爱情表现是她唯一允许我做的。从某种程度来说，她已经限制了我的生活，不过她意识不到这一点。啊！祈祷上帝，让她要求我做一些困难的事吧！哪怕是多么鲁莽危险，我都会愉快地完成。但是她似乎厌烦所有打破常规的行为，因此对她来说，生活中的进步只是重复过往。她不希望，也不接受我的新美德，甚至不接受已有美德的增长。她不带责备，甚至有些担忧地注视着灵魂的一切努力，想要在基督教中看到除本能归化之外的东西。

我必须承认，那次去纳沙泰尔听音乐会，我完全忘记了阿梅丽让我去缝纫店结账的事，也忘记给她买一盒线回来。事后我比她本人更生自己的气，尤其我还保证绝不会忘掉。我知道"见微知著"的道理，我担心她会从我的疏漏中得出这种结论。我甚至希望她因此而责备我，因为我确实应该受到责备。更为重要的是，虚构的抱怨会甚于明确的指责：啊！如果我们不去聆听思想中幽灵和妖怪的声音，只是满足于这些真实的痛苦，那我们的生活多么美好，痛苦也尚且可以忍受……但我要在这里指出布道的主题（《马太福音》第十二章第二十九节："无须担心"）。我在这里所描绘的，是关于热特律德智力和道德发展的故事——我回到正题上来。

我希望能够记录这一步一步的发展，而且在前面我已经讲述得很详细了。但是我没有时间仔细记录所有阶段，今天若想准确地将其连贯起来，对我来说也是很难的。记述驱使我回想，我首先讲述的是热特律德的反应，以及近期同她的对话，那些偶然读到这些文字的人，毫无疑问会惊讶于她能够如此准确地表达思想。确实，她的进步之神速令人咂舌。我经常钦佩她思维敏捷，能够领会我教给她的精神食粮，以及她可以了解的一切，不断同化吸收、内化为自己的知识。热特律德让我感到惊讶，她不断追赶、甚至超越我的思想，每一次谈话，我都会对她刮目相看。

短短几个月后，她的智商似乎苏醒了。甚至已经显示出比大多数年轻女孩更多的智慧，因为外界会让那些女孩分心，她们会把最佳注意力消耗在一些无用的事情上。此外，我认为她比最初我们估计的年龄要大些。她似乎想要利用自身失明这一不利因素，因此我甚至怀疑，在很多方面，她的残疾成为一个优势。我把她和夏洛特进行比较，有时我让夏洛特复习功课，看到她会因为飞过的苍蝇而分心。我想:"如果她的眼睛看不见,肯定就会更专心地听我讲啦!"

毋庸置疑,热特律德非常渴望读书。不过,我要尽可能地引导她的思想,我希望她哪怕少读些书,或者说至少在我离开时少读些,也要去读一下《圣经》——这对新教徒来说很奇怪。这点我需要解释一下,不过,在谈论这个重要的问题之前,我想先说一件和音乐有关的小事,我记得这件事应该是发生在纳沙泰尔音乐会不久之后。

是的,我想这个音乐会大约是在雅克回家过暑假的三周前。在此期间,我带热特律德去过好几次我们镇上的小教堂,让她坐在小风琴前。这架小风琴通常是由德拉玛小姐弹奏的,而热特律德现在就住在她家。那时,路易斯·德拉玛还没有开始给热特律德进行音乐启蒙。尽管我对音乐很感兴趣,但我对此了解得并不多,所以当我和她坐在键盘前的时候,我觉得自己无法教授她。

"不,让我自己试一试吧,"经过初期的探索之后,热特律德对我说,"我更想自己试一试。"

我更乐意离开她,在我看来,教堂并不是一个适合我俩单独在一起的地方,一来出于对圣地的尊敬,二来也为了避免别人的闲话——尽管我一般不会考虑到这一点,但是毕竟这不光涉及我,还有她。每当我到这边巡视时,就会把她带到教堂,通常把她放在那里,几个小时后我返回时,再去接她。她专注地寻找和谐之声,十分耐心,我晚上去接她的时候,发现她仍然沉浸在使她狂喜的和音之中。

八月初的一天,差不多距现在有半年多的时间,我去看望一位可怜的寡妇,恰巧她不在家,于是我就回教堂去接热特律德。她没有预料到我会回去得那么早,我惊讶地发现雅克在她身边。他俩谁也没听到我走进去的声响,因为风琴的声音掩盖住了我轻轻的脚步声。我并非喜欢偷窥之人,但和热特律德有关的事,我都挂在心上。因此,我压低脚步声,偷偷爬上台阶,来到看台上,那是一个绝佳的观赏位置。我应当承认,整个过程没有听到一句他俩不敢在我面前说的话。但是雅克紧挨着热特律德,好几次我看到他亲手在琴键上指导她指法。她之前对我说更喜欢自己试一试,现在又接受雅克对她的指导,这难道不奇怪吗?不论我有多么惊讶,多么痛苦,我都不敢向自己承认。我正准备上前进行干预,却忽然看见雅克从怀中掏出了怀表。

"我应当走了,"他说,"爸爸差不多快回来了。"

然后我看到他拉起热特律德的手,放到嘴唇上吻了一下,之后离开了。片刻之后,我悄悄地走下楼梯,打开教堂的门,故意让她听到我的声音,认为我只是刚刚进来。

"嗨,热特律德,准备回去了吗?琴练得还好吗?"

"嗯,练得很好,"她用最自然的声音对我说,"今天,我真的有一些进步。"

我的内心充满了极度的悲伤,但是我们谁也没有提起我刚才所讲述的事情。

我迫不及待地想和雅克单独聊聊。晚饭后,我的妻子、热特律德和孩子们像往常一样,很早就离开饭桌,只剩下我和雅克,他一直要学习到深夜。我在等待这一刻。但是与他说话之前,我觉得心里十分难受,饱受困扰,以至于我不知如何或者不敢谈论这个折磨我的话题。倒是雅克首先打破了沉默,说他决定每个假期都和我们一起度过。然而几天前,他告诉我们要去阿尔卑斯山旅行,我和妻子都十分支持。我知道他这次旅行的旅伴——我的朋友T先生,正在等他。我很明显地感觉到,这种突然的转变与我在教堂无意中发现的情景有很大关系。起初,我特别愤怒,但是如果我劈头盖脸地批评他,我害怕他以后不会对我说实话,也害怕自己会因说出一些太过尖锐的话而后悔,因此,我竭尽全力以最自然的语气说道:"我认为T先生指望着跟你一起去呢。"

"嗨,"他继续说,"他没完全指望我,至少找个人替代我对他来说也不麻烦。我在这里休息也很好，比去奥伯伦高地更好，而且我真心觉得，比起去山里跑步，我在家里能够更好地利用这段时间。"

我说："那么，你在这里有什么要做的事吗？"

他看着我，从我的语气中觉察出一丝讽刺的意味，但是，由于还不知道我的动机，他又表现出一副无所谓的样子，说道："您知道的，我更喜欢读书，而不是登山。"

"是的，我的朋友，"这次轮到我盯着他，说道，"但是你不认为陪伴弹琴比读书更吸引你吗？"

毫无疑问，他察觉到自己的脸变红了，因为他将手放到额头上，仿佛为了躲避灯的光亮。但是他几乎很快恢复镇定，用一种坚定但并不是我希望听到的声音说道："爸爸，您不要太指责我。我并不想向您隐藏我的意图，我正打算向您承认，只是您抢先了一步。"

他说得如此平静，就像读书一样，平静得像是什么都没发生似的。他表现出的这种冷静态度令我十分愤怒。他觉察出我要打断他，便抬起手，好像在跟我说：先让我说完，您等一下再说。但是我抓住他的胳膊，使劲摇晃着，激烈地喊道："我不想看到你给热特律德纯净的灵魂带来困扰！哼！我宁愿不要再见到你。我不需要你的承认！你滥用她的残疾、天真和单纯，这是一种可恶的卑劣行为，我从没想过你会这样做！还以如此平静的方式和我说话，实在是可恶至极！你听好了：我是热特律德的监护人，我不允许你再和她说话、再碰她、再见到她！"

"但是，我的爸爸，"他又以同样平静的、令我难以控制怒火的口吻说道，"请您相信，我和您一样尊重热特律德。如果您认为我们之间有什么见不得人的事，您就搞错了，我指的不光是我的行为，还有我的想法和心底的秘密。我爱热特律德，但也尊重她，和您这么说，我爱她的程度和对她的尊重是一样的。和您一样，我也认为扰乱她的心灵，滥用她的残疾、天真和单纯是十分卑劣的。"然后他说，他希望自己能够成为她的支持者，成为她的朋友，甚至是丈夫。他说在决定和热特律德结婚前，本不应该和我谈论此事，这个决定热特律德本人还不知道，他想首先应该跟我谈。

"这就是我要跟您承认的所有事情，"他补充道，"我没有其他任何要向您坦白的了，请相信我。"

这些话让我充满惊讶。听他说这些话的时候，我感觉太阳穴在剧烈地跳动。我本来只想责备他，然而，他向我列举出的所有理由足以不再使我愤怒，这让我更加不知所措，以至于在他说完话之后，我找不到任何话对他说。

"咱们先睡觉吧，"经历了长时间的沉默，我最后说道，我站起身，把手放在他的肩上，"明天我再跟你说我对于这件事的看法。"

"您至少要告诉我，您不再生我的气。"

"我需要一晚上的时间好好思考下。"

第二天，当我看到雅克时，我感觉似乎是第一次真正看着他。我突然觉得我的儿子不再是一个孩子，而是一个男人了。只要我认为他还是一个孩子，这种令我惊讶的爱情在我看来就是很可怕的。我整夜都在说服自己，从另一面看，他的做法完全是自然的，是正常的。那么我的不满情绪又来自哪里呢？对于我来说，晚点才能够想明白。当前，我应该跟雅克谈谈并告诉他我的决定。然而，一种出于良知的本能警告我，应该不惜一切代价阻止这桩婚事。

我把雅克拉到花园尽头，在那里，我首先问他："你跟热特律德表白了吗？"

"没有，"他跟我说，"或许她已经觉察到我对她的爱了，但是我没有承认。"

"好的！你向我保证，不要再跟她谈论这事。"

"爸爸，我向您保证。但是，我可以知道理由吗？"

我犹豫是否要告诉他，不知道我内心首先想到的是不是最重要也最应该讲的理由。说实话,是良知而不是理性决定了我的行为。

"热特律德太小了,"我终于说道,"想想看,她的思想还没成熟。唉,你知道她跟其他孩子不一样,她的发育大大晚于同龄人,她一听到情话,一定会特别敏感,容易轻信别人,这就是为什么不要告诉她的重要原因。占有一个不能自我保护的人,这是卑劣的行为,我知道你不是一个卑鄙的人。你说你的情感没有任何可责备的,我却认为这是有错的,因为这过于早熟。热特律德还不懂得谨慎,我们要对她抱有谨慎态度。这是一个有关良知的问题。"

雅克有一个优点,只要跟他讲"你要凭良知做事"就能约束他。这是他从小到大接受的良知教育。然而,我看着他,想道:如果热特律德看到他,也一定会欣赏他修长的身材,挺拔灵活的身躯,没有皱纹的额头,清澈的目光,稚气未脱却又有几分严肃的面庞。他没戴帽子,灰白色的头发有些长,在太阳穴处微微卷曲,半遮住耳朵。

"我还有一件事要拜托你,"我们从坐着的长凳上起身时,我又说道,"你之前说过,打算后天离开,我请求你不要推迟启程日期,你最好这一整个月不和我们在一起,你这次旅行一天也不要缩短。听到了吗?"

"好的爸爸,我答应您。"

在我看来，他脸色极其苍白，嘴唇甚至有些褪色。但是我劝自己，他能这么快就屈服，说明他的爱还不是很强烈。我感到一种难以形容的解脱，不过，我对他的顺从有些感动。

"我爱的孩子又回来了。"我轻声对他说道，把他拉到身边，在他额头上吻了一下。他稍稍往后退了一下，但我没有感到难受。

3月10日

家里房子很小，以至于我们不得不挤在一起生活，尽管二楼留了一个小房间供我休息和招待客人，但有时还是很影响我的工作，尤其当我想和某个人单独谈话时，这种谈话的气氛就显得过于庄重。这小房间就像一个会客室，有时会听到孩子们开玩笑地说：这是他们不得进入的"圣地"。这天早上，雅克去了纳沙泰尔买徒步旅行要用的鞋子。天气特别晴朗，午饭后，孩子们和热特律德一起出去玩，不知是他们带着热特律德还是热特律德带着他们（我很高兴在这里要指出的是夏洛特对她特别关心）。所以很自然地，下午茶时间就只剩下了我和阿梅丽，我们就这样坐在客厅里喝茶。这正是我希望的，因为我迫不及待地想和她谈一谈。我似乎很少和她这样面对面地坐在一起，我感到有点胆怯，我要同她讲的事情至关重要，我有些心慌，好像不是要讲雅克的事，而是我的。在说话之前，我还感到，在某种程度上，我们两个虽然彼此相爱、过着共同的生活，但是我们之间却仿佛有一道无形的墙壁将我们禁锢。在这种情况下，无论是我和她说话，还是她和我说话，听起来都像是一种探测，以警告我们这堵墙的阻力，仿佛我们一不注意，它就可能变厚……

"雅克昨晚和今早跟我谈话了，"阿梅丽倒茶的时候，我开始说，我颤抖的声音与昨天雅克坚定的声音形成了鲜明的对比，"他和我说了对热特律德的爱慕之情。"

"他愿意告诉你，这很好，"阿梅丽没有看我说道，然后继续她的家务，仿佛我跟她讲了一件极其平常的事，又或者我什么都没跟她说似的。

"他告诉我想跟她结婚，他决心……"

"这不难料到。"她嘟囔着，轻轻耸了耸肩。

"这么说你早就预料到了？"我有点儿紧张地说。

"很早就看出来了，但是这种事儿男人觉察不出来。"

由于反抗毫无意义，而且她的回答也有些道理，我只是简单地反驳道："若是这种情况，你应该提醒我。"

她的嘴角露出一丝僵直的微笑，伴随着这种微笑的一般都是她对于意见的保留态度。阿梅丽摇了摇头说道："你觉察不出的事都要由我来提醒你呀！"

这种含沙射影的话是什么意思呢？我不知道，也不想知道，索性说道："那么，我想听听你对于这件事的看法。"

她叹了口气，说道："你知道的，亲爱的，我一直就不同意你收养这个孩子。"

听到她重提旧事，我很难不感到恼火。

"这与热特律德是否出现没有关系。"我说道。

阿梅丽打断我，继续说："我始终觉得她除了让人恼火，没有任何作用。"

出于对和解的强烈渴望，我抓住了这句话头，说："这么说你认为这样的婚姻是令人恼火的了？很好，这就是我希望听到你说的，很高兴我们的意见一致。"我补充说，雅克听从了我给他讲的道理和建议，因此她不必担心，他明天将要开始旅行，旅行会持续整整一个月。

我最后说："我和你一样，不想让雅克回来后再见到热特律德，我想最好的方法是把她托付给德拉玛小姐照顾，这样我也能继续去看望她，这事我并不避讳，因为我对她是负有义务的。我早就探好了口风，德拉玛小姐很乐意帮这个忙，愿意做她的新房东，而且你也可以摆脱一个不喜欢的人。路易斯·德拉玛很喜欢照顾热特律德,而且已经很开心地要给热特律德上音乐课了。"

阿梅丽似乎决定继续保持沉默,我又说道:"因为我们要防止雅克在外面背着我们找热特律德,我认为我们最好把实情告诉德拉玛小姐,你觉得呢?"

我这样说,是想努力得到阿梅丽的认同,但是她的嘴还是闭得紧紧的,仿佛发誓什么也不说。我继续说,并不是因为我有什么要补充的,而是因为我无法忍受她的这种沉默:"或许,雅克从这次旅行中回来的时候,已经从失恋的痛苦中走出来了。他这个年纪的孩子,我们哪能猜透他的心思呢?"

"呵!或许年纪再大些,也不会猜透。"她最后奇怪地说道。

她奇奇怪怪又带有说教式的语气激怒了我。我很坦诚,不喜欢这种故弄玄虚的语气。我转过身去面向她,请她解释她的言下之意。

"没什么,亲爱的,"她难过地说,"我只是在想,刚才你还希望别人提醒你没有注意到的事。"

"所以呢?"

"所以我告诉自己,提醒并不是件容易的事。"

我说过我讨厌这样故弄玄虚,原则上,我也拒绝听这种话里有话的说辞。

"你若真想让我理解你,就应该把话说清楚。"我强烈地反驳道，但马上我就后悔了，因为我看到有那么一刻，她的嘴唇在微微颤抖。然后她扭过头，站起来，颤颤巍巍、犹犹豫豫地在屋里踱了几步。

"你倒是说呀，阿梅丽，"我大叫道，"现在一切都为时不晚，为什么你还在难过呢？"

我感觉到我的目光让她难受，便转过身，胳臂肘撑在桌子上，手托着头，对她说："我刚才说话太强硬了，对不起。"

我听到她走近我，然后感觉到她的手指轻轻抚摸我的额头，听到她用充满泪水的声音温柔地说："我可怜的朋友啊！"

随后，她离开了房间。

当时阿梅丽的话对我来说显得很神秘，但是不久之后，一切就明朗了。我把首先浮现在脑海里的话说了出来，那天我才明白：热特律德该离开了。

3月12日

我强迫自己每天花一点时间照顾热特律德，这取决于我每天工作的多少，有时几分钟，有时几小时。在和阿梅丽谈话的第二天，我正好有时间，晴朗的天气像是对我发出邀请，我带着热特律德穿过森林，走到侏罗山深处。撩开密布的树枝丛，看到绵延开阔的土地。天气晴朗时,可以看到在一层淡淡轻雾下,阿尔卑斯山雪峰的奇观。我们到达以前习惯坐着的地方时,太阳已经从我们的左边落山了。一片既整齐又茂密的草地绵延到我们脚下。远处,几头奶牛在吃草,山上牛群中的每一头牛,脖子上都系着铃铛。

"它们在描绘这里的风景。"热特律德听到牛儿们的铃声说。

像每次散步一样,热特律德让我给她描绘我们停留的地方。

"可是你已经知道了呀,"我对她说,"这里是我们能看到阿尔卑斯山的森林边缘处。"

"阿尔卑斯山今天看得清楚吗?"

"我们能看到它壮丽的全貌。"

"您跟我说过它每天都会有点不同。"

"今天我能把它比作什么呢?就像夏日里的干涸吧,今晚之前,这些山峰的轮廓就融入暮色之中了。"

"我想让您告诉我,我们面前的大草地上是否有百合花?"

"没有的,热特律德。百合花不长在这么高的地方,或者只有一些极其罕见的品种。"

"这里没有人们说的田野百合花吗?"

"没有田野百合花。"

"纳沙泰尔附近的田野里也没有吗?"

"那里也没有。"

"那为什么上帝对我们说'看看田野里的百合花'呢？"

"上帝既然这样说了，毫无疑问，在他那个时候是有的，但是后来随着人们文明的到来，可能就消失了。"

"我记得您经常对我说，这个世界最需要的就是信任和爱。您不觉得人们想再看到田野里的百合花需要更多的信心吗？我呢，我向您保证，当我听到这句话时，我就看到了。我想给您描述一下，可以吗？那田野里的百合花就像一个个火焰钟，天蓝色钟罩里充满爱的香气，伴随着晚风轻轻摇曳。为什么您跟我说我们面前什么也没有呢？我明明感觉到了呀！我看到草地上郁郁葱葱的都是百合花。"

"我的热特律德，这种花并不比你看到的更美。"

"您说它们并不比我看到的美丽。"

"它们和你看到的一样美。"

"然而我告诉您，就是所罗门极富荣耀的时候，他所穿戴的也不如这些花中的一朵。"她引用《圣经》中的话说道。听到她如此悦耳的声音，我仿佛感觉自己是第一次听到这些话。

"在他极富荣耀的时候。"她深沉地重复着。

沉默一段时间后，我接着说道："我告诉你，热特律德：那些眼睛看得见的人是不懂得去看的。"在我心底,我听到这样一个祈祷的声音:"上帝啊!我感谢您谦虚地揭示了您藏在智慧背后的东西。"

她高兴地大叫起来:"如果您知道,如果您知道我能够轻而易举地想象到这些,喏,您还会让我描述这里的景色吗?在我们身后,在我们头顶和我们的周围,全是高耸的冷杉,它们树干巨大,带着树脂的香味,深色的树枝又直又长,当风想弯曲它们的时候似乎还在抱怨。在我们脚下,巨大的山坡就像倾斜书桌上打开的一本书,一大片绚丽多彩的草坪,有时在阴影下蓝幽幽的,有时被阳光镀上金色,最分明的就是花朵——有龙胆花、白头翁花、毛茛花,还有所罗门的百合花——奶牛们用铃铛来拼读这些文字,既然您说过那些拥有眼睛的人们看不见,那就让天使来读吧。在山坡的底部,我看到一条巨大的、雾气腾腾的牛奶河,覆盖着一个神秘的深渊,这是一条巨大的河,没有河岸,在尽头,离我们很远很远的地方,美丽的阿尔卑斯山出现了……那就是雅克要去的地方吧。您告诉我,他明天真的要走吗?"

"他明天要走。他告诉你了吗?"

"他没告诉我,但是我知道。他会有很长一段时间不在吗?"

"一个月……热特律德,我想问你……为什么不告诉我他去教堂找你的事?"

"他来找过我两次。我什么也不想对您隐瞒!但是我害怕您会难过。"

"你不告诉我会让我更难过。"

她的手来拉住我的手。

"他要离开很难过。"

"告诉我,热特律德……他说他爱你了吗?"

"他没有说过,但是即便没跟我说我也能清晰地感觉到。他不像您这样爱我。"

"那你呢,热特律德,看到他离开,你难受吗?"

"我认为他走了更好,因为我无法回答他。"

"那就是说,你能够忍受看着他离开?"

"您很清楚,我爱的是您,牧师……啊!您为什么把手缩了回去?如果您还没结婚,我不会跟您说这些。其实,没有人会和一个盲人结婚。我们为什么不能相爱呢?牧师,您说,您觉得这是不道德的吗?"

"爱情中没有不道德。"

"在我心里只有美好,我不想让雅克痛苦。我也不想让任何人痛苦……我只想给予幸福。"

"雅克想向你求婚。"

"您能让他走之前来和我谈谈吗?我想让他明白,他应该放弃爱我。牧师,您知道的,我不能和任何人结婚,不是吗?您让我和他谈谈,好吗?"

"今天晚上说吧。"

"不,明天,他走的时候说……"

太阳在灿烂的暮霭中下山了。空气温和。我们起身,边说边走上黑暗的回家之路。

第二篇

4月25日

我不得不搁置这本日记一段时间。

雪终于化了,道路一恢复通行,我就忙得不可开交,处理的都是一些由于村庄封闭而耽搁的事情。直到昨天,我才有一些闲暇时光。

昨晚,我重读了我在这里写下的一切……

直到今天,我才敢正视心中长期以来秘而不宣的感情,我很难解释自己为什么到今天才想明白。对于阿梅丽说的那些话,我为什么会觉得神秘莫测,在热特律德的表白之后,我又为什么会怀疑自己是否爱上了她。这些都是因为我既不认同婚姻之外的爱情,也不承认我对热特律德如此强烈的情感中含有禁忌的成分。

她的表白天真而坦率,让我十分放心。我对自己说:她只是一个孩子。真正的爱情不会没有羞涩的感觉，也不会不脸红。我站在自己的立场上劝自己，我爱热特律德就像爱一个残疾孩子。我照顾她就像照顾一个病人，教育她就像是一种出于道德的责任和义务。是的，确实如此，就在她跟我吐露真情的那天晚上，我觉得灵魂是如此轻松、愉悦。但是我搞错了，更糟糕的是，我还记录下来这些谈话，因为我认为这样的爱情是要受到谴责的，而遭受了谴责的扭曲灵魂，心情是会沉重的，但我一点都没有，所以也就不再相信那是爱情了。

我不仅原原本本记录了这些谈话，而且还尽可能记录下当时的心情。老实说，昨晚我重读这些文字的时候才真正明白……

雅克将去旅行，要在假期快结束时才能回来。出发之前，我让他和热特律德进行了谈话，但是他仿佛在躲避热特律德，只是在我们面前和她说话。雅克离开之后，我们的生活又恢复了平静。按照约定，热特律德搬到了路易斯小姐家，我每天都会去那里看她。但是，害怕再次提及那份情愫，我不再跟她谈论任何可能使我们感动的事。我只以牧师的身份和她交谈，而且通常都是在路易斯在场的情况下，我主要负责她的宗教教育，并且为即将到来的复活节授圣体仪式做好准备。

复活节那天，我也授了圣体。

半个月前有这样一件事。雅克回到家里跟我们共同度过了一周的假期，但令我吃惊的是，他没有在圣桌旁陪我。更遗憾的是，阿梅丽也没有去，这是自我们结婚以来，第一次出现这种情况。他俩似乎商量好了，以这样一种背叛庄严仪式的方式解决问题，给我的喜悦蒙上了一层阴影。然而我感到庆幸的是热特律德看不到这些，我可以一个人来承担这个阴影的重担。我很了解阿梅丽，能够看出来她行为里有着间接谴责的意味。她从不公开反对我，但是她会通过孤立我的方式，指出对我的不满。

我深深地对这种方式感到不安，这种不满——我是说就像我反感的那样——可能会使阿梅丽的灵魂偏离她最高的利益。回到家之后，我发自内心地为她祈祷。

至于雅克为什么不去，另有其他原因，我是不久之后在和他的一次谈话中得知的。

5月3日

对热特律德的宗教教育，使我以一种新的视角重新阅读了《福音书》。我越来越觉得，许多构成基督教信仰的概念，并不是出自基督的话，而是圣保罗的言论。

这正是我和雅克讨论的主题。由于他性情有些冷淡，内心无法为思想提供充足的养分,他变成一个保守主义者和教条主义者。他责备我在基督教义中只选择"为我所用"的东西。但是我并没有选择基督的那些话语,只是在基督和圣保罗之间,我选择了基督。他由于害怕把两者对立起来,拒绝将二者分开,也不接受它们给人的灵感差异,抗议我的说法,实则我听一个是人在说话,另一个是上帝在说话。越听他推理,我越相信:他对基督神圣、独特的话语没什么感觉。

我找遍《福音书》,也没搜索到和指挥、威胁、防卫……相关的内容,所有这些内容都出自圣保罗。让雅克恼怒的恰恰是在基督的话语中找不到这些内容。像他这样的灵魂,一旦感到失去保护、扶手和围栏,就好像要迷失了。而且,他们很难容忍别人拥有他们放弃的自由,他们想通过强迫,获得别人出于爱心给予他们的东西。

"但是,我的爸爸,"他说,"我也希望别人的灵魂能够幸福。"

"不,我的朋友,你是希望他们屈服。"

"是在屈服中的幸福。"

我不喜欢无端指责,所以没再发表意见,但是我很清楚,人们想要获得幸福,不从它本身入手,而只是从它的结果入手,肯定会损害幸福——如果有人真的认为有的灵魂自愿屈服,那么没有什么比无爱的屈服更不幸的了。

不过,雅克说得有道理,如果我不是在一个如此年轻的思想中看到这么多僵硬的教条化的东西,毫无疑问,我会很钦佩他论述的充分性和逻辑的严谨性。我经常会有种错觉,仿佛我比他更年轻,而且一天比一天年轻,我总是对自己重复这句话:如果你不能变成小孩子的模样,就永远无法进入王国。

从《福音书》中读到"通向极乐幸福的方法",就是背叛基督、亵渎圣书吗?基督教徒应该处于愉悦的状态,可是这种状态却被怀疑和冷漠的心灵所阻碍。每个基督徒都或多或少拥有追求喜悦的能力,每个个体也应该为快乐而努力。热特律德的微笑教给我的,比我教给她的知识更多。

基督的这句话在我面前闪烁着光辉:"若你是盲人,就没有罪恶。"罪恶,是那些让灵魂变得模糊、和快乐相悖的东西。热特律德身上完美的幸福,散发着她全部生命的光亮,这幸福正是来自她不知道罪恶这件事啊!她只知道光明和爱。

一直以来,我只把她有些警惕的手放在四本书中(《福音书》《圣经诗篇》《启示录》和《约翰三书》),从中她读到:上帝是光明的,没有黑暗。就像她可以在《福音书》中听到主说:我是世界之光，跟随我的人不会行于黑暗。我不让热特律德读《保罗书信》，因为身为盲人，她不知道罪恶，读这些只会令她徒增担忧：罪恶通过操纵灵魂获取新的力量（《罗马书》第七章第十三节）。所有的辩证法不都是很让人钦佩的吗？

5月8日

昨天，马丁医生从拉绍德封来了。他用眼底镜详尽地检查了热特律德的眼睛。他告诉我，他已经跟洛桑的眼科专家鲁克斯医生说了热特律德的事，之后，还要跟鲁克斯医生汇报他观察的结果。他们俩都认为热特律德的眼睛是可以做手术的。不过我们商量好，只要没有十足的把握，就先不告诉她。马丁与鲁克斯医生会诊后再来告诉我。这种希望可能很快就会消失，那又何必让热特律德空欢喜一场呢？而且，她现在不是挺开心的吗？……

5月10日

复活节的时候，雅克和热特律德都回来了，至少是雅克再次见到热特律德，他当着我的面和她说话，但都是些无关痛痒的话题，他并没有表现得像我担心的那样激动。我再次劝说自己，尽管热特律德在他去年离开之前告诉他，这份爱情是没有希望的，但是他的爱情如若真的很炽热,是不会轻易就能够退却的。我观察到雅克现在用"您"称呼热特律德,这样当然更好;然而我并没有过问这件事,因为我很高兴他自己能明白这一点。毫无疑问,他身上有很多闪光点。

然而,我猜想雅克的屈从并非没有经过思想斗争。糟糕的是他强加给自己内心的约束,他认为这样对热特律德是好的,他就希望看到所有人被这样约束,我能从刚才跟他的讨论中感受到这一点,并在上面说过了。难道不是像拉罗什富科①说的,思想往往是内心的受骗者吗?我不敢立刻给雅克指出这句话来,因为我知道他的脾气,争辩只会让他更加固执。但是当天晚上,回来之后,我碰巧在《圣保罗》中找到了反驳他的话(我只能用他的武器与他战斗)。我小心翼翼地在他卧室里留了张便条,上面写道:"不吃饭的人不要审判吃饭的人,因为上帝已经接受了后者。"(《罗马书》第十四章第二节)

我还可以抄写以下内容:"我知道,天主耶稣说服我,没有什么东西本身是不纯洁的,不纯洁是因为有人认为它是肮脏的。"但是我不敢,我害怕雅克会觉得我对热特律德有一些非分之想,这

---

① 法国公爵,又称马西亚克亲王,17世纪法国古典作家,著有《道德箴言录》。

会影响他的思想。尽管很明显，这里说的是食物，但是《圣经》中不少文章不是都可以被赋予两三种解释吗？（例如："如果你的眼睛……"面饼倍增分享，迦南婚礼的奇迹……）这里不是要吹毛求疵，这句话的重要性确实不言而喻：不应该由法律来进行约束限制，而应该由爱来决定。圣保罗也立刻强调："如果你的兄弟因为食物而伤心，你就没有遵循爱的足迹。"正是由于爱的缺乏，魔鬼才会攻击聪明的人。上帝啊！把我心中一切不属于爱的东西都抛弃吧……我不应该激怒雅克。第二天，我在桌子上发现了我给雅克留的那张便条，便条背面，雅克简单回复了同一章的另外一句话："基督已经替他死亡，不可因你的食物叫他败坏。"（《罗马书》第十四章第十五节）

我又把这一章重读一遍。这是一场永无止境的争论的开端。但是我怎能用这些困惑折磨热特律德，用这些乌云遮蔽热特律德的灿烂天空呢？我教导她，让她相信，唯一的罪恶是侵害他人的幸福，抑或是损害自己的幸福。

唉！一些灵魂对于幸福特别排斥，他们是无能的，笨拙的……我想到我可怜的阿梅丽。我不断邀请她、推动她，想要强迫她走上幸福的道路。是的，我想把每个人都推举到上帝所在之处。可是她不断躲避，像一些见不得阳光的花朵一样关闭自己。她看到的一切都令她担心，令她悲伤。

"你希望怎样呢，我的朋友，"有一天她回答道，"我没有被赋予盲人的样子啊。"

啊！她的讽刺令我多么痛苦，我需要具备什么样的涵养才不至于感到慌乱！然而，在我看来，她应该懂得这种对于热特律德身体残疾的讽刺特别伤害我。此外，她让我感到，我特别欣赏热特律德的是她身上表现出的那种至善：我从未听过热特律德对别人有一丁点儿的抱怨。的确，我也不让她知道任何可能伤害她的事情。

正如幸福的灵魂通过爱的辐射向周围传播幸福一样，阿梅丽向周围传递的是黑暗和痛苦。阿米埃尔[①]写道："她的灵魂发出的是黑暗之光。"经过一天的奔波，寻访病患、贫民和苦难者，我在夜幕之中回到家，有时精疲力竭，内心非常渴望休息，渴望关心，渴望温暖，但是在家中通常感受到的只有担忧、责备和折磨，以至于无数次，我宁愿在外面忍受狂风暴雨、冰雪严寒。我很清楚，我们的老管家罗丽莎做事固执，而阿梅丽又总想让罗丽莎让步；罗丽莎不是总错，阿梅丽也不是总有道理。我也清楚夏洛特和加斯帕德都特别吵闹，但是阿梅丽总是通过大声训斥，或对他们发火的方式来

[①] 瑞士作家，著有《思索》《蹉跎岁月》等，曾撰写瑞士国歌歌词《擂响战鼓》。

管教他们。太多的叮嘱、警告和斥责,就像海滩上的鹅卵石一样,已经失去作用,孩子们不在乎,倒是吵得我有些难以忍受。我知道小克劳德快要长牙了(这是他每次开始哇哇大哭时他妈妈都会说的话),每次他一哭,阿梅丽或萨拉就立刻跑过去,不停地宠爱他、安抚他,这不是鼓励他这样做吗?我认为如果有几次,他哭的时候没人管他,让他一个人哭个够,他就不会经常哭了。但是我知道,她们会急忙跑过去安抚他的。

  萨拉很像她的妈妈,这让我想把她送到寄宿学校。除此之外,她,什么也不像。天啊!我们订婚的时候,她母亲像她这么大。尽管我们很担心物质生活,但我更担心文化生活(因为肯定是阿梅丽教育他们)。今天我已很难在萨拉身上找出曾经每次对我微笑的天使面庞,那时的我隐约感到她和我的生命联系在一起,她似乎在我前面引领我走向光明……难道那时的感情是一种错觉吗?因为现在的我在萨拉身上只能发现庸俗的东西,像她母亲一样,只忙于一些无用的琐事。她脸上的线条黯淡无光,仿佛僵硬了一样,内心没有任何火焰般燃烧的灵气。她不喜欢诗歌,对阅读也没有兴趣。对于她和她母亲的谈话,我从来没有想要参与其中的欲望。在她们母女身边,我的孤独感愈发强烈难耐,所以我宁可回到书房,而我也逐渐养成了这种习惯。

从去年秋天开始，我养成一种习惯——每当夜幕快降临时，每次巡视回来，只要足够早，我就去德拉玛小姐家喝茶。我还没有说，去年十一月，马丁医生托付给路易斯·德拉玛小姐一件事：像照顾热特律德一样，照顾其他三个失明小女孩。热特律德教这三个女孩阅读和做其他小事情，现在，这些女孩已经做得相当熟练了。

每次我来到名为"谷仓"的房子里时，那里的温暖氛围都会让我感到特别放松、宽慰。如果有两三天没去那里，我就会觉得遭受了特别大的损失！不用说，德拉玛小姐收容热特律德和那三个女孩，不会因为抚养她们而感到苦恼和发愁，三个仆人十分尽力地帮助她，使她免受劳累之苦。但是我们能说从不享受财富和娱乐是更高的功德吗？一直以来，路易斯·德拉玛特别照顾穷人，她有一颗极其虔诚的宗教灵魂，似乎只忠于这片土地，只为了爱而生活在这片大地上。尽管她镂空花边帽子下面的头发几乎全白了，但她的笑容像孩童般单纯，她的举止动作十分和谐，她的声音像音乐般动听。热特律德学会了她的说话方式和语气声调，不仅是声音，还有思想，整个人与她十分相似，以至于我有时和她们俩开玩笑，但是她俩谁也没觉察到。如果我有时间能多陪陪她们，多看看她们，该多好啊！她们俩一个挨着一个坐着，热特律德要么把头靠在她这位朋友的肩上，要么将一只手放在她的手中，听我读拉马丁或是雨果的诗。看到她们清澈的灵魂沉浸在欣赏诗歌的愉悦感受中,我很开心。那三个小女孩也很喜欢这些诗句。这些孩子在这种和谐友爱的氛围中成长得格外优秀,取得了明显进步。

路易斯小姐说为了健康和兴趣,要教她们跳舞,起初我只是微微一笑,但是今天我十分钦佩她们做出的优雅又有节奏的动作。哎!可是她们不能欣赏到自己的美丽。然而路易斯·德拉玛劝说我,她们虽然看不到自己的动作,但是能感受到肌肉舞动的和谐。热特律德也优雅地融入舞蹈之中,从中感受到极大的乐趣。有时路易斯小姐和孩子们一起玩耍,热特律德坐在钢琴旁弹琴。她在音乐方面的进步令人惊讶。现在,她每周日都去教堂弹琴,并能即兴演奏一首短歌作为赞美歌。

每周日,她回来和我们一起共进午餐。孩子们很高兴看到她,尽管她们在品味上相距越来越远。阿梅丽没有表现出太多的紧张情绪,用餐过程也没什么意外。之后全家再把热特律德送回去,在"谷仓"吃些东西。这对于孩子们来说就像一个节日,因为路易斯会特别宠爱他们,给他们准备很多小零食。阿梅丽对于这样的盛情款待也无法无动于衷,终于露出笑脸,重现青春活力。我想从今以后,在她乏善可陈的人生列车中,可能很难离开这样的休息了。

5月18日

现在,晴朗的日子又回来了,我可以重新和热特律德出去散步,很久都没这样过了(因为近期又有降雪,道路直到最近都处于封闭状态),我很久都没和她单独待在一起过了。

我们走得很快,凛冽的寒风吹红了她的脸颊,不停地把她金色的头发刮到脸上。沿着沼泽走时,我摘了几朵灯芯草花,把花茎插到她的贝雷帽下,然后和头发编在一起,把头发扎紧。

我们仍然没有说话,很久没有单独在一起,不免会觉得有些惊讶。之后,热特律德没有视线的脸转向我,突然问道:"您认为雅克还爱我吗?"

"他下定决心不再爱你。"我立即回答道。

"但是您相信他知道您爱我吗?"她说道。

自从去年夏天我提到的那次谈话之后,我们之间至少六个多月(我很震惊)没有再提过关于爱的字眼。正如我前面说的,我们没有单独见过面,这样或许更好……热特律德的问题让我的心怦怦直跳,以至于我慢下了脚步。

"但是热特律德,所有人都知道我爱你啊。"我大声说道。

她不接受这种说法,说道:"不,不是这样的。您没有回答我的问题。"

沉默了一会儿之后,她低下头,又说道:"阿梅丽阿姨知道您爱我。我知道这让她很难过。"

"她不是为此而难过,"我用一种不坚定的声音辩解道,"她就是爱难过的性格。"

"哎!您总是想让我安心,"她用一种不耐烦的语气说道,"但是我一点都不安心。我知道,有很多事您不想让我知道,因为害怕我会担心或痛苦。很多事我不知道,有时会……"

她的声音越来越小,好像没有力气地停了下来。我抓住她最后说的话,问道:"有时会什么?"

她难过地回答:"有时在我看来,您给我的所有幸福,都建立在无知之上。"

"但是,热特律德……"

"不,您让我说完,我不要这样的幸福。您知道我不会……我不会得到幸福的。可我更想知道真相。有很多事情,当然是令人难过的事情,我看不见,但是您没有权利不让我知道。冬季的这几个月,我思考了很久。您知道的,恐怕整个世界并不是您让我相信的那样美好,牧师,我甚至担忧这个世界一点儿都不美好。"

"确实,人类经常会丑化这个世界。"我辩解道,她思想的转变使我感到害怕,我试图扭转她,但令人绝望的是没能成功。她似乎就在等待着这些话,因为她立刻抓住话头,像抓住矛盾的主要环节一般。

"准确地说,"她大声叫道,"我想确定我有没有增加罪恶。"

很长一段时间里,我们在沉默中快速行走。我觉得,我本想跟她说的一切与她心里所想是背道而驰的,我害怕再激起一些矛盾,会殃及我们俩的命运。想到马丁告诉我的话,也许我们应该让她重见光明,我心中感到一阵巨大的痛苦。

"我很早之前就想问您,"她最后说道,"但是我又不知该如何开口……"

可以肯定的是,她一定是鼓起了全部勇气来问,正如我鼓起全部勇气去听一样。但是我怎么能预测到这会是一个什么样折磨她的问题。

"盲人生的孩子也一定是盲人吗?"

我不知道对于这次谈话,我们俩谁更难受,但是现在,我们不得不继续下去。

"不是的,热特律德,"我告诉她,"这只是很特殊的情况。盲人生的孩子没有任何理由会是盲人。"

她露出特别放心的样子。本该轮到我问她,为什么会问我这个问题，但是我没有足够的勇气，只能笨拙地继续说道："但是，热特律德，如果想有孩子，要先结婚啊！"

"牧师，不要跟我说这些，我知道这不是必需的。"

"我告诉你的这些是合乎情理的，"我辩解道，"但事实上，对于人类法则和上帝法则所禁止的事，自然法则是允许的。"

"您总是告诉我上帝法则也是爱情法则。"

"这里说的爱情不是一般人们认为的爱情，而是一种仁慈。"

"您对我的爱，是仁慈之爱吗？"

"你知道的，热特律德。"

"那么您承认我们的爱背离了上帝法则？"

"你想表达什么？"

"您很清楚，这本不应该由我说出来。"

我企图拐弯抹角地转移话题，未果，我的心退却下来，疯狂地大叫出来："热特律德……你觉得你的爱有罪吗？"

她纠正道："是我们的爱……我想我应该这样说。"

"然后呢？"

我惊讶得仿佛听到了声音中的哀求，然而她几乎没有喘气，继续说道："但是，我无法停止爱您啊。"

这一切就发生在昨天。起初，我犹豫是否要记录下来……我不知道后来散步是怎么结束的，只记得自己紧紧地拉住她的胳膊，迈着匆忙的步伐，仿佛是在逃离。在某种程度上，我的灵魂已经离开了我的躯体，我觉得路上任意一颗小石子都会将我俩绊倒。

5月19日

马丁医生今早来了。热特律德可以做手术了。鲁克斯医生确认了这一点，并说需要将热特律德交给他一段时间。我不能反对这样的安排，但是有些胆怯地想再考虑一下。我想要求别人容我慢慢准备此事……我内心本应感到狂喜，但是我却觉得很沉重，有一种无以言表的痛苦。一想到要告诉热特律德她的视力可以恢复，我的心情就有些低落。

5月19日夜

我又见到了热特律德，我什么也没跟她说。这天晚上，因为"谷仓"的客厅里没人，我上楼进了她的房间。房间里只有我们两个人。

我长时间紧紧地搂着她。她没有任何反抗的动作，当她抬起头朝向我的时候，我们的嘴唇相遇了……

5月21日

上帝啊！您让这个夜晚对于我们来说是如此深邃，如此美丽！是为了我吗？空气温和，月光从我开着的窗户中洒进来，我聆听着天堂巨大的沉寂。啊！我的心沉浸在一种无言的狂喜之中。我只能疯狂地祈祷。如果爱情有限制，那不是对于您的，我的上帝，那一定是对于人类的。我的爱在人们眼中可能是有罪的。啊！但是请您告诉我，它在您心中是圣洁的。

我试图努力超越罪恶，但是对我来说，罪恶似乎是难以忍受的，我不想抛弃基督。不，我爱热特律德，但我不接受罪恶。我只能将这份爱彻底从内心拔除，为什么啊？在我还没有爱她的时候，我不应该出于怜悯而爱她。我说不爱她，这是在背叛她：她应该得到我的爱……

上帝，我只相信……我只相信您啊。请您指引我。有时我感到自己陷入了黑暗，热特律德即将恢复视力，而我的视觉仿佛消失了。

热特律德昨天住进洛桑的一家诊所，她要连续在那里住二十天，热特律德让我保证不要尝试去洛桑看她。我怀着极度迫切的担心等待她归来，虽然马丁会将她送回来。

5月22日

马丁来信了：手术很成功！谢天谢地！

5月24日

看不见我却一直爱着我，这种想法让我有些惴惴不安。她能认出我吗？我生平第一次惶惶不安地对着镜子发问。如果我的样子没有她心里想的那样高大，也没有那样令她喜欢，我该怎样呢？上帝啊，有时我似乎需要她的爱来爱您。

5月27日

过多的工作让我觉得这些天不至于过分焦躁。每一件让我忙碌起来的工作都是一种祝福；但是，整整一天，她的形象始终跟随着我。

明天热特律德就要回来了。这一周，阿梅丽向我展示了她情绪最好的一面，她似乎有意让我忘记缺席的热特律德，阿梅丽准备和孩子们一起庆祝她回来。

5月28日

加斯帕德和夏洛特在树林和草地里摘了他们能找到的全部野

花，老管家罗丽莎做了一个巨大的蛋糕，萨拉用一些我不知道的金纸进行装饰。我们盼望着热特律德中午能回来。

为了打发等待的这段时间，我写起了日记。现在是十一点。我时不时地抬头看向大路，因为马丁的车会从这条路上过来。我克制自己尽量不出去迎接他们，出于对阿梅丽的尊重，我最好不要单独去欢迎他们。可是我的心冲出去了……啊，他们回来了！

5月28日晚

我度过了多么煎熬的一夜啊！

可怜可怜我吧，上帝啊，可怜可怜我吧！我可以放弃爱她，但是请您不要让她死去。

我害怕的事是有道理的！她做了什么？她想要做什么啊？阿梅丽和萨拉告诉我说把她送到"谷仓"门口，德拉玛小姐在那里等她。但是她想再出来……到底发生了什么？

我试着捋一下思路。别人告诉我的事实是矛盾的，或者难以理解的。我脑海中很混乱……德拉玛小姐的园丁把热特律德带到"谷仓"的时候，她已经毫无意识了。园丁说看到热特律德沿着河边走，之后穿过花园里的小桥，弯下腰，再之后就消失了。他最初并没意识到热特律德跌进了河里，因此也就没有出于本能地跑过去。后来他在水闸处找到她，水流把她带到了那里。当我后来看到热特律德的时候，她还没有醒来，或者说至少是又昏迷了，不过多亏抢救及时，她还是醒来片刻。上帝保佑，马丁医生还没走，他无法解释热特律德为何会如此愚钝麻木，他试图询问，但是未果。热特律德就好像什么也没听到似的，或者是决定保持缄默。她的呼吸仍然很急促，马丁医生担心会发生肺充血，帮她涂了芥子膏、拔了药罐，并答应明天再来。这件事情的问题就在于，我们最初只顾着让她尽快苏醒，没有把她的衣服换下来，冰冷河水浸湿的衣服在她身上裹了太长时间。德拉玛小姐是唯一能从她嘴里听她说出几句话的人，她认为热特律德是想在河岸边摘一些勿忘草，但她还不会测量距离，或者她把河上漂浮的落花误认为大地，突然就失足了……我要能相信就好了！让我接受这只是个意外，不然我的灵魂将不堪重负！吃晚饭的时候还很欢乐，但她的脸上始终有一种奇怪的笑容，这令我感到担心。那是一种我从没见过的不自然的微笑，我努力相信那是她恢复视力后的笑，那是一种仿佛从眼中滑出的、泪珠般的微笑，相较之下，其他人世俗的笑容使我感到恼火。她没有和大家一起开心地嬉戏！她可能发现了一个秘密，如果我单独跟她在一起，她会跟我吐露心声。她几乎什么话也不说，但是我不感到惊讶，因为如果旁边有其他人，他们越活跃，她就越沉默。

上帝啊，我恳请您：让我跟她说说话吧。我需要知道到底怎么回事，否则，我该如何继续活下去啊？然而，如果她不想活了，是不是她真的知道了？知道什么呢？我的朋友，你究竟知道了什么可怕的事？我向您隐藏了什么道德背后的事，您突然又看到了呢？

我在床边待了两个多小时，视线从未离开她的额头、苍白的脸颊、细腻的眼睑——那眼睑因无法形容的悲伤而紧闭着。她的头发还是湿漉漉的，像水藻似的在枕头上摊开，我听着她不均匀的、困难的呼吸声。

5月29日

路易斯小姐一早给我打电话，那时我正准备去"谷仓"。经过平静的一晚，热特律德总算从昏迷中醒来。当我进入她的房间时，我看到她在冲我微笑，并示意我过去坐到床边。我不敢问她任何事，毫无疑问，她也害怕我问她问题，因为她抢先跟我说话，好像要防止我吐露真情似的。

"您管那些蓝色的小花叫什么，就是那种我想在河边摘的、像天空一样颜色的小花？您比我动作灵敏，能帮我摘一束花吗？我就把它放在那儿，放在我的床边……"

她装出来的高兴的声音让我听起来很不舒服。毫无疑问，她感觉到了,因为她后来又严肃地补充道:"今天早上,我不能和您讲话了,我太疲惫了。请您去帮我摘些花吧,好吗?您一会儿再回来。"

一小时之后,我给她带回来一束勿忘草,路易斯小姐告诉我热特律德又休息了,今晚之前不能见我。

这天晚上,我又看到她了。床上摞着的垫子支撑着她,使她勉强坐起来。她的头发有些凌乱,发辫上插着我给她带回来的勿忘草。

她肯定是发烧了,感觉有些喘不过气来。她的手很烫,紧紧握住我伸出的手。

我站在她旁边,她说道:"牧师,我应该向您坦白,因为今天晚上我怕是就要死了。我今天早晨跟您撒谎了……我不是想让您给我摘些花来……如果我告诉您我是想自杀,您能原谅我吗?"

我跪在她的床边,紧紧握住她纤弱的手,但是她挣脱了我的手,抚摸我的额头。我把脸埋在床单里,为了不让她看到我的泪水,也不让她听到我抽泣的声音。

"您是不是觉得这很糟糕?"她温柔地说道。我什么也没说。

"我的朋友,我的朋友,您很清楚,我在您的心里和您的生命中占据了太大地方。当我回到您身边时,我立刻明白了这一点,或者至少说我占据的地方应该有另一个人，这会让她感到难过。我的错误就是没有早些察觉到这一点，或者至少说，我虽然心里很清楚，但还是让您爱上了我。可是当我突然看到阿梅丽阿姨的脸，当我突然看到她满是悲伤的脸，我再也受不了了，我不能再制造这种悲伤……不，不，您不要责备自己，但是请让我走吧，把快乐还给她。"

她不再抚摸我的额头，我抓住她的手不断亲吻着，让她抚摸我满是眼泪的脸庞，但是她把手抽了回去，一种新的焦虑又出现了。

"这本不是我要说的，不，这不是我想说的话。"她重复道，我看到汗水浸湿了她的额头。然后，她垂下眼睑，闭上了眼睛，好像是在静心思考，又好像是回到最初失明的状态。起初是一种缓慢而忧郁的声音，但是很快地，当她重新睁开眼睛的时候，她的声音异常激烈："您让我重见光明，我睁开眼睛看到一个我做梦也想象不到的美好世界。是的，我的确从未想象过阳光如此明亮，空气如此清新，天空如此广阔，但是，我同样未曾想过男人的额头是如此瘦削。当我回到您家时，您知道我首先看到的是什么吗……啊，我应该告诉您我的感受。我首先看到的是我们的错误，是我们的罪恶。不，您不要反对。您还记得耶稣说过的话吗：'若你是盲人，就没有罪恶。'但是现在，我看到了……您起来一下，牧师，坐到我旁边来。请您听我说,不要打断我。我在诊所的时候,阅读了,或者更准确地说,是请别人给我读了《圣经》中的段落,那些是我不知道的、也是您从没给我读过的段落。我记得圣保罗有一句话,那句话我重复了整整一天:'我以前没有戒律,是活着的;但是戒律来到,罪又活了,我就死了。'"

她说话的时候极其激动,声音特别大,似乎是在喊出最后的遗言,以至于我害怕别人会在外面听到。然后她又闭上眼睛,自言自语地重复着这最后一句话:"罪又活了,我就死了。"

我不寒而栗,恐惧冰冻了我颤抖的心。我想转变她的思想,便问道:"谁给你读的这些话?"

"是雅克,"她说着,睁开双眼,坚定地看着我,"您知道他皈依了吗?"

这太过分了,我想请她闭嘴,但是她继续说道:"我的朋友,我给您带来了太多的罪恶,但是我们之间不应该再有任何谎言。当我看到雅克的时候,我突然意识到我爱的不是您,而是他。他长的就是您的脸,我的意思是他和我想象中您的样子一模一样……啊!为什么您要把他赶走?我本可以嫁给他的啊……"

"但是,热特律德,你还是可以嫁给他的!"我绝望地喊道。

"他要遵守戒律。"她激动地说。接着,她开始抽泣,身体也不停抖动。

"啊！我想向他忏悔……"她恍惚地呻吟着，"您看到了，我只有一死。我渴了。求您了，叫个人来。我胸口发闷。您让我一个人待一会儿吧。啊！和您说了这些，我觉得轻松多了。您走吧，我们分开吧。我再也不想见到您了。"

于是，我离开了她。我叫来了德拉玛小姐，让她接替我守着。热特律德极度激动的情绪让我有点害怕，但是我劝说自己，我的出现只会加重她的这种状态。我恳求路易斯小姐，一旦情况恶化，马上请人来通知我。

5月30日

唉！再见到热特律德的时候，她已经安息了。今天早上，经过了一整夜的狂躁和谵妄，太阳升起的时候，热特律德去世了。遵照热特律德的临终要求，德拉玛小姐紧急给雅克发了电报，雅克在她咽气几个小时后赶到了。他严厉地斥责我，没有在她还有一丝气息的时候请来一位神父。但是我怎么能想到呢？我根本不知道，热特律德还在洛桑的时候，受到了他的压力，已经改宗了。雅克立刻告诉我，他和热特律德都改宗了。他们两人同时离我而去。似乎他们生前被我拆散，计划好要一起逃离我，到上帝面前团聚。我说服自己,雅克改宗的原因,推理的成分居多,而不是完全因为爱。

"我的爸爸,"他对我说,"我不该指责您,但正是您的错误给我指明了道路。"

雅克走了之后,我跪在阿梅丽身边,恳求她为我祈祷,因为我需要帮助。她简单地背诵了主祷文,但在诗文间隙充满沉默,那里满是我们的乞求。

我本想大哭一场,但我感到我的心比沙漠还要干涸。

❖ 帕呂德

于贝尔

星期二

接近五点钟,天气有些变冷。我关上窗户,继续写作。六点钟,我的好朋友于贝尔来了。他刚从骑马场回来。

他问道:"喂,你在工作吗?"

我回答说:"我在写《帕吕德》。"

"《帕吕德》是什么?"

"一本书。"

"写给我的吗?"

"不是。"

"很深奥吗?"

"很乏味。"

"那为什么要写呢?"

"我不写又有谁会写呢?"

"又是一些忏悔的内容吗?"

"不算是吧。"

"那是什么呢?"

"坐下来聊吧。"

等他坐下后,我说道:"我在维吉尔的作品中读到过两句诗:

他的田野中处处是石头和沼泽,

但是对他来说已经相当好了,他很高兴,对此感到很满意。①

"我是这样翻译的:'这是两个牧羊人的对话。其中一个牧羊人对另一个说,他的田野中处处是石头和沼泽,但是对他来说已经相当好了,他很高兴,对此感到很满意。'——当我们不能更改置换田地的时候,没有什么想法比这更明智了,你说呢?"

于贝尔没有说话。

我继续说道:"《帕吕德》主要是关于一个无法去旅行的人

---

① 原文为拉丁文。

的故事。在维吉尔的诗中,他叫蒂提尔;《帕吕德》这部作品,讲的是这个人虽然拥有着蒂提尔的那些土地,但并没有试图逃离,反而处之泰然,就是这样……我来和你讲讲:第一天,他看到自己很满意,就想该干点什么呢?第二天,他看到一只帆船航行经过,早上,他杀了四只海番鸭或者野鸭,傍晚时分,他点燃了稀薄的柴火,烧了两只海番鸭吃。第三天,为了分散注意力,他用高高的芦苇建造了一间小屋。第四天,他吃完了剩下的两只海番鸭。第五天,他拆掉了那间小屋,想试图建造一间更精致的房屋。第六天……"

"够了,够了!"于贝尔说,"我明白了,亲爱的朋友,你可以继续写这本书。"说完他便走了。

夜幕垂落,我整理了一下自己的书稿,我没吃晚饭,只想去外面走走。快八点钟的时候,我来到了安日尔家。

安日尔刚刚吃完一些水果,还没有离开餐桌。我坐到她的旁边,开始给她剥橙子。有人给我们拿来果酱,那人走后,又剩下我们俩。这时,安日尔开口说:"您今天做什么了?"她一边问,一边拿出面包,替我抹上果酱。

我不记得自己做过什么事,便回答道:"什么都没做。"

意识到这样回答有些欠妥,我怕她心理上难以接受,随后想起于贝尔的造访,于是高声说:"六点钟的时候,我的好朋友于贝尔来看过我。"

"他刚刚从这里离开。"安日尔说道。随即,她又小题大做,提起她的老话题,"他呢,至少做些事,每天都闲不着。"

我方才说过自己什么都没做,听到此话心中不免恼火,便问:"什么?他做了些什么事呢?"

"他干了一大堆事……"安日尔起身说道,"首先,他骑马……其次,您很清楚,他自己经营了四家公司,此外还和他的小舅子管理另一家防雹灾保险公司——我刚刚才买了那家公司的保险。他去上流行生物学课,每个星期二的晚上做公众演讲。他知道很多医学知识,发生事故时能派上用场……于贝尔做了很多好事:他资助了五个贫困家庭,靠他的帮助他们得以继续生存;他将没有工作的工人安排在需要工人的老板那里;他将病弱的孩子送到乡下的一些安置机构;他建了一个工厂,让年轻的盲人在工厂里给椅子填稻草、做椅垫。还不止这些,他每个星期日还会去打猎。您呢?您每天都做什么呢?"

"我嘛!"我有点不悦地答道,"我在创作《帕吕德》。"

"《帕吕德》?那是什么啊?"她问。

我们吃过晚饭,我等到了客厅里再继续说。

我俩在火炉旁边坐下之后,我开始说道:"《帕吕德》讲的是一个单身汉住在沼泽之中一座箭楼上的故事。"

"啊!"她惊叫了一声。

"他叫蒂提尔。"

"一个难听的名字。"

"并没有啊,"我接口说道,"这是维吉尔诗中的人物。而且,我也不擅长编造。"

"为什么是一个单身汉?"

"嗨!为了省事呗。"

"就为了省事?"

"也不完全是,我再讲讲他做什么。"

"他做了什么?"

"他注视沼泽地。"

"您为什么写这本书?"她沉默一会儿,接着问道。

"我吗?我也不知道,可能是为了找点事儿做吧。"

"您以后能念给我听听吗?"安日尔问道。

"只要您愿意听,什么时候都可以。我兜里正好有四五页书稿。"我马上掏出来这几页草稿,以一种既吸引人又缺乏活力的声调给她读起来:

蒂提尔日记

（或帕吕德日记）

当我抬起头时，我能从窗口看见一座自己从未仔细观赏过的花园。

花园右边有一片落叶林，花园前边有一大片平原，花园左边是一片池塘，后面我还会提到。

不久之前，花园里种植了蜀葵和耧斗菜，但是由于我疏于打理，植物肆意乱长。由于紧邻水塘，灯芯草和苔藓侵占了整个花园；花园中的小路被疯长的草丛覆盖住了，只有我的房间通往平原的一条大路可以过人，有一天我散步时就从这里走过。到了晚上，树林里的动物穿过这条路去池塘喝水；暮色中，我只能瞥见灰色的轮廓，由于夜色很快就暗了下来，所以我从未看到它们返回林中。

"要是换了我，一定会很害怕，"安日尔说道，"不过，您继续念吧，写得特别好。"

我念得很累，又有点紧张，便对她说："噢，目前差不多就是这样，剩下的还没有完成。"

"但是总有草稿吧，"她高声说道，"念一念草稿吧！那是最有意思的。从草稿中能够更好地看出作者的意图,比看之后写完的要好。"

于是,我继续往下念——之前有些失望,但也没办法,只能努力尝试让这些句子看起来像是没完成似的:

"蒂提尔可以从他箭楼的窗户上钓鱼……再说一次,这只是零散的草稿……"

"继续念吧!"

"沮丧地等待鱼儿上钩;没有充足的鱼饵,鱼线错综交织(象征),因此,他什么也没钓上来。"

"为什么会这样?"

"为了象征的真实性。"

"如果他最终钓上来一些东西呢?"

"那就是另一种象征和真实了。"

"其实没有什么是真实的,因为事情都是您按照自己的想法安排好的。"

"我是按照比现实更真实的方式进行安排的。这太复杂了,现在无法向您解释,但是您要知道的是,事件的发展必须符合人物性格,这样才能创作出好的小说。发生在我们身上的任何事,没有一件是为了别人而设计的。如果换作于贝尔,他可能已经奇迹般地钓上一条大鱼了！但是蒂提尔什么也钓不到，其实这是一种心理上的真实。"

"很好，您继续念。"

"岸边的苔藓延伸到水底。水面的倒影模糊不清，水藻漂浮，鱼儿游过；说到鱼儿的时候，要避免把它们称作'不透明的惊愕体'。"

"希望如此！但是为什么特意强调这一点呢？"

"因为我的朋友埃尔莫仁已经这样称呼鲤鱼了。"

"我不认为这是一种有趣的表达。"

"是啊！我还继续念吗？"

"继续念吧，您的草稿很有意思。"

黎明时分，蒂提尔看到一些白色圆锥体从平原上升起，那是盐场。他走下箭楼去看别人工作——那是一种世间不存在的景象。两片盐场之间的坡面极其狭窄，装料斗极其洁白（象征），我们只有在大雾天才能见到这种景象。盐场工人们戴着烟色玻璃墨镜，以防刺伤眼睛。

蒂提尔抓了一把盐揣进兜里，然后转身回到他的箭楼去了。

"没有了。"

"没有了?"

"这些就是我写的全部内容。"

"我担心您的故事会有点儿无趣。"安日尔说。

一阵长时间的沉默之后,我激动地大声喊道:"安日尔,安日尔,我拜托您,您什么时候才能够懂得,是什么构成一本书的主题呢?是生活赋予我的情感,我想说的是这种情感:无趣、虚荣、单调——对于我来说,这没什么,因为我在创作《帕吕德》。而且,对于蒂提尔来说也没什么。我向您保证,安日尔,我们每天看到的东西比这更加单调、更加乏味。"

"但我并不这样认为。"安日尔说道。

"这是因为您从来没有想过。这也正是我这本书的主题。蒂提尔并没有对生活感到不满意,他从观赏沼泽地中发现乐趣:天气更迭使得沼泽地呈现出不同景象。况且,您看看您!看看您的经历!几乎没什么变化!您在这间屋子里住了多久了?——小房客呀!您就是一个小房客呀!不过也不只有您是这样!窗户正对着街道和院子,向前一看便可以望见墙壁,或是其他也正在看着您的人……但是此刻,我会让您对自己的裙子感到羞赧吗?您真的认为我们已经知道如何爱自己了吗?"

"九点了,"她说,"今天晚上于贝尔做公众演讲,不好意思,我要去了。"

"他讲什么?"我不禁问道。

"反正不是《帕吕德》!"她起身离开了。

回到家后,我试着将《帕吕德》的开头用诗句表达出来,我写下了第一节四行诗:

当我微微抬起头,

在窗口隐约瞥见,

从未张灯结过彩,

最是那树林边缘。

结束了这一天,接着,我便睡觉去了。

安日尔

星期三

找一个日程本，把一周之内我每天需要做的事记录下来，这是明智地管理自己时间的方法。可以确定的是，人们自己决定自己的行为，事先就毫无顾忌地确定下来，这样就不必每天早上看天气行事。我从日程本中获取责任感。我提前七天就将它们都写下来，以便有充足的时间忘却，或者自我制造一些惊喜，这是我生活方式中至关重要的一部分。这样，每天晚上，我睡觉时所面对的，既是一个未知的明天，又是一个已经由我计划好了的明天。

我的日程本有两部分内容：前面一页写的是我要做的事，而后面一页是每晚我记录下的自己所做的事。然后我会做个比较，把已经完成的事情划去，而没有完成的亏欠部分就成为我第二天应该完成的事。我再把它们写到十二月份的日程中，这就促使我从道德层面上去思考。

我是三天前开始这样做的。因此，今天早上，面对标记好的计划"尝试六点钟起床"，我改写道："七点起床。"并在括号里注明一句"没有预料到的意外情况"。再往下看，日程本上还有其他计划：

给居斯塔夫和莱昂写信。

奇怪没有收到儒勒的来信。

去看望贡特朗。

思考理查德的个性特征。

担心于贝尔和安日尔的关系。

尝试抽时间去植物园，在那里研究眼子草的变种，为写《帕吕德》做准备。

在安日尔家过夜。

这样一种想法随之而来（我提前为每天写下一种想法，这些想法将决定我是忧伤还是欢乐）：

"有些事情我们每天都要重复，这仅仅是因为我们没有更好的选择；其中既没有进步，甚至也没有维持现状，但是我们又不能什么都不做……这是被时间关禁的猛兽在空间中运动，或是海滩上奔涌的浪潮。"我记得这种想法是我在经过一家露天餐馆，看到服务生收拾餐盘的时候产生的。我在下面写道："这适用于《帕吕德》。"我准备思考理查德的个性特征。在我的小写字台里，我收藏着一些有关我几个最好朋友的思考和观察，每人一个抽屉，我取出一沓，重新念道：

理查德

第一页：

完美男人，特别值得我尊重。

第二页：

通过长期的坚持和努力，理查德终于摆脱了因为父母去世而给他留下的十分穷苦的生活。他的祖母还活着，但是几年前，她重返童年时代的性情。理查德像人们孝敬老人那样，对祖母十分关心！出于美德，他娶了一个比自己更贫穷的女人，并以他的专一为妻子带来幸福。他们生了四个孩子，我是其中一个瘸腿小女孩的教父。

第三页：

理查德当年对我父亲极其尊重，他也是我最为信赖的朋友。他声称非常了解我，尽管他并没读过任何我写的东西。这就是他允许我写《帕吕德》的原因。我想蒂提尔时便会想到他，我真希望自己从没认识过他。安日尔不认识他，他们彼此无法相互了解。

第四页：

理查德对我极为尊敬，这让我感到很不幸，这也是我什么也不敢做的原因。只要不停止诊视，这种尊敬我们就无法轻易摆脱。理查德经常感性地向我断言，说我不会做出不好的事情；有时我下定决心行动的时候，他的这番话会束缚住我。理查德高度评价我的这种消极状态，正是这种消极状态将我维系在这条美德之路上，而将我推上这条美德之路的，则是像他一样的其他人。他经常把接受称为美德，因为这是允许穷人所拥有的东西。

第五页：

理查德每天都在办公室拼命工作。晚上，他在妻子身边读报纸，以便找到话题闲谈。他问过我："您看过帕耶隆在法兰西剧院演出的新剧吗？"他知道所有新鲜事物。当他知道我要去植物园的时候，便问我："您是要去那里看新的大猩猩吗？"理查德把我当作大孩子，我呢，对此是难以接受的。我做的事情对他来说并不重要，我将向他讲述一下《帕吕德》。

第六页：

他的妻子名叫于絮尔。

我拿出第七页，写道：

所有对自己无用的职业都是可怕的，那些只能挣点钱的职业——挣得很少，必须不停地从头开始。可谓十分不景气！直到临终时再看，他们这一生都做了什么？他们一直忠于自己的职责——我完全相信这一点！他们的忠诚职守如他们一样微不足道。不过我无所谓，因为我在写《帕吕德》，否则的话，我觉得自己也和他们一样了。我们确实应该尝试变换一下我们的生活。

这时用人给我拿来一些点心和信件，恰好有一封儒勒的信，我本来还奇怪他一直没有消息。为了健康着想，我像每天早上那样称体重，给居斯塔夫和莱昂分别写了几句话，然后捧起我每天必备的一碗牛奶（像一些湖畔派诗人①一样），边喝边想："于贝尔一点也不理解《帕吕德》，他不知道，一旦某位作家不再为了提供事实而写作，他也就不会再写出供人娱乐的作品了。蒂提尔让他感到反感；他不理解不是社会状况的那种状态；因为自己很忙，所以他便自认为离这种状态很远；他觉得既然蒂提尔很高兴，一切都会更好的；然而，正是因为蒂提尔高兴，我才要停止高兴。相反地，我们还必须感到愤慨。我要让蒂提尔因顺从而感到被人蔑视……"我正准备开始思考理查德的个性特征时，忽然听到有人敲门，而敲门的正是他本人，他递上名片后进屋了。我稍微有点儿恼火，因为他不能很好地考虑到在场的人。

"啊！我亲爱的朋友！"我边拥抱他边说，"太巧了！我今天早上还想到您呢。"

"我来是想请您帮个忙。"理查德说道，"嗨！对于您来说，其实也不算什么事。您也没什么事做，我想您可以借我一点时间。

---

① 18—19世纪英国消极浪漫主义诗人，代表人物有华兹华斯、柯勒律治等。

我需要一个介绍人,您帮我做一下担保。我在路上再跟您解释。咱们快点吧,十点钟前我得赶到办公室。"

我不想让人觉得自己无所事事,便回答道:"幸好现在不到九点,我们还有时间,但是一结束,我就得马上赶去植物园。"

"好的!好的!"他说,"您要去看新的……"

"不,亲爱的理查德,"我故作轻松地打断他,说道:"我不是去看大猩猩,我是去那里研究眼子草的变种,为写《帕吕德》做准备。"

当即,我就责怪理查德引我说出了这个愚蠢的回答。他不说话,因为担心由于无知而说错话。我心想:他本可以放声大笑,但是他不敢,他的恻隐之心让我受不了。显然,他觉得我很荒谬,不过,他对我隐藏了自己的感受,是为了防止我也向他表现出相同的感受。但是我们知道,我们彼此都有这种感觉。我们彼此的尊重相互维持,相互依存。他不敢不尊重我,因为他害怕我对他的尊重会同时消失。他对我和蔼的态度里有几分迁就的意味……嗨,管他呢!我要讲述《帕吕德》。

于是,我开始轻声说道:"您的妻子还好吗?"

理查德立刻接过话头,自顾自地说了起来:"于絮尔吗?唉,我可怜的妻子!她的眼睛现在太累了,这都怪我。我跟您聊聊好吗？亲爱的朋友，这件事我从没跟任何人说过。但是我了解您对待友谊的态度，定能守口如瓶。事情的来龙去脉是这样的：我的小舅子爱德华需要一笔钱，而且必须搞到。于絮尔知道了，因为她弟妹当天就来找她说了这件事。所以，我的抽屉几乎被清空了。为了支付用人工钱，我们不得不取消阿尔贝的小提琴课。为此我很难过，因为这是他漫长康复期的唯一消遣。我不知道用人怎么知道了这件事，这个可怜的女孩对我们很依恋。您知道的，就是路易斯。她哭着来找我们，说就算自己不吃不喝，也不可以让阿尔贝难过。为了不辜负这个善良的女孩一片好心，我们只好接受。不过，我暗自决定，每天晚上在妻子以为我睡着了之后，差不多两点钟左右起床，翻译一些英语文章。我知道哪里需要这些文章，我用这种方式来攒出我们欠好心的路易斯的钱。

"第一天晚上一切顺利，于絮尔睡得很沉。第二天夜里，我刚坐好，您猜我看到谁来了？……是于絮尔！她也有同样的想法：为了支付路易斯的工钱，于絮尔打算做些拿在手里的小隔热扇，她知道去哪里卖这些小物件。您知道的，她有一些绘画天赋……她做出的扇子很精美。我的朋友……我们两个都很激动，我们抱头痛哭。无论我怎么劝说她去睡觉，都是徒劳。虽然她干一会儿就累了，但她坚决不去休息。她请求我让她继续待在我身边工作，以此作为我们伟大爱情的见证。我只得同意,但是她确实很累。我们每天晚上都是如此,这使得我们的夜晚变得有点儿漫长。不过,既然我们不再相互隐瞒,也就没有必要先睡下再起来干活了。"

"您跟我讲述的这件事太让人感动了。"我高声说道。不过,我内心却在想:不行,正好相反,我坚决不能和他谈论《帕吕德》。

接着,我低声嘟囔道:"亲爱的理查德!请您相信,我特别理解您的忧伤,您真的很不幸。"

"不是的,我的朋友,"他对我说,"我并非不幸。虽然我得到的东西很少,但是我用这极少的东西创造了属于我的幸福。您认为我告诉您我的故事是想让您同情我吗?我被爱和尊敬包围着,晚上于絮尔又在我身旁工作……这些快乐的时刻,都是我不会割舍的……"

一段长时间的沉默之后,我又问道:"孩子们还好吗?"

"可怜的孩子!"他说道,"正是他们让我有些为难:他们需要的是新鲜的空气和阳光下的游戏,可是我们的住房太小了,人待在里面仿佛都萎缩了似的。我呢,倒是没什么,年纪大了,对这种情况并不在乎,但是孩子们不开心,为此我也很痛苦。"

"确实如此,"我接着说道,"您家确实有些狭小闭塞,但是如果把窗户都打开,街上的气息就都飘进来了……幸好有卢森堡公园……这还是个主题公园,我可以……"很快地,我意识到,不,我一定不能和他说《帕吕德》的事。我转念一想,表现出一种沉思的状态。

过了半晌,我正打算询问祖母的情况,理查德却示意我们已经到了。

"于贝尔已经到了,"他说,"对了,这件事我还没跟您解释……我一共需要找两名担保人。不要紧,您会理解的——咱们先看一下文件吧。"

"我想你们应该认识。"当我跟我的好朋友握手时,理查德说道。

我的好朋友于贝尔问:"《帕吕德》进展得怎么样?"

我使劲握了一下他的手,低声说道:"嘘!现在别问,过会儿你跟我走,我们一会儿再谈。"

一签完字,于贝尔和我便向理查德告别,一起离开了。他正好要去植物园那边,上一节关于分娩的实践课。

我开始说:"喂,你还记得海番鸭吗?我说蒂提尔杀了四只,然而根本不是这样,因为那里是禁止打猎的。如果打猎,马上就会来个神甫,他会对蒂提尔说:'教会看到你猎杀、食用野鸭会难过的，因为这是会引人犯罪的猎物，人们避之若浼；到处都有罪孽在等待着我们，所以在不确定的情况下，宁愿舍弃；我们最好选择苦行，教会知道许多奇妙的苦行方法，既有效果，也十分可靠。我会勇敢地劝说一位兄弟：吃吧，吃池塘里的泥虫吧。'

"神甫刚一离开，一位医生又来了，他说：'您要吃野鸭！但是您知道这有多危险吗？在这一带的沼泽中，恶性热病十分流行，您的血液必须能够适应才行，蒂提尔，以毒攻毒[①]！吃池塘里的泥虫吧——它体内包含了沼泽的精华，而且，这也是一种非常有营养的食物。'"

"天哪！"于贝尔说道。

"是不是有种很恶心的感觉？"我说道，"这一切极其虚假。你很清楚，他只是一个猎场看守员！但是，最令人吃惊的是——蒂提尔真的吃了。几天之后，他就习惯了；再过几天，他甚至觉得泥虫是饕餮大餐。你说，蒂提尔恶不恶心？"

"他是一个真正幸福的人。"于贝尔说道。

"好吧，咱们聊聊别的事。"我高声说道，有些不耐烦。我突然想到，自己应该担心一下于贝尔和安日尔的关系，因此我试图将

---

① 原文为拉丁文。

他往这个话题上引。

"多无聊啊!"我沉默了良久后,开口说,"没有一件事情是十分重要的!看来应当试图改变一下我们的生活方式。但是,激情不是发明出来的!而且,我只认识安日尔,她和我呢,我俩并没有以一种决定性的方式相爱:今天晚上我要同她说的话,本来昨天就可以和她讲,但是没有什么进展……"

我每说一句话都停顿一下,他却沉默不语。

于是,我只得机械性地继续说道:"我呢,倒没什么,因为我在创作《帕吕德》,但是我不能忍受的是,她并不理解这种状态……这也是我为什么会萌发出写《帕吕德》的念头。"

于贝尔终于忍不住了,有些激动地说:"倘若她觉得这样挺幸福,你为什么要去扰乱她呢?"

"但是她并不幸福啊,我亲爱的朋友。她之所以认为自己很幸福,是因为她意识不到自己的状态。您非常清楚,平庸加上盲目,是非常糟糕的。"

"那你让她睁开眼睛看看,你之所以这样做,不就是为了让她感到自己不幸福吗?"

"这就很有趣了,至少她不会再轻易感到满足,她要求索。"不过,我无法再知道更多的事情了,因为于贝尔耸了耸肩,不再说话了。

良久,他又开口道:"之前,我不知道你同理查德认识。"

这话本身就是一个问题。我应该跟他说,理查德就是蒂提尔,但是我不认为于贝尔有任何权力看不起理查德,便简单地回了他一句:"他是个特别值得尊敬的人。"出于补偿的心理,我打算晚上跟安日尔聊一聊。

"好了,走吧,再见!"于贝尔说,他知道我们之间无话可谈了,"我要赶时间,你走得又慢。对了,今晚六点我没办法去看你了。"

"好的,没问题,"我说道,"这会让我们有些变化。"

他离开了。我独自进入了植物园,慢慢走近植物。我喜欢这样的地方,所以会经常来。这里所有的园丁都认识我,他们会给我打开不对外开放的区域,他们以为我是个科学家,因为我经常坐在水池旁边。多亏长期的监管,水池即便无人打理,也有无声的水流滋养着它们。水池里的植物自由生长,上面漂浮着很多昆虫。我专心地注视着它们,甚至可以说,是它们让我萌生了创作《帕吕德》的想法:一种毫无用处的凝思之感,这是我面对这些灰色微生物的感觉。

这一天,我为蒂提尔写下这段话:

在所有景色中，广阔的平原景色最吸引我——单调的荒野，我本想长途跋涉去寻找水塘之景，但其实在这里，我就被水塘环绕着。

不要认为我很悲伤，其实我连难过都算不上。我是孤独的蒂提尔，我喜欢一种景色，仿佛是喜欢阅读一本不会分散我思想的书。因为我的思想是悲伤的，也是严肃的，甚至和别人的思想比起来，还是忧郁的。我喜爱这种思想胜过一切，我要带着这种思想漫步，所以我到处寻找平原、水塘、荒野。我要带着这种思想悠然游荡。

我的思想为什么会悲伤呢？假如我因此遭受了痛苦，我就会更想探究这个问题。倘若您没有给我指出这一点，我可能还意识不到，因为一般来说，它感兴趣的通常是您一点都不感兴趣的。它乐于重读这些文字，它把快乐建立在各种小事上。跟您说这些也没用，因为说了您也不理解……

清风徐来，带着些许暖意。水面之上，昆虫压弯了纤弱的水草，刚发芽的小草从石头缝中钻了出来，流出的一点水就能浸润到植物的根茎。苔藓一直延伸到水底，使得暗影又深又长：青绿色的藻类制造出气泡，以便幼虫能够呼吸。忽然，游来了一只水龟虫。我情不自禁地萌生了一种诗意的想法，随即从兜里掏出一页新纸，写下这样一句话：

蒂提尔笑了。

后来，我有点饿了，决定改天再来研究眼子草，便到码头寻找皮埃尔向我说起过的一家餐厅。我原本想自己去，但是路上偶遇了莱昂，他跟我聊起了埃德加。午后，我拜访了几位文学家。临近五点时，开始下起了小雨，我回到家，写下了二十来个关于学校词语的定义，还为"胎盘"一词找到了八个新的修饰语。

晚上，我感到有些疲惫，晚餐之后，我去了安日尔家睡觉。我的意思是去她家里睡，而不是和她一起睡。我和她之间只有一些无足挂齿的小调情。

她自己在家。我进去时，她正用刚调好的钢琴准确地弹奏莫扎特的一首奏鸣曲。天色已晚，听不到其他的声音。她身着一条小方格连衣裙，好几枝烛台上的蜡烛都被点燃了。

"安日尔，"我进门时说，"我们应该尝试变换我们的生活！您是不是又要问我今天做什么了？"

毫无疑问,她没有听出来我话里的潜台词,因为她立刻就问道:"是呀,您今天做什么了?"

于是,我随口说道:"我见了我的好友于贝尔。"

"他从这里刚刚离开。"安日尔说道。

"亲爱的安日尔,您就不能一起接待我们吗?"我大声说道。

"恐怕他不想这样,"她说,"不过要是您愿意,您可以星期五晚上来我家吃饭,他也会来。您可以为我们朗诵一些诗句……对了,明天晚上,我邀请您了吗?我要接待几位文学家,您也可以过来。我们的聚会九点钟开始。"

"我今天也见了几位,"我回答道,当然指的是安日尔说的文学家,"我喜欢他们的生活方式。他们总是在工作,仿佛什么也无法打扰他们,您去拜访他们的时候,会觉得他们仿佛就是在为您而工作,他们也愿意同您交谈。他们和蔼可亲的样子很迷人,而且是很自然地就勾勒出这种感觉。我喜欢这些人不停忙碌的生活,或许还能和我们一起忙碌。而且由于他们做的事没有任何价值,我们就不会对占据了他们的时间而有任何愧疚之感。啊!对了,我看到蒂提尔了。"

"那个单身汉?"

"是的,但事实上,他结婚了,他是四个孩子的父亲。他叫理查德……别对我说他刚从这里离开，您应该不认识他。"

安日尔有些不高兴，冲着我说："您很清楚，您的故事不是真实的！"

"为什么不是真实的？因为是六个人，不是一个人是吗？我把蒂提尔塑造成单身汉的形象，是为了集中表现这种单调，这是一种艺术表现手法，难道您希望我写他们六个人同时钓鱼吗？"

"我非常确信，在现实生活中，他们各自都有不同的事要做！"

"如果我把他们各自的事都描述出来，区别就太大了。作品中所描述的事件并不一定会保留它们存在于生活中的价值。为了保有真实感，我们不得不进行再创作，重要的是我表现出了这些事件给我带来的情感。"

"但是如果这种情感是错误的呢？"

"亲爱的朋友，情感是不会错的。您不是读过'错误来自判断'吗？那么为什么需要赘述六遍呢？既然它们给我带来的感觉是完全相同的，那么说六遍……您想知道他们六个在现实生活中都做些什么吗？"

"请说吧，"安日尔说，"您看起来特别生气。"

"并没有，"我大声嚷着，"父亲整天创作；母亲操劳家务；

大儿子教别人功课；小儿子上课；大女儿腿瘸；小女儿还很小，什么也做不了。此外，还有一个用人……他的妻子名叫于絮尔……我想特别向您说明的是，他们每天做的都是完全相同的事！"

"可能他们不富裕吧。"安日尔说。

"那是肯定的！不过，您理解《帕吕德》吗？理查德，他一毕业就失去了父亲——他父亲是一个鳏夫。因此他不得不工作，他本来就没什么财产，还让他哥哥抢走了。可是想想就知道，只是做些日常的零活儿，这是微不足道的！都是些赚小钱的零活儿！在办公室里一页页地抄写文件，而不是去旅行！他没见过什么市面，与同伴的谈话也乏善可陈；他看报纸仅仅只是为了与别人交谈——如果他有闲聊时间，他所有的时间都被占用了。更不必说他死前可能其他什么事情也干不了。出于崇高的美德，而不是爱情，他娶了一个比自己更贫穷的女人。他的妻子名叫于絮尔。啊！我之前和您讲过。他们将婚姻变成一个漫长的爱情实习，结果他们确实相爱了，他们是这样告诉我的。他们非常疼爱自己的孩子，孩子们也非常爱他们……以及那个用人。星期日晚上，所有人会聚在一起玩填格子游戏……我险些忘了祖母奶奶——她也一起玩，不过她的眼神不是很好，看不清筹码，别人就小声说她的不算数。啊！安日尔！理查德！为了堵上窟窿，填上极大的亏空，他穷尽所能，什么方法都用上了！他们家也是。他生来就是独自一人，每天都是凑合着活，用的也都是好东西的替代品。现在，情况没有太糟糕，他拥有着极其崇高的德行，并且他觉得很幸福。"

"怎么回事，您怎么哭了？"安日尔问。

"别在意……有点儿神经质。安日尔，亲爱的朋友，您不觉得到头来，是我们的生活缺乏真正冒险的东西吗？"

"那怎么办呢？"她轻声说道，"咱们俩来一次短途旅行吧，您觉得怎么样？这么着吧，周六，您没什么事吧？"

"安日尔，您不会想的就是后天吧？！"

"有什么不可以的呢？我们一早出发，明晚您就在我家吃晚饭——和于贝尔一起；您和我一起，睡在我旁边……现在，再见吧，"安日尔说道，"我要睡觉了。时间不早了，您让我觉得有点儿疲惫。用人给您准备了房间。"

"不，今晚我还是不留下来了。亲爱的朋友，请原谅我，我太兴奋了。睡觉前，我需要创作。我回家了，明天见。"

我想看一下我的日程本。恰巧空中下起了雨，我因为没有带伞，所以几乎是小跑着离开的。一到家，我就为下周的一天记录下了这种想法，不仅仅是对于理查德：

谦卑的美德是接受，这种美德对于一些人来说很适合，因为他们认为他们的生活就是依据自己的灵魂量身而定的。但是请不要同情他们，他们的状态对他们来说很合适，可悲啊！一旦这种状态不再表现在财产上，他们就不会再注意到这种平庸了。我突然对安日尔讲的话，也是事实：每个人的际遇都应当是契合的，每个人都会找到适合自己的命运。因此，如果我们对于自己拥有的平庸感到满足，这就证明这种平庸适合你，其他命运也就与你无关了。命运量身定制，就像梧桐和桉树生长时，会撑得树皮发出破裂的声音，人的衣服也是如此。

"我写得够多了，"我自言自语道，"四个词就够了。可是，我不喜欢惯用方式。现在，我要仔细研究一下安日尔惊人的提议。"

我将日程本翻到第一个周六那页，在这一页上，我能读到：

尝试六点钟起床——变换情绪。

给吕西安和夏尔写信。

为安日尔找到虽黑但美①的替代词。

希望我能读完达尔文。

回访洛尔（解释《帕吕德》）、诺埃米、贝尔纳——让于贝尔震惊（重要）。

临近傍晚，尝试从索尔费里诺桥上通行。

查找"葏状赘肉"的修饰语。

这是全部。我又拿起笔，把之前写的全部涂掉，简单地写下了一句话：

愉快地和安日尔进行一次短途旅行。

然后，我去睡觉了。

---

① 原文为拉丁文。

宴　会

星期四

度过了非常不安的一夜之后，今天早上起来有些不舒服，于是我改变了习惯，没有喝每天早起必备的一碗牛奶，而是喝了点汤药。日程本上这一页是空白的，仿佛是说：这是留给《帕吕德》的。在没有什么事可做的日子里，我全部用来工作。整个上午我都在创作，写下这些内容：

蒂提尔日记

我穿过了广袤的荒野，宽阔的平原一望无际；有些山丘很低，大地微微凸起，仿佛仍旧在沉睡。我喜欢在泥炭沼泽边缘散步，那里的小路土壤压实，水分少，路更硬实一些。其他未走过的土地土质松软，一脚踏上去，苔藓、草丛便往下沉；苔藓吸收了太多水分，很是松软；有些地方有暗渠，苔藓晒干，上面长出了欧石楠和一种矮松，那里还蔓生着一种石松。有的地方会有积水，积水又黑又臭。我住在低处，也没想过要搬到高处去，因为我很清楚到高处也看不到其他什么东西。我不眺望远方，尽管多云的天空很美、很有魅力。

有时，臭水沟上面也会出现美丽的彩虹，会飞来拥有极其美丽翅膀的漂亮蝴蝶；水面上五彩斑斓的薄层都是一些被分解了的物质。水塘之上漂浮着夜晚唤醒的磷光，自沼泽地里升起的这些鬼火，就像是升华了。

沼泽地啊！还有谁能够描绘出你的魅力呢？蒂提尔！

这几页内容不可以给安日尔看。我想，在那里，蒂提尔似乎过得很幸福。

我还写了以下内容：

蒂提尔购买了一个玻璃鱼缸，他将鱼缸摆放在没有任何装饰的卧室中间，一想到外面所有的景色都可以聚集在这玻璃鱼缸里，他就十分开心。他在鱼缸里放了淤泥和水,隐藏在淤泥里的陌生水族一进入水里立刻活动了起来,为他带来了不少乐趣。在这总是浑浊不清的水中,只能看到玻璃附近的微小生物。他喜欢阳光和阴影的交替变换,光线从百叶窗的缝隙透过来,穿过鱼缸,使鱼缸变得更加黄或灰。他想象中的鱼缸里的水远没有这么活跃……

正在这时,理查德进来了,他邀请我星期六中午一起吃午饭。我很高兴地告诉他,恰巧那天我要去外省办事无法参加。他似乎很吃惊,没说什么便离开了。

过了一会儿,我吃了个简单的午餐,便出门了。我去看艾蒂安,他正在修改作品的初稿。他对我说,我这本《帕吕德》是写对了,因为他觉得我并不适合写戏剧。我离开他,在街上偶遇了罗朗。他陪我去了阿贝尔家,在那里我看到了克洛狄乌和于尔班两位诗人。他们断定人们再也无法创作戏剧了,不过两人谁也不赞同对方所表述的理由,但他们一致同意取消戏剧。他们也对我说,不再写诗是正确的,因为我写得并不好。这时泰奥多尔进来了,然后,那个让我觉得体味难以忍受的瓦尔特也来了。于是我走了出来,罗朗也跟着我走了出来。

一到街上,我便说道:"这是什么难以忍受的生活啊!您受得了吗,亲爱的朋友?"

"还好吧,"他对我说,"您为什么觉得难以忍受呢?"

"本可以不同的生活却没有变样,这点就让我觉得受够了。我们所有的行为都已烂熟于心,以至于换一个人也会同样这样做,重复着我们昨天说过的话,再演变成我们明天要说的语句。阿贝尔每周四待客,他很惊讶没看到于尔班、克洛狄乌斯、瓦尔特和您,就像我们在他家看不到他一样惊讶!哎!我不是在抱怨什么,但我确实受不了了。我要走了,我要去旅行了。"

罗朗说:"您要去哪儿?什么时候出发?"

"后天。至于去哪里,我也不知道……但是,亲爱的朋友,您知道的,如果我知道要去哪儿,去做什么,我就走不出痛苦了。旅行就是去旅行,惊喜本身就是我的目的——出乎意料的事情,您明白吗?就是那些出乎意料的事!我不是建议您陪伴我一起去,因为我要和安日尔去……不过您为何不出去走走呢,无论去哪儿,就让那些不可救药的人停滞不前去吧!"

"抱歉,"罗朗说:"我和您不太一样,我喜欢弄清楚我要去的地方是哪儿。"

"那么,您就是有选择了!我怎么和您说呢?比如非洲吧!您知道比斯科拉①吗？想想沙漠上的太阳吧！还有那些大棕榈树！罗朗啊罗朗！那些单峰骆驼！想想看，同一颗太阳，我们只能透过尘埃和城市建筑，在屋顶之间隐约瞥见一点阳光，可是在那里，已经阳光普照，已经光辉灿烂，到处都无拘无束！您想永远这样等下去吗？啊！罗朗！这里缺乏新鲜的空气，日子乏善可陈，令人打哈欠，您还不愿意走吗？"

"亲爱的朋友，"罗朗说，"可能在那里等待我的，是一些令人非常欣喜的事情，但是太多的事情把我困住了，我没法脱开身，所以我宁愿不抱有幻想。我无法去比斯科拉。"

"正是因为这样，才恰恰需要放一放，"我接着说，"放一放限制住您的那些事情。难道您能甘心永远被限制在这些琐事之中吗？我呢，倒是无所谓，您要明白，我走是因为要去另一个地方旅行，但是您想一想，人生在世，就活这么一次，而您生活的圈子是多么的小啊！"

"啊！亲爱的朋友，"他说，"无须再说了，我确实有很重要的事情，您的这些理由我也听够了。我不能去比斯科拉。"

"好吧，那就不说了，"我对他说道，"我也到家了，咱们过

---

① 阿尔及利亚东北部城市，比斯科拉省省会。

一段时间再见吧。我要去旅行的事，请你告知其他人。"

我回到了家。

六点钟，我的好友于贝尔来了，他是从互助会那里来的，他说："有人跟我谈到《帕吕德》！"

"是谁呢？"我兴奋地问道。

"一些朋友……你知道吗，他们不怎么喜欢这部作品，甚至有人跟我说你最好还是写些其他的。"

"好了，别说了。"

"你知道的，"他接着说道，"我不太懂，只是听人这样讲。既然你觉得写《帕吕德》有意思，那就……"

"我并没有觉得有意思，"我大声说道，"我写《帕吕德》是因为……罢了，咱们聊些别的吧……我要去旅行了。"

"哇！"于贝尔说。

"是的，"我说道，"人有时候需要出去走一走。我后天出发，还不知道去何处……我和安日尔一起去。"

"什么？在你这个年纪！"

"亲爱的朋友，是她向我发出邀请的。我并不建议你同我们一起前往，因为我知道你肯定特别忙……"

"而且，你们更喜欢单独待在一起……够了。你们要去远处待很久吗?"

"不会很久,我们的时间和金钱都有限,重要的是能离开巴黎。我们出城只能靠有力的交通工具——快车,最难的就是穿过郊区。"我起身走了几步,为了表达兴奋的心情,"到达真正的乡村之前要经过多少站啊!每一站都会有人下车,这就好比赛马比赛,刚一起跑就有人落马。车厢空了。旅客们!旅客们在哪儿呢?还留在车上的人,他们要去做生意;司机和技工会一直坐到终点站,但是他们留在火车头上。再说了,终点站是另一座城市。乡村?乡村在哪里呢?"

"亲爱的朋友,"于贝尔边走边说,"你太夸张了,很简单的,乡村就在城市结束的地方。"

我又说:"但是,亲爱的朋友,确切地说,城市恰恰结束不了,城市之外是郊区……你好像忘记了郊区这回事,郊区就是两座城市之间我们所能看到的全部东西。零星散落着的变小的房屋,以及更难看的东西……一些菜园和道路两边的斜坡。道路!我们所有人都应该上路,而不是去其他地方……"

"你应当把这些内容写进《帕吕德》。"于贝尔说。

这一下,我彻底恼火了,说道:"可怜的朋友,诗歌存在的理由,它的特性、起源,难道你从来就不明白吗?一本书……对于一本书来说，于贝尔，它是封闭的、充实的、丰满的，就像一颗光滑的鸡蛋。我们插不进任何东西，就连一根大头针也不行，除非特别用力，但是蛋的形态也会因此被破坏。"

"那么你的蛋充实丰满了吗？"于贝尔问道。

"亲爱的朋友，"我叫嚷道，"蛋不是被填满的，它生下来就是满的……而且，《帕吕德》已经这样了……那些说我最好还是写些其他的说法，我觉得简直太愚蠢了……愚蠢！知道吗？写些其他的！我也希望；但是要清楚，这里和其他地方没什么不同，边缘处一样有斜坡包围着。我们的道路是被强制规定好的，工作也是同样。我守在这里是因为没有任何人在这里。我选择的题目就是《帕吕德》，因为我确信没有人会如此贫困，非要到我的土地上来工作。我尝试用这样一句话来表达这个意思：'我是蒂提尔，我孑然一人。'——我跟你说过这句话，但是你可能没太注意……还有，我请求过你很多次，永远也别跟我探讨文学！对了，"为了岔开话题，我继续说道，"今天晚上你去安日尔家吗？今晚她待客。"

"是那些文学家……不去，"于贝尔回答我道，"我不喜欢，你知道的，这样的聚会很多，在那里只能聊天。我本以为你也会觉得这样的聚会令人窒息。"

"确实如此，"我回答道，"但是我不想让安日尔不悦，毕竟她邀请了我。此外，我还想去那里找阿米尔卡，让他知道大家都觉得有点儿喘不过气。安日尔家的客厅太小，不适合举办这样的聚会。我要尝试去告诉她这一点，她家的客厅甚至可以用'狭窄'来形容……另外，我还要去那里和马丁聊聊。"

"随便你吧，"于贝尔说，"我要走了，再见。"

说完，他走了。

我整理了一下文件之后，开始吃饭，边吃边想这次旅行，自言自语地念叨着："还有一天了！"快吃完晚饭时，我心里特别激动，安日尔的这个提议在我脑海中挥之不去，我觉得应该给她写几句话："感知源于感觉的改变，这就是必须去旅行的原因。"

然后，我把信装进信封，封好，接着便乖乖地去了她家。

安日尔家在五楼。

接待客人的日子，安日尔会在门前摆一张长凳，在三层的楼梯平台处，也就是洛尔门前再摆一张。大家可以在那儿喘口气，俨然一个休息站。我上楼后有些气喘，于是坐到了第一张长凳上，从兜里拿出了一张纸，准备提出一些理由用于对付马丁。我写道：

人们不出门，这是错误的。而且，我们也不能出去，但这正是因为我们不出门。

不！不是这个意思！重新写。我撕毁了这张纸。需要指出的是，虽然人们被关在家中，但却都认为自己置身在户外。这是生活的不幸啊！

正在这时，有人走了上来，是马丁。他问道："哎？你在工作？"

我回答道："晚上好，亲爱的。我正在给你写东西呢，别打扰我。你先去楼上的长凳上坐会儿，等我一下。"

他上楼了。

我继续写道：

人们不出门，这是错误的。而且，我们也不能出去，但这正是因为我们不出门。——人们不出门是因为他们认为自己已经置身在户外了。如果知道自己置身于家中，至少还会萌生想要出去的欲望。

"不！不是这个意思！不是这个意思！重新写。"我把纸撕掉，"需要指出的是，没有人观察，因为每个人都认为自己置身于户外。而且，不观察是因为他们是盲人。这是生活的不幸啊！我一点儿都理解不了……况且，在这里创作感觉实在是太糟糕了。"我又拿出一张纸。

此时，有人上来了，是哲学家亚历山大。他问道："哎？您在工作？"

我正在聚精会神地写，回答道："晚上好，我正在给马丁写东西。他在楼上的长凳那里坐着。您请坐，我马上就写完了……啊！没位置坐了吗……"

"没事的，"亚历山大说，"我有拐杖可以撑着。"说完，他打开拐杖，等了起来。

"现在我结束了。"我说。我俯身探出栏杆，大声喊道："马丁，你在上面吗？"

"我在，"他回答道，"我在等你呐。你把长凳带上来吧。"

由于我在安日尔家就像在自己家一样随便，我便把凳子拖了上去。到了楼上，我们仨坐好，马丁和我交换写好的纸张，亚历山大在一旁等候。

我的这页上写的是：

　　盲目地相信自己很幸福。以为看得很透彻就不愿再看了，因为人们只能看到自己是不幸的。

而他的纸上写的是：

因盲目而感到幸福。以为看得很透彻就不愿再看了，因为看清自己是不幸的。

"但是，"我高声说道，"令我感到痛心的正是让您感到开心的事。应该说我有道理，因为我因您开心的事而感到遗憾，然而您不能因为我感到遗憾的事而欢喜。重来。"

亚历山大在候着。

"很快就写完了，"我对他说，"我们一会儿再跟您解释。"

我们又分别拿起自己的纸。

我写道：

你提醒我，有人把Numero Deus impare gaudet翻译成"数字2很开心成为奇数"，他们认为这样很有道理。可是如果奇数性本身具备幸福的希望——我说的是自由的希望，我们就理应对数字2说："很遗憾，可怜的朋友，您不是奇数；如果您对做奇数感到满足，至少应该先尝试想办法变成奇数。"

他写道：

你提醒我，有人把Et dona ferentes翻译成"我害怕希腊人"，这样翻译的人看不到在场者了。可是如果每一个在场者背后都隐藏一个能够立刻征服我们的希腊人，我就要对希腊人说："亲爱的希腊人，给予并拿取吧！这样我们就互不相欠了。我是你的人，这千真万确，否则你什么也不会给我。"我什么时候谈到希腊人，想说的都是具有必要性。他们索取的相当于他们给予的。

我们交换着看。一段时间过去了。
在我那张纸的底部，他写道：

我思考得越多，越觉得你的例子很愚蠢，因为，毕竟……

在他那张纸的底部，我写道：

我思考得越多，越觉得你的例子很愚蠢，因为，毕竟……

写到这里，这张纸写满了，我们俩都把各自的纸翻过来，但是，在他那张纸的背面，我看到了这样的内容：

规则内的幸福。感到快乐。构思一份典型菜单。

1.浓汤（根据胡斯曼[①]先生）；

2.牛排（根据巴雷斯[②]先生）；

3.蔬菜（根据加布里埃尔·特拉里厄[③]先生）；

4.埃维昂装着矿泉水的短颈大肚瓶（根据马拉美[④]先生）；

5.查尔特勒酒金绿酒（根据奥斯卡·王尔德[⑤]先生）。

---

① 卡米耶·胡斯曼（1871—1968），比利时政治家。
② 巴雷斯（1862—1923），法国民族主义作家。
③ 加布里埃尔·特拉里厄（1870—1940），法国文学家。
④ 斯特凡娜·马拉美（1842—1898），法国诗人。
⑤ 奥斯卡·王尔德（1854—1900），爱尔兰作家、诗人。

在我的这张纸上，只有我在植物园里所萌生的诗意的想法：

蒂提尔笑了。

马丁问："蒂提尔是谁？"

我回答说："是我。"

"因此你时常微笑吧！"他说道。

"但是，亲爱的朋友，等一下，请听我跟你解释。（每一次都控制不住自己……）蒂提尔，既是我，又不是我；蒂提尔，是一个傻瓜，既是你，也是我，是我们大家……所以不要这样打趣开玩笑……你让我生气了。我把这个傻瓜当作是残废的人，他总是想不起自己的悲惨，也就是刚才我和你所说的。大家都有忘记的时候，但是你要明白，这没什么，只不过是一种诗意的想法……"

亚历山大看了我们写的东西。他是一个哲学家，对于他说的话，我总是有所怀疑，所以从不回答。他微笑着看向我，开口说道："先生，您称作的自由行为，按照您的意思是一种不受任何约束的行为。请跟随我的思路：这是可以分解的；注意我的发展变化：这是可以取消的；我的结论：没有价值。先生，请您牢牢抓住一切，不要盲目地追求偶然性。您是得不到的，就算得到了，对您又有什么用呢?"

按照习惯,我什么也没说。当一位哲学家回答你的问题时,你就根本理解不了自己所问的是什么问题了。

正在这时,我听到有人上楼的脚步声,是克莱芒、普罗斯佩和卡西米尔。他们看到亚历山大和我们坐在一起,便问道:"咦,你们变成斯多葛主义者①了?进入吧,门神先生们。"

他们的玩笑让我觉得很自负,因此,我认为应该在他们之后进去。

安日尔家的客厅已经挤满了人。安日尔穿梭在人群之中,眉开眼笑,给宾客们送去咖啡和奶油蛋糕。她一看见我,就跑过来。

"啊!您来了,"她低声说道,"我担心大家会觉得有些无聊,您为我们朗诵一些诗吧。"

"可是不行,"我回答道,"即便如此,大家还是会觉得无聊,而且您也知道,我不会吟诗。"

"您可以的,您可以的,您最近总写了些什么吧……"

正说着,伊尔德勃朗凑了过来。

---

① 斯多葛主义者,又称斯多葛学派,是古希腊的四大哲学学派之一,也是古希腊流行时间最长的哲学学派之一。

"啊！先生，"他边说边拉住我的手，"很高兴见到您。我还没有拜读过您最新的作品，但是我的朋友于贝尔跟我说那是一部十分伟大的作品……看来今天晚上您会为我们读上几行吧……"

安日尔悄悄溜走了。

伊尔德维尔来了，问道："对了，先生，您在创作《帕吕德》吗？"

"您如何知道的？"我大声问。

"这还用问吗，"他回答道（语气夸张），"这已经不再是一个秘密了，可以说，这和您最新的作品很不一样。尽管我还没有拜读过您最新的作品，但是我的朋友于贝尔曾和我谈论过很多。您要给我们读一些诗句，是吗？"

"不会是池塘里的泥虫吧？"伊吉道尔愚蠢地说道，"《帕吕德》里好像充满了泥虫，这是于贝尔说的。啊！亲爱的朋友，《帕吕德》到底是什么？"

华朗坦也凑了过来，因为好多人同时和我说话，我的思想有些混乱了。

"《帕吕德》……"我开始说道，"这个故事发生在一个中立地区，一个属于所有人的地方……或者更准确地说，故事讲述的是一个正常人的故事，每个人的生活在他的身上都有所体现；故事讲的是第三者，被人们所谈论着的人，他生活在每个人身上，却又不会随我们一同逝去。维吉尔在诗中把他称为蒂提尔，诗中特意告诉读者他是'躺着的'，——'蒂提尔斜躺着'①。《帕吕德》讲得是一个躺着的人的故事。"

"噢，"帕特雷说道，"我原本以为讲的是一个关于沼泽地的故事。"

"先生，"我说，"一千个人心中有一千个哈姆雷特，但是本质却是永远不变的。不过，请您明白，向别人讲述相同事情的唯一方式——您听好了，唯一的方式便是依据每一种新的意志来变换形式。现在，《帕吕德》讲的就是安日尔家客厅的故事。"

"我明白了，总之，我想您还没有确定好吧？"阿纳托尔说道。

菲洛克塞纳也凑了过来，说道："先生，大家都在等着您朗诵诗呢。"

"嘘！嘘！"安日尔说道，"他就要诵读了。"

大家都安静了。

"但是，先生们，"我激动地叫喊道："我向你们保证，我真

---

① 原文为拉丁语。

的没什么可以拿来朗诵的。因为大家的再三请求,我不得已给你们读一小段,免得说我清高,这一段还没……"

"读吧!读吧!"大家说道。

"好吧,先生们,既然你们想听……"我从兜里掏出一张纸,没有摆什么架势,以一种没什么感情的平淡语调读道:

散步

我们在荒野上散步,

啊!愿上帝听到我们的声音!

我们在荒野上漂泊,

夜晚何时来临?

我们很想席地而坐,

因为我们疲劳至极。

大家继续保持着沉默,显然他们并不知道诗已经读完了,还在等待着。

"读完了。"我说道。

接着,在寂静中,安日尔说道:"哇!太棒了!您应当把这首诗写进《帕吕德》里。"

由于大家依旧保持沉默,她又问道:"是不是,先生们,是不是应当把这首诗写进《帕吕德》?"

一时间陷入嘈杂,一些人问:"《帕吕德》?《帕吕德》是什么呀?"另一些人则解释什么是《帕吕德》,但是越解释越不明白。

我什么话也插不上,但是此时,博学的生理学家卡罗勒斯出于刨根问底的癖好,带着疑问的表情走向我。

"《帕吕德》吗?"我立即开口说道,"先生,这个故事讲述的是一群生活在黑暗洞穴里的动物,它们因为长期不使用眼睛而失去了视觉。——我先走了,我实在太热了。"

然而,埃瓦里斯特,一个自以为精明的批评家,推测道:"恐怕这个主题有些特殊。"

"但是,先生,"我不得不说道,"没有什么太特别的主题。维吉尔曾写道,'感到遗憾'①,这也正是我的主题——我对此感到遗憾。"

"艺术就是以足够的力量来描绘一个特别的主题,以便让人理解它所依赖的普遍性。这是一种抽象的思想,所以很难用抽象的

---

① 原文为拉丁语。

词语来解释清楚。但是，想一想眼睛靠近大门，通过锁眼所能看到的巨大景象，您肯定就能明白我的意思了。一个人从这里可能只看到一把锁，但只要他弯下腰，就能透过锁孔看到整个世界。能有将其推广的可能性就足够了，至于普及，那就是读者和批评家的事情了。"

"先生，"他说道，"您倒是简化了自己的任务。"

"或者，我取消您的任务？"我说道，他被呛得哑口无言，只得走开了。啊！我心想，终于可以喘口气了。

正好此时，安日尔拉住我的袖子，对我说："您过来，我给您看样东西。"

她带我走到窗帘前，将窗帘轻轻撩了起来，以便让我看到玻璃上一个又黑又大、发出噪音的东西。

"怕您埋怨屋里太热，我让人安了个排风扇。"安日尔说。

"啊！亲爱的安日尔。"

"但是，"她继续说，"因为它噪音太大，我不得不拉上窗帘挡住它。"

"啊！原来是这样！不过，亲爱的朋友，它未免也太小了！"

"商店老板告诉我，文学家适合这个尺寸。大号儿的是为一些政治会议准备的，如果安在咱们这儿，就听不到我们讲话了。"

此时，伦理学家巴尔纳贝走了过来，他拽了拽我的袖子，说："您不少朋友都向我多次说起过《帕昌德》，以至于我很清楚您想要表达什么。我想要提醒您的是，在我看来这事无用而且令人恼火。您厌恶停滞不前的状态，便强迫别人采取行动，但是您却没有考虑到，您越是在他们行动前进行干预，行动就越背离他们的本意。您的责任增加了，他们的责任却减少了。然而，恰恰是这些行动的责任感使得每个人都能感受到它的重要性——表面上的东西什么也不是。您只能影响他人，但却无法教会别人想要什么：意愿是无法学到的①。如果您的努力最终能够创造出一些没有价值的行动，那就算很不错的了。"

我对他说："先生，您否认我们能照顾别人，那就是希望我们对别人漠不关心了。"

"至少，照顾别人是很难的，我们的作用不是促成多少大的举动，而是让人对于愈来愈重要的微小举动承担起责任。"

"为了增加行动的顾虑，是吗？您所增加的并不是责任感，而是顾虑。如此一来，您便减少了自由感。像这种承担责任的行为，应该是自由的，但我们的行为不再自由了。我们不是要创造行为，

---

① 原文为拉丁语。

而是要将自由解救释放出来……"

然后他微微一笑,为了使他要说的话充满生气,说道:"不错,先生,如果按照我对您的话的理解,您是要强迫别人追寻自由啊……"

"先生,"我大声喊道,"当我看到我身边的病人时,我会很担心。如果如您所言,我因为担心会降低医治病症的价值,不尝试去治好他们的病症,至少我应当给他们指出他们是生病了的——要告诉他们这一点。"

加利亚斯凑上前来,只是为了说一句蠢话:"不是给病人指出他的病症,而是通过给他展示健康人的样子来治愈疾病。应当描绘出医院的每张病床上躺着一个正常人,应当将医院的楼道里塞满法尔内塞宫①的赫拉克勒斯②。"

这时,华朗坦接着说:"首先,一个正常人不会叫赫拉克勒斯……"

立刻有人起哄说道:"嘘!嘘!伟大的华朗坦·克诺克斯要说话了。"

---

① 建于十六世纪,是罗马一座杰出的文艺复兴建筑,现为法国驻意大利大使馆。
② 古希腊神话中的大力神,是主神宙斯与阿尔克墨涅之子,神勇无比,力大无穷。

他说道:"依我看,健康并不特别令人羡慕。它只是一种平衡,一种各方面平庸的状态,一种缺少恶性发展的状态。只有与众不同我们才可以展示出自己的价值,特异体质是我们的价值疾病;换句话说,只有我们身上所独有的东西才是重要的,是在别人身上找不到的,也是您所谓的'正常人'所不具有的,亦是您称之为的疾病。

"此刻,请您停止将这种疾病看作是一种缺陷,相反地,是多出了些什么东西。一个罗锅,就是一个背上长了块隆肉的人,我更希望您把健康看作是疾病的一种缺陷。

"'正常人'对我们来说没那么重要,我想说他们是可以取消的,因为正常人随处可见。这是人类最大的公约数,在数学中,作为数,我们可以从中拿掉任何一个数字,而不改变它的功能。正常人(这个词令我恼火)是最初的物质经过铸造,将特殊物质进行研磨,最终在炉底找到的残余物。这就是人们通过稀有品种杂交得到的原始鸽子——一种灰色的鸽子——一旦鲜艳的羽毛脱落,就和其他鸽子没什么区别了。"

因为他谈到了灰鸽子,我有些激动,特别想紧紧攥住他的手,于是说道:"啊!华朗坦先生。"

他只是说:"闭嘴吧,文学家。首先,我只对疯子有兴趣,而您是极其理智的人。"

然后,他继续说道:"正常人就是我在街上看到,并用我自己的名字称呼他的人,我首先会把他看成是自己;我向他伸出手,大声说道:'可怜的克诺克斯,今天您的脸色看上去灰暗无光,您的单片眼镜去哪儿了呢?'让我惊讶的是,和我一起散步的罗朗也用他的名字称呼那个人,与我一同对他说:'可怜的罗朗!您的胡子去哪儿了?'这个人让我们感到厌烦,我们不再理他,也不会觉得懊悔自责,因为他毫无任何新鲜之感。他呢,也没说什么,因为可怜之人必有可恨之处。他,一个正常人,您知道他是谁吗?就是大家谈论的第三者……"

华朗坦向我转了过来,而我转向了伊尔德维尔和伊吉道尔,对他们说:"喏?我对你们说什么了吗?"

华朗坦看着我,用很高的声调继续说道:"在维吉尔的作品中,他叫蒂提尔,他不会随我们一同死去,他借助每个人的帮助而活着。"

他放声大笑,对我说道:"这就是为什么人们杀死他也无所谓的原因。"

接着,伊尔德维尔和伊吉道尔也哈哈大笑起来,说道:"啊,先生,清除掉蒂提尔吧!"

我实在受不了了，十分气愤，脱口道："嘘！嘘！听我说！"

然后我顾不得三七二十一，开始说："不是的，先生们，不是的！蒂提尔也有病！所有人！我们所有人，在这一生中都有，比如在这种糟糕的时期，我们都会产生疑惑，如：今天晚上锁门了吗？于是再去看看；今天早上打领带了吗？于是用手摸摸；今天晚上裤子系扣了吗？于是再确认一下。瞧！马德鲁斯就不放心！还有博勒斯！你们都看见了。值得说明的是，我们其实知道事情都已经做得很完美了，但是因为有病，又想重做——这是回想病。我们重做是因为做过了，我们前一天所做的每一个行为，似乎都在今天向我们提出要求；这就仿佛是一个孩子，尽管我们给了他生命，但我们往后仍要抚养他……"

我精疲力竭，觉得自己说得很糟糕……

"所有由我们引起的事，似乎都应该由我们维持下去，由此产生一种担忧，害怕因为事情做得太多而被过度依赖，因为每个行为只要一做，并不会对我们有所促进，相反，会成为一张使我们坠落的凹陷的床，让我们掉落进去——'掉落进去'[①]。"

"您说的这些很有意思。"彭斯开口道。

[①] 原文为拉丁语。

"并没有,先生,这一点儿意思都没有。我根本不应该把这些写进《帕吕德》。我说过,我们现在的行为方式不再能够表现出我们的个性了。个性存在于行为之中,存在于我们所做的两次行为、三次行为之中。贝尔纳是谁?是我们星期四在奥克塔夫家里看到的那个人。奥克塔夫是谁?是星期四接待贝尔纳的那个人。还有谁是星期一去贝尔纳家做过客的人?是谁……先生们,我们大家都是谁?我们是每个星期五晚上来安日尔家做客的人。"

"但是,先生,"吕西安礼貌地说,"首先,这很好;其次,请您相信那是我们唯一的缺点!"

"啊!当然了,先生,"我接口说道,"我想,于贝尔每天六点钟来看我,他就不能再在这个时间去您家。即使是布里吉特成为每天接待你们的人,又能改变什么呢?即便若阿金只能每隔三天接待布里吉特,那又有什么关系呢?我需要做出统计吗?不!不过,今天我很想用双手走路,而不是和昨天一样用脚行走!"

"然而在我看来,您就是那样做的。"图利乌斯愣头愣脑地说道。

"可是,先生,这正是我抱怨的事啊。我说的是'我很想'!其实,我现在就想去大街上尝试一下,别人肯定会把我当成疯子关起来。正是这一点让我觉得恼火——外界的一切,法律、道德、人行道，仿佛都能决定我们的重复动作，赋予我们单调的生活，而事实上，这一切正是迎合了我们对于重复的喜爱心理。"

"那么，您抱怨的到底是什么？"唐克雷德和加斯帕尔叫道。

"我抱怨的就是没有人抱怨！接受害处会使情况更加糟糕，这会变成不良习气。先生们，因为长此以往，人们就会享受这种状态了。我抱怨的是，先生……我抱怨的是没有人反抗，是吃了一顿杂烩菜却露出吃了大餐的神色，是吃了一顿40便士的饭就神采飞扬了，是人们不反抗啊……"

"嚯！嚯！嚯！"好几个人起哄道，"您这是要闹革命吗？"

"并不是的，先生们，我不是革命者！你们还没让我把话说完，我说人们不反抗……是指内心的反抗。我抱怨的不是分配制度，是我们这些人，是习俗……"

"好吧，先生，"大家一阵嘈杂，"一方面您批评人们本来的生活方式，另一方面您又否定他们可以换种方式生活；而且，您还指责过这样的生活。但是话说回来，如果这真的能让他们感到幸福，如果……所以，先生，您到底想怎样呢？"

我满头大汗，完全不知所措，着急地回答道："我想怎样？先生们，我想……就我个人而言，我就是想完成《帕吕德》。"

这时，尼科代姆从人群中跳了出来，过来握住我的手，大声说道:"啊!先生,您能这样想就太好了!"

其他所有人突然都转过身去了。

"怎么?"我问,"您知道《帕吕德》?"

"不知道,先生,"他说,"但是我的朋友于贝尔跟我说过好几次。"

"哦!他跟您说过……"

"是的,先生,这是一个钓鱼人的故事,他找到很好的泥虫,没有当作鱼饵,而是自己把这些虫子吃掉了;自然地,他什么也没钓上来。我觉得这个故事特别好笑!"

他什么都不懂,一切还得重新开始。哎!我真的精疲力竭了!还说这就是我想让他们理解的,还是得重新开始……总是得这样……重新解释;大家都糊涂了,我也受不了了;哎!我已经说过了……

在安日尔家,我就像在自己家一样随便。我走到她身边,掏出表,大声说道:"亲爱的朋友,已经这么晚了!"

于是大家都下意识地从兜里掏出表,惊呼道:"这么晚了!"

只有吕西安出于礼貌,暗示了一句:"上星期五,比今天更晚一些!"但是没人注意到他的话(我对他说了句:"因为您的表慢了。"),每个人都跑去找外套。安日尔与他们一一握手告别,微笑着给大家送去最后的奶油蛋糕。然后，她俯下身看客人们下楼。

我噗通一声坐在软垫上，等着她，看她回来便说道："您这聚会真像是一场噩梦！啊！这些文学家！这些文学家！安日尔！他们全都让人难以忍受！"

"那天您可没这么说。"她说道。

"安日尔，那是因为那天我没有在您家见到他们。而且，来的人实在太多了！亲爱的朋友，我们不能一次同时接待这么多人啊！"

"但是，"安日尔说，"他们不都是我邀请来的，每个人来的时候都会再带几个过来。"

"在他们中间，您显得特别慌乱……您应该叫洛尔上来帮忙，可能还会好一些。"

"不过，"她说，"我看您特别激动，甚至觉得您都要把椅子吞下去了。"

"亲爱的安日尔，如果不是这样，大家就会觉得很无趣……而且您家的客厅也让人感到窒息！下一次，大家最好凭邀请信进来。我想问问您，您这个小风扇是什么意思！首先，没有什么比不停旋转的东西更让我感到困扰了，您应该很久前就知道这一点！其次，它转动的时候噪音太大！我们一停止说话，就能听到它在窗帘下面嗡嗡地响，所有人都在纳闷：'那是什么呀？'您很清楚，我不能告诉他们'那是安日尔的排风扇'。喏，您现在听到了吧，它在吱嘎作响。天啊，无法忍受，亲爱的朋友，求您把它关了吧。"

"可是，"安日尔说，"我没法让它停下来啊。"

"啊！它也是这样，"我大声叫道，"亲爱的朋友，那咱们就大声说话。怎么！您怎么哭了？"

"我没哭。"她说道，可是眼圈很红。

"随便你吧！"为了压住刺耳的噪音，我大声感慨地说道，"安日尔啊安日尔！到时间啦！离开这令人难以忍受的地方吧！美丽的朋友，我们会突然听到海上的风声吗？我知道，大家在您身边会有一些小想法，但是有时风会将它们吹起来……再见！我得走了；请想一想，比明天更重要的还有旅行。因此，想一想吧，亲爱的安日尔，想想吧！"

"走吧，再见。"她说，"去休息吧，再见。"

我离开她，几乎是跑着回到家，脱下衣服，便上床睡觉。其实我并不是真的想睡觉，只是看到别人喝咖啡就感觉心烦意乱。我感到痛苦，自言自语道："为了劝说他们，我做好我能做的事了吗？我本应该给马丁列出几个更有说服力的理由……还有居斯塔夫！还有华朗坦，他只喜欢疯子！他说我'有理智'，如果真是这样就好了！我呢，整个晚上除了做了一些荒谬的事什么也没做。我知道这不是一回事……我的思想，你为什么在这里停止了，把我固定住，仿佛一只惊恐的猫头鹰？革命者，或许我是其中之一，毕竟害怕成为与之相反的人。为了不成为这样的人，我们感到自己多么可悲啊！居然无法让人理解……然而，我对他们说的完全是真实的，因为我也遭受了这种痛苦。我真的深受其苦吗？我发誓！有些时候，我一点儿都不明白自己想做什么，也不明白想成为什么样的人，我感觉自己似乎在同自己的灵魂搏斗，感觉自己……上帝啊！我的上帝啊，这真的是让人无法忍受的沉重负担，别人的思想比物质更加迟钝。仿佛每个人的思想一旦被触碰到就会受到惩罚，它们就像附着在你们肩膀上的夜鬼，从您身上吸取养料，您越虚弱，它们压得越重……现在，我开始寻找思想的等同物，为了让别人看得更清楚，我不能停止。追本溯源，这就是荒谬的暗喻。在我向别人描绘那些病症的过程中，我觉得渐渐地自己患上了所有曾经指责别人的疾病；所有这些痛苦，我没有给别人，全都留给自己了。现在，在我看来，我病情加重了，而其他人可能根本没有病。因此，他们有理由不感到难过，我也没有理由责备他们。然而，我像他们一样生活，是生活也是痛苦……啊！我感到十分绝望！我有些担心——为此我给自己带来很多麻烦，我只担心自己……啊！一句妙语！记录下来。"

我从枕头下面掏出一张纸，点燃蜡烛，简单记下这样一句话：

爱上自己的不安。

我吹灭了蜡烛。

"……我的上帝啊，我的上帝啊！睡觉之前，我仍然还有一点想要探究的事……人们有一个小想法，本可以静静地放任不管……嗯……什么？……什么也没有，是我在说话；我说我们本可以放任想法不管的……嗯……什么？啊！我要睡觉了……不，我还要想想这个不断放大的小想法，我没有抓住进展；现在，这个想法膨胀得十分巨大，它抓住了我，依赖我而生，使我成了它生存所依赖的方式；它很沉重，我应该一次又一次地向世人呈现它、介绍它。它抓住我就是想让我把它呈现出来。它像上帝一样沉重……真倒霉！又有一句妙语！"

我掏出另一张纸，点燃蜡烛，写道：

它（想法）应当变大，而我要缩小。

"这是圣约翰中的……啊！趁我还醒着……"

我掏出第三张纸……

"我不再知道自己想说什么……啊！糟糕！我头很痛……不行，想法会消失，消失……我会像安了一个木制小腿一样不舒服……木制小腿……想法消失了：我能感觉到，想法……想法……当我重复这些话的时候，我就是要睡着了；我还要重复：木制假腿，木制假腿，假腿……啊！我没把蜡烛吹灭……是的。我吹灭蜡烛了吗？是的，因为我睡觉了。而且，于贝尔回来的时候，蜡烛还没熄灭呢，可是安日尔却声称没有，就是我跟她提到假腿的时候。因为假腿插到了泥炭沼泽里，我告诉她我永远也跑不快了，我说，这块地特别软！……是一片沼泽。不是！……咦，安日尔去哪儿了？我开始快跑起来。真是的！我被深深地困住了……我永远也跑不快了……船在哪里？我到地方了吗？……我要跳了——啊！嚯！

"安日尔，如果您愿意，我们可以乘这个小船来一次快乐之旅。我只想让您看看，亲爱的朋友，这里只有薹和石松，一些小眼子草……我呢？我兜里什么也没有，只有一点喂鱼的面包屑……咦？安日尔去那儿了？亲爱的朋友，您今晚怎么总是消失呢？亲爱的，您完全荡然无存！安日尔！安日尔！您听到了吗？您听到了吗？安日尔！难道除了这支睡莲（我使用睡莲这个词的含义，今天看起来很难理解），其他什么都不复存在了？我要把它从河里捞出来……但这完全是天鹅绒啊！完全是一块地毯，是一块有弹性的机制割绒地毯……为什么还坐在上面呢？手抓住两只椅子腿，应该想办法从椅子下面出来！我们还要接待主教大人呢……这里令人感到窒息，不能待下去！喏，这是于贝尔的画像，他开心得像花儿一样……打开门吧，天气太热了。这是另一个房间，给我的感觉更像是我要找的样子，只是于贝尔的画像不太好，我更喜欢上一幅，这一幅就像一个排风扇，我发誓，和排风扇一模一样。他为什么要开玩笑啊……咱们走吧。来，我亲爱的朋友……咦！安日尔去哪儿了？我刚才还紧拉着她的手呢，她应该是去走廊收拾行李箱了。她完全可以把火车时刻表留下的……但是，别跑那么快呀，我永远也追不上您的。哎！倒霉！又是一扇关着的门……幸运的是，它们都很容易打开，我将它们'砰'的一声关上，以免让主教大人抓住。我觉得他们仿佛在煽动安日尔客厅里所有的客人尾随着我……好多人啊！好多人啊！文学家们……啊！又是一扇关着的门。啊！我们永远也离不开这条走廊了！啊！无穷无尽！我都不知道自己在哪儿……现在我跑得很快！……谢天谢地！这里再也没有门了。于贝尔的画像没挂好，快要掉下来了，他俨然一副嘲笑的样子……这间房屋太小，我还是想用'狭窄'这个词来形容。人们都进来了，可是这里根本容纳不下所有人……我感到快要窒息啦！啊！从窗户进来。我把身后的窗户关上，把临街阳台的窗户也关上了。咦！这是条走廊！啊！他们到了。我的上帝呀，我的上帝呀！我要疯了……我简直要窒息了！"

我醒来时浑身是汗，被子裹得很紧，像绳索一样把我捆绑住，绷得很紧，仿佛一种难以承受的重量紧紧压在胸口。我使出全部力气将它们掀开，然后猛地全部扔了出去。房间里的空气将我包围，我有条不紊地呼吸着……凉爽……清晨……发白的玻璃窗……应该记录下来这一切。鱼缸，与房间中其他物品混淆起来……此刻，我瑟瑟发抖，心想我可能要感冒，肯定是要感冒。于是，我哆哆嗦嗦地起来，拾起被子，拉到床上，慢慢盖好又睡觉了。

于贝尔或打野鸭

星期五

一起床,我就看到日程本上写着:"尝试六点钟起床。"现在八点钟。我拿起笔,将这句话划掉,重新写上:"十一点起床。"接着倒头就睡,没看剩下的内容。

经过了难熬的一夜,我觉得有点儿难受。我没喝牛奶,而是喝了点汤药,并且是让用人给我端来的,我就躺在床上喝。日程本上的内容让我恼火,我看在一张活页纸上我写道:"今天晚上买一大瓶埃维昂矿泉水。"然后,我用图钉将这张纸按在了墙上。

为了品尝这种水,我便留在家中,不去安日尔家吃晚饭。而且,于贝尔会去,我去了可能会打扰他们。不过,一到晚上我立刻就去,以便看看我是否真的打扰了他们。

我拿起笔写道:

亲爱的朋友，我偏头痛，不能去吃晚饭了。不过于贝尔会去的，我也不想打扰你们。不过，到了晚上我再过去。我做了个特别奇怪的噩梦，想给你们讲一讲。

我把信封好，又拿出了一张纸，缓缓地在上面写道：

蒂提尔在水塘边采摘一些有用的植物，他找到些琉璃苣、有效的蜀葵和非常苦的矢车菊，并带回了一捆草药。正因为是草药，所以他要寻找需要医治的人，可是水塘周围空无一人。他想，真是可惜。然后他走向盐田，那里有发烧和患热病的工人。蒂提尔向他们走去，告诉他们、劝说他们，并向他们证明他们有病；但是他们，一个人说自己没病；另一个人把蒂提尔给他的一枝开花的草药种到了花盆里，看着它生长；还有一个人，知道自己发烧了，但认为发烧对身体有好处。

最后，没人希望得到医治，花儿也快枯萎了，蒂提尔索性让自己患上热病，这样至少可以给自己治疗……

十点钟的时候，有人按响了门铃，是阿尔西德米了。他说道：

"还在躺着啊!是身体不舒服吗?"

我说:"没有,你好,我的朋友。我只能在十一点的时候起床,这是我做的一个决定。你有什么事吗?"

"来和你告别,听说你要去旅行……要去很长时间吗?"

"不会很长时间的……你知道的,我的钱财不多……但重要的是离开。不过,在离开之前我还要写很多东西,啊,我说这话并不是想要驱你离开……总之,你能过来一趟太好了,再见。"

他走了。

我又拿出一张新纸,写道:

蒂提尔总是躺着。①

之后,我又睡到了中午。

这是一件值得记下来的有意思的事,一个重要的决议,一个大大改变生活方式的决定,这就使得日常义务和琐事显得无关紧要,使得人们有力气打发这一切去见鬼吧。

阿尔西德的来访让我感到厌烦,如果没有这个决定,我也不敢

---

① 原文位拉丁语。

这样毫不客气地将他赶走。同时,我不由自主地看了一眼日程本,上面写道:

> 十点钟,去和马格卢瓦尔解释,为什么我会觉得他如此愚蠢。

我很高兴自己没有那样做。

"日程本很有用,"我想,"因为如果我今天早上没有标记自己应该做的事,可能就会忘记,也就不会因为没有做这件事而感到高兴。这就是我感受到的魅力,我高兴地称之为'否定的意外'。我很喜欢这种意外,因为它无须很多投入,就能为日常提供服务。"

晚上,吃过饭,我来到了安日尔家。她正坐在钢琴前,为于贝尔演唱的著名二重奏《洛亨格林》[①]伴奏。我的到来打断了他们,这让我很高兴。

"安日尔,亲爱的朋友,"我一进门就开口说道,"我没带行李箱,我决定遵从您的盛情邀请,留在这里过夜,和您一起等待明

[①] 《洛亨格林》是瓦格纳的三幕歌剧。

早的出发，好不好？很久以前，我不得不把一些东西放在这里，您应该已经把它们收到我的房间了：粗皮鞋、毛衣、腰带、雨衣……所有需要的东西在这里都可以找到，我就不回家拿了。今天晚上需要动脑筋想一想明天出行的事，不做任何与准备出行不相干的事。必须想全面，安排好，让这次旅行从各个角度都令人向往、令人期待。于贝尔也可以讲讲他之前的一些冒险经历来吸引我们，吊足我们的胃口。"

"我没有时间了，"于贝尔说道，"已经很晚了，我还得去趟我的保险公司，在办公室关门前拿点文件。况且我也不知道要如何讲述，每次讲的都是我打猎的那些事情。那些事情要从那次我去朱迪亚①的长途旅行开始讲起，但那次旅行很可怕，安日尔，我不知道……"

"啊！您讲吧，拜托您了。"

"要是您想听，事情是这样的：我和博尔博一起去旅行，你们俩都不认识他，他是我童年时代的一个好朋友。别想了，安日尔，他死了，我讲的就是他最后临死之前的事情。

"他像我一样是个喜爱打猎的人，是丛林中猎杀老虎的猎人。

---

① 朱迪亚，一般指犹太，古代巴勒斯坦南部地区，包括今以色列南部及约旦西南部。

他爱慕虚荣,他用自己猎杀的一只老虎皮做了一件品味很差的毛皮大衣,即使很热的天也穿在身上,总是大敞着衣襟。最后那晚他也还穿着……而且理由充分,那天夜色极黑,视线很差,天气也比较寒冷。您知道那里的气候,夜晚很冷,也正是要在晚上才能猎到豹子。猎人坐在秋千上猎豹——这很有趣。我们都知道在伊杜梅山脉有些岩石走廊,那里野兽不时出没;没有比豹子的习性更有规律的动物了,也正是因为这样,才有可能捕到它。从上向下猎杀豹子,这完全符合解剖学原理。所以可以利用秋千,但只有在错失猎杀豹子时机的时候这种方式才能显示出所有优势。事实上,松开扳机时反弹的后坐力十分强烈,可以使得秋千摇晃起来。这种用途选用的秋千很轻,它们会立刻来来回回地摇晃起来,所以即便豹子暴跳如雷,它跳起来也是够不到的,但如果人待在上面不动,它肯定就能够扑到。我说什么,能扑到?……它扑到了!它扑到了,安日尔!

"这些秋千垂吊在溪谷的两端,我们每人一个;天色晚了,我们在等待豹子出现。夜里十二点到凌晨一点之间,猎豹会从我们脚下经过。我那时还年轻,胆子有点儿小,又有些鲁莽——我是想说有点操之过切。博尔博年纪比我大,也比我有智慧,他熟悉这种打猎方式。出于真挚的友谊,他把能够第一个看到猎物的好位置让给了我。"

"你写的诗一点儿也不像诗,"我对他说,"所以尽量还是用散文说话吧。"

他没明白我的意思,继续说道:"午夜之时,我给步枪上了膛。十二点一刻左右,一轮满月将光辉照在了岩石上。"

"那该多美啊!"安日尔说道。

"不一会儿,我们就听到不远处传来了窸窸窣窣的声音,那声音很清晰,正是野兽行走的声音。十二点半,我看到一个细长形状的物体匍匐着向前爬行——就是它!我等着它更接近我的正下方。我开枪了……亲爱的安日尔,我该怎么对您形容呢?我突然觉得秋千往后冲了一下,好像感到自己飞了起来,我立刻觉得自己失控了,一时间吓昏了头,不过不是完全……博尔博没有开枪!他在等什么啊?这正是我不明白的地方。但我知道的是,两个人一起打猎不是很慎重。事实上,亲爱的安日尔,假设一个人开枪,即使另一个人只在瞬间之后开枪,发怒的豹子看到那不动的黑点,也有时间跳起来,扑上去,扑的恰恰就是那个没开枪的人。现在,我再回想起这件事,觉得可能是博尔博想开枪,但是子弹打不出去,再好的枪有时候也会有问题。当我的秋千停止后摆,向前摆动时,我看到博尔博被猎豹压住,他们俩在秋千上激烈地搏斗。是的,没有什么比这种野兽更灵敏。

"亲爱的安日尔,请想一下,我不得不,我不得不目睹这个悲剧啊,我一直在秋千上来来回回地摇晃;他现在也开始晃动了,不过是在豹子的身下,而我什么也做不了!我能开枪吗?不可能——怎么瞄准呢?我也希望能够离开,因为这种晃动让我感觉特别恶心难受……"

"多么骇人心弦啊!"安日尔说道。

"现在,再见了,亲爱的朋友们,我先走了。我有点儿急事。旅途愉快,祝你们玩得开心,别回来得太晚。我星期日再来看你们。"

于贝尔走了。

我们久久没有说话。如果我开口说话,我就会说:"于贝尔讲得不好。我都不知道他去朱迪亚旅行过。这个故事是真的吗?他讲的时候,您的表情似乎特别欣赏他。"

然而,我什么也没说。我盯着壁炉,看着灯芯的火光。安日尔在我旁边,和我一起守着炉火……桌子……房间里散发着一种美妙精致的微光……我们必须离开……

有人端来了茶。十一点多了,我们俩似乎都快要睡着了。

午夜的钟声刚刚敲响,我开口说道:"我也一样,去打过猎……"

惊讶似乎使安日尔苏醒了,她问道:"您!去打猎?打了什么?"

"打野鸭,安日尔。还是和于贝尔一起的,是以前的事……但是,亲爱的安日尔,这有什么可意外的呢?我不喜欢的不是打猎,是枪,我特别讨厌枪声。我向您保证,您对我本人的评判并不正确。我的性格很活跃,只是一些器械使我烦恼……然而,于贝尔总是喜欢关注最新的发明,他通过阿梅代弄到了一支压缩空气步枪,等到冬天的时候给我使用。"

"啊!快给我完整地讲讲这件事!"安日尔说。

我继续说道:"您应该想得出来,那也不是什么特别的枪,那种特别的枪只能在大型展览会上见到。所以,我只是租了一支气枪,因为那类枪支特别昂贵,况且我也不喜欢把武器留存在家里。一个小气囊控制扳机,通过一根穿过腋下的弹性胶皮管;手里拿着一个有点发旧的梨形橡胶球,因为那是一支老式步枪;稍微用一点力按压橡皮球,子弹就射出去了……您不懂其中的技术原理,我也没法更好地给您解释清楚。"

"您早就该展示给我看看。"安日尔说。

"亲爱的朋友,这些器械只有特别敏捷的手才能驾驭,而且我跟您说过,我不会在家里保留武器。何况,我们只狩猎了一夜，捕获到的猎物太多了，足以让那颗梨形橡胶球报废，我来给您讲讲：那是十二月的一个夜晚，那晚雾气朦胧。于贝尔对我说：'走吗？'

"我回答道：'我已经准备妥当了。'

"他取下猎枪，带上了诱鸟笛和长靴；我呢，带上我的枪。我们还带上了镀镍冰鞋。然后，凭借着猎人独有的直觉，我们在黑暗中行进。于贝尔知道通往草棚的路，那条路在猎物的水塘附近，备好的泥炭火从晚上开始就压在灰烬之下。我们刚一离开布满黑色杉树的公园，就觉得那天的夜色比较明亮。一轮几乎是满月的月亮，在漫天薄雾中朦胧地显现着，它不像我们平时看到的那样若隐若现，时而隐藏，时而浮现。这个夜晚既不躁动，也不平静，显得格外安静、潮湿，有待利用。如果我这样说您可能会明白：这是一个'不由自主'的夜晚，天空没有什么异常，即便将它翻转过来也不会惊讶地发现什么。安静的朋友，我总是这样强调，是想让您知道，这是一个再普通不过的夜晚了。

"老练的猎人都知道，对于野鸭来说，它们最喜欢这样的夜晚，会成群结队地出现。我们靠近水渠，注意到在枯萎的芦苇之间，水面结冰，倒映出反射的光。我们穿上冰鞋，什么也没说，向前滑去。我们越靠近水塘，水面越窄，水也越泥泞污浊，掺杂着苔藓、泥土和快融化的雪，很难滑行。水渠即将消失，我们也无法再穿着冰鞋行进，便徒步前进。于贝尔回到茅草棚取暖，我呢，忍受不了里面的浓烟……安日尔，我想向您讲述的是一件让人害怕的事。因为……请听我说：于贝尔一暖和过来，就跳进了浑浊的水塘。我知道他穿着长靴和防水服，但是，我的朋友，他不是跳进了没到膝盖的水中，也不是没到腰身，而是整个人都完全没到了水里！您别害怕，他是故意的！为了不让野鸭们察觉，他必须完全躲避起来，您或许会说这有些卑鄙……是不是？我也觉得是。但正是这样，才会有大量猎物飞来。一切准备就绪，我坐在停稳的小船里，等着猎物飞近。于贝尔藏好后，开始召唤野鸭，他用了两支诱鸟笛：一支用来呼叫，另一支用来应答。远处的飞鸟听到了，它听到了这种应答——野鸭非常笨，它们以为是自己应答的叫声。既然应答了，亲爱的安日尔，野鸭很快就会飞来。于贝尔的模仿非常完美。野鸭群像三角形的乌云一样，遮住我们头顶的天空，它们翅膀拍打着震动的声音，随着降落而越来越响。我呢，要等野鸭们飞得很近的时候，准备开枪。

"很快地，飞来很多野鸭，老实说，我都不需要瞄准，只要每次稍微用点力挤压梨形的橡胶球就可以了。扳机很容易扣动，也没什么噪音，仿佛是烟花在空中瞬间爆炸的样子，或者更像马拉美先生诗句中'Palmes'①的音调。我甚至听不到枪声，因为我没有把耳朵靠近枪，直到看见一只鸟儿坠落才知道子弹已经射了出去。野鸭没有听见声响，便会长时间地停留。它们跌落下来，在泥泞的褐色水塘表面上挣扎，翅膀收紧，刮断叶子。在死之前，它们想找到一处隐蔽的布满荆棘的避难所，芦苇不会遮住它们。羽毛停留在空中，在水面上空飘荡，仿佛轻薄的雾气。我在想：这一切何时才能结束？终于，拂晓时分，最后一拨野鸭飞走了，它们的翅膀突然发出一阵巨大的响声，仿佛濒死的野鸭终于明白了什么。这时于贝尔终于回来了，他浑身沾满了树叶和泥水。我们把小船放平、启动，用长竿划船穿过折断的芦苇丛。黎明之前天光暗淡，我们细数捕捉到的猎物。我打了四十多只，每一只都带有沼泽的味道……怎么回事！亲爱的安日尔，您睡着了？"

灯油耗尽，光线暗淡了下来，炉火也快要熄灭。窗户被黎明洗净，天空中储存的最后一丝希望似乎颤抖着降临下来……啊！希望上天的一点露水最后会降临到凡间，穿过布满雨水的玻璃窗，照进我们闭塞又沉睡已久的房间，希望黎明的曙光终会出现，希望这曙光可以冲破重重黑暗，为我们带来一点自然的白色……

---

① 法语词，意思是"棕榈叶状勋章"。

安日尔半睡半醒,听不到我的说话声了,便慢慢醒来,低声说道:"您应该把这些写进……"

"啊!亲爱的朋友,出于同情心,请不要跟我说我应该把这些写进《帕吕德》。首先,我已经写进去了;其次,您刚才没有听,但是我不怪您。不,我请求您,不要以为我生您的气了。今天我非常高兴。黎明的曙光出现了,安日尔!看呐!看看城市中灰色的房顶和郊区的白色吧……难道是……哎!多么暗淡的灰色,多么难熬的一夜,苦涩的灰烬,啊!思想,是你的天真吗?黎明的曙光,出乎意料地出现,是要解救我们吗?玻璃窗上沾满了清晨的露水……不……是晨光使得玻璃窗泛白……安日尔,晨光会洗净……晨光会洗净……

"'我们要离去!我感到鸟儿醉了!'

"安日尔!这是马拉美先生的一句诗!我引用得有点糟糕。诗中是一个人,但是您也离开。啊!亲爱的朋友,我要带您一起离开!行李!咱们快点儿,我要把背包装得满满当当的,但是也不要带太多东西。'所有装不进行李箱的东西都是无法忍受的!'这是巴雷斯先生的名言。巴雷斯先生,您知道的,亲爱的,他是议员!哎!这里让人喘不过气来,咱们把窗户打开,您愿意吗!我特别兴奋。快点去厨房,旅行途中我们真说不好能去哪儿吃饭。把昨天晚餐时我们吃剩下的四个面包、鸡蛋、香肠和小牛腰肉统统带上吧。"

安日尔走远了,我独自待了一会儿。

不过,让我怎么形容这一刻呢?为什么不像谈论下一刻那样谈论它呢?我们知道什么是重要的事情吗?多么狂妄自大!我要以同样的态度看待这一切,在幸福地出发之前,我需要再冷静地冥想一会儿。看啊!看啊!我看到什么了?

——三个菜贩子经过。

——一辆公共汽车出发了。

——一名门卫在门前打扫。

——店主们在更换橱窗中的商品。

——用人去菜市场。

——学生去上学。

——报刊亭销售报纸,行色匆匆的先生们在买报。

——一家咖啡馆在摆放餐桌……

上帝啊!我的上帝啊,安日尔千万别在这个时候进来,我再次抽泣……我想,这是由于太过紧张的缘故。每次列举,我都会这样。而且,现在我哆哆嗦嗦!啊!出于对我的爱,咱们关上这扇窗户吧。早上的空气冻得我瑟瑟发抖。生活——别人的生活!这,这就是生活？看看生活吧！活着这就是如此！……我们还能说什么呢？欢呼吧！现在，我不禁打了一个喷嚏。是的，我的思考一旦停止并开始凝思时，我就会着凉。啊！我听到安日尔来了——咱们快点吧。

安日尔或短途旅行

星期六

旅途中除了诗意的时刻,其他什么也没有记录——因为这种时刻更契合我期望的特点。

在我们去火车站的车上,我用夸张的声音朗诵道:

"羊群散落瀑布旁,

桥梁架在溪谷上,

落叶松树排成行……

我想象,

松树杉树升上房,

树脂美妙气味香。"

"啊！"安日尔说道，"多美的诗啊！"

"亲爱的朋友，您这样认为吗，"我对她说，"并不是，并不是，我向您保证。我不是说诗句不好，不好……不过没事，这是我即兴创作的。不过，或许您说得有道理，它们可能确实很好，只是作者自己从来不知道……"

我们很早就到达了火车站。在候车室里等啊，等啊。啊！时间特别长。我坐在安日尔旁边，觉得应当对她讲些亲热的话。

"朋友……我的朋友，"我开口说道，"您的笑容很甜，但我不太能理解这其中的甜蜜，是来自您的敏感吗？"

"我不知道。"安日尔回答道。

"温柔的安日尔！我从来没有像今天这样欣赏过您。"

接着我又对她说道："可爱的朋友，您思想中的联系多么微妙啊！"我还说了些其他的话，但是想不起来了。

小路上长满了马兜铃属植物。

快到下午三点钟的时候，不知怎么回事，开始下起了雨。

"顶多就掉几个雨点儿。"安日尔说。

"为什么，"我对她说，"亲爱的朋友，对于这种总是不确定的天气，为什么只带了一把遮阳伞？"

"这是一把既能遮阳又能挡雨的伞。"她回答道。

但是，雨下大了，我害怕淋湿，我们又回到了刚刚离开的压榨车间避雨。

只见毛毛虫排成一串串的，慢慢地从松树上端向下爬，一只挨着一只，像一条褐色的线条。在松树底部，步行虫聚集在一起，排成了长长的队。

"我没看见步行虫！"安日尔说道（因为我指给她看，她才说了这句话）。

"我也没看到，亲爱的安日尔，我也没看到毛毛虫。至少现在不是能看到毛毛虫的季节，不过这句话能够完美地表达出我们旅行所留下的深刻印象，不是吗？"

"虽然这次短途旅行未能实现，也还算幸运，毕竟我们也得到了教育。"

"啊！您为什么说这些？"安日尔问道。

"亲爱的朋友，您要明白，我们从旅行中得到的乐趣是次要的，我们旅行是为了学习……咦，您怎么哭了，亲爱的朋友？"

"完全没有！"她说。

"好吧！没关系，但是您眼睛红了。"

星期天

日程本上写着：

十点：礼拜。

拜访理查德。

接近五点钟，我和于贝尔一起去拜访了贫苦的罗瑟朗日一家和擅长掘地的小格拉布。

我向安日尔表明我开的玩笑非常严肃。

完成《帕吕德》。重要。

现在已经九点钟。这一天，我感到像自己的临终末日一样庄重。我用手轻轻撑住头，写道：

整个一生，我都会倾向于一种更大更亮的光明。我看到了。哎！我的周围一堆人在特别拥挤的房间里受着煎熬，阳光一点都透不进来，一块块大脱色板将近中午才带来一些反光。在小巷子里没有一丝风，这种时候我们快要因热浪而窒息了；阳光的热度散不出去，光线聚集到墙壁之间，热得让人昏厥。那些见过这种阳光的人会想到广阔的土地,想到波浪泡沫上的光芒和平原谷物上的阳光……

安日尔进来了。

我大声说道:"是您!我亲爱的安日尔!"

她对我说:"您是在工作吗?今天早上您看起来很伤心。我有所感受,所以就来了。"

"亲爱的安日尔!但是……请坐。为什么今天早上我会伤心呢?"

"噢!您是难过,对吗?昨天您对我说的不是真的……您不会感到高兴,因为这次的旅行不是我们所希望的那样。"

"温柔的安日尔!听了您这番话,我真的特别感动。是的,我很难过,亲爱的朋友,今天早上,我的灵魂特别悲痛。"

"我就是来安慰这颗悲痛的灵魂的。"她说道。

"我们又回到了最初的时刻,亲爱的安日尔!现在,一切都更令人难过。我要承认,我特别期待这次旅行,以为它能为我的才华指明一个新的方向。是您向我提出了旅行的建议,这千真万确,但我确实对于旅行这件事考虑很多年了。现在看到重新恢复的一切,我觉得自己更想离开这一切。"

"也许,"安日尔说,"也许是我们走得不够远。去看大海需要两天,可是我们星期日前需要回来做礼拜。"

"安日尔,对于这种巧合,我们没有考虑充分;而且,我们究竟应该去哪儿呢?我们又回到最初的状态了,亲爱的安日尔!现在我们再想一想,我们的旅行多么令人难过啊!'马兜铃属植物'一词多少表达了这层含义。您还记得很久之前,在潮湿的压榨车间的那次便餐,饭后我们一言不发,不停颤抖。留下来吧,请您整个上午都留在这里吧!啊!拜托您了。我觉得自己一会儿就要泣不成声了。我似乎总是随身带着《帕吕德》。《帕吕德》不会像烦扰我一样烦扰任何人……"

"您就放弃吧。"她对我说。

"安日尔!安日尔,您怎么不明白!我把它放在这里,又在那里找到,到处都能遇见。别人的看法令我心神不宁,这次短途旅行也不会让我得到解脱。我们消耗不掉忧郁,每天重复昨天的事情,也消耗不掉我们的病痛,除了自己我们没有其他任何损耗,每天,我们都在失去一些力量。过去还要持续多久啊!我害怕死亡,亲爱的安日尔。难道除了我们不得不重复做的事情,我们永远无法将其他事情放在时间以外吗?终于,有了不再需要我们就可以延续下去的作品,但是,只要我们不再维系我们为之所付出的一切,就什么都不会延续了。否则,我们的所有行为仍然会继续存在,过于沉重。压在我们肩上无比沉重的就是重复这些事情的必要性,这其中有些事情我不太明白。请您原谅,稍等片刻……"

我拿出一张纸,在上面写道:"我们需要继续维持我们的这些行动,尽管它们并不由衷地发自内心。"

我接口说道:"但是您知道吗,亲爱的安日尔,正是此事使我们错过了旅行……心里想着:'事情还在那儿搁着呢。'因此我们回来看看,一切是否正常。哎!我们的生活太悲惨了,难道我们就不能让人做些别的事!做些别的事!只能拖着这些浮动的漂流物……还有我们的关系,亲爱的安日尔!我们的关系相当短暂!您明白吗,正是这样,我们的关系才能够维持得如此之久。"

"啊!您这么说是不公正的。"她说道,"不,亲爱的朋友,不对,不是这样的,但是,我希望您可以看到想要摆脱的那些令人枯燥乏味的印象。"

接着,安日尔低下头,微微一笑,顺口说道:"今天晚上我就留下吧,您觉得呢?"

我大声叫道:"啊!您看看,亲爱的朋友!是不是现在都不能和您谈论这些事情了,还没说什么您就立刻……况且您要承认,您并没有什么太大的欲望。而且我向您保证,您很细腻,我正是在想您的时候写了这句话,您还记得吗:'她害怕快感,认为这太强烈,可能随时会要了她的命。'那时您跟我断言,说这太夸张了……不是的,亲爱的朋友,不是的,我们可能对此感到尴尬。我甚至就这个话题写了几句诗:

亲爱的,

我们不是啊,

不是那些繁衍子孙的人。

"(诗的剩下几句哀婉动人,但是太长了,现在就不引用了。)此外,我本人不是很健壮,这正是我试图在诗中表达的意思,从今以后您将会永远记得(诗句有点夸张):

但是你,最脆弱的人啊!

你能做什么?你想做什么?

你的饱满的激情,

会赐予你无穷的力量,

还是让你停留在家中,

生活得这样舒适?

"您看明白了,其实我想离开……的确,我在诗中加入一种更加悲伤的情调,甚至可以说是非常沮丧的意味:

> 如果你离开,啊!保重什么?
> 如果你留下,痛苦更加糟糕。
> 死亡尾随于你,死亡就在那里,
> 无须赘言,它将带你上路。

"……接下来的诗还没有完成,但是与您有关。如果您很想知道……您最好邀请巴纳贝一同过来!"

"啊!您今天早上真冷酷。"安日尔说道,她又补充一句,"他身上的味道不好闻。"

"但是亲爱的安日尔,确切地说,强壮的男人身上都会有股味道。这正是我的年轻朋友唐克雷德想要在这些诗句中所表达的思想:

> 获胜的队长身上有一股特别浓烈的气味!

"(我知道您感到惊讶的,是诗句的顿挫。)不过您的脸怎么这么红……我只是想让您看清楚。啊！我本还想，敏感的朋友，我本还想向您表明我的玩笑非常严肃……安日尔！我已经精疲力竭！我马上就要哭了……但是首先让我先说几句话，您帮忙记录下来，您写字比我快。我一边走一边说，这样好一些。铅笔和纸在这儿。啊！温柔的朋友！您能来多好啊！写吧，快点儿写，何况，这也是关于我们这次可怜的旅行：

"……有些人说出去，就会立刻出去。大自然轻叩他们的门：大门打开，外面是辽阔的平原，他们一走出去，就会忘却和丢弃了家园；到了晚上，他们又会找回家园，因为他们需要睡觉了，家园很容易找回。若是高兴，他们会睡在美丽的夜空下，将自己的房子丢下一天一夜，甚至更长时间。如果您觉得这很自然，那是因为您没有很好地理解我的意思。您应当对这些事感到惊讶……我向您保证，就我们而言，如果说我们羡慕那些十分自由的居民，那是因为每次我们费尽力气建造的一些庇护我们的房屋，一直跟随着我们，这些房屋从一建造起就罩在我们头顶上，确实它们能为我们遮风避雨，但同时也遮挡住了阳光。我们在它的阴影下睡觉、工作、跳舞、接吻和思考。有时，黎明的曙光极其耀眼，我们还以为能逃到清晨。我们希望忘却，希望像小偷一样溜到茅草屋下，不是为了进去，而是为了离开——悄悄地——逃到原野。可是，房子紧追在我们身后，蹦蹦跳跳地，仿佛传说中的那座钟，试图驱赶逃避礼拜的人。我们的头顶不断感受到房屋的重量。我们在建造之时，就已经搬起了所有的材料，测量了它的总重量。房子的重量压低了我们的额头，也压弯了我们的肩膀，就像海洋老人的全部重量都压在航海家辛巴达①身上一样。起初，我们并不在乎，接着就很可怕了，它通过重量紧紧依附于我们，我们无法摆脱掉所有我们提出的想法，必须带到终点……"

"啊！"安日尔说，"不幸的，不幸的朋友……为什么您要开始写《帕吕德》呢？有那么多主题可以选择啊——甚至是更富有诗意的主题。"

"正是如此，安日尔！写啊！写啊！（上帝啊！我今天到底能不能真诚一点？）

"我一点儿都不明白，您所说的或多或少的伟大的诗意究竟是什么。一个在狭小房间里患有肺病的人心中所有的焦虑，一个想要爬上来看看天日的矿工，以及一个感受到黑暗大海全部重量的打捞

---

① 《航海家辛巴达》故事来源于阿拉伯《一千零一夜》的神话故事。讲述了水手辛巴达与仗义行侠的壮汉杜巴、精通魔法的妙龄女郎梅弗和费卢兹，怀着相同的理想征服七海的故事。

珍珠的渔民！普劳图斯①或推动磨盘的参孙②，以及不断把巨石推上山顶的西西弗斯③所受到的压迫，受奴役的人民所感受的全部窒息——在其他所有痛苦中，我全都了解，并感同身受。"

"您说得太快了，"安日尔说道，"我跟不上您了……"

"那就算了吧！别写了，您听我说吧，安日尔！听我说吧，因为我的灵魂悲痛欲绝。有多少次我做过这个动作，仿佛一个噩梦，我想象床的上板松动，掉落下来，砸向我，压在我的胸口上。当我惊醒时我几乎是站着的，我试图用紧绷的胳膊推开无形的床板——仿佛一个要推开人的动作。因为它靠得太近，我闻到了一种难闻的味道。我用伸出来的手臂抵住墙，墙壁逐渐靠近，沉重又不牢固，在我们头顶摇摇晃晃。这个动作也是要抛掉我们肩头沉重的大衣。有多少次我感到窒息，试图寻找点新鲜空气。我做出打开窗户的动作，但是又停住了，感到没有希望，因为窗户一旦打开……"

"您就会感冒吗？"安日尔说道。

---

① 普劳图斯（前254—前184），古罗马喜剧作家。
② 参孙，玛挪亚的儿子。因沉迷美色被非利士人捉拿，被剜去了眼睛，并令他下到迦萨，用铜链拘索住他，让其在监里推磨。
③ 西西弗斯，希腊神话中的人物，因触犯众神而被惩罚把一块巨石推上山顶。由于那巨石太重了，每每未上山顶就又滚下山去，前功尽弃，于是他就不断重复、永无止境地做这件事。

"……因为窗户一旦打开,我就会看到窗外正对着的庭院,或者对着别人家拱形的客厅,看到没有阳光、没有新鲜空气的破院子。一看到这样的景象,我就十分悲痛,我用尽全力呼喊:上帝啊!上帝啊!我们被死死地困住了啊!可是我的声音形成回声,完全从拱顶返回来。安日尔!安日尔!我们现在该做什么呢?我们仍旧试图掀开这些使人感到压抑的裹尸布,还是习惯性地勉强维持呼吸,在这坟墓中延续我们的生命呢?

"我们从来没有更多地生活,"安日尔说道,"请您如实告诉我,我们能多活一些吗?您从哪里能感觉到有一种更丰富的生活呢?谁告诉您这是可能实现的?于贝尔吗?他那么折腾,因为躁动不安生活就多了吗?"

"安日尔!安日尔!您看我现在又在哭泣了!您能理解一些我的痛苦吗?我可能给您的笑容带来了一些苦涩吧?哎!怎么!您现在哭了。这很好!我很幸福!我行动了!我要写完《帕吕德》!"

安日尔哭着,哭着,长长的头发散落了下来。

这时,于贝尔进来了。他看到我们披头散发的样子,就要离开,说道:"对不起,我打扰你们了!"

他如此识趣,让我很感动,于是我大声说道:"进来吧!进来吧,亲爱的于贝尔!从来不会有人打扰我们!"

接着我又难过地补充道:"是不是,安日尔?"

安日尔回答道:"不打扰,我们在聊天。"

"我就是顺道路过,"于贝尔说,"就说几句话。两天后我要去比斯克拉,我说服了罗朗,让他与我一同前往。"

我突然很气愤,说道:"傲慢的于贝尔,是我,是我让他下定这个决心的。我记得当时我们俩从阿贝尔家出来,我对他说他应该去旅行。"

于贝尔放声大笑,说道:"你吗?可怜的朋友,请你想想,你到达蒙莫朗西[①]就够难的了!你怎么能断言是你让他下这个决心的呢?就算是你第一个提出来的,请问,把这些想法灌输在人们的脑袋里有什么用?难道你会认为只要有想法存在,人们就会行动吗?我在这里实话告诉你吧,你特别缺少一种冲力……你自己拥有的东西才能够给予别人。说到底,你愿意和我们一起去吗?……不愿意?那好吧!然后呢……好吧,亲爱的安日尔,再见,我以后再来看您。"

他走了。

"您看到了,温和的安日尔,"我说道,"我留在您身边……

[①] 蒙莫朗西,位于巴黎北部,距巴黎城约二十公里。

但是,别认为这是出于爱情的原因……"

"我知道的,不是因为爱情……"她回答道。

"……但是安日尔,您看看!"我心里怀着一丝希望,叫喊道,"快到十一点了!啊!礼拜的时间都过了!"

接着,她叹了口气,说道:"四点钟还有一场礼拜,我们去参加那场吧。"

一切又回到了最初的样子。

安日尔有事,先行离开了。

我随便翻看了一下日程本,从中看到一条日程,是去探望穷人的,我急忙跑到邮局拍电报:

喂!于贝尔!穷人们!

之后,我回到家,边等电报的回信边读《小封斋录》。

两点钟时,我收到了回电,上面写着:

糟糕,详情见信。

于是,忧愁的情绪彻底笼罩了我。

"因为，于贝尔要走了，"我哀叹道，"他六点钟会不会来看我呢？《帕吕德》一写完，上帝知道我还能干点儿什么。至少我知道，无论是诗歌还是戏剧，我都写不成功，而且我的美学原则也反对构思小说。我已经想到要重拾我的老题目《波尔德》，它可以很好地继续《帕吕德》，也不会与我的内心相违背……"

三点的时候，快递给我带来了于贝尔的信，信上写道：

> 我把五户贫穷人家交给你照顾，一会儿给你寄去他们的名字和其他补充信息，剩下的各项事务我都交给理查德和他的妹夫，因为你对此毫不知情。再见，我到那儿之后会给你写信的。

然后，我又翻开日程本，在星期一那页上，我写道：

争取六点起床。

……下午三点半的时候，我去接安日尔，我们一起去奥拉托利修道院做礼拜。

五点钟，我去探望那些穷人。接着，天气变凉，我回到家中，关上窗户，开始写作……

六点钟，我的好朋友加斯帕尔来了。

他刚从击剑房回来，说道："哦？你在工作？"

我回答说："我在写《波尔德》……"

……

结　尾

啊！
今日多么艰难，
今早洗涤平原。
我们为您吹奏竹笛，
您却不曾聆听。

我们为您唱歌跳舞，
您却不动一步。

我们想要翩翩起舞，
奈何无人再吹笛。

既然命运不顺遂，
我便偏爱大月亮。

犬吠声声使人哀,
乐师蟾蜍欢歌唱。

水池清澈可见底,
无言以对照池塘。

月亮那温暖胴体,
仿佛永远在滴血。

我们无须牧棒来赶羊,
羊群回到小牧房。

羊儿却想去过节,
我们预言也枉然。

白色羊群被带走,
不去饮水去屠场。

我们待在沙滩上,
建造易倒大教堂。

另一种可代替的办法

或者,再一次前往那里,那个充满神秘的森林,直到走到我所熟悉的地方。那里,在棕褐色的死水之中,浸泡着泡软了的陈年树叶,那些曾是明媚可人的春天的叶子啊!

在那里,我那些最为无用的决心得到了最好的休息,而我的思想也慢慢枯竭,最终成为微不足道的东西。